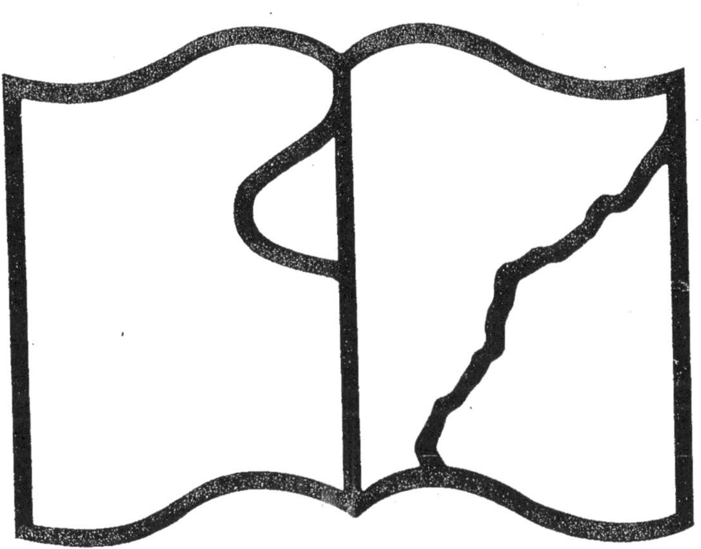

BIBLIOTHÈQUE DE BONS ROMANS ILLUSTRÉS

LE GAMIN DE PARIS

PAR PIERRE ZACCONE

Prix 1 fr. 20 c. -- Étranger et par poste : 1 fr. 50 c.

PARIS

A. DEGORCE-CADOT, LIBRAIRE-ÉDITEUR, 70 bis, RUE BONAPARTE

GAMIN DE PARIS

PAR

PIERRE ZACCONE

PROLOGUE

I — DEUX FAMILLES D'OUVRIERS

Vers l'année 1836, habitaient, dans une maison située sur les bords du canal Saint-Martin, deux familles de petits ouvriers, qui y vivaient presque en état de communauté, bien qu'elles ne fussent liées l'une à l'autre par aucun lien de parenté...

C'étaient, d'une part, les époux Martin, deux bons et excellents vieillards, qui disputaient leurs jours à la misère, et avaient trouvé, dans leur dénûment, le secret d'élever leur enfant, et de lui donner une profession qui devait plus tard lui permettre de vivre honorablement; — d'autre part, c'était une pauvre veuve, dont le mari exerçait naguère le métier de maçon, et qui, en mourant, lui avait laissé deux enfants en bas-âge, — une fille et un fils, — qu'elle avait élevés avec toute la tendresse, toute la sollicitude d'une mère.

Au moment où commence ce récit, il y a quelques années que les deux familles vivent l'une près de l'autre; les enfants ont grandi sous les yeux de leurs parents; les jours de ceux-ci se sont écoulés dans un labeur rude et incessant; et si Dieu ne leur a pas donné les joies du bien-être dans le présent, et de la sécurité dans l'avenir, du moins ont-ils la consolation d'avoir accompli la tâche qu'ils s'étaient imposée.

Il est vrai de dire que, des trois enfants, un seul peut-être avait bien compris le rôle qui lui était réservé, dans cette existence qui s'annonçait pour lui sous d'aussi tristes auspices.

Albert, le fils de la veuve Dubois, était à cette époque un garçon de quinze ans environ; grand, élancé, d'une physionomie intelligente, et dont le front large et pur, le regard ferme et profond, promettaient à l'avenir un ouvrier habile, hardi novateur, comme l'industrie parisienne en a souvent produit, dans notre siècle de progrès; ce n'était pas encore un homme, mais ce n'était déjà plus un enfant... peu d'années après la mort de son père, il s'était trouvé, à un âge où la vie n'est encore qu'insouciance et plaisir, obligé de se faire le soutien de sa mère infirme, et de sa sœur. Il avait compris, dès les premières heures, tout ce que cette situation lui créait d'engagements sérieux, et il n'avait failli à aucun d'eux. Il s'était mis au travail avec une ardeur qui avait sa source dans son cœur, et quoiqu'à peine âgé de treize ans à cette époque, quand par hasard la lassitude, ou le découragement s'emparait de lui, il n'avait qu'à reporter sa pensée vers les deux êtres dont il était devenu le seul espoir, presque aussitôt la confiance et les forces lui revenaient.

Sa mère !... sa sœur !...

Il n'avait qu'elles au monde, et c'était avec une sorte d'ivresse qu'il travaillait, en songeant que leur bonheur était attaché à son travail...

Malheureusement, il avait été seul à comprendre cette situation. Marguerite, sa sœur, était restée presque indifférente devant le spectacle de ce labeur opiniâtre accompli par un enfant, et son regard, blessé des tristesses du présent, s'était porté avec avidité vers un avenir idéal par les promesses duquel elle aimait à se laisser tromper.

Martin, lui, était une tout autre physionomie.

Il avait seize ans.

Il était un peu replet, court, trapu, et son visage portait les indices d'une précocité dangereuse. Martin ne paraissait pas se douter que son père et sa mère avaient usé, dans un travail ingrat, *labor improbus*, tout ce que la nature leur avait dispensé de force, d'énergie et de probité... la vieillesse était venue vite, leurs forces s'étaient affaiblies, l'énergie avait disparu, la probité seule était restée... Cependant, les pauvres gens avaient vu venir l'âge sans trop d'appréhensions. Ils avaient un fils sur lequel ils comptaient, et ils espéraient en lui ; dans les familles du peuple, la loi naturelle est presque toujours respectée... quand le père est jeune et valide, c'est lui qui nourrit et soutient l'enfant... quand ce dernier est devenu robuste et s'est fait homme, c'est à son tour de rendre la protection qu'il a reçue, et c'est lui dès lors qui soutient le vieillard impotent ou courbé... Seulement, les époux Martin s'étaient trompés ; leur fils n'avait aucune des qualités qui devaient assurer à leur vieillesse le repos dont elle avait tant besoin.

Martin avait débuté dans la vie par la paresse et le dérèglement. Il avait passé successivement dans un grand nombre d'ateliers, sans avoir jamais pu rester dans aucun. Sa nature sauvage et sombre n'avait pu se plier aux exigences de la vie sociale... Pendant les cinq années qu'il avait passées de la sorte, il ne s'était attiré ni l'estime de ses maîtres, ni l'amitié de ses camarades. Sa physionomie n'avait d'ailleurs aucun trait qui appelât la sympathie. Son front déprimé et bas, ses cheveux collés sur les tempes, son regard oblique, ses lèvres minces où courait une sorte de rictus sensuel, tout annonçait à première vue une nature égoïste et fausse. — Martin causait peu, et, dans tout le faubourg du Temple, on ne lui connaissait d'ami qu'Albert; encore cette liaison avait-elle sa source unique dans les relations obligées de voisinage, qui avaient depuis longues années rapproché la famille Martin de celle d'Albert.

Nous n'ajouterons rien à ce portrait. Martin est un des principaux acteurs de ce drame, et le lecteur le jugera mieux quand il le verra à l'œuvre.

Jusqu'alors, d'ailleurs, rien d'extraordinaire ne s'était passé dans le cercle restreint et borné des habitudes des deux familles; chaque soir les trouvait assez généralement réunies, et si quelquefois le front du père Martin devenait sombre, si, de temps à autre, une ombre de tristesse voilait le regard de la veuve Dubois, quand elle venait à reporter sa pensée sur sa fille Marguerite, du moins vivaient-ils tous dans un calme qui, s'il n'était pas précisément le bonheur, en avait toutes les apparences pour les indifférents.

Ces petites soirées, où chacun apportait son travail, n'étaient en réalité qu'une manière détournée d'augmenter encore le produit de la journée; les deux mères se livraient avec ardeur à des travaux de couture; Albert lisait avidement quelque livre de science pratique, acheté à bas prix sur les quais, tandis que Marguerite brodait non loin de lui, écoutant Martin, qui ne manquait jamais de prétextes pour se soustraire à toute occupation un peu sérieuse.

Martin n'assistait pas toujours à ces réunions; il lui arrivait bien même, de temps à autre, de rentrer fort tard chez ses parents, mais sa présence, quelque irrégulière qu'elle fût, avait cependant frappé les deux mères, et la véritable cause ne leur avait pas longtemps échappé...

Il était évident que Martin éprouvait une sympathie pour Marguerite, mais, jusqu'alors, cette sympathie ne s'était traduite que par quelques petits cadeaux, qui avaient flatté la vanité de la jeune fille, sans troubler le moins du monde son cœur.

C'est ainsi que plusieurs années s'étaient écoulées sans amener de grands changements dans la position respective des deux familles; leur existence était assez monotone, comme toutes les existences modestes, et les soirées se passaient au milieu des préoccupations qui sondaient l'avenir, avec des aspirations diverses.

Heureusement que, depuis quelque temps, un nouveau personnage était venu jeter un peu de gaîté dans leurs réunions : — quand nous disons un *personnage*, nous nous servons évidemment d'un mot impropre ; — ce n'était qu'un enfant encore... Il avait quatorze ans à peine; — il était petit, mais bien découplé, alerte, vif, et d'une résolution dans le geste et dans la parole qui annonçait un grand courage et un bon cœur.

Il était apprenti typographe, et, par ce motif, on l'appelait *Typo*...

Un gamin de Paris...

Un vrai gamin, ma foi !... Son œil a des reflets d'éclair, comme son esprit a des saillies de vin de champagne; les lignes de son visage rappellent vaguement le type grec d'Athènes, son front est pur et élevé, une pâleur qui n'est pas sans distinction couvre ses joues, mais il y a dans cet ensemble, sur ce front, dans ce regard, sous cette pâleur même, une verve, une allure, un *brio* que la vie de Paris peut seule communiquer à ceux qui sont nés et ont vécu dans la capitale.

Typo est un enfant de Paris. — Il n'a jamais bien su quel était son père; quant à sa mère, elle est morte, juste le jour où il finissait presque son apprentissage : — le hasard a quelquefois de sublimes prévoyances; — à partir de ce jour, Typo est resté seul au monde; mais, tout en conservant sa gaîté et l'insouciance de son âge, l'instinct des luttes sérieuses de la vie lui est venu, la douleur a jeté une teinte de mélancolie sur son front, et quelques mois ont suffi pour faire un homme de cet enfant abandonné.

Un homme de quatorze ans, cependant!

La résolution, l'énergie, la volonté de l'âge mûr mêlés à l'enjouement, à la gaîté, à l'audace de l'enfance.

Typo avait été bien aimé partout où il avait passé; sa physionomie ouverte et franche, son esprit naturel lui attiraient tout d'abord les sympathies, et ces sympathies ne tardaient pas à se changer en amitié chez tous ceux qui le fréquentaient.

Que dire de plus?

Typo avait été amené dans la maison par Martin qui l'avait connu à l'atelier, et, dès le premier jour, il avait plu à tout le monde, et tout le monde lui avait plu.

Il était revenu souvent...

La gravité un peu triste d'Albert, la grâce un peu coquette de Marguerite, l'air d'honnêteté qui régnait dans les deux familles, tout cela pénétra le jeune apprenti, qui finit par considérer cette maison comme la sienne; Albert le traita bientôt comme un frère, et le pauvre enfant, qui avait été privé, si jeune, des caresses de sa mère, trouva une douceur inexprimable à se sentir aimé avec tant de sollicitude et de tendresse.

Toutefois, un phénomène assez singulier s'opéra en lui, à cette occasion, et sans qu'il pût s'expliquer la cause de ce changement, il constata avec surprise que le même sentiment qui le rapprochait d'Albert, l'éloignait en même temps de Martin.

Typo n'avait pas jusqu'alors beaucoup raisonné ses sympathies, il laissait son instinct le guider, et ne se préoccupait guère de faire un tri parmi ses camarades et ses amis.

L'accueil qu'il reçut des époux Martin et de la veuve Dubois fut, pour lui, comme une initiation aux joies de la famille, et, dès le lendemain même, il sentit qu'il allait se trouver mal à l'aise dans la compagnie de son ami de la veille.

On eût dit qu'un voile était tombé tout à coup de devant ses yeux, et que, pour la première fois, Martin lui apparaissait avec son masque hideux de dissimulation et d'hypocrisie.

Il est vrai que ce dernier n'y regardait pas de si près; il fut quelque temps avant de s'apercevoir de cette impression, et il fallut une circonstance toute particulière pour qu'une séparation s'effectuât, et que chacun prît sa route, selon ses goûts et ses instincts.

Cette circonstance est trop grave pour que nous la passions sous silence, et l'intérêt de ce récit veut que nous la racontions au lecteur.

C'était un soir, quelques jours peut-être après la présentation de Typo dans la famille Martin.

Les deux enfants sortaient de l'atelier, et au lieu de se diriger vers le faubourg du Temple, Martin avait entraîné Typo vers le pont d'Austerlitz, sous prétexte d'aller visiter quelques baraques de saltimbanques qui s'y étaient établies.

Typo s'était laissé faire.

Ce n'était pas la première fois qu'il faisait avec son compagnon, des excursions nocturnes, et jusqu'alors les chose s'étaient passées sans que sa susceptibilité y trouvât motif à s'alarmer.

Ce soir-là Typo sentait en lui une certaine appréhension dont la cause réelle lui échappait, et qu'il combattit vainement; quand il atteignit l'extrémité du pont d'Austerlitz, et qu'il vit que les baraques étaient fermées et les saltimbanques absents, de vagues soupçons l'envahirent malgré lui, et il ne put s'empêcher de jeter un regard troublé à Martin.

Ce dernier se prit à rire.

Nous sommes venus pour le roi de Prusse, dit-il aussitôt, montrant les baraques fermées, mais puisque nous voilà de ce côté, je ne veux point rentrer au faubourg sans avoir fait un tour.

— Où veux-tu donc aller? objecta Typo.

— Allons toujours, je te le dirai après.

Typo suivit son compagnon.

La soirée était magnifique; pas le plus petit souffle dans l'air; un ciel pur, une lune splendide.

Ils prirent le boulevard de l'Hôpital, et s'acheminèrent, tout en devisant, vers les barrières.

A mesure qu'ils avançaient, tout devenait désert et silencieux autour d'eux, et c'est à peine si, de loin en loin, ils rencontraient quelque passant attardé.

A un moment de cette singulière promenade, Martin s'arrêta tout à coup, et prêta l'oreille.

Ils étaient arrivés à quelque distance de la barrière Saint-Jacques; un frisson parcourut les membre de Typo, et il regarda son compagnon.

— Qu'y a-t-il? lui demanda Typo, en baissant instinctivement la voix.

— Je ne sais... répondit Martin.

— Tu as entendu quelque chose.

— Tais-toi...

Typo remua la tête, en signe de mécontentement, et il allait s'emparer de la main de Martin, quand un homme s'élança de derrière un arbre, et vint rapidement à eux.

— Si vous faites un pas de plus, dit cet homme, vous êtes perdus!...

Typo voulut se récrier, mais Martin jeta un éclat de rire au nez de son interlocuteur.

— Ce dernier lâcha un juron énergique, et s'approcha de l'imprudent rieur, en tirant à moitié un poignard de sa ceinture.

Mais il eut à peine arrêté son regard sur Martin, que sa colère se calma comme par enchantement, et qu'il lui fit un signe d'intelligence...

Puis il l'entraîna vivement à quelques pas.

— C'est donc toi, mauvais gamin, dit-il d'un ton rapide et bas.

— Et qui donc? fit Martin.

— Mais l'autre?

— C'est un ami...

— Tu en es sûr?

— Comme de moi-même.

— Soit!... mais prends garde... et n'oublie pas que nous avons l'œil sur toi.

Et en parlant ainsi, l'homme disparut, après avoir ajouté quelques recommandations, et glissé une pièce de monnaie dans la main de Martin.

Typo, immobile et muet à quelques pas, avait tout observé, et bien qu'il n'eût rien entendu, il avait compris une partie de la vérité.

— Tu connais donc cet homme? dit-il après quelques secondes de silence, et sur un ton de reproche.

— Moi! fit Martin.

— Il t'a parlé.

— Qu'est-ce que cela prouve?...

Typo fit quelques pas pour s'éloigner, — Martin le retint.

— Où vas-tu?... dit-il aussitôt, et, cette fois, d'une voix au fond de laquelle il y avait presque une menace.

— Veux-tu donc passer la nuit ici? objecta Typo.

— Est-ce que tu as peur?

— Je n'ai peur que de tremper dans une mauvaise action.

— Imbécile.

Typo se redressa sur ce mot, et son regard irrité chercha celui de Martin...

Il fut frappé de l'expression qu'il y trouva...

Martin était devenu sombre, ses sourcils s'étaient froncés, une pâleur mortelle couvrait maintenant ses joues...

Quelque chose d'extraordinaire se passait en lui.

— Martin! s'écria Typo, emporté par une suprême sympathie, comme pourrait en éprouver l'homme qui verrait tout à coup un abîme s'ouvrir sous les pieds d'un ami, Martin, tu ne t'appartiens pas en ce moment, et tu es venu ici pour quelque infâme coup de main.

Martin secoua la tête sans répondre.

— Réponds, ami, insista Typo... ou plutôt, viens, ne restons pas plus longtemps ici, car moi, du moins, je ne veux pas tremper dans une pareille action.

Et comme il tentait de prendre le bras de son compagnon, ce dernier se dégagea rudement de son étreinte, et le repoussa avec énergie.

— Laisse-moi, dit-il d'une voix sourde.

— Viens...

— Va-t'en.

— Mais tu te perds... c'est pour toi, pour ta mère que je te parle... Martin, ne restons pas ici... viens.

Martin fit quelques pas... il hésitait; il était profondément troublé, ému, — qui sait! — il allait céder peut-être...

Mais le sort en était jeté déjà, et au moment où il allait prendre un parti héroïque... un cri se fit entendre à quelque distance, et il resta cloué à sa place, pâle, effaré, la poitrine gonflée, les bras pendants, inertes, le long de son corps...

Typo frappa le sol avec colère...

— Ah! je m'en doutais, dit-il, en fermant les poings... Tu savais ce qui allait se passer... tu avais un but en m'attirant ici... tu faisais le guet sur le boulevard, pendant qu'on assassinait derrière le mur... parle... est-ce vrai?...

Martin ne répondit pas.

— Martin, poursuivit Typo d'une voix forte, et avec un accent d'autorité, qui était certainement au-dessus de son âge, Martin, tu es un misérable; dès cette heure, tout est rompu entre nous... et demain, je raconterai l'histoire à Albert...

Martin fit un soubresaut:

— Tu ne feras pas cela, dit-il tout à coup et comme si cette menace l'avait enfin arraché à sa torpeur.

— Je le ferai!... dit Typo.

— Prends garde.

— Crois-tu me faire peur?

— Et d'ailleurs ne peux-tu pas te tromper.. qui te dit que je connais cet homme qui m'a parlé, — qui t'assure que je savais ce qui allait se passer?

Typo fit un signe de tête, qui voulait dire qu'il en avait assez vu, et qu'il savait à quoi s'en tenir...

— Ah!... dit-il après un silence, qui vivra verra... en attendant ne restons pas ici.

— Mais tu te tairas...

Typo fit un geste de pitié.

— Cela dépendra de toi! répondit-il, en prenant le devant, et sans même prendre garde à l'éclair qui brillait en ce moment dans le regard de son compagnon.

Typo se tut cependant... mais ce fut certainement moins pour Martin lui-même, dont, à partir de ce jour, il s'éloigna peu à peu, que pour ses pauvres vieux parents, qu'une semblable révélation aurait tués.

Au surplus, Martin parut peu après changer ses allures, il assista, plus fréquemment, le soir, aux réunions de famille de la maison du canal, se montra même plus assidu et plus empressé auprès de Marguerite, et cette conduite, si elle ne fit pas revenir Typo sur la mauvaise impression qu'il avait conçue, détourna du moins pendant quelque temps ses préoccupations sur ce sujet.

Les choses reprirent donc leur train ordinaire chez les époux Martin, et chez la veuve Dubois, et ce ne fut que quelques mois plus tard que survint un événement qui devait profondément modifier cette situation, et avancer les terribles complications qui sont le point de départ de ce récit.

Ainsi que nous l'avons dit, Martin avait conçu pour Marguerite une sorte de sentiment que la jeune fille pouvait à la rigueur prendre pour de l'amour, mais qui n'était, en réalité, qu'un désir mal contenu qui cherchait impérieusement sa satisfaction.

A plusieurs reprises déjà, le jeune homme avait tenté d'arracher de son cœur, ou d'éloigner de son esprit, l'image charmante de la jeune fille, mais ses tentatives étaient restées vaines, et il dut, dès lors, s'imposer une contrainte qui lui fut d'autant plus pénible, que ses désirs devenaient plus ardents.

Cependant, il tint bon...

Marguerite était si jolie à ce moment, il y avait tant de grâce naïve sur son front, dans ses yeux une si candide igné

rance des mystères les plus enivrants de la vie, que Martin, bien que brutalement sollicité par ses sens, n'osait ni dire un mot, ni faire un geste.

Combien de temps cela eût-il duré... qui peut le dire... Toujours est-il que, de jour en jour, la contrainte pesait davantage à Martin, et que souvent déjà il s'était demandé à lui-même, dans l'insomnie de ses nuits, à quelle séduction il lui faudrait avoir recours, si le désir continuait à brûler ses airs avec autant d'âpreté et de violence.

C'est alors qu'eut lieu l'événement dont nous avons parlé.

II. — Une femme à l'eau.

C'était un mois à peine après la scène que nous avons racontée plus haut.

Il y avait eu fête chez la veuve Dubois; c'était le jour de sainte Marguerite, et vers le soir, après un repas modeste, où la gaîté, entretenue par les chansons de Béranger, n'avait cessé de régner, les deux familles, après avoir chanté dix fois : *On peut bien manger sans nappe, sur la paille on peut dormir*, avaient gagné les Champs Elysées.

Marguerite s'était mise avec une certaine recherche; une jolie robe d'indienne toute neuve dessinait sa taille charmante; un petit bonnet coquet encadrait l'ovale de son pur visage; son pied d'enfant était chaussé de bottines brunes qui se détachaient sur un bas blanc bien tiré; toute sa physionomie éclatait de santé, de jeunesse et de bonheur.

Elle était belle, elle le sentait, elle était presque fière de cette beauté..

Martin lui donnait le bras, et, de temps à autre, il s'arrêtait pour la contempler et l'admirer.. sa poitrine se prenait alors à battre avec force, un flot de sang montait à son cœur et un voile épais couvrait ses yeux éblouis.

Ce qui se passait en lui serait impossible à dire.

Jamais encore il n'avait éprouvé une semblable sensation.

Quand il s'arrêtait à détailler les grâces de Marguerite, ses lèvres humides et roses, sa poitrine aux naissantes ondulations, quand son regard s'oubliait un instant dans son regard vague et profond, il se sentait tout à coup comme sillonné par un courant magnétique, et se demandait avec hébêtement s'il appartenait bien encore à ce monde.

Mille projets ardents le sollicitaient alors avec une impérieuse autorité; toute sa chair frissonnait au contact de ce bras délicat et chaud, qui s'appuyait sur le sien, et les désirs les plus insensés, d'amour et de possession, exaltaient tour à tour son esprit et ses sens.

Toute la soirée se passa en émotions de cette nature, et, quand on rentra à la maison du canal, Martin inventa un prétexte pour s'éloigner, et courut sur les boulevards, sans savoir où il allait.

Il était brisé, sa poitrine battait à se rompre; il avait peur de devenir fou...

Au bout d'un quart d'heure, il s'arrêta brusquement.

Il venait de coudoyer rudement un passant, lequel avait lâché un juron énergique, en l'interpellant par son nom.

Martin se retourna et regarda l'homme avec des yeux égarés.

Celui-ci se prit à rire.

— Est-ce qu'on ne reconnaît plus ses amis? dit-il, en faisant quelques pas.

— Burrhus... fit Martin d'un ton de mauvaise humeur.

Son interlocuteur haussa les épaules.

— Diable! il paraît que nous ne sommes pas gai aujourd'hui, poursuivit-il; est-ce donc que vous avez été contrarié tout à l'heure?

— Comment?

— Je vous suivais...

— Vous!

— Un beau brin de fille, ma foi...

— Vous l'avez vue?

— Est-ce votre maîtresse?

Martin se mordit les lèvres.

— C'est la sœur d'un de mes amis, répondit-il sèchement, et elle ne sera la maîtresse de personne.

Burrhus fit entendre un petit rire sec et ironique.

— Ce n'est pas à de vieux singes comme moi que l'on apprend à faire des grimaces, continua-t-il, et, si vous n'êtes pas son amant, c'est que vous êtes un imbécile...

— Taisez vous...

Burrhus fit un geste de compassion.

— Allons donc, dit-il, vous êtes jeune encore, et cela se conçoit, mais écoutez moi, mon ami, et retenez bien ce que je vais vous dire.

En parlant ainsi, il prit Martin par le bras, et l'entraîna dans un endroit du boulevard où la foule était moins compacte.

— Vous aviez là tout à l'heure, au bras, reprit-il un instant après, une des plus jolies filles que j'aie encore vues... elle est toute jeune, toute sage et ne songe guère qu'à aller, le matin, à l'atelier, et à rentrer, le soir, auprès de sa mère... c'est fort bien... et elle peut concourir pour le prix de vertu... mais, laissez faire, jeune homme; avant un mois ou deux, elle aura été remarquée, parce qu'elle est vraiment remarquable; on la suivra, on lui dira qu'elle est belle, qu'elle a tort d'user cette beauté dans un travail ingrat; on ajoutera qu'elle n'est pas faite pour ce monde dans lequel elle vit, et, comme elle se sera déjà dit une partie de ces choses, elle n'aura pas beaucoup de peine à y ajouter foi... alors qu'arrivera-t-il?

— Mais Marguerite est honnête, interrompit violemment Martin.

— Toutes les femmes sont à peu près honnêtes à quinze ans, repartit Burrhus, mais celles qui sont pauvres et jolies ne le restent pas longtemps... C'est le sort qui est réservé à Marguerite... Un jour, et ce jour n'est pas loin, croyez-moi, elle se lassera de cette vie pénible qu'elle mène; elle voudra jeter un regard dans ce monde de luxe et de plaisir, dont le bruit est venu souvent jusqu'à elle et l'a troublée; elle fera un pas hors de sa route, et elle partira une bonne fois pour ne plus revenir.

— C'est faux, insista Martin.

— C'est l'histoire de toutes celles que vous pouvez aller voir à Mabille, mon cher ami, et encore celles-là n'avaient pas toutes l'excuse de la misère et de la beauté.

— Marguerite hésitera du moins devant le désespoir de sa mère.

— Bah!.. sa mère profitera de la honte et se trouvera plus heureuse.

— Ah!.. vous êtes hideux.

— Allons donc!

— Mais vous ne savez pas que je la tuerais, si j'étais sûr qu'elle pût mal tourner.

Burrhus eut un sourire singulier.

— Il y a mieux à faire, dit-il à mi-voix.

— Quoi donc? fit Martin.

— Vous l'aimez, n'est-ce pas?

— Je ne sais.

— Vous la désirez au moins.

— Oh!...

— Les poings de Martin se crispèrent, et un éclair jaillit de ses yeux.

— Eh bien! il ne faut pas attendre qu'on vous l'enlève, continua Burrhus...

— Comment...

— Ce que d'autres obtiennent pour leur or, il faut l'obtenir, vous, par la surprise.

— Que voulez-vous dire?

— Ne me comprenez-vous pas?

— Expliquez-vous.

— De deux maux choisissez le moindre; vous ne voulez pas qu'elle soit à un autre. n'est-ce-pas?

— Non!

— Eh bien... prenez-la pour vous-même.

— La violence! fit Martin avec un frisson où il y avait peut-être plus de convoitise que de répugnance.

— Qui sait.., dit Burrhus.

— Mais elle me haïra; elle me dénoncera à son frère!..

— Est-ce qu'il vous fait peur?

Martin prit sa tête dans ses mains; ses oreilles bourdonnaient; il ne se possédait plus, et mille images énervantes passaient alternativement devant ses sens troublés...

— Eh bien! fit Burrhus.

— Ah! vous êtes le démon... balbutia le jeune homme.

— Dites oui... et Marguerite est à vous!

— Mais elle aura horreur de moi...

Burrhus haussa les épaules.

— Cette violence sera pour Marguerite une excuse, répondit-il, et elle vous en remerciera peut-être comme d'un service que vous lui aurez rendu...

Martin passa sa main sur son front; il était affreusement pâle; tout son sang avait reflué vers son cœur... il n'avait plus une conscience exacte de ce qui se passait en lui.

— Venez demain, ajouta Burrhus, en lui frappant sur

l'épaule, et, si vous le voulez, nous causerons de cette affaire.

Demain... répéta machinalement Martin,

— Avenue Marbœuf, vous savez.

— Oui.

— Je vous y attendrai...

Et comme le jeune homme restait absorbé dans un océan de pensées...

— A demain! dit encore Burrhus.

Et Martin répéta:

— A demain!

Et il resta seul...

Quelques jours après ce colloque, Marguerite sortait de son atelier un peu plus tôt que de coutume, avec une de ses amies; arrivées sur le boulevard du Temple, elles prenaient une voiture et elles se faisaient conduire rue Marbœuf.

L'amie de Marguerite était une jeune fille de dix-huit ans; il y a lieu de croire qu'elle n'en était pas à sa première aventure... Burrhus lui avait parlé; il y avait, disait-il, avenue Marbœuf, une vieille dame qui désirait confier à elle ou à une de ses amies un travail pressé qui serait largement payé; l'amie avait accepté, et elle amenait avec elle Marguerite, que Burrhus avait pris soin de lui désigner.

L'amie avait-elle compris ce dont il s'agissait... s'était-elle prêtée à l'aventure sans se douter du véritable motif de l'invitation qui lui était adressée...

On ne le sut jamais d'une manière précise.

Toujours est-il qu'à peine arrivée à la maison de la rue Marbœuf, elle fut éconduite poliment, avec des marques de munificence auxquelles elle n'avait pas été habituée, tandis que l'on introduisait Marguerite dans une sorte de petit boudoir, où on la pria d'attendre quelques instants.

Elle s'assit donc et attendit.

Une heure au moins se passa de la sorte, sans que personne vint la trouver et lui apporter une explication dont elle commençait à éprouver le besoin.

La pauvre enfant se sentait atteinte par de vagues terreurs; elle avait caché cette démarche à sa mère, et elle se le reprochait maintenant comme une faute... elle regrettait amèrement d'être venue et elle eût voulu être déjà bien loin.

A mesure que l'heure s'écoulait, ses appréhensions augmentèrent sans savoir pourquoi, la peur la saisit, et, un moment même, elle courut vers la porte, qu'elle voulut ouvrir.

Mais la porte était fermée en dehors... on avait tout prévu... elle était prisonnière.

Son cœur se prit à battre alors avec violence.

Que voulait on d'elle... pourquoi l'avait on trompée... quel crime méditaient ceux qui l'avaient attirée dans ce piége?

Sa pudeur et sa fierté se révoltèrent en même temps, et elle chercha impatiemment une issue à cette situation, dont elle comprenait maintenant toute l'horreur et tout le danger... mais il n'y en avait aucune... elle était bien au pouvoir de ceux qui l'avaient trompée... il n'y avait d'autre issue que la honte ou la mort!

En ce moment, et comme elle en était là de ses réflexions, la porte du boudoir s'ouvrit enfin, et un homme entra.

C'était Martin...

— Dieu soit loué, s'écria-t-elle... c'est vous... je suis sauvée.

Martin secoua tristement la tête. — Burrhus lui avait préparé son rôle, et il le jouait avec intelligence.

— Vous êtes perdue! répondit-il à voix lente.

Marguerite recula de deux pas.

— Que dites-vous?... balbutia-t-elle en frémissant.

— La vérité...

— Où suis-je donc ici?

— Chez un homme que votre beauté a séduit, et qui a résolu votre déshonneur.

— Mais vous me défendrez.

— J'ai fait ce que j'ai pu, Marguerite... je vous suivais... j'avais compris une partie de la vérité, je venais pour vous protéger.

— Comment?

— Ah! c'est qu'il y a une chose que vous ignorez, Marguerite, quoique vous eussiez dû le deviner depuis longtemps, à mon regard, à mes attitudes, et à mes paroles.

— Qu'est-ce donc?

— Je vous aime...

— Vous!

— Je vous aime avec passion, avec enivrement, avec oubli... je n'ai pu vivre près de vous, vous voir si belle, si heureuse, sans éprouver un de ces sentiments qui nous prennent à la fois le cœur et les sens... pour être aimé de vous, j'aurais donné tout mon sang, pour vous posséder une heure, je donnerais toute ma vie... si vous saviez...

En parlant ainsi, Martin avait pris les mains de Marguerite et cherchait à l'attirer contre sa poitrine.

La jeune fille se dégagea vivement de cette étreinte.

— Voilà un étrange aveu, dit-elle avec un accent incisif, et en plongeant son regard dans le regard troublé de Martin.

— Il est sincère... fit ce dernier.

— Le moment est au moins singulièrement choisi.

— Qu'importe...

— Vous ne redoutez donc pas la honte que vous m'annoncez?

— Ecoutez-moi...

— Quel autre aveu avez-vous encore à me faire?

— Si vous vouliez...

— Quoi donc?

Martin était parvenu à saisir une seconde fois les mains de Marguerite, et, cette fois, c'est avec une sorte de mouvement désordonné qu'il la retint dans ses bras.

— Marguerite, lui dit-il, je t'aime... écoute, et ne t'effraie pas et ne me méprise pas... écoute .. il n'y a ici ni déshonneur... ni danger, il n'y a qu'un homme qui t'aime et qui veut te posséder... ne parle pas... laisse moi te dire... j'ai souffert jusqu'à ce jour, sans avoir jamais pu espérer... C'était à devenir fou... tu ne m'aurais jamais aimé... et je n'ai pas voulu cependant que tu fusses à un autre... car je t'aurais tuée... si je n'étais mort moi-même de jalousie et de rage. — Alors le démon m'a tenté .. j'ai demandé à la violence ce que la persuasion n'aurait pu me donner... j'ai imposé silence à mon amour, j'ai étouffé toutes les voix de ma conscience; et maintenant, te voilà seule dans mes bras, loin de tout secours humain; et tu sais que je t'aime... qu'il faut que tu m'appartiennes!..

Pendant que Martin parlait, Marguerite avait tenté de se dégager de ses bras... mais le jeune homme s'était exalté à ses propres paroles; son amour l'avait comme égaré, et une audace et une résolution non équivoques éclataient sur son front.

Marguerite poussa un cri terrible, et voulut appeler à son aide, mais les murs étaient sourds; comme l'avait dit Martin, elle était loin de tout secours humain, — le crime avait été bien préparé... elle était perdue.

— Oh!... vous êtes lâche! s'écria-t-elle, en lançant à Martin un regard de haine et de colère.

— Je t'aime...

— Et moi je vous méprise.

— Tais-toi...

— Et demain, ne l'oubliez pas, mon frère Albert vous demandera compte de votre lâcheté et de votre infamie!...

Mais Martin n'écoutait plus; il ne s'était pas avancé pour se laisser arrêter par des considérations de cette nature; et malgré les larmes, les prières et les insultes de Marguerite, il n'en poursuivit pas moins sa victoire brutale...

Tels sont les faits que nous devions relater au lecteur, pour le mettre à même d'apprécier les événements qui vont suivre... ce compte réglé avec lui, nous pouvons donc commencer notre récit...

Le 20 décembre 1836, trois jeunes gens, — trois enfants, — Albert, Martin et Typo, — sortirent du théâtre de la Gaîté et s'acheminèrent vers la rue du faubourg du Temple.

Il était minuit.

Le mélodrame avait duré de longues heures qui avaient paru courtes à nos jeunes gens, et Albert et Typo étaient encore tout émus des péripéties sombres et terribles à travers lesquelles ils venaient de suivre les personnages principaux de la pièce.

Le ciel était couvert de gros nuages chargés de pluie; le vent soufflait âpre et froid sur les boulevards, et la foule qui sortait à cette heure des théâtres voisins, gagnait rapidement les grandes artères de la capitale.

— Brr!... fit Typo en se tournant vers Albert, voilà un temps qui n'est guère engageant; est-ce que tu rentres tout de suite?

— Parbleu... dit Albert.

— Le fait est que, par le vent qui souffle, il ne fait pas bon à rester a se balader sur l'asphalte... mais, c'est égal, j'aurais voulu prendre l'air.

— Qu'à cela ne tienne... objecta le frère de Marguerite, tu peux toujours nous accompagner jusqu'au canal... et tu retourneras ensuite à ton garni du Temple.. ça te fera une promenade.

— Au fait! c'est une idée.

— Alors, tu viens.

— Allons-y...

Les trois jeunes gens se remirent en marche.

La bise sifflait; ils marchaient bon pas, et tout en marchant ils parlaient de tout un peu, de leurs amis de l'atelier, du travail de la veille, des plaisirs du lendemain, et surtout de la pièce qu'ils venaient de voir.

C'était Latude.

Un drame qui a fortement impressionné la génération d'alors.

Albert frémissait au souvenir d'une époque qui avait vu s'accomplir de pareilles iniquités; Typo se sentait courir des frissons sur tout le corps à la pensée des souffrances du pauvre et innocent captif.

— Martin les suivait à quelques pas, soucieux, sombre, et le front penché.

Il ne pensait, lui, ni à Latude, ni à la Pompadour, ni à Albert, encore moins à Typo...

Il songeait à un autre drame plus lugubre et plus sombre qui se jouait en ce moment dans son propre cœur.

Depuis le jour où une criminelle tentative l'avait rapproché de Marguerite, Martin avait bien changé...

Il ne fréquentait plus que rarement la maison paternelle, fuyait presque toutes les réunions, et vivait presque toujours seul, livré à lui-même, en proie à mille hésitations, à mille remords peut-être..

On ne pourrait pas dire qu'il eût honte de son crime; mais peut-être avait-il peur de sa victime.

Marguerite n'avait rien dit de l'horrible guet-apens dans lequel on l'avait attirée.

La pauvre enfant avait eu peur aussi du désespoir de sa mère, de la colère de son frère.

Elle dévorait ses larmes, elle portait toute seule le poids de sa honte.

Elle était devenue taciturne, ses joues s'étaient creusées, elle avait pâli... C'était à peine si, de loin en loin, un triste sourire venait maintenant égayer ses lèvres.

A vrai dire, on ne s'était pas trop effrayé autour d'elle de ce changement singulier... Marguerite était dans l'âge où l'enfant fait place à la jeune fille, et cette mélancolie, dont son front portait la douce empreinte, semblait n avoir d'autre cause que la transformation naturelle qui s'opérait en elle.

Plusieurs mois s'étaient donc écoulés de la sorte, et, nul, jusqu'à ce moment, n'avait remarqué l'air sombre de Martin, non plus que l'air préoccupé et la tristesse de Marguerite.

Nos trois jeunes gens venaient de remonter la rue du Faubourg-du-Temple jusqu'au double pont jeté sur le canal, ils avaient déjà même fait une centaine de pas à droite, le long des maisons, quand Typo s'arrêta et prit le bras d'Albert.

— Tu nous quittes? fit ce dernier.

— Nous voilà arrivés bientôt, répondit Typo.

— Mais je te verrai demain?

— Sans doute.

— J'y compte; nous passerons la journée à deux, et nous dînerons en famille... Marguerite t'aime beaucoup, et elle sera curieuse de te voir.

— A demain, soit, dit Typo.

— A demain, ajouta Albert.

Et ayant serré la main de son ami, le petit apprenti s'éloigna rapidement, adressant un salut assez froid à Martin.

Mais ce dernier ne le remarqua même pas.

Debout, près d'Albert, les yeux fixés à terre, le visage pâle, il semblait frappé de stupeur et d'immobilité.

— Eh bien! lui dit brusquement Albert... est-ce que tu ne rentres pas?

— Moi! fit Martin, comme s'arrachant violemment à une préoccupation profonde.

— Il est temps de rentrer.

— C'est vrai.

— Et je plains ceux qui seraient tentés de prendre ce soir un bain dans le canal.

Albert achevait à peine ces mots, qu'un double cri se fit entendre.

Martin exécuta un soubresaut convulsif, et Albert se précipita à la rencontre de Typo, qui revenait en toute hâte vers lui.

— As tu entendu? dit Typo d'une voix émue.

— Oui, quelqu'un est tombé dans le canal.

— C'est cela...

— Un crime, peut-être.

— Un suicide plutôt.

Et comme Albert demeurait presque effrayé de cet incident:

— Voyons! voyons! fit Typo avec vivacité, il ne s'agit pas ici de s'amuser aux bagatelles de la porte... tu sais nager, moi aussi... il y a là quelqu'un à sauver, piquons donc une tête sans retard, et que le Dieu des bains à quatre sous nous protège!

Albert n'avait pas besoin d'une pareille invitation, et sa résolution fut vite prise.

Obéissant à un suprême instinct de son cœur, et sans songer aux périls d'une telle entreprise, il se précipita vers le canal, sur les pas de Typo, qui avait déjà pris les devants.

Typo s'était à peine rendu compte de ce qui venait de se passer; — il marchait rapidement; la nuit était noire, il avait aperçu confusément et de loin une forme blanche monter sur le pont, et disparaître dans le vide...

C'était une femme!

Deux cris seulement avaient été poussés, puis le silence avait succédé; l'eau se referma sur le corps, comme un linceul mouvant, et le canal redevint sombre et morne...

Cependant, les deux amis venaient d'arriver sur la berge. Albert avait ôté sa blouse, chemin faisant, et, arrêtant d'un geste Typo prêt à l'imiter:

— Pas encore, lui dit-il à voix rapide et basse, orientons-nous d'abord; c'est ici, n'est-ce pas, que la malheureuse femme s'est jetée à l'eau?

— C'est ici, répondit Typo.

— Ecoute.

— J'entends remuer à quelque distance.

— C'est elle, sans doute...

On entendait, en effet, en ce moment, une sorte de bouillonnement à fleur d'eau... Albert serra la main de Typo, sonda du regard l'ombre qui l'environnait, et disparut bientôt dans le canal.

A vrai dire, Typo se sentait violemment ému.

La tentative d'Albert était pleine de dangers; les ténèbres étaient profondes; l'eau glacée; le canal est avare de ses victimes, et il les rend rarement.

Albert pouvait périr, en voulant sauver l'inconnue qu'il tentait d'arracher à la mort.

Typo suivait d'un regard anxieux la scène qui se déroulait sous ses yeux, prêt à s'élancer lui-même, au premier appel de détresse.

Mais Albert était un nageur excellent, les rudes travaux auxquels il s'était adonné dès l'enfance avaient développé ses forces; en moins de quelques secondes, il gagna le milieu du canal, et plongea plusieurs fois sans résultat... la malheureuse femme se débattait sous l'eau, en des efforts inouïs; elle semblait maintenant avoir horreur de son suicide et cherchait à revenir à la surface; elle ne voulait plus mourir... mais la mort ne lâche pas si facilement sa proie... et deux fois, elle disparut au moment où elle allait être sauvée.

Enfin, la lutte cessa: la victime s'était évanouie dans les bras d'Albert, et ce dernier, sûr de lui, heureux de son succès, nagea rapidement vers le bord.

Quelques minutes plus tard, il déposait son précieux fardeau à quelques pas du canal, sous la lumière blafarde et vacillante d'un reverbère.

La femme n'était pas revenue de son évanouissement; elle était là gisante et inanimée; les cheveux collés aux tempes, la tête penchée languissamment, les lèvres décolorées, la poitrine sans souffle, les veines sans battements.

Albert eut peur un instant.

— Elle est morte! dit-il avec un frisson.

Typo s'était agenouillé; il posa sa main sur le cœur de la jeune femme... ce cœur battait encore, mais si faible, que c'est à peine s'il le sentait.

Le jeune apprenti se prit alors à considérer le visage de cette proie du canal...

Elle était belle, mais sous son extrême pâleur, il était difficile de bien distinguer ses traits, que d'ailleurs la souffrance avait contractés.

C'était une toute jeune fille... avec de beaux cheveux blonds, un front de marbre, une bouche fine et faite pour sourire...

Typo remua tristement la tête.

Tout à coup, il s'arrêta dans son examen, et poussa un cri, arraché par la surprise et la stupéfaction.

Il s'était levé d'un bond, et avait saisi énergiquement le bras d'Albert

— Qu'y a-t-il? fit ce dernier, se sentant à ce cri envahi par une terreur glacée.

— Rien! balbutia Typo avec embarras.
— Mais tu détournes les yeux... parle... réponds.
— Nous ne pouvons rester ici...
— Qu'y a-t-il donc?
— Ce qu'il y a, Albert, ce qu'il y a... un malheur plus épouvantable que tu ne peux le supposer... quelque chose d'effrayant et d'incroyable... Tiens! tiens! regarde à ton tour.

Et comme dominé lui-même par la situation, il força Albert à s'agenouiller comme il venait de le faire, et lui montra la jeune fille d'un geste impérieux et fébrile.

Ce fut un coup de foudre!...

Albert pâlit affreusement; il prit sa tête dans ses deux mains et se mit à sangloter comme un enfant.

La jeune fille qu'il venait de retirer du canal, celle qui était là gisante et inanimée à ses pieds, n'était autre que Marguerite.

Sa sœur!

Que s'était-il passé... quel drame s'était accompli pendant son absence; pourquoi cet acte de désespoir... quelle honte allait-il apprendre!

Albert eut peur.

Le lieu où il se trouvait, les ténèbres épaisses de la nuit qui l'enveloppaient, l'eau glauque et sombre qui coulait non loin de là, l'heure de minuit que les horloges voisines se renvoyaient comme un glas funèbre, tout contribuait à donner à cette scène un accent profondément saisissant.

Pauvre Marguerite!

Elle avait succombé sans doute sous la douleur de quelque déchirement mystérieux... elle était jeune, vive, enjouée... On l'avait trouvée belle; elle avait rencontré Méphistophélès un jour, sur son chemin, et son cœur, comme sa raison, s'était laissé surprendre.

Que faire cependant?

Albert s'abîmait dans un monde de pensées contradictoires qui se disputaient ses résolutions... Il ne savait plus où s'arrêter, ni quelle détermination prendre.

Heureusement pour lui que Typo était à ses côtés. Bien que fortement ému, l'enfant avait conservé une partie de son sang-froid... Il n'avait pas peur, lui, et avec cette soudaineté d'inspiration qui est le propre du gamin de Paris, il comprit qu'il fallait surtout agir en ce moment, pour arracher, du moins momentanément, Albert à ses terribles préoccupations.

— Voyons! lui dit-il d'une voix ferme, ne restons pas ici plus longtemps... d'ailleurs la position de Marguerite réclame des soins immédiats; il faut partir.
— Tu as raison.
— Cherchons quelque maison ouverte, où nous pourrons la déposer, là au moins, pendant qu'elle reprendra connaissance, nous songerons à ce que nous devons faire.

Albert réfléchit.

— Non! dit-il alors, c'est chez ma mère qu'il faut conduire Marguerite.
— Y penses-tu?
— Oui, certes...
— Mais ta mère...
— Ma mère sera forte, mon ami, et s'il y a une honte dans tout ceci, au moins, personne que nous ne le saura.
— Tu le veux.
— Hâtons-nous.

Les deux enfants prirent alors la jeune fille dans leurs bras, et commencèrent à se diriger vers la demeure d'Albert.

Toutefois, à ce moment, une pensée les frappa tous les deux en même temps; pour la première fois, depuis une demi-heure, ils venaient de s'apercevoir que Martin avait disparu; — jusqu'alors, ils l'avaient complètement oublié...

— Pourquoi nous a-t-il quittés!... fit Albert, en frissonnant malgré lui.
— Martin est un lâche, repartit Typo.
— Lui!
— J'en suis sûr.

Albert remua la tête.

— Qui sait! poursuivit-il, cette disparition est étrange; je semble deviner...
— Quoi donc?
— Ce serait horrible.
— Mais explique-toi.
— Non, non... viens!... Sauvons d'abord ma pauvre Marguerite, et demain, Dieu éclaircira sans doute ce mystère...

La demeure d'Albert était située à cinq cents pas environ; en quelques secondes ils y parvinrent.

Marguerite n'était point revenue à elle.

A mesure qu'ils avançaient, l'émotion d'Albert augmentait; il ne songeait ni à l'eau qui trempait ses vêtements, ni au froid qui pénétrait ses os... le pauvre enfant songeait à sa sœur, et sa pensée remontait pénible et mouillée de larmes de Marguerite à sa mère.

Sa mère!

Marguerite était toute sa joie, tout son amour... tout son orgueil... elle l'aimait comme une mère seule sait aimer son enfant.

Il hésita un moment...

Il venait de toucher le seuil de la maison... il déposa le corps inanimé de Marguerite sur le sol, et se tournant vers Typo:

— Mon ami, lui dit-il, nous voici arrivés... ne va pas plus loin... dans un instant Marguerite reviendra à elle, je la ramènerai seul... et qui sait!... Dieu qui nous voit et nous juge, nous permettra peut-être de cacher cette catastrophe à ma pauvre mère... va donc... Typo, et à demain.

Le gamin voulut d'abord insister; mais il connaissait Albert; il savait quelle fermeté était la sienne, et il dut céder.

D'ailleurs, le plus fort était fait, et il comprit que le moment allait venir où sa présence serait indiscrète.

Il s'éloigna.

Et puis, faut-il le dire, quelque dévoué qu'il fût à Albert, bien que la douleur qui frappait son ami l'eût atteint lui-même bien profondément, cependant Typo n'était pas fâché de secouer un moment l'atmosphère pénible qu'il respirait depuis une heure...

Il avait besoin d'air et de solitude... cette catastrophe avait des allures si mystérieuses, que son esprit en cherchait la raison à travers mille suppositions... la disparition de Martin, son air sombre, les paroles étranges échappées à Albert lui-même, tout cela avait besoin d'éclaircissements; habitué aux péripéties des drames du boulevard, Typo se trouvait tout à coup dérouté par les réalités d'un drame de la vie ordinaire.

Il marchait donc lentement le long du canal, sans direction, comme sans but, tantôt allant vers la Bastille, tantôt lui tournant le dos.

L'image de Marguerite passait alors devant ses yeux, et il la voyait immobile et pâle toujours, comme les blanches statues que l'artiste sculpte parfois sur le marbre des tombeaux...

Parfois encore, c'était Martin qui se dressait tout à coup dans le vague horizon de sa rêverie... Martin, silhouette horrible, masque hideux, à l'aspect duquel il sentait se révolter tous les instincts généreux de son cœur.

Au bout d'une demi-heure de cette rêverie, Typo se décida enfin à quitter le bord du canal. Mais avant de s'éloigner et peut-être autant par curiosité que pour calmer les inquiétudes de son cœur, il se rapprocha encore une fois de la maison d'Albert: toutefois il était écrit que cette nuit serait féconde en aventures étranges et mystérieuses, car, au moment où il allait atteindre le seuil de la porte, un nouvel incident vint tout à coup détourner son attention...

C'était non loin de là, au point d'intersection de la rue d'Angoulême et du quai...

Un fiacre venait de s'arrêter dans un endroit écarté et sombre, et quelques hommes masqués, sortis inopinément de l'encoignure d'une porte cochère, s'étaient élancés vers la portière qu'ils avaient violemment ouverte.

Le cocher n'avait tenté aucune résistance... un coup de sifflet aigu et rapide avait retenti quelques secondes auparavant, et il s'était arrêté comme à un signal convenu.

Évidemment ce cocher était d'intelligence avec les hommes masqués.

Un coup d'œil suffit à Typo pour remarquer tout cela, et, dès ce moment, son attention tout entière se concentra de ce côté.

Il n'en fallait pas tant pour éveiller sa curiosité.

Il se dissimula donc du mieux qu'il put, et regarda.

Les hommes masqués ne paraissaient pas d'ailleurs prendre garde à lui... une fois la portière ouverte, ils arrachèrent de la voiture une femme qu'ils avaient bâillonnée, et armés chacun d'un poignard, dont ils menaçaient sa poitrine, ils l'entraînèrent vers le canal, malgré les efforts qu'elle tentait pour se soustraire à leurs étreintes.

En même temps, un homme, sortant à mi-corps de l'intérieur du fiacre, donnait un ordre rapide au cocher, et la voiture s'éloignait au galop des chevaux, dans la direction de la Bastille.

Cependant les assassins continuaient d'avancer vers le canal, et chaque pas qu'ils faisaient éveillait un douloureux écho dans le cœur de Typo.

Elle était devenue taciturne. — Page 6.

Son sang brûlait ses veines; ses artères battaient, un bourdonnement inouï déchirait ses oreilles.

Devait-il rester paisible spectateur d'un pareil crime, et n'était-ce pas s'en faire le complice que de ne rien tenter pour sauver la victime...

Poser une telle question, c'était la résoudre.

Typo jeta donc aussitôt un cri de toute la force de ses poumons, et appelant, au hasard, Albert à son aide, il s'élança d'un bond vers les assassins.

Cette intervention inattendue produisit son effet. Soit que les deux hommes ne tinssent pas précisément à commettre le crime, soit qu'ils craignissent que Typo ne fût pas seul, ils s'arrêtèrent tout à coup sur le bord du canal, posèrent à terre le corps de la jeune femme, et s'apprêtèrent à prendre la fuite, s'ils le jugeaient nécessaire.

En attendant, l'un d'eux avait jeté un signal, et un troisième personnage, également masqué, était venu les rejoindre à cet appel.

— Pardieu! pensa Typo, il paraît que tous les masques de Paris se sont donné rendez-vous au canal Saint-Martin... après tout, à la grâce de Dieu!... je jouerai du couteau s'il le faut, et c'est le cas ou jamais de déployer ses talents d'agrément...

Il était arrivé sur le lieu de la scène et, en voyant cet enfant imberbe, les trois masques se prirent à rire.

— Ah! ah! cela vous amuse! fit Typo, d'un ton goguenard, eh bien... tant mieux et rira bien qui rira le dernier.

Et sans attendre qu'on lui répondît, il fondit avec impétuosité sur le premier de ses adversaires.

Typo n'était pas précisément robuste, mais il possédait une véritable agilité de chat sauvage, et, grâce à la soudaineté de son attaque, il eut bien vite raison du premier de ses adversaires : un croc en jambe suffit, et le malheureux roula le long du quai.

C'étaient les rudiments de l'art de la savate, et Typo en connaissait bien d'autres.

— Et d'un, dit-il en fondant sur le second assassin.

Mais celui-là avait eu le temps de se mettre en garde, et l'attaque, moins imprévue, produisit naturellement moins d'effet.

L'adversaire resta ferme sur ses jambes, et para même avec assez d'adresse un coup de poing que Typo lui avait envoyé en pleine poitrine.

— Eh! eh! ceci est moins bien, mon bonhomme, dit l'homme masqué... mais c'est égal... tu as des dispositions, et je te retiens pour la prochaine.

En parlant de la sorte, cet homme exécuta un brusque mouvement de côté, et saisissant le moment où Typo cherchait à se couvrir des attaques du troisième, il fondit à l'improviste sur lui, et lui prit les deux mains dans une étreinte énergique et puissante.

— Maintenant en route!... poursuivit l'homme masqué; et si j'ai un conseil à te donner, mon petit, tâchons d'être sage, et ne cherchons pas, dans le trajet, à faire de la peine à papa...

Typo était vaincu : son adversaire lui tenait les mains serrées comme dans un étau; il avait évidemment affaire à un hercule, et toute résistance devenait inutile; — mieux valait agir de ruse.

Toutefois, il était désespéré... son dévoûment avait été inutile, la victime qu'il voulait sauver restait au pouvoir des assassins; elle était perdue sans espoir!

Une idée traversa alors son esprit.

Il était constant que, s'il ne pouvait plus rien pour la victime inconnue, d'autres que lui seraient peut-être plus heureux; pour cela il ne fallait que les prévenir.

Or, Typo possédait une voix de gamin qui avait fait longtemps la gaîté des théâtres du boulevard. L'intervention d'un simple curieux, d'un oisif, pouvait changer la face des choses, et il n'était besoin pour cela que d'un appel sonore, ou d'une note aiguë.

Typo poussa cette note.

Ce n'était pas précisément l'ut-dièse de Tamberlick; mais, à ce moment, et dans les circonstances où notre gamin se trouvait, cette note ou ce cri avait bien son prix.

C'était son : *A moi, d'Auvergne! voici l'ennemi!*

L'homme qui entraînait Typo s'arrêta.

— Ah! ah! dit-il, en lançant au gamin un regard fulgurant, nous voulons donc jaser... eh bien! prends garde, moucheron, car, malgré l'intérêt que je te porte, je pourrais te faire un mauvais parti... après tout, ajouta-t-il par manière de correctif, nous avons un moyen d'empêcher les indiscrétions...

Un double cri se fit entendre. — Page 6.

Et, enlevant la cravate roulée autour de son cou, il la serra aussitôt sur les lèvres du petit apprenti.

Cela fut exécuté en un clin d'œil, avec toute la prestesse d'un artiste exercé... et Typo, mis désormais dans l'impossibilité de faire le moindre mouvement, ni de proférer le moindre cri, se vit instantanément enlevé.

Seulement, avant de tourner la rue d'Angoulême, il eut la suprême consolation de voir un nouveau sauveur surgir tout à coup.

Ce sauveur, c'était Albert!...

III. — La maison de l'île St-Louis.

A l'époque où commence ce récit, la police du royaume n'était pas à beaucoup près aussi bien organisée qu'elle l'a été depuis, et le lecteur se rappelle peut-être encore le nombre considérable de crimes et de vols nocturnes que les journaux avaient quotidiennement l'occasion de signaler.

A partir d'une certaine heure de la nuit, les rues de Paris n'étaient plus sillonnées que par quelques rares sergents de ville, et l'on peut dire qu'à ce moment, la capitale était presque abandonnée à cette population interlope qui n'exerce son industrie que loin des regards humains, et par les ténèbres les plus épaisses.

Typo avait souvent entendu parler de bandes de malfaiteurs et d'assassins; il connaissait, depuis sa plus tendre enfance, l'histoire de Cartouche et de Mandrin, qui, grâce aux biographies populaires, sont restés bien moins des voleurs que des aventuriers; mais comme jamais, jusqu'à ce jour, il n'avait eu maille à partir avec des assassins, encore moins avec des voleurs, comme les drames terribles racontés par les feuilles publiques se passaient d'ordinaire à une heure où il dormait d'un sommeil bercé par les rêves de l'enfance, il avait traité de fables ces récits nocturnes, et ne s'en était pas préoccupé.

En ce moment cependant il était bien obligé de se rendre à l'évidence; il n'y avait plus à douter, il se trouvait, en effet, au pouvoir de coquins émérites, et le hasard venait de soulever pour lui un coin de ce sombre voile derrière lequel se cache le monde hideux et famélique de la grande *Thune* moderne.

Mais il avait dans l'esprit trop d'insouciance réelle pour se laisser effrayer par les dangers qu'il pouvait courir, et, bien que la situation fût critique, il conserva toute sa présence d'esprit, et n'oublia aucune des précautions d'usage en pareille occurrence.

Si on lui avait bâillonné les lèvres, on lui avait du moins laissé l'usage des yeux, et Typo se promit bien d'en profiter pour tout observer.

Malheureusement son compagnon était un homme doué de raison, et pendant que Typo ruminait son plan, il bâtissait le sien de son côté.

Arrivé près du boulevard, il s'arrêta.

Puis, sans proférer une parole, il dénoua le bâillon de Typo, et lui en fit un bandeau épais et solide.

Le petit apprenti haussa les épaules, à cette précaution qui le contrariait cependant plus qu'il ne voulut le laisser paraître.

— Oh! oh! dit-il avec enjoûment, il paraît que nous devenons sérieux.

— Cela te gêne pour voir... objecta son compagnon.

— Bah!... je suis somnambule.

— Eh bien, c'est ce que nous verrons.

— C'est tout vu... et tenez, faisons un pari.

— Lequel?

— Vous allez me dire où vous voulez aller, et si je ne vous y conduis pas tout droit, les yeux bandés, vous pourrez faire de moi ce que vous voudrez.

L'homme masqué se prit à rire.

— Tu es trop malin pour un homme seul, répondit-il, mais, c'est égal, tu me plais comme cela.

— Vous êtes trop poli pour être honnête.

— De mieux en mieux : quel âge as-tu?

— Quatorze ans.

— Allons, c'est bien, on pourra peut-être faire quelque chose pour toi; mais écoute, moucheron... je vais te conduire dans une maison dont il n'est pas bon que tu retiennes le signalement.

— Pourquoi donc?

— Cela ne te regarde pas

— Ça suffit...

— Sois sourd, comme te voilà aveugle, réponds à toutes

les questions qui te seront faites, sans chercher à en deviner le sens, et si tu fais cela, malgré l'imprudence que tu as commise cette nuit, imprudence qui aurait coûté la vie à un homme, j'espère encore que je pourrai te sauver...

Typo s'inclina sur ces mots, prit le bras que lui offrait son compagnon, et ils s'avancèrent vers le boulevard, comme deux vieux amis.

Cependant, en dépit de l'invitation qui venait de lui être faite, Typo ne cessait pas un moment d'observer les moindres bruits qui passaient à ses côtés, ni de saisir au hasard les plus petits indices qui pouvaient le mettre à même d'éclaircir plus tard le mystère auquel il se trouvait mêlé.

Et d'abord, ils traversèrent le boulevard en ligne directe et gagnèrent la rue St-Louis...

Il ne fallait pas grand effort d'observation pour déterminer cette direction.

Ils marchèrent ainsi dix minutes environ, puis ils s'engagèrent dans une rue étroite, et dont le pavé était glissant.

Typo n'y voyait pas, mais il devinait.

Bientôt ses doutes se changèrent en certitude, lorsqu'au débouché d'une dernière rue plus étroite encore, ils atteignirent une voie plus large, où l'air circulait largement...

Typo respira.

Ils venaient d'arriver aux quais qui bordent la Seine...

Quelques minutes plus tard, ils passaient les ponts, prenaient à gauche, et s'arrêtaient enfin devant une maison de modeste apparence, dont tous les volets étaient hermétiquement fermés.

— Sommes-nous donc arrivés? dit Typo à son compagnon, en dissimulant mal sa satisfaction.

— Est-ce que le temps t'a paru long?...

— Pas précisément, d'autant que j'ai occupé mes loisirs.

— Comment?

— En cherchant à m'orienter, pendant que nous marchions.

— Tu as fait cela?

— Parbleu...

— Et tu crois savoir où tu es...

— Absolument, comme si je n'avais pas ce bandeau sur les yeux.

Le compagnon fit un geste d'incrédulité.

— Où sommes-nous donc? dit-il avec un vif accent de curiosité.

— Laissez-moi vous dire, pour votre édification, le chemin que vous m'avez fait prendre.

— Qu'est-ce à dire?

— C'est-à-dire, mon bonhomme, que nous avons suivi d'abord la rue St-Louis, puis la rue Ste-Catherine, puis la rue des Nonains-d'Hyères, puis enfin, le pont Marie, et que si je ne me trompe, nous sommes, en ce moment, dans l'île St-Louis, à quelque distance de l'hôtel Lambert.

Ces paroles avaient été dites avec une telle précision, et en même temps sur un ton à la fois si enjoué et si goguenard, que l'homme auquel elles s'adressaient hésita un moment sur la manière dont il devait les accueillir.

— Hum! grommela-t-il, en remuant la tête, voilà un enfant qui joue bien gaîment sa vie.

— Ai-je deviné? insista Typo.

— Nous sommes dans l'île Saint-Louis, répondit l'homme.

— Allons, je puis retirer ce bandeau.

— Tu le peux.

— Allons donc, ajouta Typo, en rendant à son compagnon la cravate dont il lui avait bandé les yeux, vous voyez maintenant si l'on peut se passer d'un guide du voyageur dans Paris!...

Comme il achevait ces mots, le vasistas de la porte devant laquelle ils s'étaient arrêtés s'entrebâilla doucement, et l'on vit passer une vieille tête de femme, éclairée par les reflets d'une lanterne sourde.

— Est-ce vous, Burrhus? dit alors la voix de la vieille.

— C'est moi! répondit brusquement l'homme masqué.

— Mais vous n'êtes pas seul?...

— Que t'importe?

— Votre compagnon connaît-il le maître?

— Il me connaît, et ça suffit... ouvre.

— Voilà.

Typo entra le premier, et Burrhus ferma avec force la porte derrière lui.

L'endroit où il se trouvait était un couloir étroit et sombre... Burrhus prit la main de son jeune prisonnier, et s'engagea dans le couloir.

Au bout de quelques pas, l'escalier commençait.

Ils montèrent.

Une trentaine de marches environ.

Puis, arrivé à un palier dallé, Burrhus ouvrit une porte, qui donnait accès dans une grande pièce, dans la cheminée de laquelle brûlait un feu éclatant.

Burrhus poussa Typo dans cette pièce, lui indiqua un siége d'un geste prompt et impérieux, et s'approchant une dernière fois de lui :

— Tout dépend de toi maintenant, lui dit-il à voix rapide, ta vie est entre tes mains... tu as assez d'esprit pour te tirer de là; mais prends garde de pousser la franchise jusqu'à l'imprudence... adieu.

— Je ne vous reverrai donc plus?

— Je le souhaite.

— Pourquoi cela?

— Parce que si nous nous revoyons, c'est que le maître aura ordonné, et que tu seras perdu sans ressources.

— Eh bien, adieu alors, dit Typo, car voilà une parole qui m'enlève tout désir de cultiver votre connaissance.

Burrhus avait déjà disparu.

Typo se mit à inspecter les lieux.

La pièce dans laquelle il se trouvait était spacieuse, et large, mais du délabrement qui attestait qu'elle n'était pas habitée d'ordinaire.

Quelques tableaux voilés de poussière pendaient aux murs représentant divers sujets de sainteté, une table était placée au milieu de la chambre recouverte d'un tapis vert... une pendule de vieux style, posée sur la cheminée, marquant deux heures.

Typo s'approcha du feu.

Le long trajet qu'il venait de faire l'avait refroidi, il n'était pas fâché de se chauffer.

Et puis, tout ce qui s'était passé l'avait jeté depuis quelques heures dans un ordre d'idées qui ne lui était pas familier : malgré tout son aplomb, il se trouvait un peu désorienté, et il éprouvait le besoin de ramener l'ordre dans son esprit.

Malheureusement, les événements se pressaient avec trop de rapidité pour lui laisser le temps de la réflexion, et il y avait à peine deux minutes que Burrhus avait disparu, quand la porte s'ouvrit et qu'un homme entra, suivi de près par une jeune femme, dont le visage était à demi caché sous un *loup* de velours noir.

Typo se leva.

— C'est donc toi, morveux, dit l'homme qui venait d'entrer, c'est donc toi qui es venu te jeter à la tête de mes hommes, au moment où ils allaient réussir dans leur entreprise...

Typo examina celui qui lui parlait.

C'était un homme de taille moyenne, aux larges épaules, aux mains robustes, à la physionomie dure et repoussante; d'épais sourcils, d'une couleur fauve, couvraient ses yeux, et d'énormes favoris de même nuance ornaient ses joues.

Le jeune apprenti fut peu séduit de ce portrait.

Il salua cependant, et comme son enjoûment gaulois lui faisait rarement défaut :

— Vos hommes sont des gredins, répondit-il avec aplomb, et en soutenant le regard irrité de son interlocuteur, et je me félicite d'être arrivé à temps, si toutefois j'ai pu sauver une victime de leurs mains.

— Ah! c'est ainsi... interrompit l'homme aux favoris roux, eh bien, prends-y garde! car tu es ici en mon pouvoir, et tu n'en sortiras pas vivant, si tu ne fais ce qui te sera ordonné...

Ces paroles avaient été prononcées d'un ton passablement mélodramatique, qui n'inspira pas la moindre terreur à Typo. Il poussa même l'irrévérence jusqu'à faire un mouvement d'épaules très-significatif, qui parut déplaire à son interlocuteur.

— Ce que vous me dites là n'est guère rassurant, répondit-il gaîment, mais je ne m'effraie pas pour si peu; on connaît son répertoire, et l'on ne fait pas disparaître un apprenti typographe comme une muscade.

— Tu crois?

— J'en suis sûr.

— Nul ne sait où tu es cependant.

— Excepté moi.

— Comment?

— Ile St-Louis... quai d'Anjou...

— Tu sais cela?

— Et bien d'autres choses.

— Quoi encore?...

— Ah! vous êtes trop curieux, mon brave homme.

— Tu railles.

— Je n'oserais pas.

— Écoute alors, écoute...

— Voyons.

Pour rester dans la vérité de cette histoire, disons que, pendant ce rapide colloque, la jeune femme s'était assise près de la cheminée, dans une petite causeuse de soie capitonnée, et que, de là, elle suivait avec curiosité les diverses phases de cette scène.

De temps en temps, Typo, secrètement attiré par un aimant de jeunesse et de beauté mystérieuse, lui jetait un regard furtif et investigateur, et chaque fois, il voyait ses dents blanches éclater dans un sourire provoquant, et la flamme de ses regards percer ardemment son loup de velours.

En dépit du masque qui cachait ses traits, Typo avait deviné mille beautés et mille grâces, qui avaient suffi pour mettre le feu à son imagination...

L'homme qui paraissait être le maître du logis, était allé s'asseoir près de la cheminée; la jeune femme s'accouda sur le dossier de son fauteuil, de façon à n'être vue que de l'apprenti.

— Ton intervention a sauvé, cette nuit, une femme destinée à mourir, reprit alors l'homme aux favoris roux, à l'heure qu'il est, cette femme n'est plus entre nos mains, elle peut nous échapper demain, et c'est toi qui en auras été la cause.

— Eh bien, vrai! fit Typo, il m'est impossible de m'en repentir.

— Tais-toi.

Et comme Typo levait en ce moment les yeux vers le petit masque, il le vit poser un doigt sur ses lèvres, comme pour lui recommander la discrétion ou la prudence.

Le jeune apprenti sentit son cœur remuer.

— Si tu le veux... poursuivit son interlocuteur, tu peux être libre.

— Avez-vous donc le projet de me garder ici? dit Typo.

— Mieux que cela.

— Vraiment.

— Si tu refuses de nous servir, tu n'en sortiras plus.

— Vous me tuerez.

— Nous te laisserons mourir.

— Comment?...

Le maître du lieu grimaça un sourire.

— Il y a, ajouta-t-il, sous cette maison, un caveau fermé par une porte solide; si tu refuses de me servir, Burrhus te descendra dans ce caveau, il en fermera solidement la porte, et l'on t'y laissera...

— Jusqu'à ce que mort s'ensuive.

— Tu comprends?

— À merveille.

— Et que décides-tu?

— J'attends que vous m'expliquiez ce que vous attendez de moi.

— À la bonne heure... je vois que tu deviens plus traitable.

— Ça dépend.

— D'ailleurs ce que j'exige est peu de chose.

— Voyons!

— La jeune fille dont nous voulions nous débarrasser a été trouvée par un de tes amis.

— Albert! fit Typo.

— J'ignore son nom.

— Continuez.

— Mais puisque tu le connais, cela ira tout seul.

— Allez toujours.

— Ton ami, après l'avoir sauvée, voudra probablement la soustraire à nos recherches.

— Je comprends cela.

— C'est ce que nous voulons empêcher.

— Et vous avez compté sur moi.

— J'y compte encore.

— Eh bien, voilà comment on se met le doigt dans l'œil.

Son interlocuteur le regarda.

Typo se prit à rire.

— Oh! pardon... se reprit-il aussitôt, c'est une manière de parler; je veux dire que vous vous êtes trompé.

— Tu refuses de nous aider.

— C'est-à-dire que, non-seulement je refuse, mais que je ferai encore tout ce qui sera en mon pouvoir pour seconder Albert... et je jure...

Typo n'acheva pas...

La jeune femme qui lui faisait vis-à-vis venait de retirer son masque, et elle se présentait à lui, dans tout l'éclat de sa jeunesse et de sa beauté.

Il en resta comme ébloui.

Figurez-vous un des plus purs types de la race italienne, — une petite femme aux regards de feu, au teint chaudement coloré, à la physionomie ardente et passionnée.

Ce ne fut qu'un éclair... Mais il sillonna le jeune apprenti comme une étincelle électrique. La petite femme remit presque aussitôt son masque, Typo avait à peine eu le temps de la voir, et cependant il devait conserver éternellement le souvenir de cette charmante apparition.

Toutefois, il était trop nativement honnête pour chercher à composer avec sa conscience, et comme Ulysse passant au milieu des sirènes, il ferma les yeux et les oreilles, et demeura inébranlable dans son devoir.

— Eh bien! fit l'homme de l'île Saint-Louis, étonné de cette hésitation.

— Eh bien, répondit Typo, je ne me dédis pas.

— Tu préfères mourir.

— Je préfère ne pas commettre une lâcheté

— C'est ton dernier mot?

— Faites ce que vous voudrez.

Celui qui tenait Typo en son pouvoir réprima un mouvement d'impatience, et frappa sur un timbre, pendant que la jeune femme allait s'asseoir avec dépit dans un coin du salon.

Burrhus entra.

L'honnête brigand avait une singulière expression répandue sur le visage : il tourna un mélancolique regard vers Typo, et s'inclina devant son maître.

— Burrhus, dit alors ce dernier d'un ton brusque et impérieux, cet enfant ne doit pas sortir de cette demeure, tu vas le conduire...

— Oui, monsieur le baron... répondit Burrhus.

— Va donc... et n'oublie pas que ta tête me répond de lui!

— Cela suffit.

Burrhus salua une seconde fois, et sortit en entraînant Typo.

Et d'abord, ils descendirent l'escalier du premier étage, sans échanger une parole... Burrhus était soucieux, et Typo repassait avec intérêt les péripéties multiples qui avaient incidenté cette nuit.

Dès qu'ils arrivèrent au rez-de-chaussée cependant, la position changea.

Burrhus avait ouvert une porte qui donnait accès dans les caves de la maison, et après y avoir poussé Typo, il venait de la refermer.

— Ce que j'avais prévu est arrivé, dit-il alors d'un ton grondeur, ton obstination t'a perdu.

— Eh bien, après... fit Typo, qui croyait railler toujours, et ne comprenait peut-être pas tout le danger de sa position.

— Après... après!... dit Burrhus... tu n'as pas voulu entendre raison, et te voilà condamné.

— À mort?

— À mort!

Il y eut un moment de silence, pendant lequel Burrhus alluma une lanterne sourde.

Ils descendaient lentement les degrés de l'escalier... De toutes parts régnait une obscurité profonde, et une humidité qui pénétrait les os.

Typo se sentit pris d'un frisson.

Cependant, tout en descendant, il comptait les marches... cette précaution était indiquée par la situation, et depuis la Tour de Nesle jusqu'à Latude, il avait appris que tous les prisonniers s'en étaient bien trouvés...

Il compta ainsi trente marches.

L'escalier était d'ailleurs assez doux; il calcula donc qu'il pouvait se trouver à vingt pieds sous terre.

Au bas de l'escalier, commençait un long corridor tortueux, qui paraissait familier à Burrhus, et dans lequel il s'engagea sans la moindre hésitation.

— Voyons, dit alors Typo, et comme ils venaient de s'arrêter devant une porte bardée de fer, dont Burrhus s'était mis à chercher la serrure, est-ce qu'il est bien décidé que vous allez me laisser pourrir dans ce cachot?

— Le maître a ordonné, répondit Burrhus.

— Et vous exécuterez ses ordres?

— Tu vois.

Typo ricana.

— Eh bien, reprit-il aussitôt, savez-vous qu'il m'est venu une idée?

— Laquelle?

— Nous sommes seuls ici, nul ne songe déjà plus à nous... et au lieu de me laisser faire comme un imbécile, j'ai bien envie...

— De m'assassiner peut-être? interrompit Burrhus.

— Pourquoi pas?...

Pyrrhus venait d'ouvrir la porte du cachot.

Il se retourna vers son prisonnier, avec un sourire gogue-nard sur les lèvres.

— L'idée qui t'est venue là, en a déjà tenté plusieurs répon-dit-il avec ironie, et tu vois, mon petit que je ne m'en porte pas plus mal.

— C'est qu'ils s'y sont mal pris.

— Peut-être...

— Et ça ne doit pas décourager les autres.

— Je ne te conseille pas d'essayer.

— Cependant.

— Allons... ne fais pas le méchant... je vais t'e rmer là et, selon les ordres du baron, on doit t'y oublier... dans trois jours nous aurons quitté Paris ; tu n'as donc pas de chances d'en sortir. Mais tout espoir cependant n'est pas perdu... tu m'as intéressé... et si je puis faire quelque chose pour toi... si les circonstances m'aident un peu, eh bien... je ne dis pas que je ne tenterai rien pour te sauver.

— Voilà une bonne volonté à laquelle je ne m'attendais guère, objecta Typo, un peu soucieux.

— N'espère rien cependant.

— Vous êtes meilleur que ceux que vous servez.

— Je ne dis pas non.

— Et c'est un triste maître que le vôtre.

Burrhus fit un mouvement plein de brusquerie et de mau-vaise humeur.

— Soit! répondit-il d'un ton rude, cela ne te regarde pas... je fais ce qu'il me plaît...

— Ma foi! interrompit Typo, en faisant un pas dans le ca-chot, je voudrais bien en ce moment pouvoir en dire autant.

Il n'acheva pas... Burrhus tira la porte à lui, fit jouer deux fois la clef dans la serrure, et Typo entendit, un instant après, le bruit de ses pas qui se perdait dans le corridor.

IV. — Le cachot.

Typo était désormais seul, abandonné au milieu des ténè-bres, entre quatre murs épais et sourds à vingt pieds sous terre.

A moins d'un miracle, à moins d'une intervention peu pro-bable du ciel, il lui fallait renoncer à tout espoir de sortir ja-mais de ce souterrain.

Sa position était critique...

Typo songea à Latude.

C'était le cas. — Il se rappela les longues années subies par ce prisonnier célèbre, et trouva que son propre sort était cent fois plus triste.

Latude était mal nourri dans son cachot, tandis que lui, Typo, avait la perspective de ne pas être nourri du tout.

On l'avait menacé de le laisser mourir de faim.. Et il y avait déjà douze heures qu'il n'avait mangé !...

Il se souvint alors avec amertume qu'il avait jeté sa der-nière pomme cuite au nez du geôlier de la Bastille.

Et suivant la pente de ses souvenirs, il revit, en un instant, tout ce qui avait fait la joie, la gaîté, l'insouciance de ses pre-mières années.

Le boulevard... l'atelier... l'*Amb-Com* !...

Il ne pouvait se résoudre à ajouter foi à son malheur.

A quatorze ans, on ne croit pas qu'on mourra jamais!

Et puis, il se rappelait cette gracieuse et sympathique appa-rition qui lui avait souri derrière son masque de velours.

Quelle était cette jeune fille, cette enfant...

Typo se sentait tout ému de ses regards... il les voyait tou-jours briller dans l'ombre, et son cœur, profondément troublé, s'ouvrait à des sensations toutes nouvelles pour lui. — C'était un monde enchanté dans lequel il venait de pénétrer pour la première fois, et il lui semblait douloureux de s'en arracher, ou de penser que ce n'était là qu'un rêve mensonger et trom-peur.

Il resta quelque temps plongé dans une sorte d'extase.

Mais, comme il n'était presque encore qu'un enfant, et que, chez l'enfant, les sensations se succèdent d'habitude, mobiles et passagères, il se calma peu à peu et son esprit abandonna le pays des chimères, pour revenir sur le sol rude de la réa-lité.

— Allons, se dit-il, tout ça, ce sont des bêtises, et il faut d'abord songer à sortir d'ici : *aide-toi, le ciel t'aidera*... au diable mon inconnue, et fi de l'amitié de mon geôlier; ce monde là ne vaut sans doute pas la peine qu'on y pense... tâ-chons seulement de sortir, et nous verrons après pour le reste.

Et sans plus attendre, Typo se mit à inspecter les lieux.

Et d'abord il jeta les bras en avant et chercha le mur. Il fit ainsi deux ou trois pas, sur un sol sec et solide; sa main toucha une paroi couverte d'une poudre friable qui tomba sous le contact des doigts; enfin, il frappa du poing le mur qui ne rendit qu'un son mat.

— Diable! murmura Typo, en voilà un qui a l'air de se bien porter...

Et continuant son examen, il suivit la paroi en se guidant de la main, et arriva ainsi jusqu'à un angle du caveau.

Une fois là, il tendit l'oreille.

Dans le premier moment, il ne s'aperçut que de ce calme p fond, ce silence froid absolu qui règne dans les souterrai

Puis, ses oreilles prenant de l'acuité, il entendit de lég frissonnements, de petits bruits, périodiques, courts, ma constants, que dominait une sorte de bourdonnement maje-tueux et profond.

— L'eau suinte par ici! se dit Typo... et, si je ne me trompe, ce bruit que j'entends, est celui de la Seine...

Et il se mit à réfléchir.

Pour arriver à la Seine, il ne fallait que percer le mur; une fois le mur percé, on gagnait le fleuve, on le traversait à la nage et l'on arrivait à la rive droite...

Traverser la Seine à la nage, c'était peu de chose. Typo était depuis longtemps célèbre aux bains du pont au Change pour ses plongeons audacieux, l'agilité de sa coupe et le mer-veilleux laisser-aller de sa planche.

Il ne s'agissait donc que de percer le mur, — quelque chose comme six pieds d'épaisseur, — presque rien!

Or, Typo n'avait entre les mains aucun outil qui pût aider ses forces pour soulever les lourdes pierres dont se composait le mur. D'un autre côté, comment sans lumière trouver le joint des assises, puisque toute solution de continuité était remplie par un dur ciment qui ne formait qu'un seul bloc de la masse totale des pierres superposées.

Typo passa sa main sur toute la surface du sol pour voir s'il ne trouvait rien qui l'aidât dans ses projets de fuite. Mais il ne se présenta sous ses doigts que de petits fragments de brique ou de minces tessons de bouteille. C'était à désespé-rer!

Notre prisonnier commençait à s'impatienter.

Une sourde irritation lui fouettait le sang. Il s'avança vers la porte qu'il secoua longtemps avec rage. Mais quelqu'effort qu'il fît, il parvenait à peine à agiter sur ses gonds le lourd panneau de bois qui servait de fermeture à la cave. Le pêne de la serrure et la tige des verrous frappaient contre la gâche et les crampons avec un bruit sec, strident et moqueur. — On eût dit que la porte se faisait le complice de son geôlier et qu'elle riait des efforts du jeune apprenti.

Ce dernier usa bientôt ses forces contre cette masse de bois stupide. Vaincu enfin, abattu par la fatigue, par la faim, par le sommeil, il se laissa glisser à terre et se coucha sur le sol.

Qui dort dîne, dit la Sagesse des nations.

Typo n'avait plus que cette ressource suprême pour se recon-forter, et, après avoir maugréé, murmuré, gémi, il s'aban-donna à ce doux festin que Dieu sert toujours à l'enfant, — le sommeil!

Sommeil agité cependant, tout rempli de rêves et d'évoca-tions fiévreuses.

L'estomac criait sourdement et ne se contentait qu'à demi de ce repas

L'empreinte des terribles scènes de cette nuit était demeu-rée profonde dans l'esprit de Typo, et l'imagination allait son train.

Ce fut un diorama fantastique, dans lequel il revit, grossi par l'illusion du songe, le drame auquel il avait assisté et dont les péripéties ne paraissaient pas devoir se terminer de sitôt.

Combien de temps resta-t-il ainsi, — nous ne saurions le dire

Quand il revint à lui, le même silence l'enveloppait... la même obscurité humide et froide glaçait ses membres.

Il se leva en sursaut, passa sa main sur ses tempes et éten-dit ses bras devant lui.

Ce qui lui était arrivé n'était point un rêve! il était bien enfermé à vingt pieds sous terre, loin de tout secours humain.

Le sommeil avait un moment calmé sa faim; mais, voilà qu'en se réveillant, son estomac recommençait ses réclama-tions énergiques.

Il y avait de quoi devenir fou.

Typo chercha dans toutes ses poches quelques restes d'un festin qu'il avait dû faire à la *Gaîté*, pendant les entr'actes, — un morceau de pain, même trempé des larmes versées au spectacle des souffrances de Latude, lui eût semblé bien doux en ce moment. Mais il n'y avait rien... pas même un radis!, comme il se le dit à lui-même dans son langage pittoresque.

Cependant cette recherche obstinée ne fut pas tout à fait infructueuse.

Il venait, en effet, de plonger sa main dans la dernière de ses poches, quand il sentit quelque chose remuer sous ses doigts.

Il tressaillit.

C'était une vingtaine d'allumettes, qu'il venait de trouver.

Typo sauta de joie.

— Allumettes chimiques allemandes! s'écria-t-il en riant aux éclats.

Et, d'un geste prompt comme la pensée, il frotta l'extrémité trempée de phosphore contre les solives de la porte.

Un coup de théâtre... un changement à vue sans machiniste... un tableau de féerie.

La flamme avait jailli en dévorant le soufre, et la lumière s'était faite.

Fiat lux!..

Le cachot s'illumina instantanément.

La lumière, c'était presque la vie!.. et Typo, désormais retrempé, plein de confiance en Dieu, qu'il n'avait jamais offensé, le pauvre enfant, se mit à faire l'inspection attentive et minutieuse des lieux.

C'était un réduit froid et noir, aux murs sales et poudreux. La voûte à arêtes croisées était toute tapissée de toiles d'araignées. Le sol, composé de terre battue, était tout couvert de cette poussière humide qui tombe constamment dans les pièces inhabitées. Typo fit un geste d'admiration comique et goguenarde.

— Eh bien, dit il avec enjoûment, voilà un appartement qui ne doit pas coûter cher de loyer.

Et comme la première allumette s'était éteinte, et qu'il n'avait pu jeter sur le caveau qu'un rapide regard d'inspection, il se mit aussitôt en devoir de se procurer un nouveau flambeau. Mais, ô bonheur! parmi les allumettes dont sa poche était pleine, ses doigts s'arrêtèrent cette fois sur un objet d'une tout autre forme et d'un volume d'ailleurs beaucoup plus considérable.

Il avait senti le manche d'un couteau.

Typo jeta un cri à ce contact inattendu.

C'était son couteau!.. son couteau, c'est-à-dire une lame forte, acérée, qui pouvait efficacement attaquer la muraille et ouvrir une issue, et, Dieu aidant, devenir un excellent agent d'évasion.

Typo battit des mains avec une joie immense.

Tout n'était pas perdu et qui sait... le moment où il allait recouvrer la liberté n'était peut-être pas éloigné.

Les bruits qu'il avait perçus avant son sommeil lui revinrent alors à la mémoire. Il écouta de nouveau, et ayant entendu un vague clapotement ou un ruissellement sourd, il s'avança, muni de la flamme éphémère qui l'éclairait, vers l'endroit d'où le bruit semblait partir. Là le mur était tout humide des infiltrations boueuses tombant goutte à goutte sur le sol tout trempé d'eau.

Typo fut saisi une seconde fois de cette idée que les eaux de la Seine devaient passer non loin du mur de la cave. Toutefois, il réfléchit qu'entre le fleuve et les maisons il y a sur tout le parcours *intra-muros* de la Seine, à un intervalle déterminé par les quais et de plus par une large berge en certains endroits, — au moins dix mètres d'épaisseur. — Cette réflexion le rendit un moment à toutes ses hésitations.

Comment espérer, en effet, qu'avec ses seules forces, à l'aide d'un simple couteau, privé de toute nourriture, il pourrait jamais percer jusqu'à la Seine, à travers des murs solides, un tunnel de cette profondeur? c'était insensé!

Et cependant, tandis qu'il se laissait aller à l'abattement, le même bruit de flot courant arrivait toujours jusqu'à lui, et semblait lui dire :

— Viens!.. courage!.. la liberté est ici, et Dieu est avec toi!

Tout à coup une idée jaillit de son cerveau et illumina ses yeux et son front.

La vérité s'était fait jour... il venait de comprendre.

Ce ne pouvait être la Seine qu'il entendait... le fleuve était trop éloigné... c'était bien plutôt les eaux d'un égout qui longeait vraisemblablement la cave qui lui servait de prison. Un simple mur devait donc le séparer de cette voie d'évacuation; en pratiquant une ouverture dans le mur, il pourrait s'élancer par cette issue souterraine et arriver au fleuve où se déchargeaient les immondices.

C[illegible], il se mit de suite en mesure de le réaliser. Pour cela il attaqua, du côté de l'égout présumé, la pierre qui lui parut le moins solide. Une fois le joint trouvé, il voulut ménager son luminaire, dont il aurait sans doute besoin pour se guider dans le passage souterrain des eaux, et travailla dans l'obscurité, avec une ardeur et une énergie inconnues à cet âge. Il frappait à coups pressés le ciment qui joignait les pierres, et des étincelles lumineuses partaient au choc de l'acier.

Mais le bras était faible, l'instrument mince et court, et l'œuvre de délivrance n'avançait qu'avec une désespérante lenteur.

D'un autre côté, privé de nourriture depuis de longues heures, il était à tout moment atteint de défaillances subites qui le contraignaient d'abandonner son travail. Alors, il sentait des bourdonnements tinter dans ses oreilles, une sueur froide lui perlait au front et il lui semblait qu'il allait mourir.

Heureusement ces défaillances duraient peu... Typo était devenu presque un homme; une sorte d'ivresse fiévreuse s'était emparée de lui et lui communiquait une force et un courage factices.

L'enfant avait grandi à la hauteur du danger qu'il courait... l'importance qu'on lui accordait, en le traitant avec tant de cruauté, l'élevait à ses propres yeux, et, pour rien au monde, il n'eût voulu faillir au rôle qu'il s'attribuait...

Et puis, s'il réussissait jamais à s'évader de cette prison, quelle histoire à raconter... quel personnage à jouer! Il allait être le héros du boulevard du Temple... on le regarderait passer... on se le montrerait du doigt.

Quel rêve! et ce serait son destin!..

Typo avait des bouffées d'orgueil naïf et charmant... et le pauvre enfant arrivait à penser parfois que les murs de son cachot allaient s'ouvrir d'eux-mêmes, et lui livrer passage jusqu'aux bords du fleuve.

Comme il en était là... il entendit un bruit de pas dans le couloir qui conduisait à son cachot.

Il s'arrêta!

Sa première pensée fut qu'on venait le délivrer. — A son âge on croit à tout, et surtout aux dénoûments impossibles.

Mais cette joie fut de courte durée, et elle eut sa réaction terrible.

— Peut-être ont-ils pensé qu'il était trop cruel de me laisser mourir de faim... se dit Typo... et ils viennent sans doute pour m'expédier...

Cette pensée, sans l'effrayer beaucoup, — car dans son abandon il préférait voir un ennemi que de mourir dans la solitude, — cette crainte, dis-je, le fit se mettre sur ses gardes. Il se posta donc dans un angle de la cave, assura son couteau dans la main et attendit.

Il était prêt à vendre chèrement sa vie!

Cependant on venait de s'arrêter sur le seuil même de son cachot... La clef grinça dans la serrure, et la porte s'ouvrit.

Jamais le cœur de Typo n'avait battu aussi violemment

Il retint son souffle, et plongea son regard dans l'obscurité.

Alors un second prisonnier fut brusquement poussé dans la cave, la porte se referma de nouveau à double tour, et les pas s'éloignèrent et finirent par s'éteindre dans le lointain.

Typo n'y comprenait plus rien...

Quelle était cette nouvelle victime que l'on venait de jeter dans son cachot... quel nouveau crime avait été commis, quelle était enfin cette bande d'assassins au pouvoir de laquelle il se trouvait?

Mystères impénétrables qu'il ne chercha même pas à approfondir.

Cependant il ne pouvait rester là indéfiniment, dans l'attente d'une révélation que son compagnon ne pouvait lui faire que sur sa demande.

Il fit quelques pas dans la direction de la porte, et cette démarche produisit immédiatement son effet.

Son compagnon se retourna vivement de son côté.

— Il y a quelqu'un là!... dit-il d'une voix forte et qui ne tremblait pas.

Pour toute réponse, Typo frotta sur sa manche une de ses allumettes chimiques, et s'approcha du nouveau venu.

Deux cris partirent en même temps.

— Albert! fit Typo, en lançant son allumette sur le sol.

— Typo! répondit Albert.

Et les deux amis s'élancèrent dans les bras l'un de l'autre, et s'étreignirent comme après une longue et douloureuse séparation.

Quand les premiers moments d'épanchement et d'oubli furent passés, Typo recouvra sa présence d'esprit, et incertain, troublé, ému, il accabla son ami de mille questions auxquelles ce dernier eut d'abord beaucoup de peine à répondre.

— Il y a le doigt de Dieu dans tout ceci, dit le jeune apprenti, avec un bon sens, développé de bonne heure par les drames du boulevard, mais comment se fait-il que je le retrouve à vingt pieds sous terre, entre les mains de ce gredin de Burrhus, et destiné comme moi à mourir de faim?

Typo sentit à cette question la main d'Albert frémir dans la sienne.

— Voyons!... que s'est-il passé? poursuivit-il, parle, explique-toi... car je n'y comprends plus rien, et il me semble que j'assiste à une pièce de M. Bouchardy.

— Typo, répondit Albert, d'un accent profondément ému, Typo, il est arrivé un de ces accidents dont les familles se relèvent difficilement, et qui laissent toujours une tache sur les noms les plus honorables.

— Tu m'effraies!

— Marguerite...

— Eh bien?

— Marguerite est déshonorée...

— Que dis-tu!

Il y eut un silence.

— Pauvre sœur! reprit Albert, presque aussitôt... si tu savais, Typo, ce que j'ai souffert depuis deux jours!... Marguerite déshonorée... la honte dans notre famille, il n'en faut pas davantage pour tuer ma pauvre vieille mère...

— Mais, quel est le misérable! s'écria Typo avec exaspération, et en serrant énergiquement le manche de son couteau.

Albert fit entendre un ricanement.

— Le misérable! dit-il d'une voix lente, le misérable, c'est un ami.

— Son nom?

— Un ami que ma mère avait caressé tout enfant... nous avions grandi l'un à côté de l'autre... il était à la maison, reçu à toute heure, sur la foi de l'amitié, avec cette confiance que l'on doit à l'honnêteté; — on ne cache pas son trésor devant un ami!... et celui-là nous a volé notre trésor, à nous, notre honneur...

— Mais son nom! son nom!

— Tu ne devines pas?

— Peut-être.

— Tu ne l'aimais pas.

— Martin?

— Lui-même...

— Martin! répéta Typo, avec l'accent de la rage!... si le ciel veut que je sorte jamais de cette prison, je jure Dieu que j'en mangerai un morceau.

Albert serra silencieusement les mains de son ami.

— Pauvre Typo, dit-il, tu parles de vengeance, et tu oublies que l'on nous a jetés ici pour y périr.

— Tu as raison.

— Qui nous délivrera?

— Personne assurément, mais ce que les autres ne feront pas pour nous, nous pouvons le faire nous-mêmes.

— Y penses-tu?

— Je ne pense qu'à cela.

— Et quel moyen?

— Tiens, regarde, regarde.

Et Typo, entraînant Albert vers le mur opposé de la prison, il lui montra la pierre déjà fortement entamée...

Mais avant de se remettre à l'ouvrage, et comme frappé d'une pensée subite, il se tourna avec vivacité vers Albert.

— Qu'y a-t-il? dit ce dernier.

— Une question?

— Parle.

— Au moment où cet animal de Burrhus m'entraînait, ne sortais-tu pas de la maison du canal?

— En effet.

— Tu étais seul?

— Je courais éperdu après un médecin...

— Et n'as-tu pas trouvé une jeune fille étendue sur la berge?

— Tu le sais?

— Parbleu!

— Ah! c'est une singulière histoire, aussi, celle-là.

— Eh bien, conte-la-moi, et quand tu auras fini, nous nous mettrons à l'œuvre.

Albert commença ainsi.

V. — L'égout de l'île Saint-Louis.

Que le lecteur nous permette de nous substituer ici à Albert, et de reprendre le récit au moment où Typo venait de disparaître, entraîné par son ami Burrhus.

A peine Typo avait-il disparu, que Albert arriva sur le lieu de la scène.

Ce dernier était tout ému de ce qui s'était passé, il avait déposé à la hâte la pauvre Marguerite sur son lit, et en la voyant pâle et mourante, il s'était empressé d'aller chercher un médecin.

Le malheureux avait la tête perdue; il songeait au réveil de sa mère; des larmes de rage et de honte brûlaient ses yeux, et il se demandait, avec épouvante, quelle issue il pourrait jamais trouver à cette situation terrible.

C'est dans ces dispositions qu'il atteignit les bords du canal, où un spectacle inattendu allait frapper ses regards.

Il s'arrêta, stupéfait.

Une jeune femme était là... les mains liées sur la poitrine, les lèvres étouffées sous un bâillon.

Albert se précipita vers elle.

Il n'y avait plus personne sur la berge; les bandits subalternes avaient fui à son approche, et sans chercher à s'expliquer la cause de cette rencontre, obéissant à son seul instinct, il s'empressa de rendre à la femme la liberté des mouvements et la parole.

— Oh! vous m'avez sauvée, s'écria la jeune femme en s'emparant avec transport des mains d'Albert.

— Venez! venez!... dit ce dernier, en cherchant à l'entraîner.

— Oui! fuyons.

— Ici, vous pouvez courir encore quelque danger.

— Vous avez raison... mais où voulez-vous m'emmener?

— La demeure de ma mère est à quelques pas: là du moins vous serez à l'abri de tout événement.

La jeune femme ne répondit pas, et sans faire d'objection, elle s'appuya doucement sur le bras d'Albert qu'elle suivit.

Dix minutes après, elle était assise devant un bon feu, auprès du lit sur lequel reposait Marguerite.

— Vous êtes ici chez ma sœur et chez ma mère, lui avait dit Albert en entrant, vous y pourrez passer la nuit sans crainte, et demain, je vous ramènerai à vos parents.

A cette proposition, la jeune femme avait tourné vers lui un regard attendri, et avait serré ses mains avec effusion.

— Merci, lui répondit-elle d'un accent ému, merci; vous vous êtes conduit en homme loyal et généreux, et le souvenir de cette nuit restera éternellement gravé dans mon cœur; mais il y a dans ma vie un secret terrible, et je doute que je puisse profiter de votre offre.

— Comment! fit Albert étonné.

— La tentative dont j'ai été l'objet m'a éclairée sur ma position, et, pour rien au monde, je ne retournerai vers ceux qui ont attenté à mes jours.

— Vous connaissez donc vos assassins?

— Je les connais.

— Eh bien! c'est mieux que je n'espérais et dès demain je vous aurai vengée.

— Y songez-vous?

— Sans doute... la police est bien faite à Paris, et quel que soit le soin avec lequel ils se cachent, on saura bien les découvrir.

La jeune femme remua la tête en signe d'incrédulité, et Albert vit en ce moment deux larmes couler lentement le long de ses joues.

Elle était belle ainsi, et jamais il n'avait rien vu d'aussi touchant et d'aussi sympathique.

Il se sentit profondément troublé.

Elle avait dix-huit ans à peine... elle était grande, élancée, avec de beaux cheveux bruns, qui lui faisaient comme une couronne d'ébène, et des yeux d'une vivacité qui n'excluait pas la douceur, sa peau avait cette pâleur mate qui est le privilége des natures d'élite, et toute sa personne respirait une distinction qui ne semblait ni étudiée, ni cherchée.

Quel mystère pesait donc sur cette femme, et d'où vient qu'elle éveillait des haines aussi redoutables?

Albert avait presque oublié sa sœur, et, mu par une ardente curiosité, il se demandait quel pouvait être le mot de cette ténébreuse énigme.

— Voyons! dit-il avec intérêt, et en se rapprochant de la jeune femme, pour laquelle il consentait à oublier un moment les sombres préoccupations que lui inspirait la situation de Marguerite, voyons... un crime comme celui dont vous venez d'être la victime ne saurait rester impuni, et sans chercher à vous en demander plus que vous n'en voulez dire, je prétends cependant appeler l'attention de la justice sur une pareille tentative.

— N'en faites rien, interrompit la jeune femme avec un geste d'effroi.

— Que craignez-vous?

— Tout!

— Cependant, votre famille saura vous défendre.

— Je n'ai plus de famille.

— Vos amis alors.

— Je n'en ai jamais eu.

— Enfin, insista Albert, quelqu'un s'intéresse à vous.

— Personne, monsieur, personne, répondit la jeune femme, avec une douceur résignée, et tout ce que je demande à Dieu, c'est de m'éloigner de ceux qui me connaissent, et d'aller vivre ignorée, dans quelque coin de ce monde, où je pourrais me faire oublier.

Albert regarda son interlocutrice avec un étonnement qui croissait à chaque parole... plus il avançait dans cette conversation, plus les ténèbres s'épaississaient, et moins il arrivait à comprendre.

Cependant, il ne se tint pas encore pour battu... et bien que son insistance pût être taxée d'indiscrétion, sa curiosité était trop vivement éveillée, pour qu'il se résignât à abandonner ainsi la partie.

— Tout ce que vous venez de me dire est étrange, reprit-il après quelques moments de silence : nous sommes, Dieu merci, dans un pays civilisé où les mystères ne sont pas de longue durée, et l'intervention de la police ne tarderait pas, j'en suis sûr, à vous rendre toute sécurité; et tenez, ajouta-t-il, mais cette fois avec une sorte d'embarras, permettez-moi de vous adresser encore quelques questions, qui, si elles n'apaisent pas vos appréhensions, m'aideront moi-même à vous mettre sur la voie de quelque révélation.

— Le croyez-vous! fit la jeune femme.

— Je l'espère du moins.

— Que voulez-vous donc savoir?

Albert parut réfléchir un moment, puis, il reprit presque aussitôt.

— Il y a peu de temps que vous êtes à Paris, dit-il d'une voix grave.

— Il y a un mois à peine, répondit la jeune femme, et j'ajouterai même une particularité qui vous étonnera sans doute, c'est qu'il y a deux heures, j'ignorais même que je fusse à Paris.

— Est-ce possible?

— C'est ainsi...

— Voilà qui est étrange, en effet, et je m'explique difficilement.

La jeune femme sourit avec amertune.

— Depuis un mois, répondit-elle simplement, c'est la première fois que je sors.

— Où demeurez-vous?

— Je l'ignore.

— Et d'où veniez-vous?

— Je n'en sais rien.

Albert passa sa main rapide sur son front.

— Mais c'est une séquestration, dit-il avec énergie, et sans doute, c'est aux bras de vos parents que l'on vous a arrachée... pour vous amener ici?...

— Ma mère est morte depuis longtemps... j'étais tout enfant à cette époque... je me le rappelle à peine.

— Mais votre père! votre père...

— Je ne l'ai jamais connu...

Albert se tut.

Il ne savait plus que penser.

Tout ce qu'on lui disait était si singulier, si nouveau pour lui, cette histoire d'enfant séquestrée, et cette tentative d'assassinat, lui paraissaient si invraisemblables, qu'il avait peine à y ajouter foi; par moments même, il arrivait à penser que cette jeune fille qui lui parlait n'était qu'une aventurière, et que rien de tout ce qu'il entendait n'était réel...

Et cependant...

Il y avait sur ce front tant de pureté et de candeur, tant de naïveté et de franchise dans ces regards, l'accent avec lequel elle s'exprimait était si touchant et si simple, que, malgré lui il se laissait aller à la confiance, et qu'il avait presque honte de ses soupçons.

Et que lui importait après tout!...

Il avait devant lui une jeune fille qu'il avait sauvée d'une mort certaine... — le fait était constant; — cette jeune fille était belle, jeune, riche... ses regards disaient assez quel trésor de reconnaissance elle gardait pour son libérateur... n'était-ce pas plus qu'il n'en fallait...

Cet interrogatoire qu'il lui faisait subir, enlevait d'ailleurs au dévoûment d'Albert une partie de son mérite, et il était plus digne de son cœur de se retrancher dans une discrétion absolue.

Albert le comprit enfin et cessa ses questions.

— Je ne chercherai pas, dit-il alors, à soulever davantage le voile qui vous entoure... Je suis trop heureux de vous avoir sauvée pour vous embarrasser par mes questions indiscrètes, qui n'avaient d'ailleurs d'autre but que de vous servir mieux. Je vous le répète donc, mademoiselle : vous êtes ici chez ma mère et chez ma sœur, vous pouvez y rester tout le temps qui vous paraîtra convenable, et si, après avoir mûrement réfléchi à la situation qui vous est faite, vous voulez quelque jour poursuivre à votre tour ceux qui vous persécutent aujourd'hui, vous me trouverez toujours prêt à votre premier appel...

La jeune femme tendit la main à Albert, et oublia un moment son beau regard sur son front.

— Encore une fois merci, répondit-elle, d'une voix émue, cette nuit comptera parmi les meilleures de ma vie, et depuis longtemps je n'avais eu le cœur si doucement reposé... mais après le service que vous m'avez rendu, j'ai encore une prière à vous adresser.

— Parlez!... parlez! dit Albert, les mains jointes.

— C'est un dernier service que j'attends de vous.

— Que faut-il faire?

— Vous avez parlé de vengeance.

— Sans doute...

— Vous avez manifesté le désir de vous adresser à la police.

— Eh bien!

— Eh bien... j'attends de vous, monsieur, que vous oubliiez non-seulement ce qui s'est passé, mais encore tout ce que je vous ai dit.

— Vous l'exigez?

— Je vous en prie

— Mais vos assassins, assurés de l'impunité, recommenceront leurs criminelles tentatives.

— J'en doute.

— On les eût mis dans l'impossibilité d'agir.

— Ah! vous ne les connaissez pas, puisque vous parlez ainsi de ces hommes; ils sont puissants, ils ont, eux aussi, une police active et incessamment éveillée, et je vous le dis, monsieur, si vous tentiez jamais d'engager une lutte avec eux, c'en serait fait de vous et des vôtres...

— Que dites-vous! fit Albert surpris.

— La vérité.

— Mais quels sont donc ces hommes?

— Je ne puis le dire.

— Et vous-même... vous!...

La jeune fille remua la tête avec un triste sourire, à cette dernière question, échappée à la soupçonneuse curiosité d'Albert.

— Non! répondit-elle d'une voix ferme, je suis une héritière dont la fortune immense a tenté la cupidité de ces hommes... et la fuite seule peut désormais me soustraire à leurs poignards.

Albert prit la main de la jeune femme qu'il baisa avec une respectueuse sympathie.

— Qu'il soit donc fait comme vous le désirez, dit-il enfin, je me tairai et je n'agirai pas... mais quel que soit le sort que l'avenir vous réserve, quels que soient les dangers dont vous puissiez être menacée, n'oubliez pas, n'oubliez jamais qu'il est au monde un homme qui sera toujours prêt à exposer ses jours pour protéger les vôtres.

Et sur ces mots, Albert alla vers sa sœur, qui écoutait étonnée et attendrie, et lui ayant adressé à voix basse quelques paroles de douce et fraternelle consolation, il se retira, laissant les deux jeunes femmes ensemble.

La chambre occupée par Albert était séparée de celles de sa mère et de sa sœur par un long couloir : il se hâta de le franchir pour aller prendre un peu de repos.

Il se sentait brisé par les événements de la veille et ceux de la nuit... Il avait besoin de mettre de l'ordre dans ses idées, et, à peine entré, il se jeta sur son lit...

Mais c'est en vain qu'il appela le sommeil : il était trop agité encore, mille inquiétudes emplissaient son esprit; son

La jeune fille remua la tête avec un triste sourire. — Page 15.

cœur battait avec force, et l'image de Marguerite et celle de l'autre jeune fille passaient alternativement devant ses regards attristés ou ravis.

Vers le matin seulement, il retrouva un peu de calme; la fièvre qui l'avait agité s'apaisa, et l'aube commençait à blanchir sa fenêtre, quand il ferma les yeux et s'endormit d'un sommeil profond et lourd...

Il était grand jour quand il s'éveilla.

Il sauta en sursaut à bas de son lit.

Sans se rendre compte de l'impression pénible qu'il éprouvait, il avait peur.

Un pressentiment fatal s'était emparé de son esprit... il s'habilla à la hâte, et sans avoir bien conscience de ce qu'il faisait... se dirigea à pas rapides vers la chambre de sa sœur.

La chambre était vide.

Albert sentit un frisson glacé courir sur tous ses membres.

Il interrogea sa mère, en ayant soin de ne pas éveiller ses soupçons, et sa mère lui apprit qu'elle n'avait pas vu Marguerite, et que, sans doute, elle était sortie de bon matin.

Albert eut la force de cacher ses inquiétudes...

Le concierge n'avait rien vu non plus... la famille Martin, qui demeurait dans le même corps de logis, n'en savait pas plus long...

Albert prétexta une course indispensable, et s'éloigna en toute hâte.

Il étouffait ..

Il se mit à errer à travers les rues de Paris sans but... à l'aventure...

Que la jeune fille qu'il avait sauvée eût disparu, il n'y avait là rien d'extraordinaire, ni qui dût le surprendre.

Il s'y attendait presque.

Mais sa sœur... mais Marguerite...

Que pouvait-elle être devenue?

Une sueur froide inonda son front à cette pensée! et mille terreurs assaillirent en même temps son esprit.

Toute la journée, il courut dans Paris, comme un échappé de Bicêtre.

Il avait toute sa raison cependant.

Il souffrait affreusement... il n'osait rentrer... son cœur était gonflé de larmes et de sanglots...

Dans son désespoir, il poussa jusqu'à la Morgue... et ce n'est pas sans une appréhension poignante qu'il jeta les yeux sur le marbre funèbre où l'on expose les cadavres.

Mais parmi les victimes de l'enfer de Paris qui gisaient sur ces lits sinistres, il ne reconnut ni sa sœur ni la jeune fille qu'il avait sauvée la veille.

Il sortit soulagé.

Si elles avaient disparu, du moins, il avait tout lieu d'espérer qu'elles vivaient encore.

Il reprit tristement le chemin du faubourg du Temple.

La nuit était venue, — une nuit sombre et froide; — il sentait une petite pluie fine et glaciale, et le vent sifflait avec des plaintes lugubres à chaque coin de rue.

Albert marchait lentement, livré aux plus pénibles pensées.

Rien de ce qui l'entourait ne le préoccupait; tout entier à son malheur, il ne songeait qu'à sa mère et à sa sœur, et si, parfois, l'image de l'autre jeune fille se présentait à lui, son cœur s'ouvrait alors à un sentiment étrange, fait d'amertume et de désespérance, et dont il lui eût été bien difficile de définir la nature.

En ce moment, et comme son esprit tout entier s'abandonnait à la pente de ses rêveries, il se sentit tout à coup appréhendé au corps, et avant qu'il eût le temps de se mettre en garde, deux hommes s'emparaient de lui; et il était transporté, bâillonné et garrotté, dans une voiture qui stationnait à deux pas.

Cette opération avait à peine duré cinq minutes.

Albert n'avait pu pousser un seul cri. Ses mouvements avaient été maîtrisés par quatre mains vigoureuses : toute résistance avait été rendue impossible.

La rue dans laquelle ceci se passait, était d'ailleurs complétement déserte, et l'on n'y devait espérer aucun secours.

La voiture partit au galop, et peu de temps après, elle atteignit ce même hôtel, où, la veille, on avait conduit Typo.

— Eh bien! dit ce dernier, quand Albert eut achevé son récit, ton histoire ressemble beaucoup à la mienne, et m'est avis, comme l'on dit dans *Perrinet Leclerc*, que nous sommes entre les mains de fières canailles.

— C'est vrai, fit Albert.

— Cela n'est pas douteux, continua Typo. et puisque nous en sommes sûrs, le plus prudent est de nous effaroucher le

Une soirée aux Italiens. — Page 21.

plus vite possible... A l'œuvre donc, Albert, à l'œuvre, et qui sait si le bon Dieu ne nous réserve pas une surprise agréable en sortant d'ici !...

Albert n'espérait plus; il était accablé et abattu par cette succession d'aventures et de malheurs; c'est tout au plus s'il se sentait le courage de défendre ses jours menacés, et, cependant, à l'invitation de Typo, il se souleva avec vivacité, et lui saisissant la main :

— Tu as raison, lui dit-il d'une voix forte, nous ne pouvons rester ici... Ce serait faire acte de malhonnête homme que de ne pas chercher à défendre sa vie... et je n'ai point oublié que ma pauvre mère a encore besoin de moi. A l'œuvre, Typo, à l'œuvre! et malheur à eux si nous parvenons à nous échapper...

Les deux amis se mirent à travailler avec une ardeur presque enthousiaste.

Le courage leur était revenu... le sentiment de la vengeance, l'immense désir de la liberté, si vif à cet âge, et puis, et surtout peut-être, l'ardente ambition de vivre, tout les soutenait.

Malheureusement, ils n'avaient que de faibles instruments... et ce n'est pas avec un couteau, si solide qu'il fût, qu'ils pouvaient espérer s'ouvrir une issue à travers une muraille épaisse et solide.

Les pierres résistaient ou ne tombaient que par petits fragments imperceptibles et le travail n'avançait guère.

Typo avait déjà usé bon nombre d'allumettes chimiques, et le découragement allait peut-être s'emparer de lui, quand un bruit se fit tout à coup entendre à l'extérieur, du côté où ils travaillaient.

Les deux amis s'arrêtèrent et prêtèrent l'oreille.

C'était comme un ébranlement produit par des coup de marteau, et, cette fois, il était évident que les travailleurs étaient armés d'engins à l'épreuve du choc le plus rude.

Typo regarda son ami dans l'ombre.

— Entends-tu?... lui dit-il à voix basse.

— Parfaitement!... répondit Albert.

— Qui cela peut-il être?

— Y aurait-il d'autres prisonniers que nous?

— Ou plutôt, ajouta Typo, ne serait-ce pas là le secours, inespéré, miraculeux, sur lequel je comptais malgré moi.

Albert remua la tête.

— Qui peut savoir que nous sommes ici? dit-il, avec découragement.

— Dame! répondit Typo d'un ton avantageux, il me semble que nous ne sommes pas trop mal l'un et l'autre, et il ne serait pas déraisonnable de penser que nous avons pu donner dans l'œil à la petite dame au masque noir!

Albert haussa les épaules, et se mit à l'œuvre sans plus attendre.

Mais que se passa-t-il en lui, et quel frémissement agita tous ses membres quand il entendit les coups devenir plus rapides, et qu'il sentit remuer et osciller même la pierre qu'il allait attaquer.

Il recula instinctivement de deux pas.

— Gare les cors aux pieds!... s'écria Typo, en retrouvant tout à coup tout son enjoûment; eh bien, que disais-je, n'avais-je pas raison...

— Peut-être... répondit Albert, devenu pensif.

— On vient nous délivrer.

— Dis plutôt qu'on vient se défaire de nous...

Cette réponse arrêta subitement la joie de Typo; mais l'impression dura peu.

— Allons donc! reprit-il presque aussitôt, si les hommes que nous entendons avaient de mauvaises intentions, ils ne choisiraient pas cette voie détournée, et se présenteraient tout bonnement par la porte... non! non! n'en doute pas, ce sont des amis, et c'est pour cela qu'ils viennent par l'entrée des artistes...

Et en parlant ainsi, Typo se mit à secouer lui-même la pierre déjà ébranlée...

Mais le travail était fort avancé, et son secours n'était déja plus nécessaire.

Il le constata avec satisfaction, et s'effaçant rapidement pour ne pas être écrasé par la chute du monolithe :

— Le cordon s'il vous plait ! .. s'écria-t-il, d'une voix de gamin déluré et goguenard, en s'adressant aux travailleurs qui venaient le délivrer.

Il achevait à peine ces mots, quand la pierre, obéissant à une impulsion extérieure, tourna sur elle-même, et vint enfin rouler aux pieds de nos prisonniers.

En même temps, une bouffée humide et nauséabonde pénétrait dans le cachot.

Typo allait demander la lumière à une de ses dernières allumettes, quand une lanterne sourde jeta tout à coup ses rayons douteux au bord de l'ouverture.

— Ah! ah! dit le jeune apprenti, qui reconnut aussitôt l'homme à la lanterne... nous voilà encore une fois en pays de connaissance... c'est donc vous, maître Burrhus?

— C'est moi-même, répondit l'honnête bandit.

— Et vous venez nous délivrer.

— Comme vous dites.

— Eh bien, voilà qui est gentil, mon bonhomme, surtout de votre part... mais, c'est égal, je serais flatté de savoir à quelle influence secrète nous devons cette intervention inattendue.

Pour toute réponse, Burrhus tendit un papier à Typo, à travers l'ouverture.

Mais ce dernier préféra aller chercher lui-même cette explication, et franchit lestement la distance qui le séparait de son interlocuteur.

Sur le papier il n'y avait que ces mots :

Souvenez-vous de la femme masquée.

Ces mots suffisaient, et ils en dirent plus qu'une longue lettre au jeune apprenti.

Ainsi, c'était bien son inconnue qui le rendait à la liberté, il ne s'était pas trompé... et sa personne avait réellement inspiré un vif intérêt à la charmante créature.

Cette certitude fit monter une petite bouffée de vanité à son cerveau, mais sans lui faire oublier tout ce qu'il y avait de sérieux et de grave dans la position où il se trouvait.

Il fallait fuir au plus tôt, il fallait surtout éviter de retomber entre les mains de leurs ennemis.

Aussi, après les compliments d'usage adressés à Burrhus, il se hâta de s'éloigner, entraînant à sa suite son ami Albert, qui ne savait encore s'il devait croire à un dénoûment aussi heureux.

Cependant, tout péril n'avait pas cessé pour eux, et plus d'un danger les attendait dans cet étroit passage dont l'issue était peut-être encore très-éloignée.

Il y avait sans doute dans l'égout une porte secrète qui conduisait par une voie souterraine à la maison de l'île qu'ils fuyaient.

Toutefois, comme ils ne virent pas trace d'ouverture et qu'ils se trouvaient fort mal à l'aise dans ces lieux malsains, ils prirent leur course en toute hâte.

Mais c'est ici que la fuite allait devenir périlleuse.

A mesure qu'ils avançaient, la profondeur du courant devenait plus considérable. Des pluies récentes avaient entraîné dans les conduits des masses de sable et d'immondices que l'eau n'avait pas eu la force de charrier jusqu'à la Seine et qui formaient, le long du tunnel, de petits monticules. Ces monticules offraient au courant un barrage naturel. Le flot bourbeux s'y amoncelait et dans ces endroits nos deux fugitifs plongeaient dans l'eau jusqu'aux genoux, et quelquefois jusqu'à la ceinture. Ils étaient alors obligés de nager au milieu des flots épais, nauséabonds, d'une odeur horrible et à la surface desquels voguaient une foule d'objets immondes.

Le cœur manqua plus d'une fois aux pauvres enfants

Typo, mieux habitué par le long séjour qu'il avait fait dans la cave à l'air épais et lourd, chargé d'azote et d'autres gaz non respirables, supportait plus facilement que ne faisait Albert l'atmosphère pernicieuse de l'égout. Mais son compagnon se vit à plusieurs reprises sur le point de renoncer à poursuivre un pareil voyage.

Enfin, après vingt minutes d'un trajet mille fois interrompu, ils aperçurent dans le lointain une lueur douteuse.

Cette lueur, c'était le terme de leurs peines, — c'était la liberté.

Un double cri leur échappa à cette vue.

— Allons! du courage!... dit Typo... la Seine n'est plus qu'à quinze pas... nous avons besoin de nous purifier... et voilà, ou je ne m'y connais pas, une occasion de prendre un bain... sans fond de bois encore!...

Albert ne put s'empêcher de sourire à cette dernière plaisanterie, et, l'espoir d'une prochaine et complète délivrance relevant ses forces, il s'élança sur les pas de Typo.

Les vapeurs méphitiques avaient d'ailleurs beaucoup perdu de leur fétidité; l'air était devenu respirable: il arrivait de la Seine des bouffées fraîches et humides qu'ils humaient avec délices, leurs narines se gonflaient d'aise, et leurs poumons, reprenant leur élasticité régulière, semblaient savourer longuement l'air vital qui leur parvenait.

Enfin ils atteignirent l'extrémité de l'égout, et sans perdre désormais en hésitations nouvelles un temps réellement précieux, ils escaladèrent la grille qui fermait l'égout et se laissèrent tomber l'un après l'autre dans la Seine...

Au bout d'un quart d'heure environ, ils abordaient vers le point de jonction du quai des Ormes et du quai Saint-Paul.

Ils étaient sauvés...

Les deux amis prirent aussitôt leur course, autant peut-être pour se réchauffer que pour gagner au plus tôt la maison du canal.

Albert surtout était agité des plus sombres pressentiments... il songeait à sa mère, il songeait à sa sœur... il eût voulu les tenir toutes deux étroitement embrassées, surtout après les dangers qu'il venait de courir.

Que s'était-il passé durant son absence? comment sa malheureuse mère avait-elle supporté son absence inexplicable. après la disparition plus inexplicable encore de Marguerite?

Ils couraient.

Et ceux qui les voyaient passer ainsi nu-tête, et tout ruisselants, les prenaient certainement pour deux fous ou pour deux voleurs.

Le trajet fut court.

Quand ils arrivèrent à la maison du canal, l'aube blanchissait à l'horizon.

Albert franchit rapidement le couloir étroit qui menait à l'escalier.

Typo le suivait.

Sans se rendre bien compte de ce qu'il éprouvait, ce dernier en était venu à partager une partie des vagues terreurs de son ami.

Ils montèrent l'escalier, et s'arrêtèrent au premier, au seuil même du logement habité par Albert.

La clef se trouvait sur la porte et la porte était entrebâillée.

Albert frissonna.

Il n'osait pousser plus loin, — il avait peur.

Cependant tant d'hésitation devenait puérile; il fit un effort sur lui-même et entra.

La première chambre était occupée par sa mère qui y couchait... — La chambre était dans le même état que lorsque Albert l'avait quittée.

La pendule était sur la cheminée... mais, chose singulière, elle ne marchait pas!

Du reste, aucune trace de désordre apparent... les meubles étaient à leur place, et la bonne vieille femme dormait sans doute derrière les rideaux fermés du lit.

Albert s'avança sur la pointe du pied pour ne pas la réveiller.

Puis, il entr'ouvrit doucement les rideaux du lit, et se pencha vers sa mère.

Elle dormait.

Albert approcha ses lèvres de son front, il était froid.

Il prit sa main... elle était glacée.

Enfin, il posa sa main sur son cœur, — son cœur ne battait plus.

Elle était morte!...

Le malheureux enfant jeta un cri terrible qui dut retentir dans toute la maison.

— Morte! dit-il en tombant à genoux, morte, ma pauvre mère... Ah! est-ce donc ainsi que je devais la revoir?

Typo s'était agenouillé à côté de son ami, et de belles larmes éloquentes coulaient le long de ses joues.

— Morte! morte! répéta Albert, en fondant en sanglots, les misérables! maudits soient-ils, — car ils auront jeté le désespoir et le déshonneur dans ma vie, — et c'est à eux que je devrai tous nos malheurs.

Tout à coup Albert se releva.

Son visage avait pris une expression inaccoutumée d'énergie et de haine; son œil étincelait, ses dents mordaient ses lèvres; il était beau de colère concentrée, et de fureur mal contenue.

— Typo! dit-il avec force.

— Qu'y a-t-il? répondit ce dernier.

— Tu m'aimes, n'est-ce pas?

— Comme un chien.

— Et le malheur qui me frappe ne te laissera jamais indifférent.

— Par exemple.

— Typo!... devant cette sainte victime d'une atroce vengeance, jure avec moi de rechercher sans relâche les misérables qui nous ont tendu ce lâche guet-apens.

— Je le jure! répondit Typo.

— Nous les poursuivrons partout.

— C'est dit

— Et nous ne nous arrêterons que lorsque nous aurons tiré d'eux une éclatante et terrible vengeance.

— Ça me va... Je le jure... et ils n'ont qu'à bien se tenir.

En parlant ainsi, les deux enfants étendirent les mains vers le cadavre de la vieille femme, et demeurèrent un moment muets, émus, emportés par un sentiment plus profond, plus grave que ne le comportait leur âge.

Mais que pouvaient-ils tous les deux, seuls, sans appui, sans argent, au milieu de cet inextricable dédale de la vie parisienne...

Ils demandaient à l'avenir de les venger, car l'avenir trompe souvent nos vœux les plus ardents...

Toutefois, Typo était adroit. Albert était courageux et ils avaient tous deux l'audace qui fait entreprendre, et l'énergie qui fait réussir.

Nous verrons si l'avenir devait tromper leur espoir.

FIN DU PROLOGUE.

PREMIÈRE PARTIE.

I. — Les deux passagers.

Le 15 décembre 1846, vers deux heures de l'après-midi, le paquebot américain le *Washington* venant de New-York, et que l'on attendait depuis quelques jours, parut en vue du Havre, à la grande satisfaction des habitués de la jetée.

La mer était belle, le vent favorable, si bien que, sa machine aidant, le Washington ne tarda pas à doubler la tour Duguay-Trouin, et à venir, après avoir longé la jetée, couverte de curieux, s'embosser le long du quai du grand bassin du Commerce, qui s'étend jusqu'à la place du Théâtre.

A peine les amarres furent-elles fixées, que l'opération fort curieuse du débarquement commença.

Parmi les nombreux voyageurs qui défilèrent successivement sous les regards plus ennuyés que réellement attentifs des douaniers, nous ferons remarquer à nos lecteurs deux jeunes gens.

Ce n'est pas que ces deux jeunes gens eussent dans leur physionomie ni dans leur contenance rien de bien extraordinaire.

L'un, grand, élancé, élégant de tournure et distingué de visage, paraissait avoir vingt-six ans, et portait à la boutonnière le ruban d'un ordre étranger.

L'autre, un peu plus jeune, un peu plus grand, un peu plus blond, avait dans le regard et dans le sourire quelque chose d'insouciant, de railleur qui semblait un perpétuel défi à la mauvaise fortune. En voyant ce garçon, on ne pouvait se défendre de penser que, s'il était comme tout le monde exposé au malheur, il ne pouvait jamais au moins s'en laisser accabler, et qu'il était homme à rire au nez de la mort elle-même.

Les caractères différents de ces deux individus ne tardèrent pas du reste à se révéler, autrement que par ces indices qui trompent souvent l'observateur.

Tandis que le premier, après s'être informé des heures du départ du chemin de fer, et avoir montré quelque dépit en apprenant qu'ils avaient manqué le train *express* d'une heure, ordonnait brièvement au commissionnaire qu'il avait chargé de ses bagages de le conduire à l'hôtel de Paris, le second s'amusait à gouailler les garçons d'hôtel et les portefaix qui l'assiégeaient de leurs offres de services, et leur causait quelque surprise, par la vivacité et l'à-propos de ses répliques, toutes formulées dans la langue et sur le ton qu'ils croyaient n'appartenir qu'à leur institution.

Ils n'avaient pas le *dernier* comme on dit vulgairement.

Au courtier qui lui présentait une carte d'hôtel, il demandait gravement si les fenêtres donnaient sur le jardin des Tuileries?

Au commissionnaire qui lui demandait trente sous pour porter ses bagages, il objectait qu'un homme *comme lui* ne payait jamais moins de cinq francs, et que c'était lui faire injure que de lui réclamer aussi peu qu'à tout le monde.

Pourtant, l'un raillant, l'autre rêvant, nos deux amis, — nous avons assez compté sur l'intelligence de nos lecteurs pour ne pas leur dire que les personnages que nous avons mis en scène voyageaient de compagnie, — nos deux amis donc arrivèrent à l'hôtel de Paris, dont le propriétaire, sur leur bonne mine et sur l'importance de leur équipage, n'hésita pas à leur donner son plus splendide appartement.

A peine entré dans un petit salon, communiquant à deux chambres à coucher élégantes, tandis que son compagnon s'amusait à s'apitoyer à sa manière sur les malheurs de *Paul et Virginie*, groupe en bronze doré placé sur la pendule, le jeune homme décoré s'assit devant un secrétaire et écrivit la lettre suivante :

« Monsieur,

« J'arriverai à Paris en même temps que cette lettre.

« Aussitôt qu'elle vous sera remise, veuillez venir me re-« joindre à l'hôtel Meurice, où mon intention est de descendre « provisoirement.

« Vous comprendrez combien j'ai hâte de savoir de vous-« même comment vous avez rempli les instructions que je vous « ai données.

« Je compte sur votre exactitude.

« Mille excuses et remercîments. »

Il signa, cacheta et mit l'adresse.

L'adresse était ainsi libellée :

A M. Leblond, notaire à Paris.

Puis il sonna.

— Que veut monseigneur? demanda alors son compagnon, en se retournant vivement et du ton railleur qui lui était habituel.

— Fou que tu es! répondit l'autre, en haussant les épaules, mais d'un air plus amical que fâché, tu resteras donc enfant toute ta vie?

— Ma foi, si être gai, oublier le chagrin de peur qu'il se souvienne de moi, prendre la vie par son côté le moins triste, et les gens par leur côté le moins bête, c'est être enfant, je le suis et je veux le rester le plus longtemps possible.

— Tu es bienheureux.

— C'est vrai, je ne me plains pas, et je trouve que toi-même tu aurais tort de le faire.

— Ah! moi.

— Oui, je sais bien ce que tu vas m'objecter. Ta sœur disparue, ta mère lâchement assassinée, ce sont certes là des malheurs qui ne s'oublient pas vite, mais, qu'y pouvons nous, mon pauvre ami? et crois-tu que ta tristesse ajoutera beaucoup au bonheur de celles que tu as perdues, si, comme je l'espère, elles sont heureuses, ou retranchera quelque chose à leur souffrance si elles souffrent, par malheur?

— Mais...

— Non, vois-tu, et laisse-moi te le dire, je trouve absurde cette rengaîne de prétendues douleurs éternelles que les imbéciles ne manquent jamais de vous jeter à la tête, sauf à n'y plus songer un mois après. Pourvu que nous n'oubliions pas ceux que nous aimons, je suis sûr qu'ils préfèrent nous savoir, sinon folâtres, au moins résignés, que désespérés; et si je me trompe, eh bien! ma foi, tant pis pour eux, car ils nous aiment, alors, plus pour eux que pour nous, et je ne crois pas que ce soit la bonne manière.

Depuis quelque temps, Albert, — nous pouvons trahir maintenant un incognito que le lecteur perspicace a probablement déjà soulevé, — Albert, disons-nous, n'écoutait plus son ami.

Son attention était concentrée sur un bruit de voix qui partait de l'appartement voisin de celui qu'il occupait.

Quoique l'on distinguât facilement le timbre doux, musical et énergique à la fois d'une voix de femme, il était impossible de comprendre les paroles qu'elle prononçait.

— Ecoute, s'écria Albert, en arrêtant du geste son ami qui allait reprendre la parole.

— Quoi donc? demanda celui-ci.

— Cette voix.

— Eh bien?

— Cette voix m'en rappelle une autre que j'ai pourtant entendue bien peu; mais dans des circonstances qui ne me permettront jamais de l'oublier.

En ce moment un domestique entra.

Albert lui remit la lettre afin qu'il la jetât à la boîte, et comme le garçon se retirait, Albert l'arrêta.

— Qui occupe l'appartement voisin? lui demanda-t-il vivement.

— Ah! monsieur a sans doute entendu chanter? répliqua le garçon, d'un air satisfait.

— Chanter, non. Mais, je vous demande qui habite là?

— C'est *la Cattina*, monsieur.

— Et qu'est ce que c'est que la *Cattina* ? dit le compagnon d'Albert, en intervenant : une chatte ?

— Non, monsieur, une célèbre cantatrice qui va débuter ces jours-ci au Théâtre italien de Paris.

— Ah! ah! dis donc, Albert, si nous nous donnions le luxe de lui demander un petit concert pour nous deux en attendant ?

— Oh! monsieur, répliqua le garçon presque choqué de la plaisanterie, cette dame ne chante pas pour tout le monde et se fait d'ailleurs payer des sommes fabuleuses.

— Qu'est-ce à dire, maraud ? est-ce que tu nous prends pour tout le monde ? apprends que mon ami Albert est assez riche pour acheter les roulades et même les œillades de toutes les cantatrices d'Italie, etc..

— Allez, dit Albert, en congédiant le garçon pour couper court au débat.

— Eh bien, te voilà satisfait, dit son ami dès que le garçon eut disparu, ton inconnue est une virtuose.

— C'est vrai.

— Nous la verrons cet hiver.

Albert soupira.

— C'était encore, dit-il, une de ces illusions qui me ramènent sans cesse et malgré moi à des souvenirs que je ferais mieux d'oublier.

Et il ajouta en se parlant à lui-même.

— Elle aussi, est à jamais perdue pour moi.

Une demi-heure après nos deux amis montaient en diligence et se dirigeaient à toute vapeur sur Paris.

Le voyage fut rapide et s'effectua sans incident digne de remarque.

Nous nous trompons.

A Rouen, en entrant au buffet, Albert se trouva en face d'un couple qui en sortait, et entendit une exclamation de surprise qui échappait à une femme dont il ne put voir que la toilette charmante et la tournure gracieuse, entraînée qu'elle fut immédiatement par l'homme auquel elle donnait le bras.

Présumant que le cri de cette femme avait été provoqué par lui, Albert la suivit des yeux jusqu'au coupé de 1re classe où elle remontait. Il s'approcha pour essayer de la voir. Mais un voile épais lui couvrait le visage et le compartiment avait toutes ses places occupées.

Force fut donc à notre héros de se répéter qu'il s'était probablement trompé en se croyant l'objet de la surprise de cette voyageuse qui lui était sans doute inconnue.

Par malheur, il n'en croyait pas un mot lui-même.

A l'arrivée à Paris, il descendit le plus vite possible, espérant retrouver son inconnue à la salle des bagages.

Mais, soit qu'elle n'en eût pas, soit que son compagnon préférât, vu l'heure avancée, ne les réclamer que le lendemain, Albert n'arriva que pour voir s'éloigner, dans la rue d'Amsterdam, la voiture qui emportait celle qui, à tort ou à raison, l'intriguait si fort.

Il lui sembla bien encore que cette femme, n'osant probablement lever son voile devant l'homme qui l'accompagnait, lui faisait à lui, Albert, un signe d'intelligence.

Mais tout cela était si vague qu'il ne tarda pas lui-même à rire de s'y être longtemps arrêté, et ayant rejoint son compagnon de voyage, il se laissa conduire à l'hôtel Meurice où tous deux ne tardèrent pas à se séparer, pour goûter, pour la première fois depuis plusieurs jours, le plaisir de dormir dans un lit à l'abri des capricieuses secousses du tangage et du roulis.

Le lendemain, vers onze heures du matin, nos jeunes voyageurs étaient assis en face l'un de l'autre dans la chambre d'Albert, séparés par une table où se voyaient les restes d'un excellent déjeuner. Ils causaient.

— Non, mille fois non, disait Albert ; je ne l'ai pas rêvé, ou plutôt j'ai entendu toute la nuit cette voix dont je ne saurais oublier l'accent. C'est elle, te dis-je. Elle qui parlait là-bas, tout près de nous, au Havre, elle qui a poussé un cri en se trouvant en face de moi à Rouen ; elle qui m'a fait un signe à l'embarcadère au moment où la voiture l'emportait. Hier j'en doutais encore; aujourd'hui j'en jurerais.

— Alors, c'est la *Cattina* ?

— Qui sait ? une autre femme pouvait bien parler chez cette cantatrice, en supposant que ce garçon ne se soit pas moqué de nous, en nous parlant de cette prétendue rivale de la Malibran.

— Je n'en crois rien, car je vois dans ce journal, annoncés pour ce soir, les débuts de la *Cattina*.

Albert prit la feuille que lui présentait son ami, y jeta les yeux et resta pensif.

— Parbleu ! s'écria, au bout de quelques minutes, son compagnon ; ce n'est pas la peine de se casser la tête maintenant pour un problème qu'il nous sera facile de résoudre dans quelques heures.

— Comment cela ?

— En allant aux Italiens ce soir.

— Après ?

— En vérifiant si la *Cattina* est oui ou non celle que tu crois.

— Et si ce n'est pas elle ?

— Eh bien! si ce n'est pas elle dont la voix t'a frappé au Havre, puisque cette voix s'est fait entendre chez elle, elle doit savoir à qui elle appartient. Or, si elle le sait, nous le saurons.

— Comment ?

— En le lui demandant.

— Eh quoi! j'irais demander à une femme que je ne connais pas des renseignements sur une autre femme dont je ne sais même pas le nom ?

— Comme tu voudras ; mais si tu n'y vas pas, j'irai, moi.

— Toi ?

— Eh oui, moi. Est-ce que tu t'imagines que je vais te laisser dans cette perplexité... non pas... Les amis sont les amis, et si tu n'oses pas aller trouver ta Malibran, je m'en charge. Elle ne me mangera pas peut-être.

— Mon bon *Typo*, s'écria Albert, en prenant les mains de son ami, tu m'as déjà rendu tant de services, que je ne crains plus de m'endetter davantage envers toi.

— Ah, oui, parlons-en, répliqua Typo, des services que je t'ai rendus. Ça sera drôle; avec ça que, sans toi, je ne serais pas à c'te heure à me casser les yeux sur ma casse, au lieu de fumer le fin manille, et de humer le pur moka, dans un des meilleurs et des plus chouettes bazars de Paris.

— Mais, n'as-tu pas quitté pour venir me rejoindre ce Paris, loin duquel tu n'es, comme tu dis, qu'un poisson hors de l'eau ?

— Bah! quand l'eau cesse de couler et menace de croupir dans l'inaction, tout poisson qu'on est, on aime assez à changer de bocal. Je t'avoue que je commençais à m'embêter à Paris. Il n'y avait plus d'émeutes, ça devenait monotone. Puis, tu me manquais, ma vieille! Et voilà qu'un beau jour, comme je pensais à toi, me demandant si tu n'avais pas été mangé par les requins ou rôti par les sauvages, ou si tu ne crevais pas de faim sur la terre étrangère, tandis que je me bourrais comme un sans-cœur de fromage d'Italie, ou de galette du Gymnase, voilà qu'il m'arrive une lettre où tu me dis que tu as fait fortune, que tu nages dans un tas de voluptés, et que tu serais bien aise de me voir tirer ma coupe auprès de toi, comme autrefois aux bains Henri IV, et pour preuve, tu m'envoyais le prix de mon passage. Ma foi ! ça me va, que je me dis. Et sans hésiter plus longtemps, je donne congé à mon prote et à mon logeur, je me fais habiller des pieds à la tête à la *Belle Jardinière*, je pousse une pointe sur le Havre, une autre sur Calcutta ; je te trouve, tu m'embrasses, tu me loges, tu me nourris, tu me remplis de roupies les poches qui n'avaient jusque-là abrité que très-peu de monacos douteux, — et tu viens me parler encore de ta reconnaissance ?

— Tu oublies que tu m'as sauvé la vie, au risque de la tienne.

— Ah ! sacredié, tu m'embêtes à la fin. Est-ce que je ne me suis pas jeté à l'eau, jadis au mois de décembre, pour rendre à sa maîtresse désolée un perroquet qui se noyait dans le canal, moi qui déteste les perroquets ! Eh bien ! fallait-il pas que Louis-Philippe me donnât pour ça son portrait sous forme de médaille de sauvetage ? Et ce qu'on fait pour une volaille qu'on antipathe et qui ne vous est rien de rien, on rechignerait donc à le faire pour un ami qu'on aime. Tiens, tu me fais dire des bêtises, et je te déclare que si tu y reviens, je te plante là, je reprends ma blouse et ma casquette, et je te salue la première fois que nous nous rencontrerons.

— Allons, puisque tu le veux, mon bon Typo, je me résigne à être ingrat, afin que tu continues à m'aimer.

Typo haussa les épaules, jeta dans le feu son cigare éteint, et en ayant pris un autre se prépara à l'allumer.

En ce moment, un domestique entra et dit à Albert que quelqu'un le demandait.

— Faites entrer, dit celui-ci.

Un homme entra.

C'était un petit vieillard, très-sec et très-vert, rasé de frais, cravaté de blanc, le chef abrité d'une perruque en chiendent, l'œil très-vif, sous des lunettes bleues.

— M. Albert, fit-il, en promenant, après s'être incliné, son regard de l'un à l'autre des deux jeunes gens.

— C'est moi, dit Albert.

— Très-bien, répondit le vieillard. Je suis votre notaire, monsieur.

— Vous avez reçu ma lettre?

— Il y a une heure, monsieur, et je me rends immédiatement à votre invitation; car si l'exactitude est la politesse des rois, monsieur, elle est le devoir des hommes d'affaires.

— Veuillez vous asseoir, et causons, si vous le voulez bien, dit Albert en avançant un fauteuil.

Le notaire s'y assit, mais garda le silence, montrant par son regard dirigé tantôt vers Albert, tantôt vers Typo, qu'il attendait pour s'expliquer que celui-ci se fût retiré.

Albert comprit cette pantomime.

— Mon ami n'est pas de trop, dit-il, dans aucune de mes affaires.

Le vieillard s'inclina et Albert reprit :

— Vous m'avez écrit, monsieur, que mes instructions concernant la maison du quai Jemmapes avaient été remplies.

— Scrupuleusement, monsieur; car si l'exactiude est la politesse des rois...

— Vous avez acheté cette maison pour moi? demanda Albert, en interrompant le tabellion.

— Cent mille trois cent trente francs, monsieur; c'est cher; mais j'ai cru devoir me conformer à vos ordres précis et réitérés qui me prescrivaient d'acquérir à n'importe quel prix; car si l'exactitude...

— Je vous en remercie, monsieur, interrompit encore Albert. Et cette maison est restée inhabitée depuis?

— Absolument, sauf le concierge que vous m'avez témoigné le désir d'y laisser.

— En voilà un que son cordon ne doit pas gêner, ne put s'empêcher de dire Typo, en riant.

Le notaire le regarda sérieusement, et Albert ne put retenir un triste sourire.

— Pour leur faire résilier leurs baux, reprit-il après un moment de silence, vous avez dû, monsieur, entrer en relations avec les locataires de cette maison.

— Oui, monsieur.

— Pourriez-vous me donner quelques renseignements sur l'un d'eux?

— Sur lequel?

— Un honnête ouvrier du nom de Martin qui occupait avec sa femme, presque aussi vieille que lui, le rez-de-chaussée et exerçait le métier d'ébéniste.

— Martin? Je me rappelle que vous me donniez des instructions spéciales à son égard, et quand il a quitté la maison, je lui ai fait remise des termes arriérés, pour me conformer à vos ordres; car si l'exactitude est la politesse...

— Et sauriez-vous ce qu'il est devenu? demanda Albert, toujours impitoyable pour le refrain du notaire.

— La dernière fois que je suis allé en passant m'assurer par moi-même comment le concierge tenait votre propriété, j'ai trouvé dans sa loge le vieux Martin, qui m'a dit qu'il demeurait au faubourg Saint-Antoine, où il exerçait son ancien métier. Mais si s'en juge par les apparences, il ne doit pas être dans une position bien brillante.

— Et son fils? car il avait, je crois, un fils qui serait aujourd'hui en âge de venir en aide à ses vieux parents.

— Il en parlait précisément lorsque j'arrivai, et il disait les larmes aux yeux qu'il l'avait quitté depuis longtemps et ne lui avait jamais donné de ses nouvelles.

— Canaille, murmura Typo.

Le notaire le regarda encore une fois, mais ne prononça pas une parole.

— Je vous remercie encore une fois, monsieur, reprit Albert, en se levant, d'avoir si bien compris et exécuté mes intentions.

— Monsieur, répondit le notaire, si l'exactitude est la politesse des rois, elle est le devoir des hommes d'affaires.

Et heureux d'avoir pu placer cette fois sa ritournelle tout entière, il ajouta :

— Et si vous n'avez plus rien à me demander, je vais avoir l'honneur de vous saluer.

Albert le reconduisit jusqu'à la porte.

Mais au moment de sortir, le tabellion s'arrêta.

— J'allais oublier, dit-il, un détail qui n'a peut-être pour vous aucune importance; mais que je crois pourtant devoir vous dire; car si l'exactitude est la...

— Voyons? répondit Albert, avide de tout ce qui avait rapport à cette affaire.

— Voici, monsieur. Le lendemain du jour où j'avais acquis pour votre compte la maison du quai Jemmapes, un de mes honorables confrères vint me trouver, et me proposa un bénéfice de dix mille francs d'abord, puis de vingt, de trente, de quarante et de cinquante mille si je voulais lui céder cet immeuble. Ne croyant pas devoir me dessaisir d'une propriété à laquelle vous sembliez autant tenir, je lui fis observer que j'avais déjà payé bien cher la fantaisie (passez-moi le mot) d'un client inconnu. « Eh bien! me répondit-il en riant, il paraît que cette maison a une valeur qui, pour nous être inconnue n'en est pas moins appréciée par d'autres, car j'ai reçu hier une lettre de New-York me donnant ordre de l'acheter à n'importe quel prix, et m'ouvrant à cet effet, chez M. de Rothschild un crédit illimité. »

— C'est étrange! s'écria Albert. Et savez-vous pour le compte de qui, monsieur?

— Mon confrère ne m'ayant pas caché le nom de son client, je ne crois pas commettre une indiscrétion, en vous le répétant.

— Et ce nom? demanda Albert vivement.

— Philipps, répondit le notaire.

— Philipps? répéta Albert, en regardant Typo.

— Maintenant, je vous demande la permission de me retirer, ajouta le notaire en ouvrant la porte; car je suis attendu, et si l'exactitude est la politesse...

Et il acheva sa phrase favorite en descendant l'escalier, tandis qu'Albert et Typo murmuraient en s'interrogeant des yeux :

— Philipps?

— Inconnu! s'écria Typo, en se servant de la formule de l'administration des postes.

— C'est étrange! étrange! ajouta Albert en prenant son front pensif dans ses mains.

II. — Une soirée aux Italiens.

Quoique la représentation des Italiens fût annoncée pour huit heures, dès sept heures, chose rare à ce théâtre, dont les riches habitués trouvent de bon goût de ne prendre que la moitié d'un plaisir payé fort cher, la salle était comble.

On donnait *Norma* pour les débuts d'une étoile qui, après avoir fanatisé toutes les capitales des deux mondes, venait enfin, pour la première fois, chercher à Paris la consécration de sa gloire.

Elle s'appelait la *Cattina*, et en dehors de sa réputation musicale, elle était précédée de toutes les conjectures romanesques qui, si elles ne font pas chez nous le succès, le préparent au moins et y aident beaucoup.

Tout le monde dilettante et élégant de Paris était donc accouru ce soir-là, place Ventadour : une partie de ce monde avec des dispositions favorables, l'autre partie avec des dispositions hostiles. Il en est toujours ainsi du public de Paris, lorsqu'on l'appelle en constatation devant une renommée qui se présente toute faite.

De tous les juges plus ou moins compétents dont était composé ce public hétérogène, les uns affirmaient sur la foi de leur journal que la *Cattina* était autant au-dessus de la Malibran, de poétique mémoire, que le rossignol est au-dessus de la fauvette.

Les autres prétendaient que c'était une pure affaire de réclames, et alléguaient, à l'appui de leur scepticisme, les longues hésitations de la nouvelle *Diva* à accepter les propositions que lui faisait depuis longtemps la direction de Paris.

Ce à quoi les premiers objectaient qu'un talent véritable a le droit de protester contre la prétendue infaillibilité du public parisien.

Nous avons oublié ce qui fut opposé à cette objection.

Ces discussions, depuis longtemps ouvertes dans le monde parisien, étaient encore activées par l'approche de la solution.

Nul n'avait donc voulu manquer à cette épreuve décisive, et du parterre au cintre, il eût été impossible de trouver, même à prix d'or, la plus modeste place.

Et pourtant, au milieu de cet encombrement, à gauche de la scène, une loge de la première galerie restait vide.

En attendant le lever du rideau, les yeux de tous les spectateurs placés en face étaient naturellement tournés vers cette loge, et les conjectures allaient leur train.

Mais ennuyés de n'y voir rien paraître, les regards ne tardèrent pas à s'en écarter un peu et à se fixer sur les deux personnes qui occupaient la loge voisine.

Nous nous trompons en disant les deux personnes; car on n'en regardait en réalité qu'une.

Et certes, elle en valait la peine.

Tout Parisien de trente ans se rappelle encore cette charmante créature qui éclaboussa un moment Paris de sa beauté splendide et de son luxe insensé.

Son vrai nom ne devant rien apprendre au lecteur, nous la désignerons par le sobriquet sous lequel elle fut connue.

On l'appelait *Ophélia.*

Probablement parce qu'elle était blonde comme la poétique héroïne de Shakspeare, car on eût vainement cherché entre ces deux femmes, l'une idéale et l'autre trop réelle, un autre point de ressemblance.

Donc, Ophélia était blonde; elle avait vingt ans alors, un profil de camée antique, une taille de reine, des bras qu'un sculpteur prétendait avoir été volés à la Venus de Milo : la grâce la plus attirante que l'on ait jamais rêvée dans une almée, la voix d'une sirène, le sourire d'un ange et l'esprit d'un démon.

Cette femme était née pour occuper un trône.

Elle était courtisane!

L'homme qui l'accompagnait n'avait rien de remarquable dans sa personne.

Si pourtant le lecteur est curieux de savoir quelque chose sur lui, qu'il veuille bien pénétrer avec nous dans la loge située en face de celle où il se trouve; on y parle précisément de lui.

Il y avait là deux personnes aussi.

Une jeune femme, petite, brune, l'œil vif, la parole rapide et accentuée, un sourire d'une séduction extrême, mais d'une malice un peu inquiétante.

La Rosine de Beaumarchais.

Cette comparaison nous vient d'autant plus naturellement sous la plume, que le cavalier de cette femme pouvait sans trop d'efforts rappeler Bartholo.

Pas au physique pourtant.

On eût vainement cherché en lui ce jeune vieillard que décrit si bien Figaro, « beau, gros, court, gris pommelé, rosé, rasé, blasé, qui guette, furète, gronde et geint tout à la fois. »

Notre Barthelo était de l'espèce sinistre.

Grand, maigre, sec, blême, l'œil enfoncé sous d'épais sourcils, la bouche serrée, la voix brève et rude : un ensemble désagréable au premier aspect et qu'un plus long examen faisait paraître odieux.

Cet homme-là pouvait être trompé par une femme, — lui peut sans folie se croire à l'abri de la ruse féminine? — mais on aurait affirmé qu'à coup sûr, il ne laisserait pas sans vengeance la trahison.

Nous allions oublier de mentionner un détail qui a son importance.

La poitrine du personnage que nous décrivons était sillonnée d'une énorme brochette de décorations de toutes couleurs et de tous pays.

— Ne sauriez-vous répondre aux saluts qu'on vous adresse? dit sèchement le vieillard à sa compagne, en échangeant un geste familier avec quelqu'un placé de l'autre côté de la salle.

— Qui donc? demanda la jeune femme en italien, quoiqu'on lui eût adressé la parole en français.

— M. Blumstein.

— Où est-il?

— Là, en face de nous, êtes-vous aveugle?

Celle qu'il interrogeait aussi brutalement regarda dans la direction qui lui était indiquée, et répondit toujours dans la même langue:

— S'il n'est de pire sourd que qui ne veut pas entendre, il est permis de se faire aveugle.

— Quand on ne veut pas voir? n'est-ce pas? termina le vieillard, Et pourquoi, je vous prie, ne voulez-vous pas voir un homme que vous connaissez?

— Parce que cet homme, que vous connaissez d'ailleurs beaucoup plus que moi, et dont je me soucie fort peu en tout temps, est en ce moment dans une situation où il ne me convient pas de le reconnaître.

— Vous êtes bien prude aujourd'hui.

— J'ai toujours le droit de l'être en présence de mademoiselle Ophélia.

— Il n'est pas question de mademoiselle Ophélia dont je ne tiens pas que vous fassiez la connaissance! mais de M. Blumstein, un des hommes les plus considérables du monde financier, très-honorable et très-bien élevé, que j'ai, vous le savez, des raisons très-graves de ménager.

— Vos raisons ne me regardent pas; mais ce qui me regarde, c'est de ne trouver ni très-honorable, ni très-bien élevé un homme qui, placé comme M. Blumstein, s'affiche avec une femme connue de tout Paris.

— Vous oubliez bien vite nos conventions, signora, — s'écria d'une voix étouffée le vieillard, en foudroyant la jeune femme d'un regard fauve.

— Voilà le rideau qui se lève, répondit celle-ci avec nonchalance, après avoir légèrement haussé les épaules.

La représentation commençait en effet.

Le chœur de druides de l'introduction et le duo de *Pollion* et *d'Adalgise* furent écoutés avec assez d'indifférence.

On attendait la Cattina...

Et, en attendant, tous les regards se portaient avec avidité vers cette loge toujours vide, qui semblait comme une importante protestation au milieu de l'empressement général.

Mais cet étonnement dura peu... la Cattina allait paraître!...

Moment plein d'anxiété et de fièvre...

Elle parut enfin, drapée à l'antique, couronnée de verveine, la faucille d'or à la main, et un frémissement courut dans la salle, car la *Cattina* était d'une beauté incontestable.

Elle attaqua son récitatif largement, magistralement, d'une voix magnifiquement timbrée, et les plus incrédules durent reconnaître qu'elle avait une excellente méthode, servie par un instrument d'une rare pureté.

Mais quand, s'étant agenouillée près de la rampe, elle chanta la suave prière : *Casta diva*, et enleva avec une incroyable audace la cavatine qui la suit, ce fut à peine si l'enthousiasme put attendre la fin du morceau pour éclater.

Pendant cinq minutes, il se fit un tumulte indescriptible; les cris, les gestes, les fleurs, les trépignements se croisaient, se répondaient, se mêlaient, et ne s'apaisaient par moment que pour reprendre de plus belle.

Le triomphe fut complet, et alla toujours augmentant.

La *diva* fut rappelée à la fin de l'acte et reçut une nouvelle ovation.

Jusque-là, chose assurément étrange, la loge était toujours restée vide.

Seulement, au moment où la toile tombait sur les dernières clameurs, la porte s'ouvrit avec bruit, et deux jeunes gens entrèrent.

Dans le grand mouvement que causait l'entr'acte, leur arrivée fut naturellement moins remarquée qu'elle ne l'eût été dans un autre moment.

Pourtant, elle ne resta pas complétement inaperçue.

M. Blumstein avait quitté sa loge et était apparu, peu de temps après, dans celle où l'on s'était, on s'en souvient, occupé de lui tout récemment.

Pendant qu'il causait debout, dans le fond, avec le vieillard, la jeune femme, qui s'était à peine retournée pour répondre par quelques banales paroles de politesse aux compliments empressés que lui avait adressés le banquier, s'était remise à promener autour de la salle des regards qui ne tardèrent pas pourtant à se fixer.

C'était la loge, vide jusque-là, et maintenant occupée, qui servait de but à ces regards.

Les deux jeunes gens que nous y avons vus entrer étaient alors assis un peu dans l'ombre, et n'auraient pu que difficilement être reconnus par une personne à qui leurs traits eussent été familiers.

Pourtant la jeune femme gardait les yeux obstinément fixés sur l'un d'eux, attendant avec anxiété qu'un mouvement vînt lui permettre de le voir plus distinctement.

Comme s'ils eussent deviné la curiosité dont ils étaient l'objet et qu'ils eussent gracieusement voulu se prêter à la satisfaire, les deux jeunes gens se rapprochèrent du devant de la loge et présentèrent leurs visages en pleine lumière.

Un cri mal étouffé s'échappa de la poitrine de la jeune femme.

— Qu'est-ce donc? demandèrent en même temps le vieillard et le banquier, en se retournant vers elle.

— Rien, rien, balbutia-t-elle, en cherchant à dissimuler son émotion derrière son éventail, mais sans pouvoir détacher son regard de la direction qu'il avait prise.

M. Blumstein remarqua cette direction; il leva les yeux, et une exclamation, semblable à celle qui venait de se produire près de lui, lui succéda comme un écho.

— Allons! et vous aussi? — demanda le vieillard, en riant, d'un rire plus effrayant que gai, que diable y a-t-il donc par là?

— Je vous quitte, dit le banquier, en sortant vivement.

La jeune femme regardait alors vers un point opposé de la salle, et le vieillard, ne voyant rien de ce côté qui méritât son attention, se rassit dans son coin, se disposant à écouter en conscience la musique qui venait de recommencer.

Pendant ce temps, Albert et Typo, que l'on a sans doute reconnus dans nos deux spectateurs en retard, causaient sans [illegible] de l'effet que la vue de l'un d'eux au moins venait de produire.

— Je te disais bien, disait Albert, que nous ferions mieux de prendre une voiture. Sous prétexte de revoir mieux tout Paris, tu m'as fait m'arrêter à chaque pas, et nous sommes arrivés juste pour voir disparaître cette *Cattina* que j'ai, tu le sais, tant de hâte de connaître par mes yeux.

— Bah! répondit Typo, nous avons tout le temps de la voir encore, et tu n'attendras pas longtemps désormais, car voici des applaudissements qui, si je n'ai pas oublié mon théâtre, annoncent son entrée.

La *Cattina* reparaissait en effet.

— Albert se pencha avec anxiété pour la voir.

Mais une exclamation de Typo vint tout à coup le distraire et le fit se retourner.

— Qu'est-ce donc? demanda Albert.

— Regarde, dit Typo, en lui saisissant le bras et en le serrant avec force.

— Où?

— Là, en face de nous.

— Eh bien! je vois une femme charmante, et un vieillard dans l'ombre.

— Albert, cette femme!...

— Eh bien!

— C'est.

— Qui donc?

— La femme masquée de là-bas.

— Tu en es sûr?

— Parfaitement.

— Et le vieillard?

— Je ne le vois pas assez bien pour le reconnaître; mais je le verrai.

— Comment?

— Sortons, dit Typo qui remarquait le trouble que leur conversation apportait à l'attention de leurs voisins.

— Cependant... objecta Albert.

— Sortons, te dis-je, il y va de tout l'intérêt de notre vengeance.

Ils sortirent.

— Tu vas rentrer toi, dit Typo.

— Rentrer; mais la *Cattina*?

— La *Cattina* est visible souvent; tandis que ta présence dans cette loge pourrait faire manquer mon plan.

— Que veux-tu faire?

— Attendre la sortie de cette femme; la suivre, allât-elle au diable, et la revoir, dussé-je y risquer ma tête.

— Mais, s'il y a du danger, pourquoi ne t'accompagnerais-je pas?

— Tu me gênerais.

— Mais.

— File, file, et à ce soir.

Albert, peu convaincu, sortit pourtant et Typo se mit à faire les cent pas devant la loge suspecte, et attendit.

Au bout d'une demi-heure une salve d'applaudissements plus prolongée lui annonça que la représentation était terminée, et il se plaça de manière à rencontrer en face les personnes qui allaient sortir de la loge dont il s'était constitué le gardien.

La femme sortit la première, et lui lança un regard qui ne lui laissa pas l'ombre d'un doute sur son identité; seulement, ce regard fut suivi d'un geste qui recommandait la discrétion.

Le vieillard suivit de près; mais Typo fut désappointé en voyant qu'il portait un cache-nez qui, relevé jusqu'aux yeux, lui cachait presque entièrement le visage.

Il dut donc se contenter pour le moment de les suivre.

Ils traversèrent, sans s'y arrêter, le vestibule et rencontrèrent sur le trottoir un domestique qui se retourna immédiatement pour faire avancer une élégante voiture.

Mais si rapide qu'eût été ce mouvement, Typo aperçut la figure du drôle.

— Ah! ah! se dit-il, le larbin est aussi une vieille connaissance? Eh bien! tant mieux, les amis de nos amis étant nos amis...

Et sans achever sa phrase, il fit le tour de la voiture, et en escalada le siége, en sorte que quand le cocher, après avoir refermé la portière, se présenta pour reprendre son trône, il s'aperçut qu'il y avait un usurpateur.

— Que diable est-ce que c'est que ça? s'écria-t-il, en voulant empoigner son compétiteur au collet.

— Maître Burrhus, répondit froidement Typo, en rabattant d'un coup de poing la main qui le menaçait, si vous dites un mot, j'appelle le premier sergent de ville venu, et je vous envoie ce soir même au violon, en attendant que vous alliez au bagne qui doit être, je crois, votre vrai domicile.

— Mais qui êtes-vous, répliqua Burrhus, un peu radouci, et que voulez-vous?

— Qui je suis? vous êtes bien curieux, mon cher. Quant à ce que je veux, je ne vois pas d'inconvénient à vous le dire. Mais faites-moi d'abord le plaisir d'avancer, car voilà vos confrères qui s'impatientent.

Sans répondre, Burrhus rassembla les rênes et fouetta son attelage qui s'éloigna au grand trot.

— Allons, vous êtes tout à fait gentil, reprit Typo, au bout de quelque temps. Vous n'avez même pas l'indiscrétion de renouveler vos demandes. Aussi vais-je me faire un plaisir de vous apprendre le motif qui vous procure l'honneur de ma compagnie, est-ce que ça ne vous fera pas plaisir de le savoir?

— Voyons, répondit Burrhus d'un ton plus résigné que curieux.

— Tiens! on dirait que ça ne vous intéresse pas beaucoup, mon bon monsieur Burrhus?

— Si, si; allez toujours.

— Ma foi non. Je ne tiens pas à ennuyer les gens, et j'aime mieux vous féliciter de la mine superbe que vous avez prise depuis que nous n'avons eu le bonheur réciproque de nous rencontrer.

— Puisque vous prétendez que nous nous sommes déjà vus, je veux bien vous croire, mais le diable m'étrangle si je m'en souviens.

— Ingrat! moi qui vous ai reconnu tout de suite, et pourtant voilà dix ans bien comptés de cela.

— Dix ans?

— Demain.

— Et où ça?

— Un soir, au bord du canal Saint-Martin, et quelques jours après au sortir d'une cave où il ne faisait pas tout à fait aussi clair que dans la salle des Italiens tout à l'heure.

— Ah! mille tonnerres! dit Burrhus d'un air plus effrayé que charmé de la rencontre. C'est vous, le petit moucheron, — pardon, faites excuse, monsieur, — je veux dire le petit môme qui a tant intrigué le patron, après l'expédition...

— Une bien belle expédition, n'est-ce pas, mon cher monsieur Burrhus, et qui vous fera beaucoup d'honneur dans le monde?

— Que diable voulez-vous! répondit Burrhus assez philosophiquement; on gagne sa vie comme on peut.

— Oui, mais, il y a certaines manières qui pourraient bien faire gagner plus vite la potence.

— Est-ce que vous voulez me dénoncer?

— Allons donc! me prenez-vous pour un mouchard, honnête Burrhus?

— Que voulez-vous alors?

— Ah! ça commence à vous intéresser?

— Oui, oui, beaucoup.

— Alors, je ne veux pas vous faire languir plus longtemps.

— Parlez.

— Eh bien, je veux savoir où demeure la jeune femme que vous avez l'honneur de conduire en ce moment.

— Ah! ah, je me rappelle...

— Quoi donc?

— Un détail.

— Mais encore?

— Eh bien... la petite dame vous avait donné dans l'œil.

— Et cette adresse.

— Ah!.. ça n'est pas la peine de venir trimer si loin à c't'heure, et je peux bien vous la donner tout de suite

— A la bonne heure, je vous retrouve, mon excellent M. Burrhus. Mais voyez comme je suis obstiné; j'aime mieux faire la course moi-même.

— Pourquoi donc?

— Parce que, malgré toute la bonne volonté que vous montrez de m'être agréable, vous pourriez vous tromper de rue de numéro.

— Mais si je voulais vous tromper, qu'est-ce qui m'empêcherait de conduire la voiture à l'autre bout de Paris?

— Votre patron s'en apercevrait et vous remettrait dans tre chemin.

— Et si je prévenais le patron que vous êtes là?

— A votre aise; mais alors vous me forceriez à avertir la police.

— J'ai bien envie de vous flanquer sur le pavé! s'écria Burrhus, en joignant le geste à la menace.

Mais Typo venait de présenter au visage du gredin un révolver qu'il avait tiré, sans en avoir l'air, de la poche de côté de son habit.

LA CATINA.

— Je ne vous conseille pas de faire le méchant, dit en même temps l'ex-apprenti, dites un mot, faites un geste, et je lâche le chien!...

Burrhus recula, reprit à deux mains les rênes qu'il avait un moment réunies en une seule, et poussa plus vivement ses chevaux, sans prononcer une parole.

— Ainsi, c'est convenu, n'est-ce pas, mon bonhomme?' reprit Typo, en jouant avec son pistolet; nous continuerons à être bien gentil, comme nous avons commencé, et nous ne ferons pas de peine à papa, afin que papa ne nous fasse pas de peine. Ils marchent bien ces chevaux, monsieur Burrhus.

— Heu! fit sourdement celui-ci.

— Allons, allons, ne soyez pas injuste envers les bêtes, de peur que les hommes ne soient sévères envers vous.

Burrhus ne répondit pas.

Pendant cette conversation, les chevaux avaient fait beaucoup de chemin, et Typo, en reconnaissant les abords de l'île Saint-Louis, se demanda d'abord à lui-même pourquoi le cocher avait, pour arriver là, pris par les boulevards au lieu de suivre les quais.

Quoiqu'il se doutât du motif qui faisait adopter à Burrhus le chemin des écoliers, il crut devoir pourtant le lui demander.

— Parbleu, répondit-il, les hommes ne sont pas plus bêtes que les renards qui ne s'amusent pas à rentrer tout droit à leur terrier, quand ils ne veulent pas que les chasseurs en connaissent le chemin.

— Tiens, il y a donc des renards par ici?

— Des renards ou des loups, comme vous voudrez.

— Vous n'avez pas l'air d'être énormément respectueux pour vos confrères, maître Burrhus.

— Des confrères qui sont des maîtres.

— Est-ce que vous auriez l'ingratitude de désirer les quitter par hasard?

— Oh! si je le pouvais

— Qu'est-ce qui vous en empêche?

— Tout.

— Tout? ce n'est rien. Mais pourquoi voudriez-vous abandonner une place où vous êtes depuis si longtemps, et où vous avez l'air de vous porter si bien?

— Si vous croyez que c'est pour mon plaisir que j'ai pris ce métier là?

— Quel métier? celui de cocher?

— Ah! vous voulez me faire causer, vous?

— Tiens! vous avez deviné ça?

— Avec ça que c'est malin à deviner.

— Et pourquoi croyez-vous que je veux vous faire causer comme vous dites?

— Pour me dénoncer sans doute.

— Encore? allons, vous y mettez de l'obstination. Mais vous oubliez que si j'avais voulu vous dénoncer, rien ne m'était plus facile que de le faire au moment où je vous ai reconnu.

— C'est vrai. Pourquoi donc ne l'avez-vous pas fait?

Parce que je n'ai pas oublié que, tout en exécutant les ordres que vous aviez reçus à mon égard, vous m'avez témoigné de l'intérêt autrefois.

— Ah! vous vous en souvenez? mais pourquoi donc avez-vous été méchant tout à l'heure?

— Parce que je suis comme le crocodile: quand on m'attaque je me défends.

— C'est juste. C'est moi qui ai commencé.

— Ainsi vous ne voulez pas me faire de mal.

— Non, à moins que vous ne m'y forciez, et je vous ferai même du bien si vous voulez.

— Si je veux quoi?

— Me servir.

— Près de qui?

— Près de votre maîtresse.

— Çà, je ne dis pas. Mais il faut savoir.

— Quoi?

— Contre qui.

— Vous ne devinez pas.

— Dites toujours.

— Contre votre maître.

— Je m'en doutais, et tout ce que vous me proposez est tout bonnement impossible.

— Pourquoi?

— Pourquoi? parce que tout gredin que l'on soit, on ne peut pas trahir comme ça les anciens amis.

— Eh bien! voilà qui me plaît, Burrhus; et je n'insiste pas. Tout ce que je vous demande, c'est de rester neutre.

— Je le serai, que m'ordonnez-vous?

Mais je vous aime... répondit Typo. — Page 52.

— Vous ne direz rien à personne de notre rencontre de ce soir.

— C'est facile. Après?

— Vous remettrez à la femme qui est dans cette voiture le billet que voici.

Et Typo présenta à Burrhus, après y avoir rapidement ajouté quelques mots au crayon, un papier qu'il venait de retirer d'un petit portefeuille en cuir de Russie.

— Vous devez d'ailleurs le reconnaître, ce billet.

— Qu'est-ce que c'est?

— Un souvenir... c'est le papier que vous m'avez remis au sortir de vos satanées caves de l'île Saint-Louis.

— Quoi! vous l'avez encore?

— Certainement. Vous voyez bien que j'ai eu raison de le garder, puisque j'en trouve le placement aujourd'hui.

— Et après?

— C'est tout. Ah! il me reste à prendre l'adresse de votre maison.

— Nous y voilà.

La voiture s'arrêta en effet.

Typo regarda autour de lui et reconnut le quai d'Anjou.

Il se laissa glisser à bas du siége, et pendant que l'équipage pénétrait sous la porte-cochère qui venait de s'ouvrir et qui se referma aussitôt, il leva les yeux.

— Bon!... dit-il à haute voix; j'y suis... et maintenant qu'on connaît la tanière, ajouta-t-il, en s'éloignant, à bientôt les limiers!...

III. — Mari et femme. — Les époux Martin.

Le lendemain, comme il sortait de l'hôtel, avec son fidèle Typo, Albert reçut un billet ainsi conçu :

« Cette nuit, au bal de l'Opéra.

« Surtout n'y manquez sous aucun prétexte.

« Un domino rose »

Et au-dessous en caractères d'une dimension exagérée avec une intention évidente :

« Paris, le 20 décembre 1846. »

— Qu'est-ce que c'est? demanda Typo, qui remarqua la préoccupation où la lecture de ce billet avait plongé son ami.

— Tiens, lis toi-même, répondit celui-ci, en lui présentant le papier satiné et parfumé.

— Eh bien! c'est un rendez-vous.

— Mais de qui?

— Dame! de quelqu'un qui te connaît probablement, ou plutôt de quelqu'une, à en juger par ces jolies pattes de mouche, et par le parfum de ce petit papier.

— Reste à savoir qui est cette femme qui me sait déjà arrivé à Paris. Mais ce n'est pas encore là ce qui m'intrigue le plus.

— Qu'est-ce donc?

— La date, et la manière dont elle est écrite.

— Mais c'est la date d'aujourd'hui.

— Oui, mais aujourd'hui est l'anniversaire d'un autre jour, dont tu te souviens sans doute comme moi, et dont on a évidemment voulu me faire souvenir. Or, une des personnes qui ont figuré dans les événements de ce jour-là peut seule y faire allusion aujourd'hui.

— Eh bien! tant mieux; plus nous trouverons d'acteurs de la pièce, plus il nous sera facile d'en débrouiller les ficelles, et c'est là surtout ce que nous cherchons.

— Pourvu que nous y arrivions.

— Quand on part et qu'on marche, on finit toujours par arriver tôt ou tard.

— A moins que la mort ne vous arrête en chemin.

— La mort? ma foi, alors, à la guerre comme à la guerre :

« Quand on est mort, c'est pour longtemps... » Tu connais la suite?

— Ah! Typo, combien je t'envie ta gaîté, ton insouciance, ta confiance ..

— Tu as tort; tu as quelque chose de mieux à faire que de m'envier ces trésors...

— Quoi donc?

— Les partager. Je n'en suis pas avare et je t'en offre de bon cœur la moitié — au prix coûtant.

Tout en causant ainsi les deux amis avaient remonté la rue Richelieu et étaient parvenus sur les boulevards.

Pas très-promptement, car ainsi qu'Albert le lui avait déjà

approché la veille, Typo s'arrêtait à chaque pas pour constater les moindres changements survenus dans l'aspect matériel ou moral de Paris, depuis qu'il l'avait quitté.

Parisien, plus encore peut-être de nature que de naissance, il savourait avec une joie enfantine le bonheur de fouler, après un long exil, ce sol qu'il considérait comme sa propriété, bien que pas un pouce ne lui en appartînt.

Ces manifestations, un peu tempérées tant qu'il se trouva dans les quartiers du centre qui lui étaient moins familiers, allèrent bientôt jusqu'à une sorte de folie exhilarante et gesticulante, quand il reconnut les parages presque exclusivement fréquentés par les vrais enfants des faubourgs.

En revoyant le théâtre de ses débuts, Typo, oubliant les scènes où il avait abordé des rôles moins secondaires, reprenait naturellement les allures, le langage et les traditions que les hasards et les nécessités d'une autre existence lui avaient fait déguiser, sous des formes plus générales, mais que rien n'eût pu lui faire oublier.

— Albert, s'écria-t-il tout à coup: voici... la galette du Gymnase, je me fends de quatre sous de galette.

— Mais, nous sortons de table, répondit Albert, et tu te plaignais tout à l'heure d'avoir trop fêté la galantine truffée.

— De quoi? de quoi? c'est bon pour un moderne comme toi, la galantine. Les truffes, on fait semblant de les aimer, parce que c'est bon genre; mais, si on osait, on demanderait pour un sou de pommes frites, dans un cornet. Quant à la galette du Gymnase, c'est la vraie supériorité de Paris sur Londres et sur Landerneau. Enfoncés, le rootsbeef et la lune.

Et, s'échappant des mains d'Albert qui cherchait à le retenir, il courait à la célèbre échoppe, disparue récemment, et se faisait servir deux tranches de galette. Sur le refus de son ami d'en accepter une, il se décidait philosophiquement à dévorer, avec l'appétit d'un gamin à jeun de l'avant-veille et l'insouciance la plus complète du sourire des passants, surpris de voir ce garçon élégamment mis afficher en plein boulevard des goûts aussi vulgaires.

— Oh! oh! s'écria-t-il plus loin. Ceci, mon bourgeois, c'est la porte Saint-Denis, en latin: *Ludovico magno*. Comme qui dirait une façon d'arcque d'triomphe, élevé par le peuple parisien en l'honneur de l'armée française, revenant d'Égypte, où elle avait eu l'honneur d'être contemplée par quarante siècles, du haut de l'obélisque de Luxor.

« Ah! qu'on est fier d'être Français
» Quand on regarde la colonne! »

— Mais tais-toi donc, lui disait Albert: tu fais retourner tout le monde.

— Eh bien! laisse tout le monde se retourner, si ça l'amuse. Les opinions sont libres, depuis que la Charte est une vérité. Vive la Charte et à bas le ministère... Tiens, qui diable est donc ministre à présent? ah! c'est embêtant d'être si longtemps éloigné de Paris; on n'est plus au courant de la politique.

Un peu plus loin encore :

— Oh! oh! oh! théâtre de la porte Saint-Martin. En avant *La Tour de Nesle!* En avant *Robert Macaire*. Ohé! Bocage et Frédérick! ce sont de grandes dames; de très-grandes dames!... Ces beefsteaks sont d'un dur, on dirait qu'on les a taillés dans la culotte de peau d'un gendarme!...

Tiens l'Ambigu!... ohé! les Funambules! vive Débureau!... vive le sucre d'orge!... à la fraîche! à la fraîche!...

Ah! sapristi! voilà le Cirque!... Général, je suis content de vous. — Oui, Sire... la garde meurt... et ne se rend pas...

« Il vous a parlé, grand'mère? »

Ohé! Franconi! vive Franconi! hop! hop! hop! enfin... me voici donc à Paris...

Cette débauche de bavardages incohérents et gouailleurs ne se calma qu'aux approches de la place de la Bastille.

Une chose rendit Typo tout à coup sérieux.

La vue de la colonne de Juillet.

C'est qu'en effet, pour ce jeune homme qui avait vu, enfant encore, la bataille de 1830, qui avait porté de ses petites mains son pavé à quelque barricade, ce monument avait quelque chose de personnel qui, pour être puéril, n'en avait pas moins son côté touchant.

Si ses bras n'avaient pas pris part à la lutte, son cœur y avait été tout entier. Non pas qu'il ne comprît le but ni la cause, mais parce que ses voisins, ses amis, ses parents en avaient été les combattants, les héros et les victimes.

Le monument élevé à leur gloire était donc, jusqu'à un certain point, son monument.

La fibre patriotique frémit en lui.

Il se découvrit et, retrouvant dans ses lectures récentes un souvenir moins vulgaire, mais plus élevé que ceux qu'il venait d'évoquer, il murmura la première strophe de l'admirable pièce de Victor Hugo :

« Ceux qui pieusement sont morts pour la patrie... »

Et celui qui, cinq minutes avant, étonnait et scandalisait presque les passants de sa joie trop expansive, avait, en terminant, de grosses larmes dans les yeux, et dans la voix.

Albert qui, après être resté étranger à la gaîté de son ami, n'avait pu se défendre de partager son émotion patriotique, et profita pour le ramener au but de leur promenade et l'entraîna vers le faubourg Saint-Antoine où, sur les vagues renseignements du notaire, il avait entrepris de retrouver le père Martin.

On nous objectera qu'il eût été plus simple de faire demander son adresse précise au concierge de la maison du quai Jemmapes... chez qui le notaire avait rencontré l'ancien ébéniste.

Albert y avait envoyé un commissionnaire. Mais, soit que le factotum d'Albert ignorât cette adresse, soit qu'il eût été prié de la cacher, il avait donné trois ou quatre indications différentes, jurant qu'il lui était impossible de se rien rappeler de précis à ce sujet.

Les deux amis commencèrent donc leurs recherches... *à l'hasard de la fourchette*, comme disait plaisamment Typo, qui n'avait pas tardé à reprendre son inépuisable bonne humeur.

Or, le faubourg Saint-Antoine est un peu plus grand que la vaste marmite de l'établissement fort connu auquel l'ami d'Albert faisait allusion.

De plus, Martin est un nom aussi commun à Paris qu'à la foire, et bien des hommes comme bien des ânes y répondent, — sans compter les ours.

Aussi quand Albert ou Typo demandait à un boutiquier quelconque :

— Connaissez-vous Martin ?

— Martin ? certainement, répondait-on sans hésiter : Martin le serrurier...

— Non, l'ébéniste.

— Ah! Martin l'ébéniste; je le connais moi, disait un passant officieux, il demeure au n° 107, et vient de se marier. Un beau garçon, ma foi, d'une trentaine d'années.

— Ce n'est pas cela. Celui que nous cherchons est un vieillard d'au moins soixante ans.

— Ah! je ne le connais pas alors.

Une autre fois on leur disait :

— Le père Martin ? il est mort l'année dernière; mais sa veuve s'est remariée à son premier ouvrier. Un fier brin de femme, allez, et qui a fait ses farces, sans compter qu'à en croire les voisins, elle ne s'en prive pas encore. C'est au 224.

— Mais non, mais non, répondait Typo; vous vous trompez évidemment de numéro. Le Martin qui nous intéresse peut bien être mort; mais sa femme qui, j'en jurerais, n'a jamais fait de farces, est d'un âge à n'en faire désormais que pour son chat ou son perroquet, en supposant que la misère ne l'ait pas forcée à transformer l'un en pot au feu, et l'autre en civet.

— Ma foi, en fait de Martin, je ne connais plus alors que celui du Nord.

— Comment, du Nord ?

— Oui, le ministre.

— Eh bien! je la trouve bonne...

— Parbleu! vous me demandez Martin. Je vous indique celui du n° 224. Vous dites que ce n'est pas ça, alors je vous réponds que je n'en connais plus d'autre, que M. Martin (du Nord), ministre de la justice. C'est place Vendôme.

— Sur la colonne, n'est-ce pas ? escalier B, le corridor à droite ?... répliqua Typo, qui ne voulait pas être en reste de plaisanterie. Je parie que vous avez été sous sa surveillance ?

— Moi ? prétendez-vous dire que j'ai été en prison ?

— Fi donc... seulement le ministre de la justice étant garde des sceaux...

Et sans attendre la repartie peu parlementaire qu'il sentait s'être attirée, Typo entraîna plus loin Albert qui commençait à se décourager.

Aussi, après deux ou trois autres essais aussi peu réussis, allaient-ils renoncer à cette perquisition, lorsque, non loin de la rue St-Bernard, un attroupement vint les en distraire, en les arrêtant sur le trottoir.

En vrai gamin de Paris qu'il était redevenu, Typo s'empressa de s'approcher du groupe pour s'informer du motif ou du prétexte qui réunissait là un assez grand nombre de badauds.

C'était un enfant qui pleurait en contemplant d'un air profondément désespéré les débris d'un bol de terre grossière, dont le lait coulait encore le long du trottoir.

Cet enfant avait neuf ans environ, une figure charmante sous de beaux cheveux bouclés. Ses joues roses, ses yeux intelligents et sa mine éveillée contrastaient si franchement avec l'expression de véritable chagrin qui les altérait en ce moment qu'il eût été impossible de n'en pas être attendri.

Typo n'en avait pas, il est vrai, remarqué si long.

Il avait vu un enfant pleurer et cela lui avait suffi pour s'y intéresser.

L'enfant eût-il été laid, c'eût été absolument la même chose.

Il écarta donc les personnes qui se trouvaient devant lui et s'adressant au moutard :

— Pourquoi pleures-tu si fort, petit ? lui demanda-t-il.

L'enfant, songeant sans doute que la cause de ses larmes était assez évidente pour n'avoir pas besoin de commentaires, ne répondit pas, mais se reprit à pleurer plus fort.

— Eh bien ! tu as renversé le lait à ta maman.

— Ce n'est pas maman, répondit l'enfant.

— Qui donc, alors ?

— C'est le patron.

— Et tu as peur d'être battu en rentrant ?

— Oh ! non, il ne me bat jamais.

— Grondé au moins ?

— Non plus.

— Qu'est-ce qui te chagrine donc tant que ça, mon pauvre môme ?

L'enfant surprit sans doute dans l'accent ou dans le regard de Typo un sentiment moins banal que la curiosité qui lui était témoignée par les personnes qui l'entouraient. Aussi lui dit-il en baissant un peu la voix :

— C'est que, voyez-vous, monsieur, le patron et la patronne n'ont plus d'argent à la maison, et que voilà leur déjeuner perdu.

Le premier mouvement de Typo fut de porter la main à sa poche, mais, se ravisant aussitôt, il prit l'enfant par la main, l'emmena chez un marchand de porcelaine voisin, acheta un bol à peu près semblable à celui qui venait d'être brisé, le fit remplir de lait à la crèmerie la plus proche, puis, il dit à son protégé dont le chagrin était déjà tout à fait dissipé :

— Maintenant, tu vas me conduire chez ton patron.

— Oh ! oui, s'écria le moutard tout joyeux, en reprenant sa marche, suivi de Typo qu'Albert avait suivi et approuvé, sans pourtant le comprendre.

— Il est donc bien pauvre ton patron ? reprit Typo, tout en faisant de grands pas pour ne pas se laisser distancer par les petites jambes du gamin.

— Pauvre, pauvre ! oh ! oui qu'il l'est, le pauvre vieux, répondit-il naïvement, mais d'un accent de sincère pitié.

— Qu'est-ce qu'il fait ?

— Il ne fait rien pour le moment, vu qu'il n'a pas d'ouvrage.

— Je te demande quel est son métier.

— Ébéniste.

— Où est sa boutique ?

— Il n'a plus de boutique. Il est en chambre, et encore il est sur le point d'être mis à la porte, parce qu'il ne peut pas payer son loyer.

— C'est affreux ! dit Albert. Et comment s'appelle-t-il, mon ami ?

— Il s'appelle Martin.

— Martin ? s'écrièrent en même temps les deux amis, en se regardant.

— Oui, messieurs, le père Martin, comme on dit dans la maison.

— Et tu dis qu'il est vieux ?

— Oh ! oui, bien vieux.

— Et qu'il a une femme ?

— Oui, la mère Martin, une bien bonne femme aussi.

— C'est eux, c'est eux, reprirent Albert et Typo, en pressant le pas.

— Ma foi ! ajouta Typo en s'adressant à Albert, en voilà une de chance, tout de même ; allons, allons, il y a du doigt de Dieu là dedans !...

L'enfant les fit entrer bientôt, vers le haut du faubourg, dans une de ces espèces de cités, communes de ce côté, qui reproduisent là pour le travail et aussi pour la misère les dispositions matérielles des colonies luxueuses qui se trouvent dans les riches quartiers de Paris.

Dans la maison la plus sombre, la plus humide et pourtant la plus peuplée, de cette ville dans la ville, au haut d'un escalier, rapide, inégal, sans jour, l'enfant ouvrit sans frapper une porte mal jointe et se recula pour les laisser passer.

C'était une vaste pièce, nue, froide, triste, vide, qui servait à la fois de salle de réception, de salle à manger, de chambre à coucher et d'atelier.

Seulement la salle de réception manquait de sièges ; la salle à manger de table ; la chambre à coucher de lit, et l'atelier de marchandises et d'outils.

Les deux amis se sentirent froid au cœur.

Auprès d'un petit poêle de fonte, dont la chaleur ne se faisait pas sentir à un mètre de distance, deux vieillards étaient accroupis sur des escabelles de bois, élevées de quelques pouces à peine au-dessus du carreau, jadis rouge, et alors décoré et brisé çà et là.

Tous deux semblaient transis de froid, sous leurs vêtements usés et qui s'étaient d'ailleurs évidemment trompés de saison.

A l'aspect de ces visiteurs inattendus, ils se levèrent avec plus de crainte que d'espérance.

Tandis que l'enfant présentait à la femme le précieux produit de sa course, Albert s'avança vers le père Martin qu'il avait, non sans peine, reconnu, sous les tristes changements que les années, les privations et, plus encore, les chagrins, avaient apportés en lui.

— Vous êtes ébéniste, lui demanda-t-il, en cherchant à dissimuler sous les formes de la politesse l'émotion qu'il ne pouvait maîtriser.

— Je l'étais au moins, monsieur, répondit le vieillard ; mais n'ayant plus ni travail, ni même les objets nécessaires pour travailler, si j'en avais occasion, je ne puis même plus prétendre au titre d'ouvrier, après avoir été patron.

— Cet enfant nous a pourtant dit qu'il était votre apprenti ?

— Il l'était en effet autrefois ; mais s'il vient ici aujourd'hui, c'est plutôt par désir de nous être utile, à ma femme et à moi, que pour apprendre un état que je ne puis plus moi-même pratiquer.

— Le pauvre chérubin est si bon ! ajouta madame Martin, en embrassant l'enfant qui était resté près d'elle.

— Il est votre parent ?

— Non, monsieur, répondit le père Martin. Mais sa mère est notre voisine.

— Et son père ?

— Nous ne l'avons pas connu.

— Sa mère est donc veuve ?

— Veuve ? oui, elle est veuve, monsieur, dit madame Martin, après un moment d'hésitation.

Albert comprit, et détourna la conversation.

— Voyons, dit-il, je veux que cette rencontre devienne un bonheur pour nous tous...

— Comment ? fit le père Martin.

— J'arrive à Paris... j'ai besoin de meubles... et je viens vous demander si vous voulez vous en charger.

Le père Martin regarda son interlocuteur avec stupéfaction.

— Certainement... certainement, balbutia-t-il en proie à quelque mystérieuse émotion, mais...

— Mais comme la fourniture sera considérable, se hâta d'ajouter Albert, que vous ne me connaissez pas et que j'ai des raisons pour ne pas me faire connaître, voici deux mille francs d'avance sur le montant de ma commande. Vous vous y mettrez de suite. Je viendrai dans quelques jours m'en informer.

Et Albert présenta au vieillard stupéfait quatre billets de banque qu'il venait de retirer de son portefeuille.

Le père Martin avançait et retirait la main tour à tour, craignant d'être la dupe d'une illusion.

— Comme j'aurai probablement besoin de beaucoup d'autres choses, — reprit Albert, et que je suis pressé, vous vous ferez probablement aider par quelques ouvriers habiles, et dans l'impossibilité où vous êtes de les installer ici convenablement vous prendrez sans doute un atelier ailleurs. Faites-moi donc le plaisir de laisser ici votre nouvelle adresse, afin que je sache où vous trouver au besoin.

— Mais, monsieur, balbutia le père Martin, en regardant les billets qu'il avait fini par prendre, et qu'il n'osait encore considérer comme une réalité ; mais, monsieur, pour venir ainsi faire la fortune d'un pauvre vieillard abandonné de tout le monde, qui donc êtes-vous ?...

— Ma foi ! l'enfant l'a deviné du premier coup, s'écria la mère Martin, à qui le petit apprenti venait de parler à l'oreille, en l'embrassant.

— Quoi donc ? demanda vivement Albert qui craignait de voir son incognito découvert.

— Il m'a dit comme ça : Voyez-vous, mère Martin, cet homme-là, c'est le bon Dieu, et il a même ajouté!... mais je ne sais pas si je dois vous le répéter...

— Non, non, s'écria l'enfant.

— Si, si, répétez-le, je vous en prie, madame, insista Albert.

— Eh bien! donc, après m'avoir dit, ce que je crois, que vous êtes le bon Dieu, le petit a ajouté : et c'est dommage parce que, sans cela, je lui aurais demandé la permission de l'embrasser.

— Je ne suis pas le bon Dieu; mais je ne crois pas qu'il soit assez fier pour faire mauvaise mine aux anges, dit Albert en riant, et je ne serai pas plus fier que lui.

— Vive la joie et les pommes de terre! s'écria le gamin, en lui sautant au cou.

— Et moi donc? dit Typo, en rompant le silence, est-ce que tu me prends pour le diable, parce que je n'ai pas de commande à faire au patron?

— C'est vrai! dit l'enfant, en l'embrassant aussi, c'est vous, pas moins, qui m'avez parlé le premier. Et sans vous, peut-être, votre ami n'aurait pas eu occasion de fournir au père Martin les moyens de m'apprendre encore son métier.

— Vous le voyez, monsieur, dit Martin à Albert, si vous n'êtes pas précisément ce que prétendent l'enfant et ma femme, vous avez au moins fait bien des heureux ici, et tout ce que je puis vous dire de mieux pour vous remercier, c'est que vous n'y aurez pas fait des ingrats. Pas vrai?

— Allonc donc! des ingrats? s'écria le gamin.

Et sautant de joie, il ajouta :

— Ah! sapristi, maman va-t-elle être contente.

Un quart d'heure après Albert et Typo étaient en voiture et regagnaient l'hôtel Meurice.

— Que diable as-tu donc encore? demanda Typo, en remarquant la préoccupation de son ami. Est-ce que nous n'avons pas fait une bonne journée?

— Ce n'est pas cela, répondit Albert. Mais as-tu remarqué cet enfant, Typo?

— Parbleu! il est assez beau pour qu'on le remarque. Si ce gaillard-là n'a pas un bataillon de femmes à lui courir après, dans dix ans d'ici, ma foi, c'est que la grêle aura saccagé la récolte, ou que je ne connais plus du tout le sexe féminin.

— Je ne sais si je m'abuse; mais il m'a semblé retrouver dans ses traits une ressemblance...

— Ah! mille mirlitons! j'y suis; c'est fichtre vrai! Marg...

Typo s'arrêta, et tous deux se turent.

A l'hôtel, Typo trouva une lettre qu'il s'empressa d'ouvrir.

— Tiens! tiens! tiens! s'écria-t-il, après y avoir jeté les yeux.

— Qu'y a-t-il? demanda Albert.

— Vois.

Albert prit le billet satiné et parfumé que lui présentait Typo et lut :

« A ce soir, au bal de l'Opéra; on compte bien ne pas vous « attendre en vain.

« Un domino noir. »

Et au-dessous, en caractères plus gros :

PARIS, LE 20 décembre 1846.

— Ah! çà, mais, ce n'est pas la même, au moins, qui veut nous faire poser tous deux? demanda Typo avec une inquiétude enjouée.

— Non, ce n'est pas le même papier, ni la même écriture, répondit Albert, en comparant ce dernier billet à celui qu'il avait reçu lui-même quelques heures avant.

— Mais c'est la même date, et la même intention dans la manière de l'écrire.

— Eh bien?

— Eh bien! deux femmes ont été mêlées aux aventures de cette nuit-là. La rencontre d'hier soir ne me permet pas de douter que ce petit poulet me vient de la charmante fille que j'ai vue masquée d'abord, puis un moment sans masque, dans l'affreuse baraque où nous avons failli crever de faim toi et moi.

— Alors, la mienne serait?...

— Celle à qui tu as offert une hospitalité écossaise la même nuit et qui a disparu le lendemain...

Ils gardèrent un moment le silence, sous l'impression de ce souvenir.

— Mais, alors, s'écria Albert, c'est bien elle que j'ai entendue au Havre; c'est elle qui a poussé un cri en me rencontrant à Rouen, et qui m'a fait un signe d'intelligence à la gare Saint-Lazare.

— Et si c'était en même temps la *Cattina* que nous avons fini par ne pas voir du tout et par ne pas entendre.

— Quelle probabilité? une Italienne!

— Bah! il y en a tant de ces Italiennes qui sont nées à Batignolles ou à Vaugirard. Ma foi! qu'est-ce que ça nous fait après tout. L'important, c'est qu'elles soient jeunes et jolies, tout me le fait croire pour mon compte, et pour le tien, bien des choses me le font espérer: puis, ce qui ne nuirait en rien, ce sont peut-être...

— Quoi donc?

Typo regarda alternativement les deux billets qu'il avait encore à la main; il en aspira le parfum brusquement et faisant remarquer à Albert l'épaisseur aristocratique des papiers :

— Ce sont de grandes dames, de très-grandes dames! dit-il en imitant la voix et le geste de Bocage, dans le rôle de Buridan.

Albert sourit, mais il resta songeur.

IV. — La veuve.

Au quatrième étage d'une maison située à l'angle formé par la rue St-Antoine et la rue St-Bernard, demeurait, à cette époque, une femme de vingt-huit à trente ans environ, que l'on désignait, dans le quartier, sous le nom de la *veuve*.

Il y avait trois ans au plus qu'elle s'était établie rue St-Bernard, elle venait alors de perdre son mari, dont elle portait encore le deuil, et elle amenait avec elle un bel enfant, rose et blond, âgé de six ans, dont la figure ouverte et souriante fut bientôt connue de toutes les commères du quartier.

Le petit Albert était si vif et si affectueux, il y avait dans ses yeux bleus tant de malice et tant de douceur mêlées, il apportait dans les commissions dont sa mère le chargeait une intelligence si comiquement sérieuse des intérêts qui lui étaient confiés, que chacun n'avait pas tardé à le remarquer, et que la sympathie qu'il éveillait s'était reportée en partie sur la *veuve*.

La *veuve!*

Il y a, à Paris, tant de veuves qui n'ont jamais été mariées, que, dans le commencement, bien des bruits malveillants coururent sur la mère du petit Albert : mais cette femme semblait si différente des autres, elle était si douce et elle portait son malheur, quel qu'il fût, avec tant de dignité et de résignation, que ces bruits s'apaisèrent bientôt, et la jeune mère demeura entourée du respect et de la bienveillance de tous.

Or, cette veuve n'était autre que Marguerite, et en soulevant le voile qui la cache, nous n'avons pas la prétention d'apprendre quoi que ce soit au lecteur.

La pauvre femme avait bien souffert, et si elle avait commis une faute, elle l'avait bien cruellement expiée.

Dans un premier moment d'abandon et de désespoir, elle avait demandé à la mort un refuge contre le déshonneur; puis, sauvée miraculeusement par son frère, elle s'était trouvée dans une position si poignante, la pensée de la honte qu'elle apportait avec elle s'était emparée de son esprit avec une telle violence, qu'elle n'avait pu envisager sans épouvante l'avenir qui lui était réservé, et qu'elle avait mieux aimé s'y soustraire par la fuite.

Cette fois, cependant, elle ne voulait plus mourir!

Un nouveau sentiment était né dans son cœur, et y avait poussé, en une seconde, des racines puissantes et profondes.

Elle était mère!

Dès lors, tout disparut; la force, le courage, l'audace revinrent pour la soutenir; elle ne craignait plus la vie, elle n'avait plus peur de la honte.

Elle était prête à tout, pour l'enfant qu'elle portait dans son sein...

Elle travailla...

Marguerite était, à cette époque, une des plus jolies filles du faubourg du Temple, et bon nombre de nos lecteurs se rappellent encore l'avoir vue passer le soir ou le matin, fraîche et vive, avec ses petits pieds, charmants, grands tout au plus comme ceux d'un enfant, ses mains délicates et effilées, sa chevelure qui faisait à son front si pur comme un opulent diadème.

Cette beauté pouvait être un danger ou la cause d'obstacles nombreux pour Marguerite, mais elle ne fut pas longtemps à la perdre.

Elle travailla avec une ardeur inquiète; elle travailla le jour, la nuit, sans relâche, et quand, au matin, elle voyait ses joues pâlies par la veille, ses yeux cernés, ses mains desséchées par une fièvre lente, un triste sourire courait sur ses lèvres, et elle croisait doucement ses deux bras sur son cœur.

— Et maintenant, disait-elle avec amertume, je n'ai plus rien à craindre des séductions de ce monde. — Je ne veux plus vivre que pour lui. — Une mère est toujours belle pour son enfant.

Et à cette pensée de belles larmes coulaient le long de ses joues.

— Pauvre cher ange, ajoutait-elle, les mains jointes, ah! que Dieu lui épargne les épreuves qu'il a envoyées à sa mère!...

Que de beaux rêves la pauvre femme n'avait-elle pas faits, pendant les heures si longues et si monotones qu'elle donnait au travail.

Elle n'avait plus d'autres préoccupations, c'était tout son avenir, toute sa vie, — et elle n'avait pas assez de rêves dorés pour bercer le premier fruit de ses entrailles.

Avec quel religieux amour elle le voyait grandir!... avec quelle joie sainte elle baisait déjà ses beaux cheveux blonds.

Qui osera dire où peut s'arrêter le cœur d'une mère!...

Marguerite avait ainsi vécu dix années, séparée du reste du monde, concentrant sur son enfant tout ce qu'il y avait en elle d'amour et de tendresse.

Peu à peu, l'amertume de sa douleur s'était calmée, sa tristesse s'était changée en mélancolie, et son regard pouvait parfois s'arrêter sans trouble sur le passé.

Elle y songeait souvent.

Elle évoquait alors les figures aimées d'Albert et de Typo, et elle se demandait ce qu'ils étaient devenus, et pourquoi elle ne les avait plus revus.

Cette disparition avait quelque chose d'étrange et de sinistre même.

La fin tragique de sa mère lui faisait craindre un dénoûment sanglant, et c'est avec une ferveur pleine de fièvre et d'angoisse qu'elle priait le ciel d'apaiser les terreurs qui l'assiégeaient à cette supposition.

Toutefois, son enfant avait grandi au milieu de ces rudes épreuves, et le voyant si affectueux et si soumis, en retrouvant dans ses yeux cette expression de tendresse dévouée qu'elle n'avait encore lue que dans les regards d'Albert, elle pensait bien souvent que Dieu lui avait pardonné, et que l'avenir lui promettait des joies plus calmes et des nuits moins agitées.

Sous l'empire de cette pensée, une sécurité relative avait pris possession de son cœur, ses insomnies étaient devenues moins fréquentes, et, tout en conservant cette belle pâleur de la mélancolie, elle avait presque retrouvé la beauté de ses jeunes années.

Ce jour-là donc, Marguerite avait travaillé toute la journée, assise près de sa fenêtre.

Elle n'était pas sortie, — le soir l'avait surprise au travail, il était six heures, — c'est l'heure à laquelle rentrait ordinairement le petit Albert.

Marguerite ne s'était point encore donné le luxe d'une pendule; elle travaillait avec un tel oubli de toute chose, qu'elle ne savait jamais à quel moment précis de la journée elle se trouvait, mais quand arrivait le soir, et qu'approchait l'heure de la rentrée d'Albert, son cœur ne la trompait pas...

Sa petite mansarde semblait s'illuminer tout à coup, tous les rêves mauvais ou pénibles de la journée s'envolaient comme par enchantement, et quand elle entendait le pas rapide d'Albert monter l'escalier, et qu'elle apercevait enfin sa jolie tête blonde dans le cadre de la porte ouverte, elle ne voyait plus que son sourire, et son cœur tout entier sautait à sa rencontre, et se suspendait à ses lèvres...

Ce jour-là, disons-nous, Marguerite était assise comme d'habitude, près de la fenêtre; le soir était venu; elle venait de poser son ouvrage devant elle, et elle attendait.

Elle n'avait pas entendu le pas d'Albert, mais par une sorte d'intuition magnétique, elle savait qu'il venait.

Quelques minutes après, le petit apprenti montait l'escalier...

Mais, chose singulière, il sembla à Marguerite que, cette fois, Albert cherchait à déguiser son pas... il marchait plus vite que d'habitude peut-être, mais il marchait avec plus de précaution.

Enfin, les pas s'arrêtèrent sur le palier, et une petite main frappa à la porte.

Marguerite tressaillit...

C'était la première fois qu'Albert n'entrait pas tout de suite...

Elle ne répondit pas.

Les coups redoublèrent.

Et comme la pauvre mère, presque inquiète, oubliait une seconde fois de répondre, la porte s'entrebâilla doucement, et une petite tête éveillée et rieuse regarda doucement dans la chambre.

Mais lui-même avait déjà assez de la plaisanterie, et, dès qu'il vit sa mère qui lui souriait, il courut lui jeter ses deux bras autour du col, et la couvrit de baisers.

Quand ce premier moment d'effusion fut passé, Marguerite se prit à considérer Albert avec plus d'attention, et d'un ton presque grondeur:

— Voyons, lui dit-elle, en cherchant à prendre son sérieux, pourquoi voulais-tu me faire peur?

— Peur! fit Albert, mais du tout.

— Alors, d'où vient que tu n'es pas entré ici comme les autres jours?

Albert prit un air important:

— C'est qu'il y a du nouveau, dit-il en s'asseyant aux genoux de sa mère.

— Et quoi donc?

— Et d'abord, les Martin vont être riches...

— Tu es fou!

— J'en suis sûr... ils vont avoir un magasin, des ouvriers, et, à partir d'aujourd'hui, je gagne cinquante francs par mois.

— Toi!

— Oui, m'man... à preuve que le père Martin m'a avancé mon premier mois.

Et en parlant ainsi, le petit Albert tira de sa poche la somme qu'il annonçait, et la jeta, pièce à pièce, sur les genoux de sa mère...

Le cœur de Marguerite se serra... la fortune inattendue des époux Martin lui semblait inexplicable, et, pour la première fois depuis dix ans, la pensée de leur fils lui vint à l'esprit.

Tout son être tressaillit... et sans savoir à quel sentiment elle obéissait, elle prit Albert dans ses bras, et déposa sur son front un baiser épouvanté.

C'était le passé qui se dressait tout à coup devant elle, et elle avait peur.

Cependant elle se contint, et l'étonnement de son enfant la rappela à la prudence et au calme.

— Voyons, dit-elle avec une voix moins tremblante, et en essayant de sourire, ce que tu me dis me semble tellement extraordinaire que j'ai peine à y croire... et les Martin n'ont pu s'enrichir ainsi tout d'un coup.

— C'est vrai.

— Que s'est-il donc passé?

— Voilà! dit Albert, ce matin, j'ai rencontré dans le faubourg deux étrangers qui m'ont demandé la demeure du père Martin; je les ai conduits, et ce sont eux qui ont fait une riche commande au patron...

— Et ces étrangers, tu ne les connais pas?

— Non, maman.

— Tu ne les avais jamais vus avant?

— Jamais.

Marguerite réfléchit une seconde.

— Et le père Martin ne les connaissait pas non plus?

— Il n'en a pas eu l'air.

— C'est étrange!

— Mais ils m'ont fait l'effet de deux bons *zigs*.

Marguerite jeta à Albert un regard singulier.

— Ils sont jeunes?

— Oui.

— Et qui les a envoyés au père Martin?

— Je ne sais pas.

— Cependant, ils ne peuvent être venus seuls... il y a là un mystère... Il faut que je sache.

Et sans attendre davantage, agitée d'inquiétude, animée de soupçons vagues qu'elle n'était pas maîtresse de réprimer, elle se leva, et courut jeter un châle sur ses épaules.

— Tu sors? fit Albert que l'attitude de sa mère étonnait.

— Je vais rentrer à l'instant.

— Tu ne crois pas à ce que je te dis?

Marguerite prit la tête d'Albert dans ses mains, et le baisa longuement au front.

— Si! je te crois, mon enfant, dit-elle, mais j'ai besoin de voir le père Martin.

— Alors, je vais avec toi.

— Viens! viens! partons...

Et ils sortirent.

Marguerite marchait d'un pas rapide; elle avait hâte d'arriver... Mille espoirs emplissaient son esprit; cet incident avait suffi à lui rendre le trouble du passé.

Les époux Martin demeuraient à peu de distance. En quelques minutes, elle fut chez eux.

Quand elle entra, la joie du vieux ménage n'était pas encore calmée; la mère Martin courut à elle, et l'embrassa avec effusion.

— Albert m'a appris le bonheur qui vous arrive, dit Marguerite, et je suis venue me réjouir avec vous.

— Oui! oui! répondit la mère Martin, les larmes aux yeux, un vrai bonheur que Dieu nous a envoyé; je n'y croyais plus, et c'est Albert qui les a conduits chez nous...

— Deux étrangers, m'a-t-il dit, fit Marguerite, en comprimant les battements de son cœur.

— Deux étrangers, répondit la mère; deux braves jeunes gens.

— Et leurs noms?

— Ma foi, nous n'en savons rien.

— Ils reviendront alors?

— Ils l'ont promis.

— Bientôt?

— Oh! j'en suis sûre.

— Pourquoi?

— Dame! vois-tu, Marguerite... le cœur d'une mère, ça se trompe rarement.

— Eh bien?

— J'ai mon idée.

— Laquelle?...

— Je ne sais pas si je dois te dire ça.

— Dites... oh! dites.

La mère Martin prit Marguerite par la main, et la conduisit près de la fenêtre, pendant que le vieux Martin haussait les épaules, et murmurait entre les dents quelques paroles inintelligibles.

— Ecoute, poursuivit la mère d'un air mystérieux, quand notre enfant a disparu, tout le monde lui a jeté la pierre; on l'a accusé de mauvais cœur, et peut-être les apparences donnaient-elles raison à ceux qui disaient cela; mais, vois-tu, moi, j'ai toujours conservé bon espoir... Il n'était pas méchant, j'en suis sûre, et je me disais souvent qu'il pensait à nous, et qu'il reviendrait pour réjouir et consoler notre vieillesse...

— Enfin! enfin! dit Marguerite.

— Enfin.. tu vois ce qui nous arrive aujourd'hui.

— Quoi! vous penseriez?

— Et qui donc veux-tu que ce soit?... notre pauvre enfant a fait fortune sans doute, il revient en France, et sa première pensée est pour ses vieux parents, dont il ne connaissait pas toute la détresse.

Marguerite ne répondit pas; un voile passa devant ses yeux. Ce n'était pas là ce qu'elle attendait...

— Cependant, insista-t-elle, ces deux étrangers ne vous ont rien dit?

— Rien; mais c'est égal, j'ai bien vu qu'ils avaient quelque chose.

— Quoi donc?

— Ils étaient émus.

— Ah!

— Et surtout, celui qui est décoré, un beau garçon, ma foi! Il regardait tout avec une attention qui a éveillé la mienne... et il m'a semblé que sa figure ne m'était pas inconnue.

— Dites-vous vrai!...

— Mais, il fait si sombre dans cette chambre, et ils sont d'ailleurs restés si peu de temps...

— Mais l'autre?

— L'autre a l'air moins distingué, mais, bien sûr, il est meilleur garçon, car c'est lui qui a demandé à embrasser Albert.

— Il l'a demandé! fit Marguerite.

— Oui, vraiment, et le petit ne s'est pas fait prier.

Marguerite comprima sa poitrine de ses deux bras; elle roulait tout un monde dans son esprit, et ne savait plus à quelle supposition, ni à quel espoir s'arrêter.

Tout cela était étrange, et allait jeter une perturbation profonde dans son existence, autant en raison du mystère qui enveloppait cet incident, qu'à cause des suppositions qui pouvaient se grouper alentour.

Quand elle rentra dans sa mansarde, Marguerite se sentit froid au cœur.

Elle avait été brusquement ramenée vers le passé, et la mère Martin, en évoquant le souvenir de son fils, lui avait rappelé ses plus mauvais jours et ses plus cruels chagrins.

C'est de cette époque que dataient la disparition de son frère Albert et l'assassinat de sa pauvre mère...

Sa mère...

Dans ses heures de doute, c'est à elle que Marguerite s'adressait, c'est à ce pieux souvenir qu'elle demandait le calme, et rarement sa prière était restée sans effet...

Depuis dix ans, jamais elle ne s'était sentie plus émue qu'en ce moment.

Elle s'assit tristement près de la cheminée, où s'éteignait un feu de charbon de terre.

Puis elle laissa tomber son front sur sa main, et quelques larmes coulèrent silencieusement le long de ses joues.

Albert la regardait du coin de l'œil; il allait et venait d'un air affairé à travers la chambre, comme pour ne point troubler la rêverie de sa mère.

Cependant, il avait le cœur gros; il comprenait que sa mère souffrait; il eût voulu l'embrasser et essuyer les larmes qui tombaient de ses yeux.

Il s'approcha sur la pointe des pieds, sauta doucement sur ses genoux et lui prit familièrement la tête dans ses deux petites mains:

— Tu pleures? dit-il en lui faisant une moue grondeuse.

Marguerite sourit à travers ses pleurs.

— Tu as du chagrin, poursuivit l'enfant, mais ce n'est pas moi qui l'ai causé, n'est-ce pas?

Marguerite baisa longuement ses beaux yeux si doux.

— Non! non! Albert, dit-elle en le serrant contre sa poitrine: non ce n'est pas toi... Tu m'aimes, tu ne voudrais pas me faire de la peine. Mais c'est une pensée qui m'est venue tout à l'heure chez le père Martin.

— Quelle pensée? dit Albert.

— Presque rien.

— Tu ne veux pas me le dire?

— A quoi bon?

— Je t'aimerai bien...

— Pauvre enfant!... pourquoi t'attrister déjà? Qui sait!... l'avenir te sera peut-être amer aussi... Pourquoi mêler une amertume à ta pensée pleine d'espoirs enfantins?

Albert prit un air où perçait un peu de malice.

— Tu veux me cacher la cause de tes chagrins, dit-il alors, eh bien! tu me forces à la deviner.

— Que dis-tu?

— Je dis que je ne suis pas si enfant qu'on veut le faire croire, et que je sais bien pourquoi tu pleures.

— Qu'est-ce donc! fit Marguerite étonnée.

— Eh bien, dit l'enfant, dont le visage s'empreignait tout à coup d'une tristesse qui n'était pas étudiée. Je n'ai pas oublié que c'est dans quelques jours l'anniversaire de la mort de grand'maman, et c'est là sans doute ce qui te rend triste.

Marguerite se leva; elle était pâle et violemment agitée. Ce que venait de dire son enfant était vrai. Au milieu du trouble qui était dans son cœur, elle avait presque oublié sa mère.

— Tu as raison, Albert, dit-elle vivement; tu as raison, dans quelques jours, ce sera le triste anniversaire. Et comme tous les ans, nous irons passer quelques heures dans la maison du quai Jemmapes où elle est morte.... Prions Dieu, mon enfant, prions en attendant notre pauvre mère de veiller sur nous et de nous protéger!... Elle était bonne; elle nous aimerait si elle vivait encore... Elle nous voit et nous aime de là-haut.. Prions, Albert; prions!

Et la mère et l'enfant, émus tous deux d'une sainte émotion, s'agenouillèrent près du lit, joignirent leurs mains, et adressèrent à Dieu du fond de leur cœur une longue et fervente prière.

V. — Le bal de l'Opéra.

Typo n'était jamais allé au bal de l'Opéra. Souvent, dans son enfance, le hasard de ses pérégrinations nocturnes l'avait conduit rue Lepelletier, un samedi du mois de décembre ou de janvier; et en voyant ces longues files de voitures passer devant lui, pleines de bruit et de rires, où assistait presque au spectacle féerique de ce palais des Mille et une nuits vers lequel couraient follement des groupes de femmes enivrées et lascives, son imagination s'était exaltée, et il avait cherché à pénétrer en esprit dans ce monde inconnu, qui lui semblait, de loin, si invitant et si étrange..

Mais là s'étaient bornées ses tentatives, et le souvenir des bals de l'Opéra était resté dans sa mémoire comme une impression lointaine de voyage au pays des chimères.

Aussi, quand vint le jour fixé pour ce rendez-vous auquel le conviait une beauté inconnue, son être tout entier s'émut à l'idée qu'il allait enfin franchir le seuil de ce temple des amours faciles, et jouer son rôle au milieu de ce monde du hasard et de l'intrigue.

Dès onze heures, il était habillé et prêt à partir...

Albert sourait de son impatience, et pendant qu'il le plaisantait sur son enthousiasme de mauvais goût, un pli soucieux se creusait sous son front, et mille pensées inquiètes agitaient son esprit.

Si Typo savait à peu près quelle femme il allait rencontrer, il n'en était pas de même d'Albert.

Il ne connaissait personne à Paris, il était peu sorti depuis son arrivée. Ce rendez-vous qui leur était donné ne pouvait être une bonne fortune.

Qu'était-ce donc?

Quand minuit sonna, un domestique vint les prévenir que la voiture attendait...

Typo ne se le fit pas répéter, et entraînant son ami encore indécis, il sauta lestement dans le coupé, et donna l'ordre de partir.

Dix minutes après, ils arrivaient à l'Opéra.

A vrai dire, Typo était assez médiocrement satisfait de traîner Albert avec lui. Il eût voulu être seul... Ce spectacle auquel il allait assister était nouveau pour lui; il désirait vivement en jouir tout à son aise.

Le hasard sembla avoir deviné ses pensées les plus secrètes.

A peine, en effet, avait-il franchi le seuil de l'Opéra et monté les degrés qui mènent au foyer, qu'Albert se sentit doucement frapper sur l'épaule.

Il se retourna vivement.

C'était le domino dont il avait reçu le signalement.

Il n'eut pas même le temps de s'étonner.

Le domino glissa son bras sous le sien, et disparut avec rapidité dans la foule du foyer, laissant Typo, un peu ébahi peut-être, mais souriant et satisfait.

— Tu es exact! dit le domino à Albert, quand ils eurent gagné l'une des extrémités du foyer, et je t'en remercie.

— Pourquoi donc?

— Je craignais que tu ne vinsses pas.

— Ta lettre était si singulière...

— Que tu es venu par curiosité.

Albert sourit.

— Avoue, répliqua-t-il, que la curiosité n'est pas ici hors de propos? Je suis arrivé à Paris depuis quelques jours seulement, je n'y connais personne encore, et cependant...

— Et cependant, il y a à Paris quelqu'un qui te connaît, qui a appris ton arrivée, qui a deviné le motif de ta venue, et qui veut te prémunir contre les dangers qui t'y attendent.

— Des dangers? fit Albert étonné.

— Tu n'y crois pas?

— Peut-être.

— Ils sont plus grands que tu ne penses.

— Qui te l'a dit?

— Qu'importe!

— Tu veux me le cacher.

— C'est un secret.

Pendant ce rapide colloque, Albert avait eu le temps d'examiner son domino, et les remarques qu'il avait pu faire lui avaient donné une haute idée de sa bonne fortune.

Des lèvres fraîches et roses, des yeux d'un éclat tempéré de douceur, des dents d'une blancheur éblouissante, des mains petites et souples comme celles d'un enfant.

Albert devint soucieux.

A quoi pensait-il? Il serait difficile de le dire. C'était un sentiment inconnu, sans cause, dont pour la première fois il éprouvait les atteintes.

La femme qui lui parlait était jeune, elle était belle, et elle paraissait obéir à une sympathie dont la seule pensée jetait le trouble dans l'esprit de son interlocuteur.

Ils s'étaient assis l'un près de l'autre, dans un coin du foyer; et ainsi isolés au milieu de la foule, qui tourbillonnait à leurs côtés, ils pouvaient causer avec autant de liberté que dans les plus profondes solitudes du Nouveau-Monde.

— Vous me connaissez donc? reprit Albert, après quelques secondes de silence, et en changeant de ton.

— Beaucoup, répondit la jeune femme.

— Et pour que vous vous soyez émue à l'idée des dangers que je puis courir, il faut que vous me portiez de l'intérêt...

— C'est vrai.

— Où vous ai-je donc rencontrée?

— Un peu partout.

— Ce n'est pas là répondre; et si vous voulez que je vous reconnaisse...

— Je n'ai pas dit que j'y tenais.

— Cependant.

— Eh bien, comme vous, j'ai beaucoup voyagé, M. Albert... et vous m'avez rencontrée à Sydney... à Lima... à la Havane, à New-York...

— Est-ce possible!

— Vous voyez que ces renseignements n'aident que faiblement vos souvenirs.

— En effet...

— Et nous ferions peut-être mieux de parler d'autre chose.

— Le croyez-vous?

— De vous... si vous le voulez bien...

— Si cela peut vous plaire.

Il y eut un silence.

Albert était découragé; le mystère dont s'enveloppait son inconnue l'intriguait jusqu'à lui ôter toute sa présence d'esprit.

— Vous êtes à Paris depuis quelques jours, poursuivit bientôt le domino, et déjà vos ennemis ont appris votre arrivée.

— Mes ennemis!

— Ils sont nombreux.

— Vous les connaissez?

— Je les ai connus du moins.

— Mais, vous les voyez encore?

— Quelquefois.

— Et vous savez...

— Je sais qu'ils ont intérêt à connaître vos actions et vos projets, et la certitude de votre présence à Paris a dû les engager à se tenir sur leur garde.

Albert réfléchissait.

— Ce que vous me dites a tout lieu de m'étonner, répondit-il d'une voix lente, je suis à peine arrivé dans la capitale, je n'y ai vu personne encore, et j'avoue que je ne comprends pas comment il se peut faire...

— Cela est pourtant bien simple.

— Expliquez-vous.

— N'êtes-vous pas allé aux Italiens? demanda le domino, avec une certaine émotion dans la voix.

— Une fois, c'est vrai.

— Eh bien! ce soir-là, l'un de vos ennemis occupait une loge située en face de la vôtre, et il lui suffit d'un coup d'œil pour vous reconnaître.

— Vous croyez...

— J'en suis sûre.

— Vous étiez donc là?

— J'y étais.

— Et je vous y ai vue peut-être?..

Le domino commença un fin sourire où perçait une pointe de malice.

— Vous auriez pu m'y voir, dit la jeune femme, mais ce n'est pas pour moi que vous y veniez.

— Ah! voilà une négligence que je ne me pardonnerai que si vous voulez bien m'offrir l'occasion de la réparer.

— Ce sera facile.

— Vraiment!

— Je vais souvent aux Italiens.

— C'est une raison pour que je ne manque plus une représentation.

— Et si vous n'avez rien de mieux à faire jeudi prochain, la *Cattina* chante, j'y serai...

— Ne vous verrai-je point avant?

— C'est impossible.

— Mais vous me direz au moins votre nom, vous me laisserez voir vos traits?

— Plus tard.

— Pourquoi pas tout de suite?

— Pourquoi, M. Albert, répondit la jeune femme, parce que, pour l'intérêt même de notre vengeance, il importe que vous ignoriez encore qui je suis, et ce que je peux pour vous et contre vos ennemis.

Pendant que ces paroles s'échangeaient entre Albert et son inconnue, Typo avait, de son côté, engagé une conversation vive et animée avec un domino qui devait être celui qui lui avait assigné un rendez-vous.

Il venait de quitter son ami, et encore un peu étourdi par cette cohue assourdissante qui l'entraînait malgré lui, dans son flot plein de murmures et de parfums, il allait à l'aventure, cherchant son domino, tout en s'évertuant, *in petto*, à établir son identité!

Un quart d'heure se passa ainsi, au bout duquel un bras de femme vint se poser sur son bras.

Typo se laissa faire.

C'était son domino; il était conforme au signalement : rien n'y manquait.

— Tu as l'air de t'ennuyer dit le domino, en l'entraînant hors du foyer.

— J'attendais, répondit Typo.
— Une femme?...
— Un domino semblable au tien, avec des rubans pareils à ceux que tu portes.
— Alors, c'est moi.
— Je ne demande pas mieux...
Ils venaient de gagner les galeries; Typo glissa un louis à une ouvreuse et entraîna son domino dans une loge toute mystérieuse et voilée.
Seulement, au moment d'entrer, Typo aperçut derrière lui un grand gaillard en habit noir, cravate blanche, démarche raide, et dont le visage était orné d'un nez de carton.
Il ne put s'empêcher de partir d'un éclat de rire à la vue de ce nez de carton.
Il riait encore en pénétrant dans la loge, dont il ferma soigneusement la porte, et tira les rideaux.
— Qu'avez-vous? fit la jeune femme en s'asseyant sur un divan.
— Oh! presque rien, dit Typo; est-ce que ce nez de carton vous appartient?
— De quel nez de carton parlez vous?
— Je ne sais... un monsieur en habit noir et en cravate blanche.
— Il était là?
— Vous le connaissez?
— Beaucoup.
— C'est votre seigneur et maître?
La jeune femme haussa les épaules.
— Je n'ai point de maître, répondit-elle avec un mouvement de tête dédaigneux.
— Vous êtes trop jolie pour cela.
— Qu'en savez-vous?
— Je le devine.
— Les masques sont trompeurs.
— Peut-être... mais ce qui l'est moins, c'est cette petite main longue et effilée que je tiens dans la mienne, c'est cet œil vif et noir qui brille derrière votre *loup*, ce sont ces lèvres fraîches, ces dents éblouissantes, cette taille souple et fine que je prendrais dans mes dix doigts, si on me laissait faire.
Tout en parlant ainsi, Typo avait pris la main de son inconnue, et avait passé son bras autour de sa taille.
La jeune femme se dégagea doucement de cette étreinte.
— Voyons, dit-elle d'une voix plus enjouée que grave, assez de folies comme cela.
— Déjà!..
— Je ne suis point venue ici pour me faire admirer en détail.
— C'est cependant la meilleure distraction d'un bal masqué.
— Il y en a d'autres!
— Je n'en connais pas.
— Ecoutez-moi avec calme.
— Et comment voulez-vous que je sois calme, s'écria Typo, quand me voilà auprès d'une femme charmante, au milieu de ce bruit qui me grise et de cette atmosphère qui m'énerve... c'est demander l'impossible.
— Vous ignorez donc qui je suis?
— Puisque je vous dis que je vous aime.
— On dit cela à toutes les femmes...
Typo attira son domino près de lui.
— Je vous ai vue quelques minutes seulement; je suis resté plus de dix ans sans vous revoir, répondit-il d'un accent presque ému, et cependant il m'a suffi d'un regard pour vous reconnaître l'autre soir aux Italiens.
La jeune femme parut touchée de cette réponse, et elle se prit à rire pour donner le change à sa propre émotion.
— Voilà de l'amour où je ne m'y connais pas, dit-elle avec ironie.
— Vous riez.... fit Typo.
— N'est-ce pas le meilleur parti à prendre?
— Au fait, je ne suis guère mélancolique de ma nature, et c'est ici le temple de la folie.
— A la bonne heure... voyons, causons.
— Je vous écoute.
— Et vous serez sage?
— Ça sera difficile, mais je ferai mon possible...
La jeune femme s'appuya nonchalamment au dossier du divan et se mit à jouer avec un éventail de jais qui jetait de vives étincelles dans le demi-jour de la loge.
— Et d'abord, dit-elle, vous n'êtes pas venu seul?
— C'est vrai.
— Votre ami vous accompagnait?
— En effet.
— M. Albert, je crois?
— Vous le connaissez?
— Je connais son nom.
— Nous nous quittons rarement...
Il y eut une pause.
— Votre ami avait reçu comme vous, reprit le domino presque aussitôt, un billet qui l'invitait à se rendre cette nuit au bal de l'Opéra.
— Vous saviez cela?
— Je sais beaucoup de choses.
— Je m'en aperçois.
— Et ce billet lui avait été envoyé par une femme.
— Je le pense.
— Eh bien?...
— Je crois pouvoir dire qu'il l'espérait.
— A merveille!
— D'ailleurs, il ne s'était pas trompé, car, à peine entré, il a été accosté par un domino.
— Je l'ai vu.
— Vous étiez là?
— Je vous attendais...
— De mieux en mieux!... fit Typo, et pendant que je vous cherchais naïvement, désespérant déjà de vous rencontrer, vous vous livriez à une inquisition dont mon ami était l'objet, et dont j'étais presque le complice.
La jeune femme lança à travers son masque un ardent regard à Typo.
— Ni votre ami, ni vous n'êtes ici en jeu, répondit-elle d'une voix qu'une passion mal contenue faisait trembler.
— Et de qui s'agit-il? demanda Typo étonné de ce changement.
— De cette femme.
— Vous la connaissez donc aussi?
— Non.
— Alors vous désirez savoir qui elle est?
— En effet.
— Eh bien, je puis vous satisfaire.
— Vous!
— Sans doute.
— Vous l'avez vue?
— Jamais.
— Expliquez-vous alors?
— Je n'ai jamais vu cette femme, je n'ai jamais entendu le son de sa voix, mais je sais qui elle est.
— Et vous me le direz?... fit impétueusement le domino.
— A une condition.
— Parlez.
— C'est que vous enlèverez ce vilain loup qui me cache vos traits, et qui me gêne pour vous aimer...
Pour toute réponse, la jeune femme ôta son masque, et se présenta à Typo dans tout l'éclat de sa beauté.
Son partner en fut presque ébloui.
— Voyez, dit-il aussitôt, si j'avais raison de vous demander cette faveur. Jamais encore il ne m'avait été donné d'admirer tant de grâces.
— Et cette femme? interrompit le domino.
— Je tiendrai ma promesse.
— Quand cela?
— Tout à l'heure.
— Pourquoi pas tout de suite?
— Laissez-moi vous regarder.
La jeune femme fit un mouvement d'épaules plein d'impatience.
— Voilà que vous n'êtes plus sage, dit-elle, en l'enveloppant d'un regard provoquant.
— Je vous aime... répondit Typo, en s'emparant de ses mains.
— A quoi cela vous avance-t-il?
— A tout, si vous le voulez.
— Croyez-vous que je sois libre?
— Vous me l'avez dit.
— Je me vantais.
— Eh bien, soit... Mais dites un mot, et je jure Dieu que je n'ai d'autre souci que votre volonté.
Et comme la jeune femme se défendait faiblement:
— Voyons, poursuivit Typo, en devenant plus pressant, m'aimez-vous?...
— Un peu.
— Dites passionnément.
— Pas du tout.

— Vous parlez comme une marguerite des champs...

— Et vous, maître Typo, comme un homme qui a beaucoup de temps à perdre.

— Cette nuit ne vous appartient-elle pas ?

— On m'attend.

— Déjà !

— Il faut que je m'éloigne.

— Vous allez me quitter...

— Je vous l'ai dit; mais, avant de nous séparer, vous tiendrez votre promesse.

— Vous le voulez ?

— Je l'exige.

— Eh bien... apprenez que cette femme, ce domino qui cause en ce moment avec Albert...

— Achevez !

Typo allait poursuivre, quand la porte de la loge s'ouvrit brusquement.

Un homme entra.

La jeune femme s'était levée à sa vue ; elle courut lui prendre le bras.

— Vous partez ! fit Typo un peu déconcerté de cet incident.

— Nous nous reverrons... répondit la femme.

— Bientôt ?

— Dans quelques jours.

L'homme au nez de carton entraîna le domino, fendit la foule des masques qui encombraient les couloirs, et descendit sous le péristyle.

Une voiture attendait, — la jeune femme y monta précipitamment et disparut bientôt, non sans avoir adressé un geste d'adieu à Typo, qui l'avait suivie.

Quand la voiture se fut éloignée, et que ce dernier voulut remonter pour rechercher Albert, il se trouva en face du mystérieux cavalier du domino.

Seulement, l'homme s'était débarrassé de son faux nez.

Typo poussa un cri de surprise et de satisfaction.

— Burrhus !.. s'écria-t-il avec entraînement.

— Moi-même.

— Pardieu ! j'aurais dû m'en douter... toutefois, je suis charmé de te rencontrer.

— Monsieur est bien bon.

— Réponds-moi... comment s'appelle ta maîtresse ?

— Beppa.

— Bien... c'est elle qui t'avait invité à l'accompagner.

— Nullement.

— Qu'est-ce donc ?

— M. le comte.

— Ah ! il y un comte.

— Et un vrai.

— Vrai ou faux... peu m'importe. — Qu'en dit Beppa ?

— Je l'ignore.

— Je le saurai... en attendant, et comme je désire la revoir le plus tôt possible, tu voudras bien lui rappeler la promesse qu'elle m'a faite.

— Dès demain.

— Et maintenant, allons chacun à nos affaires, maître Burrhus, et que Dieu vous garde !

Mais au lieu de s'éloigner Burrhus se mit à faire les cent pas sous le péristyle.

Ce manège intrigua Typo ; il revint vers lui.

— Tu restes ? demanda-t-il curieusement.

— Ma mission n'est pas finie.

— Tu as donc quelqu'un à espionner ?

— Comme vous dites.

— De la part de M. le comte ?

— C'est cela même.

— C'est moi peut-être, dit Typo en riant.

— Fi donc !.. repartit Burrhus; c'est Beppa qui s'est chargée de cette besogne-là.

— Ah ! mais, alors, pourquoi étais-tu ici ?

— Tenez... pour les deux amoureux que voilà.

En ce moment, Albert descendit l'escalier, donnant le bras à son domino.

Ainsi que l'avait fait observer Burrhus, ils avaient l'air de deux amoureux, tant ils étaient absorbés par leur conversation.

Ils passèrent près de Typo et de Burrhus sans les remarquer.

— Mais c'est Albert !.. fit Typo, presque aussitôt.

— Votre ami, confirma Burrhus.

— Et c'est lui que tu veux suivre ?

— Non pas lui... mais l'autre... cette femme.

— Et tu as cru que je le souffrirais ?

— Il faut bien souffrir ce que l'on ne peut empêcher, objecta Burrhus.

Le domino reconduit par Albert montait en voiture... Albert lui serra longuement la main, ferma la portière avec lenteur, et enfin il fit signe au cocher, qui partit au galop.

Burrhus fit quelques pas pour s'élancer à la suite de la voiture, mais Typo le retint énergiquement.

— Lâchez-moi ! M. Typo, dit Burrhus.

— Pas si bête !

— Laissez-moi faire mon devoir.

— Tu ne partiras pas.

— Prenez garde !

— Des menaces...

— Mieux que cela, M. Typo ; et puisque je n'ai pas le choix, ma foi, ce sera tant pis pour vous.

Et sans donner à son adversaire le temps de se mettre en garde, Burrhus envoya à Typo ce qu'en termes vulgaires on appelle un *renfoncement*, et partit comme un trait à la poursuite de la voiture.

VI. La Cattina.

Quelques jours se sont écoulés depuis les événements racontés au chapitre précédent.

Nous sommes au lendemain de cette représentation à laquelle Albert a été invité par son domino, et si le lecteur le veut bien, nous l'introduirons pour quelques instants dans l'appartement qu'occupe la *Cattina*, au coin de la rue Laffitte et du boulevard.

La *Cattina* est la femme dont on parle le plus en ce moment dans la capitale.

Son succès a dépassé toutes les espérances de ses admirateurs, et a réduit tous les jaloux ou les envieux au silence.

C'est à qui lui fera sa cour, et bien des bruits singuliers circulent déjà sur les passions folles qu'elle a inspirées.

Chose plus étrange encore, malgré la facilité de calomnie avec laquelle on traite les artistes en général, la *Cattina* a été jusqu'ici respectée, et l'on va même jusqu'à prétendre qu'elle s'entoure de solitude, et qu'aucun amant n'a encore su trouver le chemin de son cœur.

La célèbre cantatrice vient de se lever.

Il est midi.

Chaudement enveloppée dans une robe de chambre dont la couleur sombre fait ressortir l'éclatante blancheur de sa peau, elle s'est assise sur une causeuse, à quelques pas de la cheminée, et le front dans la main.

Elle est charmante ainsi.

Ses longs cheveux, qu'aucune aiguille ne retient, tombent à flots opulents sur ses épaules, ses yeux à demi voilés parcourent le boudoir, chargés de molle langueur, et de son sein gonflé s'échappent, de temps à autre, de vagues soupirs, que l'on dirait surpris à l'amour.

La *Cattina* se rappelle en ce moment peut-être son succès de la veille.

Elle a été applaudie, acclamée, rappelée par une foule en délire.

Hommes et femmes, tout s'est abandonné au même transport, et jamais, depuis la Malibran ou la Parta, on n'avait vu ici un tel enthousiasme ni un semblable enivrement.

La jeune et belle femme souriait encore à ce souvenir, et pourtant, malgré le charme qu'elle paraissait y prendre, un pli soucieux demeurait creusé sur son front si pur.

Elle avança nonchalamment la main vers un timbre placé sur la cheminée, et en tira un son clair et aigu.

A cet appel, peut-être attendu, la porte du boudoir s'ouvrit, et une soubrette entra.

Une vraie soubrette, je maintiens le mot, — vive, brune, au minois fripon, à l'allure décidée.

Son regard hardi et prompt fit vivement le tour du boudoir, et vint s'arrêter sur la *Cattina*.

— Madame est déjà levée ? fit-elle avec étonnement.

— Oui, Louise.

— Madame s'est cependant couchée fort tard cette nuit ; madame sera pâle ce soir.

— Quelle heure est-il ?

— Midi.

— Personne n'est venu me demander ?

— Tout Paris est venu, madame, l'antichambre est pleine de bouquets, et le salon plein de lettres.

La *Cattina* haussa les épaules.

— Vous distribuerez les bouquets à qui vous voudrez, répondit-elle, et vous jetterez les lettre au feu.

— Madame ne veut pas les lire?

— Je n'ai pas le temps.

— Il doit y en avoir cependant de bien amusantes.

— Assez...

— Je n'insiste plus.

La *Cattina* s'était retournée vers sa camériste; la voyant sourire, elle l'enveloppa d'un regard sévère.

— Louise, mon enfant, lui dit-elle aussitôt, vous êtes à mon service depuis deux jours seulement, et déjà j'ai cru remarquer plusieurs fois, chez vous, certaines allures qui ne sont pas précisément de mon goût... si vous tenez à me satisfaire, il faudra y prendre garde.

— Je fais cependant tout ce que je puis pour être agréable à madame.

— Je le crois.

— Et si je savais en quoi j'ai pu lui déplaire?

— Nous reparlerons de cela... peut-être n'est-ce qu'une familiarité qui s'impose trop et me gêne, peut-être est-ce autre chose encore... je ne le sais pas bien moi-même... nous en reparlerons... en attendant, répondez à la question que je vous adressais.

— Laquelle, madame?

— N'est-il pas venu quelqu'un me demander, ce matin?...

— Deux personnes, madame.

— Deux?

— La première est un homme d'une trentaine d'années environ, grand, coloré, avec de gros favoris noirs, et sans moustaches... ça a l'air d'un banquier.

— Et que voulait-il?

— Je l'ignore.

— A-t-il laissé sa carte?

— La voici.

Louise tendit à sa maîtresse une carte que celle-ci reçut avec indifférence.

Mais à peine y eut-elle jeté les regards, qu'un éclair jaillit de ses yeux.

— Blumstein!... murmura-t-elle, le banquier Blumstein... chez moi.

— Il a dit qu'il reviendrait.

— Aujourd'hui?

— Quand madame serait levée.

— C'est bien... je désire voir cet homme, Louise, et le plus tôt possible, vous m'entendez... dès qu'il se présentera, vous l'introduirez.

— Oui, madame...

— Et la cantatrice se laissa retomber mollement sur sa causeuse.

— Quant à la seconde personne... poursuivit la camériste, après quelques secondes de silence.

— Celle-là, je crois la connaître, interrompit la *Cattina*.

— C'est un jeune homme.

— Oui.

— Grand, élancé, un peu pâle et décoré.

— C'est cela...

— Il attend au salon.

— Et que ne le disiez-vous tout de suite... faites entrer... Louise, faites entrer.

Quelques secondes plus tard, Albert était introduit auprès de la cantatrice, et Louise refermait discrètement sur eux la porte du boudoir.

Dès qu'il se vit seul avec la jeune femme, Albert lui tendit les mains, et vint s'asseoir à ses côtés.

— Vous! c'était vous! dit-il avec une joie mal contenue, ah! pourquoi me l'avoir caché l'autre soir?

— Pour vous punir de ne m'avoir pas reconnue!... répondit la *Cattina* avec un sourire radieux.

— C'est vrai! dit Albert... je ne vous avais pas reconnue, et cependant...

— Cependant?

— Oh! tenez... vous ne me croiriez pas peut-être, mais après vous avoir quittée, quand je cherchais à soulever ce masque jaloux derrière lequel vous me parliez, ce sont vos traits que je voyais; quand je sentais ma pensée et mon cœur troublés, c'est vous que j'aimais... vous dont l'image ne m'a pas quitté depuis le jour où je vous ai sauvée, vous dont le souvenir m'a accompagné partout, depuis l'heure fatale où je vous ai perdue...

Pendant qu'Albert parlait, la *Cattina* le considérait d'un regard mélancolique et doux, sans songer même à retirer ses mains qu'elle lui avait abandonnées.

— Vous voyez, répondit-elle peu après d'un ton ému, que moi aussi j'ai conservé le souvenir du service que vous m'avez rendu, et depuis que j'ai quitté Paris, pour me soustraire à une mort certaine, vous êtes le seul ami dont la pensée m'ait consolée et soutenue.

— Dites-vous vrai?...

— Vous en doutez?

— Non!... oh non... mais ce qui m'arrive est si étrange, si inattendu... c'est comme un rêve... et je tremble de m'éveiller.

La *Cattina* sourit.

— Dieu a béni vos efforts, dit-elle avec une certaine gravité... vous aviez été cruellement éprouvé dans le passé, il a voulu vous récompenser dans l'avenir; vous êtes parti, vous avez travaillé; vous revenez aujourd'hui avec une fortune, un nom glorieux illustré dans l'industrie étrangère: sans doute, ces distinctions ne vous rendent pas les êtres chers dont vous avez été séparé, votre mère assassinée, votre sœur déshonorée, mais qui sait, vous voilà puissant et riche aujourd'hui, demain sera peut-être le jour de la vengeance!...

A ces souvenirs subitement évoqués par la jeune femme, un nuage passa sur le front d'Albert, et ses sourcils se froncèrent.

— Oui! Martin!... murmura-t-il, celui-là surtout...

— Vous l'avez revu?...

— J'ai le pressentiment qu'il est à Paris.

— Comment cela?

— Je ne sais... mais si, comme vous le disiez, Dieu a bien voulu bénir mes efforts, c'est qu'il me réservait pour quelque vengeance terrible...

— Vous tueriez ce Martin... demanda la jeune femme avec un frisson.

Albert fit un signe négatif.

— Non! dit-il d'un ton ferme et résolu, et en posant son doigt sur son front, mais ma vengeance est là, et elle l'atteindra plus sûrement que tous les poignards dont je pourrais frapper sa poitrine.

Et comme le visage de la *Cattina* s'était rembruni à ces paroles, Albert crut devoir changer le ton de la conversation.

— Mais à quoi bon s'attrister d'avance? ajouta-t-il en souriant; par un hasard inespéré, je vous retrouve, après dix années de séparation, et au lieu de vous dire tout l'enchantement que m'a laissé la soirée d'hier, je vous laisse vous occuper de moi et de mes ennemis... Si vous saviez pourtant... j'ai cru que je devenais fou hier... je n'avais connu et aimé qu'une enfant charmante, et voilà que, tout à coup, je retrouve une femme que tout Paris admire, et dont le monde entier salue le génie...

— Enthousiaste! fit la jeune femme qui paraissait prendre un vif plaisir à s'entendre louer par Albert.

— Enthousiaste, soit!... poursuivit ce dernier dont le cœur et la voix se prirent à trembler; je suis jeune encore Dieu merci, et les rudes épreuves que j'ai subies n'ont point éteint en moi ce foyer d'admiration pour tout ce qui est beau et grand dans l'art... En vous voyant, tous mes sens étaient émus, en vous écoutant, j'avais des larmes plein les yeux... jamais encore je n'avais ressenti une pareille surprise; j'aurais voulu être seul, dans un coin obscur de la salle; j'aurais voulu pleurer à mon aise; enthousiaste, dites-vous; non... c'est mieux que cela; eh bien! ne vous offensez pas de mes paroles; l'émotion d'hier vibre encore en moi; pendant que toute la salle se levait à votre voix, pendant que votre nom courait sur toutes les lèvres frémissantes, pendant que les fleurs et les bravos s'élançaient vers vous, moi je me taisais... je fermais les yeux, et, chose étrange, je me reportais à cette heure bénie où, votre main dans la mienne, vous m'aviez donné rendez-vous dans cette salle... et je me disais alors, dans la folle ambition de mon cœur : C'est pour moi qu'elle chante, c'est pour moi qu'elle est belle... pour moi!... pour moi qui l'aime et qui voudrais le lui dire à genoux, les mains jointes, et les yeux dans ses yeux...

Et parlant ainsi, Albert avait saisi les mains de la jeune femme, et l'avait attirée vers lui...

Il était comme transfiguré.

Son front resplendissait, son regard avait de doux reflets de joie qui l'illuminaient; il était beau de jeunesse, d'enthousiasme et d'amour.

La *Cattina* n'osa pas le regarder, et retira lentement ses mains.

— Vous me disiez tout à l'heure que vous aviez été fou, reprit-elle après un moment de silence, et vraiment je commence à le croire.

— Vous raillez! fit Albert.

— Non pas...

— Mais je vous aime...

— Taisez-vous...

— Oh! ne craignez rien... il n'entre pas dans ma pensée de vous imposer un amour dont vous seriez offensée.

Pour toute réponse, la jeune femme tendit la main qu'elle venait de retirer, et l'abandonna aux baisers ardents d'Albert.

En ce moment, la porte du boudoir s'ouvrit doucement, et Louise s'avança avec discrétion, sur le seuil.

— Qu'y a-t-il? demanda la *Cattina*.

— M. Blumstein... répondit la camériste, en regardant effrontément Albert.

— Déjà...

— Il attend.

— Vous l'avez fait entrer au salon?

— Oui, madame.

— C'est bien, quand je vous sonnerai, vous ferez entrer.

Pendant ce colloque, Albert s'était levé... sans se rendre compte de son impression, cet incident l'avait troublé et mécontenté.

Il alla prendre son chapeau.

— Vous partez? fit la *Cattina*, du ton d'une personne qui ne cherche pas à retenir son interlocuteur.

— Je ne veux pas devenir indiscret, répondit Albert, d'une voix où perçait un peu de froideur.

— Mais vous ne le serez jamais ici...

— Qui sait...

— Ah! voilà une mauvaise pensée...

— Mais ne suis-je pas déjà importun en ce moment?

— Y pensez-vous?

— Je ne pense qu'à cela.

— Albert!... c'est mal ce que vous me dites...

— Eh bien... prouvez-moi que j'ai tort...

— Comment?...

Et comme la *Cattina* réprimait un mouvement de dépit, Albert sourit avec amertume.

— Vous le voyez, dit-il, je ne suis pas encore aimé, et déjà je m'arroge le droit d'être jaloux.

— En effet.

— Adieu donc...

— Ne partez pas ainsi... s'écria la *Cattina*, ou plutôt, ajouta-t-elle aussitôt, en se ravisant, éloignez-vous... vous avez raison... partez... mais, en traversant le salon où M. Blumstein attend, regardez bien cet homme, Albert, et quand vous l'aurez reconnu, vous comprendrez pourquoi je le reçois.

— Quel est donc cet homme?

— A demain.

— Vous refusez de me dire son nom.

— C'est bien le moins que je vous laisse le plaisir de la surprise...

En achevant ces mots, la *Cattina* sonna, et fit signe à Louise, qui accourut, d'introduire M. Blumstein, le banquier.

Albert avait déjà salué, et s'était retiré.

Toutefois, tout en s'éloignant, les dernières paroles de la cantatrice occupaient son esprit, et quand il entra dans le salon, son regard chercha avec avidité l'homme qu'on lui avait désigné.

Sur l'invitation de Louise, ce dernier se dirigeait en ce moment vers le boudoir. Il passa près d'Albert, sans même se donner la peine de saluer, tant l'absorbait vraisemblablement la pensée d'être admis auprès de la *Cattina*.

Quant à Albert, ce fut différent.

Il en resta pétrifié...

— Martin! balbutia-t-il, au comble de l'étonnement. Martin... lui!...

— Cela t'étonne... n'est-ce pas? dit en ce moment une voix à son oreille.

Albert se retourna.

C'est Typo qui venait de parler.

— Tu étais là... dit Albert.

— Parbleu!...

— Et tu l'as vu?

— C'te idée... il y a une heure que je lui emboîte le pas sur le boulevard.

— Mais que vient-il faire ici... chez la *Cattina!*...

— C'est ce qu'il faut savoir...

— Et comment?

Louise sortait en ce moment du boudoir de la cantatrice.

Typo pressa vivement le bras de son ami, et alla à la rencontre de la jeune soubrette.

— Pardon, ma charmante enfant, lui dit-il, avec une familiarité qui ne parut pas déplaire à celle qui en était l'objet, mais pourriez-vous me dire quelle est la personne qui vient d'entrer chez la *Cattina?*

— C'est M. Blumstein... répondit Louise, sans hésiter.

— Un agent de change peut-être?

— Un banquier, monsieur...

— Ah! diable... je m'en doutais.

Et Typo se tourna vers Albert.

— Eh bien! voilà ce qui m'étonne, mon ami, ajouta-t-il avec enjouement, et tout en se dirigeant vers la porte, sans cesser de regarder la soubrette du coin de l'œil; Blumstein!... un banquier!...

— Qu'a donc cela de si étonnant? fit Albert qui ne comprenait pas.

— C'est que si j'étais banquier, moi, ce n'est pas à la maîtresse que j'adresserais mes hommages, et je m'arrêterais volontiers à l'antichambre.

Les deux amis disparurent sur ces mots.

— Es-tu fou? dit Albert dès qu'ils furent dans la rue.

— Pas tant que cela! repartit Typo; la petite soubrette écoutait.

— Qu'importe?

— Il m'importe à moi.

— Veux-tu t'en faire aimer?

— Pourquoi pas?...

— Et où cela te mènera-t-il?

— Albert... je ne veux pas dire des bêtises, et je prends la liberté de couper court à cet entretien... d'ailleurs, nous venons de faire une découverte importante, et il s'agit de la mettre à profit.

— Mais le moyen?

— Ça me regarde.

— Blumstein!

— Un banquier... laisse-moi aller de l'avant... j'ai mon idée... et je suis certain qu'elle n'est pas mauvaise...

Quand Martin, ou le banquier Blumstein, sortit de chez la *Cattina*, il avait l'air radieux. — Il y était resté un quart d'heure à peine, mais l'accueil qu'on lui avait fait l'avait rempli d'espoir, et il ne vit certainement pas Albert et Typo, qui épiaient sa sortie sur le boulevard.

Il monta dans son coupé qui l'attendait, et donna à son cocher l'ordre de le conduire à l'hôtel.

Le cocher partit avec rapidité dans la direction de la Chaussée-d'Antin.

Martin s'était rejeté dans le fond de la voiture, et là, les yeux fermés, les bras croisés sur sa poitrine, il songeait à l'entrevue qu'il venait d'avoir avec la plus charmante femme qui fût à cette heure à Paris.

Tout à coup, il fit un soubresaut sur lui-même, ouvrit les yeux, et plongea rapidement la main dans une des poches latérales de la voiture.

Il en retira un billet qu'il se hâta de déplier.

Martin pâlit légèrement, à la lecture du billet, et l'ayant déchiré, il en sema les mille morceaux sur la rue.

Puis, il donna au cocher l'ordre de retourner sur ses pas, et il partit avec la rapidité de l'éclair vers les Champs-Elysées.

Sur le billet déchiré, il n'y avait que ces mots :

« *Nous sommes menacés. — Je vous attends.* »

Le musque noir.

Quelques minutes plus tard, le coupé du banquier Blumstein s'arrêtait à la porte d'une petite maison de la rue Marbeuf.

VII. — La maison de la rue Marbeuf.

Une singulière maison que celle dans laquelle Martin venait d'entrer.

Il y avait pénétré par une porte bâtarde dont il avait la clef, et qu'il avait soigneusement fermée derrière lui.

Au seuil intérieur de la porte, commençait une allée sablée, laquelle conduisait à une maison de modeste apparence, dont les volets fermés pouvaient donner lieu de croire qu'elle était inhabitée.

En quelques secondes, Martin eut atteint la maison.

Personne n'était venu le recevoir, aucun mouvement ne s'y était manifesté, et cependant il trouva la porte entrebâillée, comme si son arrivée eût été signalée.

Il est évident qu'on l'attendait.

Il monta rapidement les degrés du premier étage, et parvint ainsi à une antichambre où il trouva Burrhus.

Ce dernier se leva à son aspect, et alla à sa rencontre.

— Le comte est là?... demanda vivement Martin.

— Il vous attend, répondit Burrhus.

Et indiquant la porte d'un salon contigu, il l'invita à entrer.

Martin trouva dans le salon et Beppa et celui que l'on appelait le comte.

Ce dernier était soucieux; le coude appuyé sur le bras de son fauteuil, la tête dans la main, il paraissait absorbé par une préoccupation profonde.

C'est à peine s'il leva les yeux, lorsque Martin entra.

Quant à Beppa, elle était chaudement allongée dans une causeuse, un écran à la main, et son regard, ardemment éveillé, salua le nouveau venu dès son arrivée.

— J'ai reçu votre appel, dit Martin, en s'approchant du comte, et vous voyez que je n'ai pas perdu de temps.

— Vous avez agi sagement, répondit le comte, car je vous attendais avec impatience.

— Que se passe-t-il donc?

— Des choses graves, et qui peuvent nous mettre tous en danger.

— Vous croyez?

— J'en suis sûr!

— Vos agents ont exagéré sans doute?

— Nos agents n'ont rien à craindre, monsieur Blumstein, et cependant ils ont jugé la situation très-critique.

— Expliquez-vous.

Martin s'était assis, le comte avait relevé le front, son regard se fixa sur son interlocuteur.

Beppa conservait son attitude gracieuse et nonchalante, et sans paraître prêter une grande attention à la conversation, elle ne perdait pas un mot de ce qui se disait.

— Vous n'ignorez pas, poursuivit le comte, que les deux enfants dont nous avons cru devoir nous débarrasser, il y a dix ans, et qui seuls pourraient témoigner du crime commis à cette époque, sont depuis quelque temps de retour à Paris.

— Je le sais, répondit Martin.

— Ils sont riches.

— On le dit.

— Et puissants.

— J'en doute.

— Quoi qu'il en soit, ces deux enfants sont des hommes aujourd'hui, et ils sont revenus avec l'idée bien arrêtée de se venger.

— Qu'importe?

— Il importe beaucoup, monsieur; l'un d'eux est actif, audacieux, entreprenant; il a pénétré une partie de nos secrets, avant peu, il nous aura démasqués peut-être, et alors, ce sera fait de nous.

— Mais que peuvent-ils?

— Tout.

— Nous sommes riches, nous aussi, nous sommes puissants autant qu'eux, qu'avons-nous à redouter?

— Le passé!

— Qui le croira?

— Le présent alors.

— Qui le connaît?

Le comte réprima un mouvement violent d'impatience.

— Votre obstination et votre aveuglement nous perdraient tous, dit-il d'un ton concentré, si je n'étais là pour veiller, et pour vous protéger contre vous-même.

— Qu'est-ce à dire?... fit Martin.

— C'est-à-dire, repartit le comte, que vos imprudences et vos folies finiront, en se multipliant, par attirer sur nous des regards indiscrets, et que si vous faites aussi bon marché de votre vie, je ne me montrerai ni si facile ni si niais.

Martin fronça les sourcils. — C'était la première fois qu'on lui parlait ainsi, et sa nature violente se redressa sous l'injure.

Il lança un regard fulgurant au comte, et son poing se crispa sur le chêne du fauteuil.

Mais le vieillard resta impassible et froid, et le regard de Martin n'éveilla qu'une pitié pleine de dédain chez lui.

— La vieillesse a des priviléges dont vous abusez, monsieur le comte, dit-il alors, d'un ton contenu, mais je dédaigne de relever ce que vos paroles ont de vif et d'insultant pour moi; quand les vieillards oublient leur âge, c'est aux jeunes gens à se le rappeler; d'ailleurs, s'il faut en croire ce que vous avancez, nous serions, en ce moment, sérieusement menacés; et, dans cette hypothèse, il faut à tout prix rester unis; c'est le seul moyen d'être forts.

— Vous m'avez compris, dit le comte, avec froideur.

— Ainsi, poursuivit Martin, vous prétendez que nos ennemis veillent.

— J'en suis sûr.

— Qu'ils nous ont reconnus.

— Parfaitement.

— Et qu'ils veulent se venger.

— Précisément.

— Eh bien! si ce que vous supposez est réel, s'il est vrai que nos ennemis soient en notre présence, prêts à lutter, je ne vois qu'une issue à cette situation, c'est d'en finir une bonne fois et pour toujours.

— Un meurtre? fit le comte.

— Un meurtre! insista Martin.

Le comte haussa les épaules.

— Pour donner l'éveil, n'est-ce pas? pour mettre la police sur pied, pour nous perdre sans ressources, répondit-il d'une voix amère.

— Que voulez-vous donc?

— Il n'y a plus qu'un seul moyen.

— Lequel?

— C'est de fuir.

— Que dites-vous?

— C'est de fuir, vous dis-je; nos ennemis nous épient, ils n'attendent qu'une occasion favorable pour agir, et cette occasion, nous pouvons la leur offrir d'un moment à l'autre: eh bien, dans cet état de choses, il faut quitter la capitale, s'éloigner momentanément, afin que s'ils s'avisaient de devenir trop dangereux, nous ayons le temps de tout préparer pour un dénoûment prompt, et dont aucune police ne puisse découvrir ni soupçonner les acteurs.

— Quitter Paris!... murmura Martin, qui était devenu tout à coup pensif et sombre.

— J'y suis résolu... répondit le comte.

— Mais c'est notre ruine!

— Dites plutôt que la fuite peut seule vous sauver à cette heure.

— Comment?

— Je connais votre situation.

— Eh bien!

— Eh bien... vous avez joué à la Bourse, et vous avez perdu; de plus, on vous a vu jeter sottement à la tête de folles créatures des sommes considérables, et qui eussent suffi à la fortune d'un prince; aujourd'hui, il ne vous reste plus qu'un moyen de salut, et c'est la fuite que je vous propose.

Un sourire ironique plissa en ce moment les lèvres de Martin.

— Et si je refusais de vous suivre? dit-il d'une voix ferme, et en fixant son regard assuré sur le comte.

— J'y ai pensé!... répondit ce dernier!

— Vraiment?

— Et nos mesures sont prises.

— Alors, ce serait une lutte entre nous?

— Malheur à celui qui l'aurait provoquée.

— Des menaces!

— Quand je menace, monsieur Blumstein! c'est que je suis prêt à frapper.

Martin fit un geste dédaigneux, et ne répondit pas.

Cependant, Beppa venait de quitter son attitude nonchalante, elle s'était soulevée doucement de la causeuse, et, tout en continuant de jouer avec son écran, son regard s'était porté alternativement vers Martin et vers le comte.

— Je regrette, dit-elle alors, d'un ton mêlé de douceur et de fermeté, que M. le comte n'ait pas cru devoir me faire part de ses projets, car j'aurais prévenu, j'en suis certaine, la scène désagréable qui vient d'avoir lieu... Vous êtes solidaires l'un de l'autre, messieurs; et M. le comte ne peut pas plus partir sans M. Blumstein, que M. Blumstein ne peut rester sans M. le comte. — Vous oubliez d'ailleurs qu'il y a là, entre vous, une femme qui n'a rien à craindre, elle, et qui vous perdrait tous deux, si la fantaisie lui en prenait, sans que vous puissiez rien faire pour vous sauver.

A ces paroles étranges, à cette menace inattendue, les deux hommes échangèrent un regard furtif et étonné, que Beppa saisit au passage.

Elle sourit!

— Oh! rassurez-vous, continua-t-elle avec enjoûment, nous n'en sommes point là, et je n'ai d'autre désir que de vous aider à sortir de cette situation critique... seulement je ne pense pas qu'il soit besoin pour cela de recourir au moyen violent de M. Blumstein, non plus qu'au moyen désespéré de M. le comte.

— Et qu'y a-t-il à faire, selon vous? demanda le comte.

— Je vous le dirai dans quelques jours.

— Et d'ici là?... ajouta Martin.

— D'ici là, répondit Beppa, soyez prudent et méfiez-vous

surtout de la femme chez laquelle on vous a trouvé aujourd'hui.

— Quelle femme?

— La *Cattina!*

— Vous le savez...

— Je sais, monsieur Blumstein, que cette femme ne sera jamais la maîtresse de M. Martin, et que, pour le moment, elle est notre plus mortelle ennemie!...

— Vous la connaissez donc?

— Mieux que vous.

— Et quel intérêt aurait-elle à être notre ennemie?

— Un intérêt puissant, monsieur Blumstein, que vous ne pouvez comprendre, mais dont vous ne tarderez pas à ressentir les effets.

Le ton dont ces paroles avaient été dites était tellement incisif et mordant, que le comte releva la tête, et fixa sur Beppa ses deux regards ardents.

— Quelle est donc cette femme? demanda-t-il à son tour.

— Je vous la ferai connaître.

— Pourquoi pas à cette heure?

— C'est mon secret.

— Beppa a donc des secrets pour nous?

— Quel mal y aurait-il à cela?

— Il y aurait du danger.

— Vous savez bien que je ne vous crains pas.

— Et c'est là votre tort, Beppa... repartit le comte, en fronçant les sourcils; nous jouons tous gros jeu, ici, ne l'oubliez pas; Blumstein, comme vous, vous comme moi!... notre association est terrible, mais ce qui fait sa force, c'est l'union de ses chefs... si nous nous séparons, si nous nous créons des intérêts contraires, c'en est fait et nul de nous, croyez-le bien, ne peut séparer sa cause de la cause commune... voilà ce que je voulais vous dire, à tous deux, et maintenant que vous êtes prévenus, agissez à votre guise; mais rien ne m'empêchera, moi, de prendre des précautions énergiques contre les éventualités que je redoute.

Sur ces mots, le comte se leva, fit un geste rapide à ses deux complices, et s'éloigna par une porte opposée à celle par laquelle Martin était entré.

Beppa le regarda partir en souriant, et tourna ses regards vers Martin.

Ce dernier était indécis et troublé.

Il comprenait vaguement que le comte avait raison, et, cependant, il eût donné tout au monde pour se séparer d'amis aussi dangereux.

Martin était riche... Il pouvait vivre heureux avec la fortune qu'il s'était faite... Il éprouvait le besoin de se reposer.

Mais que faire!

Un mot, un geste du comte, et il était perdu!

Il fallait donc courber la tête, et attendre!...

Beppa n'avait pas cessé de sourire.

L'attitude de Martin lui révélait tout ce qui se passait en lui, et les combats qui se livraient dans son cœur.

— N'est-il pas vrai, monsieur Blumstein, que le comte prend depuis quelque temps avec nous des allures un peu despotiques? dit tout à coup la jeune femme, d'un ton plein de câlinerie féline.

— C'est vrai! répondit Martin.

— Pour mon compte, je me ris de ses menaces.

— Cependant, il est énergique.

— Vous avez peur peut-être?

— Moi!

— Avouez-le.

— Qu'ai-je à craindre... le comte ne peut nous perdre qu'en se perdant lui-même.

— Bah! Il y a mille moyens de se débarrasser d'un ennemi, sans se compromettre.

— Vous croyez?

— J'en suis sûre.

Martin se rapprocha de la jeune femme.

— Mais quels sont ces moyens?... demanda-t-il en baissant instinctivement la voix.

Beppa enveloppa le banquier d'un regard profond et plein de fascination magnétique.

— Supposez, dit-elle alors d'un accent nonchalant, supposez que M. le comte veuille vous perdre... il commencera par réaliser la fortune considérable qu'il possède dans ce pays; il détruira avec soin tout ce qui pourrait le compromettre lui-même, et il disparaîtra un beau matin de France, passera à l'étranger, en laissant à l'adresse du procureur du roi des renseignements suffisants pour que M. Martin dit Blumstein ne puisse l'y suivre de longtemps.

— Le comte ferait cela! s'écria Martin, en devenant pâle.

— C'est une supposition.

— Mais elle pourrait se réaliser.

— On ne sait pas...

— Vous avez appris quelque chose?

— Je ne sais absolument rien.

— Ah!... n'importe, Beppa, n'importe... cette supposition m'éclaire; un pareil homme est capable de tout... et je veux, moi aussi, prendre mes précautions contre toute éventualité.

Et sans attendre de nouvelles objections de la jeune femme, Martin s'éloigna en toute hâte, et gagna rapidement son coupé qui l'attendait rue Marbeuf.

Quand Beppa vit qu'il avait disparu, elle se leva à son tour, et se dirigea vers l'antichambre où devait se trouver Burrhus.

Mais au moment où elle atteignait le seuil de la porte, la porte s'ouvrit d'elle-même, et un homme entra.

Cet homme était Typo.

Beppa jeta un cri de surprise.

— Vous! vous! ici!... s'écria-t-elle, avec autant de frayeur que d'étonnement.

— Eh! certainement, répondit Typo en prenant familièrement la main de la jeune femme, croyez-vous que je puisse rester aussi longtemps sans vous voir.

— C'est donc pour moi que vous êtes venu?

— C'te bêtise... c'est peut-être pour Burrhus... Burrhus est mon ami, mais je ne me dérangerais pas pour le venir voir si loin.

— Enfin, vous avez un but?...

— Celui de vous dire que votre pensée ne me quitte pas... que je rêve de vous, que je ne vis plus, et que le souvenir de notre nuit d'Opéra...

— Plus bas! plus bas!... interrompit vivement Beppa, en posant la main sur les lèvres de Typo.

Typo baisa la main, et promena son regard investigateur autour de la chambre.

— Votre mari est donc là? demanda-t-il d'un ton comique.

— Je n'ai point de mari.

— Tant pis, c'est votre amant, alors?...

— Je n'ai pas d'amant.

— Eh bien, votre père, votre oncle, votre trisaïeul...

— Rien de tout cela.

— Et vous avez peur!..

— J'ai peur pour vous.

— De qui?

— De tout.

— De quoi, de tout?...

— De la mort.

Typo jeta un joyeux éclat de rire, à demi étouffé par les doigts roses de Beppa...

Typo aurait volontiers ri toute la vie, rien que pour tenir ces jolis doigts effilés sur ses lèvres...

— Voyons... dit Beppa, qui se laissait gagner malgré elle par la gaîté communicative du jeune homme, voyons, soyez raisonnable, et dites-moi qui vous a donné mon adresse, et comment vous avez pu pénétrer jusqu'ici.

Typo haussa les épaules.

— J'aurais demandé votre adresse à tous les facteurs de la capitale, que pas un ne me l'aurait indiquée, répondit-il vivement, je le savais d'avance; aussi me suis-je bien gardé de prendre les moyens ordinaires.

— Qu'avez-vous donc fait?

— Je me suis adressé au hasard.

— Comment cela?...

— Le hasard se promenait aujourd'hui sur le boulevard des Italiens, il sortait de chez la *Cattina*, je l'ai reconnu tout de suite; il est monté dans son coupé, et vous voyez si j'ai eu raison de le suivre, puisque c'est lui qui m'a mené ici.

— C'est de M. Blumstein que vous voulez parler, fit Beppa redevenue tout à coup sérieuse et presque grave...

— Le hasard a cent noms, répondit évasivement Typo, aujourd'hui c'est Blumstein, demain ce sera Beppa...

— Et c'est en le suivant que vous êtes arrivé rue Marbeuf?

— Précisément.

— La petite porte de la rue était donc restée ouverte?

— Il faut qu'une porte soit ouverte ou fermée, Beppa; celle-ci était fermée... mais le mur n'est pas bien haut, et j'ai fait dans mon enfance quelques études gymnastiques.

— A merveille!

— Vous voyez que cela sert quelquefois...

Beppa ne répondit pas tout d'abord... son front s'était penché sur sa poitrine... elle paraissait vivement émue.

— Ainsi, dit-elle, après un moment de silence, vous avez reconnu M. Blumstein.

— Que vous importe... je ne suis point venu pour parler de lui.

— C'est moi qui vous en parle.

— A quoi bon?

— Vous vouliez savoir sa demeure... d'où vient que vous l'avez laissé partir?...

Typo sourit.

— C'est M. Blumstein qui m'a donné l'adresse de Beppa, répondit-il avec enjoûment, j'espère que Beppa voudra bien, en revanche, me donner l'adresse de Blumstein.

— Ne l'espérez pas.

— Vous refusez...

Beppa fit un mouvement d'impatience.

— Écoutez, dit-elle à Typo, vous ne savez pas à quels puissants adversaires vous avez affaire, et cependant, je ne veux pas vous le cacher, c'est votre vie même qui est en danger.

— Vous voulez m'effrayer.

— Je veux vous rappeler à la raison, en vous faisant toucher du doigt la réalité.

— Bast! fit Typo, avec insouciance, je gage qu'ils ne sont pas aussi méchants qu'ils voudraient le paraître.

— Vous ne me croyez donc pas?

— Vous exagérez.

— Eh! est-ce pour moi que j'ai peur, est-ce pour moi que je tremble? Détrompez-vous, Typo; tenez, je ne sais si vous m'aimez, j'ai cherché à me le persuader, depuis la dernière fois que je vous ai vu... eh bien, si vous m'aimez, mon ami, et si vous voulez faire quelque chose qui me soit agréable, croyez-moi, prenez garde à ce que vous ferez... je ne sais pourquoi, il me semble que s'il vous arrivait malheur, je ne me le pardonnerais jamais, et que j'en conserverais un remords éternel... vous êtes bon... et vous ne me laisserez pas prier en vain... Typo, je vous en supplie... n'exposez plus ainsi vos jours qui me sont peut-être plus chers que vous ne le pensez.

Il y avait dans l'accent dont ces paroles étaient prononcées une émotion vraie qui toucha profondément Typo... C'était la première fois qu'une femme lui parlait ainsi, et cette femme était jeune, jolie, et elle fixait sur lui deux beaux yeux noirs pleins de langueur voluptueuse.

Il sentit un frisson courir sur ses membres.

— Allons! n'en parlons plus, dit-il, avec une brusquerie qui n'était pas sans charmes... Ce que femme veut, Dieu le veut; votre volonté soit donc faite... je vais partir.

— A la bonne heure! fit Beppa radieuse.

— Mais je vous reverrai.

— Je vous le promets.

— Et vous m'aimerez...

Pour toute réponse, la jeune femme alla présenter son front à Typo.

Ce dernier l'attira sur sa poitrine, et l'embrassa dans les cheveux avec un transport fou...

Or, pendant que ces faits se passaient de ce côté, maître Burrhus avait été appelé près du comte.

Le comte se trouvait alors dans son cabinet, au milieu duquel il se promenait avec l'agitation fébrile et saccadée d'une bête fauve.

Quand Burrhus entra, il leva sur lui un regard irrité.

Burrhus baissa le front.

— Burrhus, dit le comte d'une voix brève et impérieuse, un homme est entré tout à l'heure dans le salon.

— C'est vrai, maître, répondit Burrhus.

— Quel est cet homme?

— Il se nomme Typo!

— Quel est-il?

— C'est un des enfants sauvés, il y a dix ans.

Le comte s'arrêta un moment, et parut réfléchir.

— Cet homme connaît Beppa?... reprit-il aussitôt après.

— Oui, maître!

— Depuis quand?...

— Depuis le bal de l'Opéra!

Il y eut un nouveau silence.

— Burrhus, poursuivit bientôt le comte, il faut que cet homme meure!

— Il mourra, maître!

— Sans tarder.

— Quand vous voudrez.

— Il faut qu'il meure, entends-tu... cet homme est notre ennemi, il nous perdrait tous... et il n'y a pas à hésiter.

— Vous n'avez qu'à ordonner.

— Demain je te dirai ce qu'il faudra faire!

Burrhus salua et sortit...

Le digne serviteur était assez mécontent de la tournure que prenaient les choses, et il ruminait dans son esprit le moyen de concilier la soumission qu'il devait à son maître et l'intérêt que lui inspirait Typo.

Il n'avait pas fait vingt pas dans le jardin, qu'il rencontra Beppa, qui venait à lui.

— Je te cherchais, dit la jeune femme d'un ton rapide.

— Moi! fit Burrhus.

— Tu sors de chez le comte?

— En effet.

— Il t'a parlé de Typo?

— Qui vous a dit?

— Je le sais... je le devine... et il veut que Typo meure, n'est-ce pas?

— Mais, vous avez donc entendu?...

Beppa sourit.

— Est-ce vrai? insista-t-elle.

— C'est vrai, répondit Burrhus.

— Et tu frapperas?

— Quand le maître a ordonné, le serviteur ne peut qu'obéir...

— Et qui te parle de désobéir... Beppa et le comte n'ont qu'une même volonté... seulement je désire être prévenue...

— A quoi bon?

— Je le veux!

— Vous le serez.

— Tu m'as compris?

— Parfaitement.

— C'est bien... va et n'oublie pas surtout que ta vie me répondrait au besoin de ta soumission...

Et, en parlant ainsi, Beppa s'éloigna, sans prendre même garde à l'effet que pouvaient produire ses menaces.

VIII. — M. Mayer, agent d'affaires.

En quittant la maison de la rue Marbeuf, Martin se dirigea vivement vers son coupé, et ayant donné à voix rapide et basse une adresse au cocher, il monta dans la voiture qui brûla aussitôt le pavé.

Martin était fort agité...

La conversation qu'il venait d'avoir avec Beppa lui avait ouvert des échappées toutes nouvelles, et il ne voulait pas tarder plus longtemps à mettre à profit les idées qui germaient en lui, depuis cette conversation.

Le coupé franchit en peu de temps la grande avenue des Champs-Élysées, prit les boulevards, jusqu'à la rue Charlot, descendit rapidement vers le Temple, et s'arrêta enfin au n° 10 de la rue Dupetit-Thouars.

Martin sauta alors dans la rue, et enfila l'allée étroite et sombre qui conduit à un escalier tournant où le jour ne pénètre que par des espèces de meurtrières que l'on dirait coupées à vif dans le mur.

A l'entresol, il s'arrêta devant la loge du concierge.

— M. Mayer? demanda-t-il, à travers le vasistas de la porte vitrée.

— Au quatrième, la porte à droite, répondit une voix éreintée de vieille femme.

Martin continua l'ascension.

Arrivé sur le palier du quatrième étage, il tourna à droite, ainsi qu'il lui avait été indiqué, et se trouva en face d'une porte, à laquelle était cloué un écusson de cuivre terne et malpropre.

Sur l'écusson on lisait ces mots :

Mayer, agent d'affaires.

Et plus bas :

Tournez le bouton S. V. P.

Martin tourna le bouton, et entra.

La pièce dans laquelle il pénétra alors recevait de la cour un jour douteux et humide; elle était tapissée d'affiches de ventes ou de saisies judiciaires, et les seuls meubles dont elle fût ornée se composaient d'un poêle de faïence, lézardé dans toute sa hauteur, d'un immense cartonnier d'un vert sale et enfumé, et d'un bureau en bois blanc vermoulu.

A ce bureau un homme était assis et grossoyait...

Martin ne put se défendre d'un sentiment indéfinissable,

à l'aspect de cet intérieur repoussant, il fut sur le point de rebrousser chemin.

Mais l'homme l'avait entendu ; il venait de lever la tête, et les deux yeux braqués sur le visiteur, il attendait, dans l'attitude de l'araignée surprise dans son travail.

— Que demandez vous, monsieur? dit-il enfin, en voyant que Martin ne se décidait pas à parler.

— M. Mayer, répondit ce dernier.

— Il est absent.

— Je le sais.

— Est-ce pour affaire?...

— C'est pour affaire... mais c'est à lui personnellement que je désire m'adresser.

— Alors, il faudra repasser.

— Je n'ai pas le temps.

— Cela étant, je ne vois qu'un moyen...

— Dites.

— C'est d'aller chez M. Blumstein, le banquier, où M. Mayer se trouve en ce moment.

Martin fit un mouvement d'impatience, et se rapprocha de la table. — Une fois là, il prit sans façon une plume et du papier et se mit à écrire quelques lignes à la hâte.

Le billet terminé, il le plaça dans une enveloppe, glissa sa carte à l'intérieur, et cacheta le tout.

Puis il se leva.

— Monsieur, dit-il alors au vieux plumitif qui l'avait regardé faire sans comprendre, voici une lettre qu'il faut faire remettre à l'instant même à M. Mayer. — Mon coupé est en bas, vous irez chercher un commissionnaire, le commissionnaire montera dans ma voiture, ira chez M. Blumstein, remettra la lettre à son adresse, et reviendra ici avec votre patron... M'avez-vous bien compris?

— Parfaitement... balbutia l'homme au comble de l'étonnement.

— Eh bien... ne perdez pas une seconde... J'attendrai ici le retour de la voiture.

— Cependant... dit encore l'employé.

— Ah! c'est juste... j'oubliais de vous remettre le prix de la course, ajouta Martin; tenez, prenez ceci, et surtout ne tardez pas.

Et il mit une pièce d'or dans la main du vieux plumitif qui sortit, sans trop savoir s'il était bien éveillé.

Cet incident lui changeait toutes ses habitudes.

Quant à Martin, il s'était assis, et ayant allumé un cigare, il attendit en parcourant un numéro de la *Gazette des tribunaux*.

Une demi-heure s'était à peine écoulée, que la porte du bureau s'ouvrit et qu'un homme entra.

C'était M. Mayer, agent d'affaires.

Dès que ce dernier aperçut Martin, il alla à lui, et le salua avec une grand humilité.

— Vous, monsieur, chez moi? dit-il, avec force démonstrations, pourquoi vous être dérangé?...

— J'avais à vous parler.

— Mais chez-vous-même...

— J'avais mes raisons pour n'y pas rester.

— C'est différent.

— Pouvons-nous causer?

— Quand vous voudrez.

— Mais pas dans cette pièce....

— Si vous voulez me suivre...

M. Mayer passa devant, poussa une porte qui communiquait à une salle à manger, puis une seconde qui ouvrait sur une chambre à coucher, puis une troisième qui donnait accès dans un salon.

La salle à manger était mieux que le bureau, la chambre à coucher offrait quelques meubles de choix, le salon était tout à fait de bon goût.

Martin ne put s'empêcher d'en témoigner son étonnement.

M. Mayer sourit avec bonhomie :

— La chambre à coucher et le salon, répondit-il simplement, sont les deux seules pièces que j'habite ; j'ai tenu à ce qu'elles fussent meublées confortablement;— quant aux autres, j'y reçois mes clients, et il n est pas bon que ceux-là me croient trop riche.

— Pourquoi donc?

— Mon luxe les effraierait... et ils craindraient, en s'adressant à moi, d'avoir à payer mes frais de représentation.

— C'est assez adroit.

— N'est ce pas?...

— Nous agissons, nous autres, d'une manière tout opposée.

— Chacun a ses idées.

— Votre manière est peut-être la bonne.

— Tous les chemins sont bons, monsieur Blumstein, pourvu qu'ils mènent à la fortune.

— Et êtes-vous en train de faire la vôtre?

M. Mayer fit un geste de détachement et de résignation...

— Eh!... mon bon monsieur Blumstein, répondit-il en levant les mains au ciel, sait-on jamais dans les affaires si l'on est riche ou pauvre.

— Vous avez raison.

— J'ai quelques économies, voilà tout...

— A la bonne heure.

— Et peut-être, dans quelques années, pourrai-je me retirer dans cette pauvre commune de l'Alsace, d'où je suis parti, il y a bien près de quarante ans, avec ma petite pacotille de mouchoirs de coton et de bas faits au métier... Ah! ce sera un beau jour celui-là, monsieur Blumstein, et ma seule ambition est d'y arriver sans avoir cessé de faire d'honorables affaires...

M. Mayer avait une cinquantaine d'années environ ; grand, sec, maigre, au visage anguleux, au front développé, à l'œil intelligent et vif.

Sa physionomie avait surtout, au repos, un aspect général de bonhomie bienveillante, et l'on se laissait volontiers gagner, par une sympathie douce, à cette parole dont l'accent, légèrement tudesque, augmentait l'originalité.

Mais, lorsque par hasard son regard s'allumait sous l'arc mobile de ses paupières, cette physionomie prenait tout à coup une signification différente, et sous l'éclair de cet œil vert et profond, on sentait remuer mille passions étranges.

M. Mayer n'était certainement pas ce qu'il paraissait.

Tout le monde le connaissait au Temple, comme un agent habile, toujours à la piste des bonnes transactions, et le chiffre de ses affaires annuelles passerait pour fabuleux auprès de ceux qui sont étrangers aux opérations du Temple.

Sa position auprès de M. Blumstein, le banquier, ajoutait même à son autorité, et il était très-souvent consulté par ses coreligionnaires qui avaient en lui une confiance absolue.

Tel était M. Mayer, agent d'affaires, lorsqu'il entra dans les bureaux de Martin, où il occupait une position des plus importantes.

C'était le second du banquier, son *alter ego*.

Martin ne faisait rien sans son assentiment, et il n'avait jamais eu qu'à se louer de sa prudence, et des ressources nombreuses que lui donnait la connaissance très-approfondie de tout ce qui touche aux opérations de banque.

Aussi, en l'entendant parler comme il le faisait, Martin ne put réprimer un bon mouvement, et il lui tendit la main avec une haute familiarité.

— Croyez, mon cher monsieur Mayer, lui dit-il avec bonté, qu'il ne dépendra pas de moi que vous vous retiriez des affaires avec toutes les satisfactions qui vous sont dues.. pendant les quelques années que nous avons passées ensemble, j'ai pu apprécier votre activité, votre intelligence, et toutes les délicatesses de votre probité.

M. Mayer s'inclina en souriant d'un sourire singulier.

— Et qui sait, continua Martin, peut-être le service que je viens vous demander aujourd'hui me mettra-t-il à même de hâter ce moment tant désiré de vous, et qui doit vous rendre à votre commune natale...

M. Mayer leva la tête à ces mots, et son œil s'attacha avec une fixité de serpent sur le banquier.

— Comment cela? demanda-t-il, de sa même voix calme et placide.

— Eh! mon Dieu!... par un moyen bien simple...

— Dites, monsieur Blumstein.

— Je veux me retirer.

— Vous!

— Oui, j'ai assez des affaires... j'ai besoin de repos, moi aussi... on m'offre d'ailleurs une entreprise magnifique dont je vous parlerai, et pour laquelle il me faudrait des fonds.

— Eh bien! fit Mayer avec un mouvement

— Eh bien... je veux réaliser.

— Réaliser?..

— Cela vous étonne?

— Non, continuez.

— J'ai en portefeuille, n'est-ce pas... une fortune considérable?

— Sans doute.

— Quelques millions, je crois.

— Cinq millions cinq cent trente mille francs.

— Tant que cela!...

— C'est le chiffre du dernier inventaire.

M. Mayer, agent d'affaires.

— Vous savez mieux que moi le résultat qu'il a donné.
— C'est mon devoir.
— A merveille... eh bien ! monsieur Mayer, cette fortune toute en valeurs, pour la plupart étangères, je veux en faire de bons billets de banque.
— C'est facile.
— Seulement, il faut le faire avec adresse.
— Je comprends...
— Il faut que je réalise, sans que personne ne se doute que je vends.
— C'est cela.
— De sorte que, le cas échéant, et si je devais revenir en France...
— Vous comptez donc partir ?...
— Peut-être.
— Bientôt ?
— Je ne sais.
— Poursuivez.
— De sorte, dis-je, que si je devais revenir, je puisse trouver dans le même état une maison honorable, qui n'aurait jamais interrompu le cours de ses opérations, et dont la solidité ne pût être mise en suspicion par personne ; n'est-ce pas là un plan bien conçu... je vous le demande ?...
— Le plan est admirable, répondit M. Mayer.
— Et vous le croyez d'une exécution possible ?
— Je crois, monsieur Blumstein, qu'il y a un moyen très-simple d'arranger cette affaire, et le moyen, c'est moi qui vous l'offrirai.
— J'en étais sûr... ah ! si vous faites cela, mon cher monsieur Mayer, vous pouvez compter non-seulement sur ma reconnaissance, mais je m'engage à vous donner moi-même la maison dans laquelle vous vous retirerez en Alsace.
M. Mayer salua et sourit.
Toujours le même sourire fin, railleur, presque impertinent.
Pendant tout le temps qu'avait parlé son interlocuteur, il l'avait, pour ainsi dire, couvé de l'œil, — œil d'épervier ou de vautour. — Naïf comme tous les fripons, Martin n'avait rien vu, et il continuait de s'écouter, croyant de bonne foi que les cinq millions cinq cent mille francs suffisaient à éblouir un bon et honnête caissier comme M. Mayer.
— Votre encaisse, reprit bientôt ce dernier, se compose, ainsi que vous le dites, de titres étrangers ; c'est moi-même qui vous ai engagé à faire ces placements, et vous eûtes la bonté de me confier cette négociation, lors de mes derniers voyages en Espagne, en Italie, en Allemagne et en Angleterre.
— Je m'applaudis doublement aujourd'hui d'avoir agi ainsi, fit observer Martin.
— Et vous avez raison, monsieur Blumstein ; car c'est là vraiment ce qui vous sauve... voici donc le moyen.
— Voyons.
— Il suffirait de placer dans le portefeuille, et pour un temps indéterminé, des titres fictifs pour une somme approximative de cinq millions et de négocier les titres réels, que l'on trouverait à réaliser dans un bref délai.
— C'est juste.
— Personne ne s'en apercevrait.
— En effet.
— Ce sont des titres étrangers, qu'un graveur habile peut imiter, de façon à tromper l'œil le mieux exercé, et votre conseil de surveillance n'y regarde d'ailleurs jamais de si près...
— Mais le graveur !...
— Je me chargerai de le trouver.
— Sans doute... mais le temps ? C'est une opération longue, difficile, dangereuse même, et, je vous l'ai dit... monsieur Mayer, l'entreprise que je veux tenter demande immédiatement une grande mise de fonds ; je veux réaliser de suite, dans l'espace de quinze jours, de huit jours peut-être... que sais-je... et votre expédient...
— Mon expédient peut se modifier.
— Comment ?
— Ce que vous désirez avoir dans quinze jours, peut vous être fourni aujourd'hui même.
— Dites-vous vrai ?
— Les titres fictifs sont ici.
— Chez vous ?
— Chez moi !
— Et vous me les donnerez ?
— A l'instant.
Martin se leva en poussant un cri de joie. — Il ne s'attendait pas à une solution si immédiate, ni si complétement satisfaisante.

Il descendit les boulevards. — Page 45.

— Ah ! vous êtes un habile homme, monsieur Mayer, s'écria-t-il avec enthousiasme, en cherchant à saisir ses mains.

Mais celui-ci se dégagea froidement de son étreinte.

— Mon Dieu, monsieur Blumstein, répondit-il avec sang-froid, je ne suis tout simplement qu'un voleur comme vous...

Martin s'arrêta raide et immobile.

— Un voleur! balbutia-t-il, confondu de surprise.

— Le mot est dur peut-être, mais avouez qu'il est juste, repartit Mayer.

— Qu'est-ce à dire?

— C'est-à-dire que j'avais prévu le cas où nous pourrions avoir besoin de ces titres, et que je les ai fait faire à tout hasard.

— Mais vous me preniez donc pour un fripon ?

— Si j'avais pensé autrement, je ne serais jamais devenu votre caissier.

— Monsieur...

— Vous vous fâchez?

— Cette insolence.

— Elle vous déplaît!... Et pour qui donc me preniez-vous vous-même, en m'adressant tout à l'heure de pareilles propositions?

— Vous raillez...

— Allons donc!... Il n'y a que les imbéciles qui perdent leur temps à faire de l'esprit... prouvons au moins que nous avons plus de bon sens qu'eux.

Martin fit un geste méprisant.

— Dès aujourd'hui, monsieur Mayer, répondit-il, je veux qu'il n'y ait plus rien de commun entre nous.

Un petit éclat de rire sec et nerveux répondit à ces paroles.

— Oh! oh! fit Mayer, nous avons du dépit...

— Je me retire.

— Est-ce votre dernier mot ?

— Adieu.

Et déjà Martin se dirigeait vers la porte.

— A votre aise... dit encore l'agent d'affaires, comme s'il eût voulu scander chacune de ses paroles, à votre aise, mais en rentrant chez lui, que M. Blumstein prenne bien garde de n'y plus trouver que M. Martin!

Ce dernier fit un soubresaut, et recula de deux pas...

Il était devenu tout à coup pâle et effaré.

— Vous savez mon nom? dit-il en revenant vers Mayer.

— Il y a cinq ans.

— Qui vous l'a dit?

— Qu'importe! puisque je le sais.

— Mais c'est un guet-apens.

— C'est de la prudence tout au plus.

— J'avais un traître chez moi!...

— Un traître qui vous sauvera, répliqua Mayer, en élevant la voix, un traître qui vous protégera contre vous-même!...

En parlant ainsi il s'était levé, et avait pris avec autorité le bras du banquier.

A ce moment, il était comme transfiguré, on eût dit que sa taille avait grandi; ses traits s'étaient plus nettement accusés, son œil lançait des éclairs rapides, sa voix était devenue sonore et ferme.

Ce n'était plus le même homme.

— Enfant! dit-il avec force, enfant, qui veut jouer contre moi, et qui ne sait pas qu'il est en mon pouvoir, et que sa vie et sa fortune m'appartiennent!... Ah! tu me voyais humble et soumis, et tu appuyais ta force sur cette humilité et sur cette soumission... eh bien, tu te trompais, car c'est moi qui suis ton maître, entends-tu, et je ferai de ta vie et de ta fortune ce que je voudrai.

— Mais qui donc êtes-vous? s'écria Martin éperdu.

— Demande-le au comte et à Beppa.

— Vous les connaissez?...

Mayer fit un geste de pitié.

— C'est la première fois, dit-il, que tu viens ici; jusqu'à cette heure, tu n'as rien vu de ce qui t'entourait, et tu ignores les liens inextricables qui t'enveloppent... eh bien, écoute et apprends à nous connaître : sur la porte d'entrée de cet appartement, tu as vu un écusson sur lequel sont gravés ces mots : *M. Mayer agent d'affaires:* dans la première pièce qui sert de bureau, se tient un homme qui ne sait ni où il est, ni ce qu'il est lui-même... ceci est pour le vulgaire... qu'importe! On me voit nécessiteux et humble, cela suffit pour que l'on me croie riche et rusé... c'en est assez... mais pénètre plus avant; vois, jusqu'à ce salon, dans lequel tu te trouves, soulève avec moi cette draperie somptueuse, et regarde.

Martin, plus surpris qu'ému, ne perdait aucune des

paroles de l'homme d'affaires, et il suivait avec intérêt chacun de ses gestes.

Il le vit donc se diriger vers une draperie qu'il désignait du doigt, et la souleva d'un mouvement rapide.

Il regarda.

— Sous cette draperie, poursuivit Mayer, il y a un bouton de cuivre qui communique à un ressort invisible; en le poussant, on fait jouer la boiserie mobile, et dès ce moment, tout change et tout se transforme, nous ne sommes plus chez l'agent d'affaires, il ne s'agit plus de vol, il s'agit d'assassinat...

— Mayer!...

— Regarde...

Mayer avait fait jouer le ressort dont il venait de parler, et ainsi qu'il l'annonçait, la boiserie mobile glissa aussitôt dans une rainure invisible, et laissa voir le commencement d'un long couloir étroit et sombre.

— Qu'est-ce que cela? s'écria Martin.

— Le sanctuaire du crime.

— Expliquez-vous.

— Eh bien... c'est là que se réunissent les assassins dont le comte est le chef, et dont tu es le banquier...

— Donc, ce sont?

— Les *Masques noirs!*...

IX. — La chambre de la morte.

Un soir, Albert et Typo sortirent à pied de leur hôtel et descendirent les boulevards, en prenant la direction de la Bastille.

Il pouvait être huit heures environ; il faisait un temps brumeux et froid; nos deux jeunes gens marchaient l'un à côté de l'autre, échangeant à de longs intervalles quelques rares et insignifiantes paroles.

Ils paraissaient préoccupés, et le visage d'Albert surtout présentait une expression de tristesse morne et douloureuse.

On était au 25 décembre...

Il y avait douze ans, jour pour jour, que la mère d'Albert avait été assassinée!...

Fatal anniversaire, dont le souvenir pesait sur leurs pensées avec une sombre autorité...

Que d'événements s'étaient accomplis depuis... quel monde d'aventures inouïes les séparait de cette époque.

Le passé tout entier se dressait à ce moment devant eux; et Albert admirait épouvanté par quels dédales impossibles la justice implacable de Dieu les avait ramenés au sein de cette capitale, où la sécurité des coupables semblait défier toute vengeance!

Quant à Typo, moins accessible aux considérations de cet ordre, il se laissait aller sur la pente facile qui le ramenait au passé, et bien qu'ému lui-même de cette date sinistre du 25 décembre, il oubliait de temps à autre le drame qui s'y était joué, pour ne songer qu'à son enfance heureuse, dont chaque objet lui rappelait à cette heure l'insouciance et la gaîté.

Le fantôme de la mère d'Albert apparaissait bien parfois à l'horizon de ses souvenirs, mais il y avait une autre image qui lui succédait presque aussitôt, et cette image semblait alors illuminer l'horizon lointain, lui sourire, et lui tendre les mains à travers l'espace.

C'était Marguerite!

La pâle et douce créature qu'une surprise avait jetée dans les bras d'un misérable, et qui, pauvre et délaissée maintenant, pleurait sans doute dans quelque réduit obscur et ignoré!...

Le jeune homme se rappelait Marguerite, comme un type exquis de grâce et de beauté... il était trop jeune à l'époque où il l'avait connue, pour que l'impression qu'elle avait produite sur lui fût profonde ou durable, et cependant, jamais il ne l'avait oubliée, elle était encore présente à sa mémoire comme aux premiers jours, et il la revoyait toujours telle qu'il l'avait aimée jadis avec son cœur naïf de quinze ans.

Comme ils arrivaient à l'extrémité du boulevard Saint-Martin, Albert prit la rue du Faubourg-du-Temple, et ils montèrent vers le canal.

A mesure qu'ils avançaient, l'émotion d'Albert augmentait; malgré lui, il ralentissait le pas, et, un moment même, il fut obligé de prendre le bras de Typo, tant son cœur battait avec force...

Typo s'arrêta étonné.

— Cette course t'impressionne beaucoup, dit-il, un peu embarrassé lui-même.

— En effet, répondit Albert.

— Si tu veux nous n'irons pas.

— Je veux y aller.

— Au moins, choisissons un autre jour.

— Non, Typo... non, c'est aujourd'hui l'anniversaire du crime, c'est aujourd'hui que j'irai...

Typo se remit en marche.

— Pauvre mère!... balbutia Albert, en se laissant conduire, et d'une voix pleine de larmes contenues, quel cœur a jamais valu le sien...

— C'est vrai!...

— Quel courage... quelle vertu... quelle abnégation de tous les jours, et comme elle nous aimait, moi et...

Albert hésita sur le dernier mot.

— Et Marguerite, parbleu!.. compléta brusquement Typo.

— Albert se tut... ses sourcils s'étaient froncés, un regard sombre avait jailli de ses yeux.

— Marguerite... dit-il, quelques secondes après, comme s'il se fût répondu à lui-même.

— Tu l'as donc oubliée?...

— Comme elle nous a oubliés, elle-même.

— Tu lui en veux toujours.

— Marguerite est la cause de tous nos malheurs.

— Qui sait seulement ce qu'elle est devenue?

— Ce qu'est devenu Martin, peut-être.

— Ah! tu la calomnies.

— Eh bien, n'en parlons plus... car, je le sens, ce souvenir m'irrite... je veux l'oublier... et aujourd'hui surtout... je veux chasser toute colère de mon cœur, pour ne songer qu'à celle qui est morte pour nous.

— Et qui sans doute prie aujourd'hui avec le même amour pour toi et pour Marguerite...

Albert ne répondit pas.

Ils venaient d'arriver au seuil de la maison du canal; il quitta brusquement le bras de son ami, et s'engagea dans le couloir qui sert d'entrée à la maison, sans s'inquiéter de savoir si Typo le suivait.

Depuis douze ans, c'était la première fois qu'ils revenaient tous deux dans cette demeure où s'était écoulée leur enfance, et nous ne saurions dire les mille impressions diverses qui les assaillirent, quand ils montèrent les premières marches de l'escalier, et comme leur cœur se prit à battre quand ils s'arrêtèrent sur le palier du premier étage.

Une porte était ouverte devant eux; Albert la poussa doucement, et après une dernière et suprême hésitation, il entra.

C'était la chambre de sa mère!

Une pauvre chambre nue, froide, triste: elle était encore dans le même état qu'à l'époque où la bonne vieille l'habitait...

A gauche, en entrant, une commode, sur laquelle se trouvaient les mêmes vases de porcelaine blanc et or; à droite, un guéridon autour duquel la mère travaillait le soir, et souvent même fort avant dans la nuit, pour gagner le faible salaire qui avait suffi cependant à élever les deux pauvres orphelins qui lui étaient restés...

Sur la cheminée, il y avait une mauvaise pendule, acquise à force de laborieuses et patientes épargnes; à côté, un fauteuil à haut dossier, pieux cadeau du fils, après une longue et douloureuse maladie de la mère...

Enfin, au fond de la chambre, un lit, voilé de longs rideaux de serge...

Albert eut un frisson.

C'est là que sa mère avait été assassinée!... C'est de là sans doute qu'elle avait appelé à son aide et son fils absent, et sa fille enfuie!

Albert fit quelques pas vers le lit, et souleva d'une main tremblante les rideaux de serge qui l'enveloppaient...

Mais à peine y eut-il jeté les regards, qu'il se retourna effaré et pâle vers Typo.

— Qu'y a-t-il? demanda vivement ce dernier.

— Regarde... répondit Albert.

Le lit était couvert de couronnes d'immortelles!...

Albert laissa retomber les rideaux, d'une main morte et brisée...

Une pensée pleine de remords venait de lui sillonner le cœur, comme la lame d'un poignard...

Depuis douze ans qu'il avait quitté Paris, les os de sa mère avaient été expropriés... Elle n'avait plus maintenant de tombe sur laquelle ses enfants pussent aller s'agenouiller et prier...

— Horrible!... c'est horrible! murmura-t-il, d'un accent désespéré.

— Au moins, objecta Typo, quelques amis ont-ils conservé le culte de son souvenir.

— Tu as raison.

Nous ne sommes pas seuls à nous rappeler.

— Qui cela peut-il être ?

— Les Martin sans doute.

— Oui, c'est cela!... Ah!... bénis soient-ils pour cette attention... mais viens, Typo... viens... ce spectacle me brise. Il a rouvert toutes les plaies vives de mon cœur... viens... je n'aurais pas la force de le supporter plus longtemps.

Et il voulut entraîner Typo vers la porte.

Mais ce dernier résista.

— Non... dit-il, d'un certain air pensif, je veux rester.

— Seul?...

— J'irai te rejoindre

— Pourquoi ne pas venir?

— C'est une idée... je veux voir... je veux connaître ceux qui pensent encore à nous... au passé... à ta mère...

— Est-ce ton dernier mot?

— J'irai te rejoindre... j'ai à te parler d'ailleurs... j'ai bien des choses à t'apprendre...

— A bientôt alors

— A ce soir

Albert sortit, et Typo resta seul.

Ainsi qu'il l'avait dit, Typo avait son idée... et bien des particularités l'avaient frappé, depuis qu'il se trouvait dans cette chambre où un drame sanglant s'était accompli!

L'ordre qui régnait dans ce lieu; ce lit jonché de couronnes d'immortelles, ces deux bougies qui brûlaient sur la cheminée, tout attestait un culte pieux et constant...

Typo ne pouvait s'être trompé... Il y avait à Paris des amis qui n'avaient point oublié le passé.

Quels étaient ces amis?

Les Martin peut-être...

Typo ne connaissait qu'eux; les deux vieilles gens avaient aimé la mère d'Albert, et sans doute cette date funèbre du 25 décembre devait, chaque année, les ramener fatalement dans cette demeure où ils avaient vécu si longtemps, dans l'intimité de la victime.

Mais les époux Martin n'étaient pas les seuls auxquels pensât Typo.

Il y avait encore Marguerite!...

Albert s'était imposé le devoir d'oublier sa pauvre sœur déshonorée... il n'en avait plus reparlé depuis.

Mais il n'en était pas de même de Typo!

Il se la rappelait toujours.

Il était enfant alors, et Marguerite le traitait comme tel.

Mais il avait gardé, lui, de la belle et gracieuse jeune fille, un souvenir profond que rien n'avait pu effacer.

Il la revoyait encore.

Vive, fraîche, alerte, passant à travers le faubourg du Temple comme le dernier type de la grâce populaire.

Qu'était-elle devenue cependant?

Avait-elle de nouveau demandé à la mort un refuge contre le déshonneur? n'avait-elle pas plutôt cherché dans le travail l'oubli de sa propre honte, et ne vivait-elle pas dans quelque retraite obscure de Paris, élevant péniblement le fruit de sa faute, et attendant, de l'avenir, le pardon du passé?

Tout était possible et c'est pour cela que Typo était resté.

Si Marguerite se trouvait réellement à Paris, il pensait bien que cette date du 25 décembre l'arracherait à sa retraite, et qu'elle viendrait, elle aussi, apporter sa couronne d'immortelles, et s'agenouiller auprès de ce lit, où elle avait tant de fois veillé et prié...

Et il attendait...

Les deux bougies placées sur la cheminée jetaient sur le lit une lumière pâle et tremblotante... la porte de la chambre était ouverte... un silence profond régnait alentour...

On eût dit la chambre d'une morte.

Tout à coup Typo tressaillit.

Un bruit de pas venait de se faire entendre dans l'escalier...

Il écouta.

Le bruit allait toujours se rapprochant, on parlait à voix basse; enfin on s'arrêta sur le palier de l'étage.

Typo n'eut que le temps de se rejeter dans la pièce voisine, et ayant laissé la porte entr'ouverte, il vit entrer le petit apprenti des époux Martin et les époux Martin eux-mêmes!...

Puis ce fut tout.

Typo attendait Marguerite... mais Marguerite ne devait pas venir.

Son cœur se serra.

Pour que la pauvre jeune fille manquât à ce sacré rendez-vous, il fallait évidemment qu'elle n'ait pas survécu à son déshonneur.

Mais cette idée ne fit que traverser son esprit, et ce qui allait se passer absorba dès lors toute son attention.

Le petit apprenti était vêtu d'une blouse noire, serrée à la taille par une ceinture de cuir verni, un crêpe était attaché à sa casquette, ses beaux et longs cheveux blonds avaient été peignés comme par la main d'une mère, et il portait au bras une couronne d'immortelles.

En entrant dans la chambre, il ôta sa casquette et fit le signe de la croix.

Puis, marchant avec précaution et sur la pointe des pieds, il s'approcha du lit, s'agenouilla silencieusement près du chevet, et joignit ses petites mains.

Les époux Martin l'avaient suivi et les deux vieillards s'étaient agenouillés comme l'enfant, et avaient courbé leur tête blanchie dans l'attitude de la prière et du recueillement.

Il y eut alors un instant d'hésitation presque solennelle, puis, la voix de l'enfant s'éleva claire et fraîche au milieu du silence.

« Bonne-maman qui êtes auprès du bon Dieu, dit-il, n'oubliez pas vos enfants que vous avez laissés sur la terre, et qui souffrent toujours en pensant qu'ils sont séparés de vous. — Priez pour nous qui vous aimons bien, pour mon oncle Albert qui est parti... pour nos bons amis Martin, qui ont eu bien soin de nous, et pardonnez à ma petite mère tout le chagrin qu'elle vous a fait à vous qui l'aimiez tant, et qui êtes morte pour elle. »

Ces paroles étaient dites avec un tel accent de foi naïve, on sentait si bien l'émotion de l'enfant, sous sa voix franche et pure... la prière elle-même était si simple, et en même temps si touchante, que Typo ne put se défendre d'un profond saisissement.

Tout son sang reflua vers son cœur, et les larmes lui vinrent aux yeux.

Cependant, l'enfant s'était levé, et était allé déposer sur le lit la couronne qu'il tenait à la main. — Puis, il revint vers les époux Martin qui le prirent dans leurs bras, et le baisèrent avec une tendre effusion.

Pour les deux vieillards, le 25 décembre était aussi un anniversaire terrible.

C'est à cette date, en effet, que leur fils avait disparu, et depuis, ils n'en avaient plus entendu parler... et à ce souvenir, se mêlait, vaguement, pour eux, comme une pensée de crime, qui pesait sur leur esprit à l'égal d'un remords...

Typo avait suivi cette scène avec un poignant intérêt. — Tant qu'elle avait duré, il s'était tenu à l'écart, attendant toujours pour se montrer que sa propre émotion se fût calmée... mais quand il vit que les époux Martin se disposaient à partir, et à emmener le petit Albert, bien que son cœur vibrât encore d'un reste d'émotion, il ouvrit vivement la porte et entra dans la chambre.

Son apparition arracha un cri de frayeur à l'enfant, mais ce ne fut qu'un éclair, car dès qu'il l'eut reconnu, il le désigna aux Martin, et courut à lui, en lui tendant les mains.

— Je t'ai fait peur? dit Typo, en prenant l'enfant dans ses bras, et en l'embrassant à deux reprises.

— Un peu, répondit le gamin, en souriant, mais je vous reconnais maintenant.

— Nous sommes une paire d'amis?

— C'est vrai.

— Et tu m'aimes comme un camarade?

— Dame! j'aime ceux qui ont l'air bon...

— Et tu as raison, mon enfant, dit Typo, quoique l'air soit souvent trompeur... mais en voilà assez, et ce n'est pas de cela qu'il s'agit...

— Et de quoi donc?

— Est-ce que cela ne vous étonne pas de me trouver ici?

— En effet! dirent les époux Martin.

— Voyons... je suis donc bien changé, que vous ne m'avez pas reconnu l'autre jour?

— Attendez! fit la mère Martin.

— Regardez-moi bien.

— J'y suis...

— Eh bien...

— Mais ce serait impossible... c'est une idée folle.

— Pourquoi?

— Vous!

— Dites TOI, allez... si le cœur vous en dit.

— Typo!...

— Allons donc, le mot est lâché... maman Martin! .. —

Typo! — Le mauvais gamin qui vous a tant fait enrager, mais qui vous aimait bien tout de même.

Et en parlant ainsi, il prit la bonne vieille dans ses bras, et l'embrassa, comme il eût embrassé sa mère!...

— Ah! le cœur n'a pas changé, dit la mère Martin, attendrie et troublée.

— C'est ce que j'avais de mieux dans la figure, repartit Typo.

— Toujours gai.

— Et bon enfant.

— Mais lui... le frère de Marguerite... Albert... attends... laisse-moi me rappeler.

Et comme la mère Martin mettait son doigt sur son front, comme pour évoquer ses souvenirs, Typo lui fit signe de se taire, et se tourna vivement vers le petit Albert...

— Ecoute, toi, lui dit-il avec une brusquerie pleine de franchise et d'enjoûment, tu vois que je connais la bonne maman Martin, c'est un lien de plus entre nous, et j'espère que tu vas tout à fait me traiter en ami.

— Je ne demande pas mieux... répondit l'enfant, en souriant.

— Eh bien, il faut me rendre un service.

— Dites tout de suite.

— C'est de me conduire auprès de ta mère.

— Vous la connaissez donc?

— Un peu

— Vous connaissiez peut-être aussi bonne maman?

— Elle, aussi...

— Et mon oncle Albert?

— Et ton oncle Albert.

— Oh! si c'est comme ça.. venez... car petite mère sera contente de vous voir, et vous lui parlerez de tout cela.

Ils partirent.

Typo était heureux... il allait voir Marguerite... et il songeait au bonheur qui l'attendait au retour, quand il raconterait à Albert la rencontre qu'il avait faite.

Comme il sortait de la maison, il se trouva en face d'un homme qui se promenait de long en large sur le quai.

A quelque distance, stationnait un coupé.

Typo reconnut immédiatement l'homme.

C'était Burrhus.

— Ah! ah! lui dit-il avec vivacité, je ne m'attendais pas à te trouver ici.

— Je suis cependant dans l'esprit de mon rôle, répondit Burrhus.

— Tu m'espionnais?

— Je vous attends.

— Tu as à me parler?

— C'est-à-dire qu'il y a là une personne qui désire vous voir.

— Ton maître?

— Non... ma maîtresse...

Typo courut au coupé, et trouva en effet Beppa qui lui tendit la main, dès qu'elle le vit venir.

— Que se passe-t-il donc? demanda Typo à la jeune femme.

— Rien que de fort simple, répondit celle-ci; je me doutais que vous viendriez ici aujourd'hui, et j'ai voulu savoir quelles personnes vous y rencontreriez.

— Mais quel intérêt?

— Vous le comprendrez plus tard.

— Au moins, êtes-vous satisfaite?

— A peu près.

— J'ai rencontré là d'anciens amis...

— Je le vois.

— Et de plus, un enfant que je reconduis à sa mère.

Un éclair sillonna les yeux de Beppa à ces paroles:

— Que dites-vous? s'écria-t-elle, en enveloppant Typo d'un regard fauve.

— Je dis que cet enfant...

— Est le neveu d'Albert, n'est-ce pas?

— D'où savez-vous...

— Et vous allez chez Marguerite... continua impétueusement la jeune femme, sans tenir compte de l'interruption.

Typo la regarda, étonné...

— Et qui m'en empêcherait? dit-il

— Rien... rien... vous avez raison... poursuivit Beppa avec agitation... C'est fatal cela... je ne puis vous rien dire de plus... moi... mais, n'importe... tenez, croyez-moi, Typo... si vous m'aimez, n'allez pas chez cette femme.

— Pourquoi donc?

— Je ne puis vous le dire.

— Mais c'est de la folie.

— C'est de la prudence... ne précipitez pas les événements... n'appelez pas le malheur sur des êtres qui vous sont chers...

— Je ne vous comprends plus...

— Persistez-vous donc à vous rendre chez Marguerite?

— Sans doute.

— Malgré moi?

— Malgré tout ce que l'on me pourrait dire...

Beppa déchira le mouchoir de batiste qu'elle tenait à la main, et fit signe à Burrhus de se rapprocher.

— Burrhus, lui dit-elle, nous allons retourner à l'hôtel.

— Vous partez, voulut objecter Typo.

— Adieu!

— Au moins, je vous reverrai.

— Jamais...

En disant ces mots, Beppa lui prit la main qu'elle serra avec une énergie singulière, et le cocher ayant reçu l'ordre de s'éloigner, le coupé partit avec la rapidité de l'éclair.

Typo était resté stupéfait et confondu.

— Le diable m'emporte si j'y comprends un mot, se dit-il après que la voiture eut disparu à l'angle du faubourg du Temple, cette femme est folle assurément... mais, c'est égal, je n'en n'aurai pas le démenti, et j'irai chez Marguerite...

Et il pressa le pas, pour aller rejoindre le petit Albert qui l'attendait avec les époux Martin.

A quelques pas de là, il trouvait une voiture, et y faisait monter ses amis, mais au moment d'y monter lui-même, une réflexion soudaine traversa son esprit, ses sourcils se froncèrent, et faisant aux époux Martin et au petit Albert un signe de la main, il les laissa s'éloigner dans la direction de la rue St-Bernard-St-Antoine.

Cependant le coupé qui emportait Beppa, n'avait pas atteint les boulevards, que le cordon de soie qui communiquait de l'intérieur à la main du cocher était agité vivement.

La voiture s'arrêta aussitôt, et Burrhus se présenta à la portière.

— Vous m'avez appelé? dit Burrhus sans s'émouvoir, habitué qu'il était aux caprices de sa maîtresse.

— Nous n'allons plus rue Marbeuf, répondit Beppa d'un ton impérieux.

— Allons-nous rue St-Bernard?

— Non...

— Où allons-nous donc?

Beppa hésita un instant... il est évident qu'un grand combat se livrait en elle... au moment d'agir on eût dit qu'elle avait peur.

Enfin, elle secoua la tête, comme pour chasser toute idée importune, et sembla plonger son regard dans le cœur de Burrhus.

— Burrhus, reprit-elle, le comte t'a ordonné de frapper l'homme que nous venons de quitter.

— C'est vrai.

— De mon côté, je t'ai prié de surseoir à cette exécution, promettant de te prévenir moi-même quand l'heure serait venue.

— En effet.

— Eh bien, Burrhus, l'heure a sonné!...

— Je suis prêt.

— Avant trois jours il faut que cet homme meure.

— Ce sera fait.

— Et c'est pour cela que je ne veux point encore rentrer à l'hôtel.

— Où faut-il donc aller?... demanda Burrhus.

— Rue Dupetit-Thouars, répondit Beppa.

Et un quart d'heure après, le coupé s'arrêtait à la porte de la maison habitée par M. Mayer, agent d'affaires.

X. — Le père au bezigue.

Le lendemain de cette scène, Typo sortit de bonne heure de l'hôtel où il était descendu, et s'achemina vers la rue de la Chaussée-d'Antin.

Typo était décidé à agir.

Bien qu'il n'eût aucune donnée positive sur la position de ses ennemis, il sentait cependant vaguement qu'il avait affaire à des hommes déterminés, et à la haine qui était en lui, il comprenait que ces hommes devaient préparer dans l'ombre quelque trame dont ils espéraient les envelopper, Albert et lui.

La coupe était pleine jusqu'aux bords, — il fallait qu'elle débordât, — c'était assez de longanimité, il fallait en finir.

Typo était résolu.

Depuis son retour à Paris, il n'était pas d'ailleurs resté inactif, et il avait sur quelques-uns de ses ennemis des renseignements qui devaient l'aider dans son entreprise.

La personnalité de M. Mayer, entre autres, l'avait particulièrement frappé.

Sa position dans la maison Blumstein, son importance auprès des commis, l'agence qu'il avait lui-même établie dans la rue Dupetit-Thouars, tout cela avait assez intrigué Typo, pour qu'il portât plus spécialement ses investigations de ce côté, et, depuis quelques jours, il avait appris de singulières choses.

A plusieurs reprises, il s'était présenté rue de la Chaussée d'Antin, et chaque fois qu'il avait décliné son nom, il lui avait été répondu que M. Mayer était absent, et qu'il le priait de repasser à d'autres heures, où il ne le rencontrait pas davantage.

C'était peut-être plus audacieux encore qu'impertinent.

— Cet homme a peur, se disait Typo, qui ne comprenait pas bien encore toute la vérité, mais il n'a qu'à bien se tenir; je ne suis pas né d'hier, et je saurai bien le repincer...

Ce jour donc, il partit décidé à pousser les choses jusqu'au bout, et c'est d'une main ferme et résolue qu'il tourna le bouton de la porte de la maison Blumstein, le 26 décembre, vers onze heures du matin.

Un garçon de bureau vint le recevoir, et comme c'était la cinquième fois peut-être que Typo se présentait à la même heure, le garçon ne dissimula pas un sourire ironique.

Typo s'inclina.

— Ris... ris... murmura-t-il entre ses dents .. ça t'amuse... ne te gêne pas... mais rira bien qui rira le dernier.

— M. Blumstein!... demanda-t-il aussitôt à haute voix.

— Il est sorti... répondit le garçon.

— Je m'y attendais, se dit Typo... mais en son absence ne pourrais-je pas au moins voir M. Mayer?

— M. Mayer est très-occupé en ce moment, objecta le garçon, nous sommes en plein inventaire, et je ne sais...

— Eh bien, allez le lui demander...

Le garçon sortit, et revint quelques secondes après annoncer à Typo que M. Mayer n'était pas encore arrivé.

— Bon! je la connais celle-là, dit Typo, mais elle est toujours bonne... eh bien, je repasserai... ajouta-t-il en saluant profondément le garçon de bureau.

Puis il descendit dans la rue, et gagna les boulevards.

Tout en marchant, il ruminait.

Il devenait évident que M. Mayer était l'âme damnée de Martin... ce devait être un coquin comme son patron, et il n'y avait pas grand'chose à en espérer...

Cependant, c'est à regret que Typo renonçait à l'espoir de le rencontrer. — Qui sait? avec un coquin il est souvent plus facile de s'entendre qu'avec un honnête homme, et M. Mayer restait pour lui à l'état de mystère impénétrable.

Mais Typo était obstiné : — c'était là son moindre défaut; — et quand il se retrouva sur le boulevard, il se demanda pourquoi il n'irait pas jusqu'à la rue Dupetit-Thouars.

« Si c'est là que M. Mayer habite réellement, se dit-il, s'il y a établi un cabinet d'affaires, il doit avoir un commis; — je ferai parler le commis; — si le commis est muet, eh bien, je m'adresserai au concierge, et ce ne sera pas avoir de chance si j'en rencontre un qui soit incorruptible... »

Sous l'empire de ces idées, Typo alluma un cigare, et descendit les boulevards, jusqu'à la rue du Temple.

Il faisait une belle matinée d'hiver.

Le soleil éclatait dans un ciel d'un bleu pâle... l'air était frais et pur, comme un souffle de printemps, et des milliers de promeneurs allaient et venaient de la Madeleine à la Bastille.

Typo mit près de deux heures pour arriver au Temple, tant l'aspect de Paris avait pour lui d'attraits, et lui procurait de distractions...

Il était une heure environ quand il parvint rue Dupetit-Thouars.

La maison dans laquelle demeurait M. Mayer ne payait pas de mine, mais Typo n'y regardait pas de si près, et c'est d'un pas léger qu'il monta l'escalier, non sans avoir préalablement parlé au concierge...

A mesure qu'il montait cependant, l'opinion qu'il s'était faite de son homme commençait à prendre une tournure sérieuse, et quand il atteignit le dernier étage, et qu'il se trouva en face de cette porte sur laquelle il lut : *M. Mayer, agent d'affaires*, sa conviction était faite.

Toutefois, il voulut en avoir le cœur net... et ayant tourné le bouton, il pénétra dans cette espèce de bureau, où nous avons déjà une fois introduit le lecteur.

Ainsi que nous l'avons dit, il était une heure environ.

Le bureau présentait toujours le même aspect; c'était le même air lourd et méphitique, les mêmes cartons sales et enfumés... le même plumitif assis à son pupitre.

Seulement, un rayon de soleil, passant à travers les vitres, venait décrire un pâle losange sur le parquet de briques, et jetait comme un reflet de gaîté au milieu de cette atmosphère de silence et d'ennui.

Typo fit un mouvement de recul à cette vue...

Le plumitif avait levé la tête, et venait de le saluer d'un air humble et soumis.

C'était l'heure où le brave homme prenait sa nourriture...

Sa plume reposait à sa droite, ses papiers, à sa gauche; devant lui, était son encrier...

Il avait déplié une grande feuille de papier sur son pupitre incliné, et son couteau d'une main, une fourchette de l'autre, il mangeait quelque chose qui ressemblait, de loin, à un morceau de bœuf bouilli...

Dès qu'il vit Typo, il se hâta de déposer son couteau et sa fourchette, s'essuya les lèvres avec son mouchoir, et fit le simulacre de se lever.

Typo l'arrêta du geste.

Depuis un moment, en effet, ce dernier n'avait pas cessé de le considérer avec la plus profonde attention; il lui semblait qu'il avait déjà vu cet homme quelque part, mais c'est en vain qu'il se demandait dans quel lieu et en quelle circonstance il avait pu le rencontrer.

Tout à coup, il tressaillit...

Le plumitif n'avait pas changé depuis vingt ans, c'était bien toujours le même homme, et Typo venait de le retrouver, dans un coin de ses souvenirs, assis à une table de quelque café borgne du boulevard, buvant une chope de bière, et jouant au bezigue.

Typo l'avait vu deux ou trois fois à peine, il y avait une douzaine d'années, mais cela suffisait... Et, bien qu'à cette époque, le plumitif eût à peine quarante ans, il était connu sur le boulevard sous le nom du *père au bezigue*.

Le bezigue, c'était son vice à cet homme, sa passion... la cause secrète de tous les désordres qui avaient troublé sa vie, et l'avaient fait tomber au dernier rang des plumitifs..

— Pardon, monsieur, dit enfin ce dernier en se rasseyant qu'y a-t-il pour votre service?

— Je désirerais parler à M. Mayer, répondit Typo.

— Il est absent.

— Pour longtemps?

— Pour toute la journée.

— Et, en son absence, à qui peut-on s'adresser?

— A moi, monsieur.

Typo s'inclina, prit une chaise, et s'assit près du pupitre.

Depuis la découverte qu'il avait faite, il se sentait tout à fait à son aise, et son siége était fait.

— L'affaire dont je suis venu entretenir M. Mayer, poursuivit-il alors, sans perdre de l'œil son interlocuteur, a son importance relative; j'ai quelques fonds disponibles en ce moment, une entreprise se présente qui me paraît offrir des chances sérieuses de succès; cette entreprise rentre d'ailleurs dans mes goûts et mes habitudes, et j'aurais voulu que M. Mayer m'aidât à la mener à bonne fin.

— De quoi s'agit-il?... dit le plumitif.

— Il s'agit d'un établissement public qui se trouve à vendre, et que j'ai fort envie d'acquérir.

— Serait-ce un café?... dit le père au bezigue.

— Précisément.

— Où cela?

— Sur le boulevard du Temple.

— En êtes-vous bien sûr?

— Parfaitement.

Le plumitif se tourna tout à fait vers Typo, et le regarda en baissant le front.

Typo se prit à sourire.

— Ah! voyez-vous, dit-il avec une franchise fort bien jouée, il ne faut pas toujours juger les hommes sur l'apparence... moi, j'ai ramassé le peu d'argent que je possède dans ces sortes d'établissements... je m'y connais; et puis, que voulez-vous... je ne suis bien que là... un beau comptoir d'acajou avec une belle fille brune dedans... au fond, un ou deux billards à 30 centimes le jour, et 60 centimes à la lumière... à droite et à gauche, des tables de marbre, et dans un coin réservé, les joueurs de *bezigue*...

— Vous dites!... fit le plumitif, avec un soubresaut.

— Je dis le *bezigue*, parbleu! répéta Typo avec un geste de compassion perfide...

Et il jeta un éclat de rire.

— Ah! vous ne connaissez pas ça, vous, poursuivit-il aussitôt, vous vivez heureux et calme, au milieu de vos cartons, depuis huit heures du matin jusqu'à sept heures du soir... quand vous sortez d'ici, vous allez à votre restaurant; puis, vous faites un tour de promenade, pour ensuite aller vous coucher... voilà votre vie... elle est simple, régulière, cela vous suffit, et vous n'en demandez pas davantage...

Le plumitif soupira.

— Moi, au contraire, voyez-vous, continua Typo, avec une cruelle persistance, moi, c'est ma passion...

— Ah!

— J'ai[illegible] le bezigue.

— Vou[illegible]!...

— Et je ne connais rien qui vaille la dame de pique et le valet de carreau... pardon, je vous parle là de choses étrangères, et j'oublie la principale.

— C'est juste.

— Voici donc ce que je solliciterais de l'obligeance de M. Mayer.

— Parlez... monsieur... parlez...

Typo posa son chapeau sur le pupitre, appuya son coude sur la table et prit une posture confidentielle.

— M. Mayer est un honnête homme, n'est-ce pas? dit-il en baissant la voix.

— Oh! le plus honnête homme de la capitale, repartit le père au *bezigue*.

— Et l'on peut se fier à lui?

— Comme à un confesseur.

— Eh bien, il faudrait que M. Mayer non-seulement se chargeât d'acheter pour moi le café que je lui désignerais, mais encore qu'il voulût bien me trouver un homme sûr, auquel je pourrais abandonner, au besoin, le soin de diriger l'établissement.

— Comment! fit le plumitif, en pâlissant d'émotion, vous confieriez votre maison à des mains étrangères?

— Etrangères peut-être... mais éprouvées et sûres

— Et qu'exigeriez-vous de cet homme?

— Rien... si ce n'est un passé irréprochable.

— Mais quelle position lui feriez-vous enfin?

— Une position honorable... celle d'un associé... avec un traitement fixe de trois mille francs par an...

— Dites-vous vrai?...

— Oui, certes... et M. Mayer m'aura rendu un réel service, s'il me trouve ce que je cherche.

Le plumitif avait repoussé loin de lui les restes de son petit pain et de son bœuf bouilli... de pâle qu'il était, son visage avait passé au vermillon... il ne tenait plus en place... et son œil s'écarquillait sous sa paupière rougie, en s'arrêtant avec fixité sur son interlocuteur.

Il éprouvait une sorte de vertige...

Cette position dont parlait Typo, c'est à lui surtout qu'elle convenait... ce comptoir... ces becs de gaz... ces tables de marbre... ces billards... ce coin réservé au bezigue placide!... C'est bien là ce qu'il avait rêvé... il avait horreur de ces cartons verts qui l'entouraient, de cet air moisi et enfermé qu'il respirait, et de cette encre, et de ce papier, et de cette plume de fer qui noircissait ses doigts depuis bientôt vingt ans...

Oh!... la liberté... la liberté du *bezigue!*...

Le pauvre plumitif pensait avec amertume qu'il aurait pu acquérir tous ces biens, s'il n'avait pas été le commis de M. Mayer... mais que faire maintenant, depuis vingt ans M. Mayer s'était habitué à lui, comme lui-même s'était attaché à M. Mayer... proposer de le quitter, c'était s'exposer à toute sa colère, à sa vengeance...

Et le père au *bezigue* avait peur de son patron.

— Ah! dit-il enfin, après un long silence, je comprends tout ce qu'une pareille position a de séduisant, et il y a une vingtaine d'années que je l'aurais sollicitée avec empressement.

— Vous, monsieur... fit Typo, en jouant l'étonnement.

— Cela vous surprend?...

— Vous devez être heureux, ici...

— Je ne me plains pas.

— Vous avez de bons appointements?

— Douze cents francs.

— Si peu...

— Cela me suffit...

— Mais je ne m'explique pas alors pourquoi vous refuseriez aujourd'hui ce que vous auriez été disposé à accepter il y a vingt ans...

— L'habitude...

— Eh bien, c'est fâcheux, car, bien que je ne vous connaisse que depuis quelques minutes, je crois que je n'aurais pas hésité...

— Est-ce possible?...

— Eh! sans doute... et plus j'y pense, plus je suis convaincu que vous êtes mon homme.

— Mon Dieu...

— Vous êtes économe et rangé.

— Oh! oui, monsieur...

— Trois mille francs auraient suffi à votre ambition.

— Et au-delà.

— Et nous nous serions entendus comme une paire d'amis.

Le plumitif avait des éblouissements... ses oreilles bourdonnaient... sa voix s'étranglait dans son gosier...

— Voyons, dit-il enfin, comme un homme qui prend une grande et courageuse résolution, la proposition que vous me faites est-elle sérieuse?

— Très-sérieuse, répondit Typo avec gravité...

— Et si j'acceptais votre proposition, j'entrerais en possession...

— Dans un mois.

— Mais d'ici là...

— Ah! d'ici là... il me semblerait opportun de rester auprès de M. Mayer, auquel d'ailleurs je crois prudent de ne rien dire de tout ceci.

— Vous avez raison... mais un mois, c'est un siècle...

— Acceptez-vous?

— Peut-être.

— Il ne faut pas d'hésitation... répondez sans arrière-pensée.

— Ah!... vous me tentez.

— Songez-y...

— Un café... soupira le plumitif.

— Trois mille francs par an... insista Typo.

— Et le bezigue!...

— Acceptez-vous?

Le vieux plumitif était à bout de lutte... le bureau tournait autour de lui... il tendit une main tremblante à son interlocuteur.

— Eh bien, dit-il... demain je vous rendrai réponse.

— Pourquoi demain? fit Typo.

— Parce que je veux réfléchir encore.

— Mais demain, au moins, vous aurez pris une décision.

— Je vous le promets...

Ils en étaient là de leur conversation, quand la porte qui communiquait à la salle à manger s'ouvrit tout à coup et que M. Mayer entra...

Le plumitif se leva effaré et vert...

Typo ne put lui-même réprimer un mouvement de surprise.

Quant à M. Mayer, il souriait d'un air benin.

— Pourquoi demain, dit-il alors, d'une voix doucereuse, en s'adressant au plumitif, et pourquoi remettre à un mois; la proposition de monsieur me semble, au contraire, très-acceptable dès à présent, et je crois que vous auriez tort de la repousser?

— Mais... balbutia le vieillard, je n'étais pas libre...

— N'est-ce que cela, monsieur Durand? poursuivit Mayer; je serais désolé de contrarier vos goûts et de nuire à votre avenir... dès cet instant vous ne m'appartenez plus.

— Comment?

— Vous pouvez vous retirer.

— Vous me renvoyez...

— En le faisant, j'ai l'intention de vous être utile.

— Mais... il n'y avait rien d'arrêté... je n'avais pris aucun parti... je voulais :

— M. Mayer arrêta le plumitif d'un geste sévère et impérieux.

— N'en parlons plus, dit-il d'une voix qui prit aussitôt un accent sec et bref, si vous avez ici quelques objets qui vous appartiennent, vous pouvez les emporter aujourd'hui, car dès demain vous serez remplacé dans vos fonctions.

Le plumitif n'essaya même pas de répliquer.

Il était atterré...

Une sueur froide perlait sur son crâne chauve et poli; ses mains tremblaient, ses lèvres étaient pâles et froides comme les lèvres de la mort.

Il s'affaissa sur sa chaise, et ses bras inertes retombèrent le long de son corps.

Cependant, M. Mayer s'était tourné vers Typo qui suivait les divers incidents de cette scène avec un profond et poignant intérêt.

— Pardonnez-moi, monsieur, dit-il aussitôt, en saluant profondément, mais vous étiez venu sans doute pour m'entretenir de quelque affaire.

— En effet... répondit Typo, cherchant à démêler à quel homme il parlait...

— Vous vous êtes donné la peine de me venir demander plusieurs fois, rue de la Chaussée-d'Antin.

— Vous le savez...

— Sans doute !

— Eh bien... je ne m'en serais jamais douté.

— Pourquoi donc ?

— Parce que vous avez mis, ce me semble, assez peu d'empressement à m'accueillir.

M. Mayer fit un mouvement. Il ne s'attendait pas à cette répartie, et la franchise de son interlocuteur parut l'embarrasser.

— J'ignorais, répondit-il, l'objet qui vous amenait.

— Le meilleur moyen de l'apprendre était de me mettre à même de vous l'expliquer.

— Vous avez raison... mais tout peut se réparer.

— Peut-être ?

— Désirez-vous passer dans mon cabinet ?

— Volontiers...

— Nous y causerons à notre aise.

— Je ne demande pas mieux.

M. Mayer ouvrit la porte de la salle à manger, dans laquelle il pénétra, précédant Typo.

Ce dernier avait eu le temps, avant de s'éloigner, de glisser sa carte dans la main du pauvre plumitif.

M. Mayer lui fit alors traverser la salle à manger, puis la chambre à coucher, puis enfin, il l'introduisit dans ce salon où Martin avait pénétré quelques jours auparavant.

Typo avait le coup d'œil vif et prompt, et tout en passant, il inspectait les lieux avec attention.

Quant il parvint au salon, et que M. Mayer lui indiqua un siége, dans lequel il s'assit, il avait déjà compris que l'agent d'affaires n'était pas un homme ordinaire, et qu'il allait avoir à s'observer beaucoup avec lui.

M. Mayer s'était assis lui-même, et après quelques secondes de silence, il prit le premier la parole.

— Nous sommes seuls, monsieur, dit-il d'une voix pleine et posée, et qui n'avait plus qu'un léger accent tudesque, nous pouvons donc causer en toute liberté. D'après l'insistance que vous avez mise à me voir, je suppose qu'il s'agit d'une affaire importante, et dès ce moment, je vous prête toute mon attention.

Typo s'inclina.

A vrai dire, il était, à cette heure, un peu embarrassé, il n'avait rien de bien précis à dire à M. Mayer, et depuis qu'il avait vu son homme, il se demandait avec inquiétude par quel côté il pourrait le prendre.

La personnalité évidemment multiple de M. Mayer n'était pas facile à saisir... Mais, après tout, Typo avait de l'audace et bien des ressources dans l'esprit, et ce n'est pas la première fois qu'il se trouvait dans le cas d'en faire usage.

— L'objet pour lequel je désirais vous voir, dit-il enfin, est en effet très-grave, et demande peut-être quelques circonlocutions.

— Pourquoi cela ? interrompit M. Mayer, avec une rondeur apparente.

— Parce que c'est fort délicat.

— La franchise est encore le meilleur moyen d'aborder la question difficile.

— Peut-être, avez-vous raison.

— Pour moi, je vous y invite.

— Et je veux suivre votre conseil.

— Voyons donc.

— Eh bien... vous êtes attaché à la maison Blumstein et compagnie...

— C'est vrai, monsieur.

— Vous y occupez une position importante.

— J'y suis indispensable.

— On me l'avait dit.

— Et l'on ne vous trompait pas.

— Cela étant, vous devez connaître à fond les ressources de monsieur Blumstein, et vous pouvez me donner un renseignement confidentiel sur l'honorabilité de la maison.

— Permettez cependant.

— La franchise de la question appelle une franchise égale dans la réponse, objecta Typo.

— Sans doute... fit M. Mayer.

— Hésiteriez-vous ?

— Nullement.

— Qui vous arrête alors ?

— Un doute.

— Lequel ?

— J'ignore quel motif vous fait désirer ce renseignement, et l'usage que vous en voulez faire.

Typo sourit.

— C'est juste, dit-il, il faut jouer cartes sur table.

— N'est-ce pas votre avis ?

— Pardon, et je suis heureux de n'avoir rien à cacher.

— Expliquez-vous.

— Un de mes amis, M. Albert, a rapporté du Mexique des sommes considérables gagnées dans des entreprises industrielles, et il m'a chargé de lui trouver un placement avantageux de ces fonds.

— Et vous avez pensé à la maison Blumstein et compagnie.

— Ai-je eu tort ?

M. Mayer se tut.

Il est évident que cet homme était en ce moment sous l'influence d'un soupçon impérieux, et qu'il ne savait quel tour donner lui même à une conversation qui l'embarrassait.

— Voyons, dit-il tout à coup et comme s'il eût obéi à une inspiration inattendue, je crois m'apercevoir que vous ne dites pas toute votre pensée.

— Moi ! fit Typo.

— Oui... Vous, Monsieur, la démarche que vous faites en ce moment a été déterminée par une cause que vous me cachez et que je désire connaître.

— Comment cela ?

— On a calomnié la maison Blumstein.

— Mieux que cela... on l'a accusée.

— Qui cela ?

— On n'a jamais pu savoir.

— Cependant, ce renseignement, j'ai le droit de vous le demander.

— Tout comme j'ai celui de le refuser.

— Ah ! prenez garde... dit M. Mayer, avec une sourde irritation.

— A quoi donc ?... répliqua Typo.

M. Mayer s'était levé ; il fit quelques tours à travers le salon, — son irritation allait toujours croissant, et il jetait de temps à autre un regard farouche et plein d'éclairs sur celui qui lui faisait cette question.

— Tenez, dit-il enfin, en éclatant, il est inutile de dissimuler davantage... car je vous ai reconnu dès le premier abord.

— Fallait donc le dire... s'écria Typo avec gaîté... alors, on peut ôter son masque.

— Vous êtes un ennemi.

— Un ennemi de Blumstein... du moins.

— Et vous voulez le perdre.

— Je ne m'en cache pas.

La lèvre de M. Mayer se crispa d'un rictus plein de fiel et de haine.

— Eh bien, les ennemis de M. Blumstein sont aussi les miens, Monsieur, dit-il d'une voix forte et menaçante.

— Qu'est ce que cela me fait... riposta Typo.

Vous vous êtes attaqué à des adversaires puissants et redoutables.

— Croyez-vous m'effrayer ?

— Et puisque vous avez osé pénétrer jusqu'ici... je vous préviens que vous n'en sortirez pas vivant.

Typo répondit par un éclat de rire.

Cependant Mayer était allé à la porte qu'il avait fermée à double tour, et se précipitant aussitôt vers la cloison opposée, il en souleva vivement la draperie.

Mais au moment où il allait poser sur le bouton son doigt ferme et résolu, deux coups d'un timbre clair et sec se firent entendre derrière la boiserie, et le clouèrent immobile à sa place.

Il prêta l'oreille.

— Qui est là ? demanda-t-il d'un accent plein de rage étouffée.

— Ouvrez !... répondit une voix de femme.

La porte glissa aussitôt sur ses rainures... et une femme entra.

Typo n'eut pas besoin d'un long examen pour la reconnaître.

C'était Beppa.

Vous êtes l'ami de M. Mayer? — Page 52.

XI. — L'assassinat de la rue Saint-Bernard.

Beppa était profondément troublée, — un voile épais enveloppait ses cheveux ; elle entra précipitamment, et ne s'arrêta que lorsqu'elle aperçut Typo.

Elle resta comme pétrifiée à cette vue.

—Vous... ici, dit-elle au comble de l'étonnement.

— Et pourquoi pas?... répondit Typo, en se levant.

— Vous connaissiez donc aussi M. Mayer?

— Nous étions en train de faire connaissance.

— Mais quel motif?

— Ma foi, je l'ai oublié.

— Cependant vous paraissez agités.

— La conversation était animée... en effet... M. Mayer n'est pas toujours patient. . et j'avoue qu'il y a quelque danger à n'être pas de son avis.

— Comment? demanda Beppa.

Typo haussa les épaules.

— Monsieur se disposait à m'assassiner, répondit-il galment, mais tout homme d'affaires qu'il soit, M. Mayer est encore bien jeune.

— Qu'est-ce à dire?... fit ce dernier.

— C'est-à-dire, mon bonhomme, que j'avais pris mes précautions avant de venir et que nous aurions eu à causer.

En parlant ainsi, Typo tira de sa poche deux petits révolvers, dont il présenta le canon à son adversaire.

Beppa frissonna...

Non qu'elle eût peur pour M. Mayer, ou qu'elle s'intéressât à cet homme, dont la personnalité ne lui avait jamais été sympathique, mais parce qu'elle venait à penser qu'une seconde de retard dans son arrivée aurait suffi à décider du sort de Typo.

— Vous êtes fou, dit-elle alors à ce dernier, d'un accent fébrile, et vous ne savez pas à qui vous vous attaquez.

— Qu'importe!...

— Vous poussez l'audace jusqu'à l'imprudence.

— Quand cela serait?

— Et je vous défends, entendez-vous, je vous défends d'exposer ainsi vos jours, et de jouer avec de pareils dangers.

Beppa s'était dirigée vers la porte qui communiquait à la chambre à coucher, elle l'ouvrit aussitôt, et indiquant cette issue à Typo:

— Et maintenant, ajouta-t-elle, partez sans tarder.

— Que je vous laisse ici!... s'écria Typo indécis.

— Moi, je suis à l'abri de tout danger.

— Avec cet homme ?

— Je le connais.

— Vous le voulez ?

— Je vous en prie.

Typo marcha vers la porte, mais avant d'en franchir le seuil, il se retourna, prit la main de Beppa, et la serra dans les siennes.

— Je vous reverrai, dit-il, d'un accent de prière?

— Je vous ai dit adieu, hier, répondit Beppa avec effort.

— Mais ce n'est pas, j'espère, votre dernier mot...

— Je ne sais...

— Vous me laissez partir ainsi ?...

— Partez, et peut-être changerai-je de résolution.

Sur ces derniers mots, Typo s'éloigna, laissant la jeune femme agitée, émue, en proie à mille sentiments contraires.

En passant dans le bureau, Typo remarqua que le *père au bezigue* avait disparu.

Il s'en étonna... sans cependant y attacher beaucoup d'importance... le plumitif avait sa carte, il était toujours certain de le revoir. Une fois dans la rue, il respira...

Malgré tout son aplomb, la scène à laquelle il venait d'assister l'avait troublé un peu plus peut-être qu'il n'eût voulu le paraître. Mais ce qu'il avait vu commençait à l'inquiéter; l'association dont Martin, le comte et M. Mayer faisaient partie, lui paraissait maintenant redoutable, et il se demandait ce qu'il pouvait faire dans une pareille situation.

Un moment, la pensée lui vint de se faire conduire à la Préfecture de police.

Mais que dire... quels indices donner?... Il était évident que Mayer avait pris ses mesures, et qu'une dénonciation ne devait amener aucun résultat.

Et puis, ce n'est pas là la vengeance qu'il convoitait. — C'est avec ses propres ressources qu'il voulait atteindre son

Ils me l'ont enlevée!!! — Page 52.

but, c'est à lui-même, à lui seul qu'il désirait réserver le droit de frapper.

Il rentra à l'hôtel, mais personne n'était venu le demander. Albert était sorti de son côté; il n'y resta que quelques minutes...

Il était fort perplexe... et ne savait quel parti prendre... l'heure s'écoulait cependant, et il sentait bien qu'il était urgent d'agir...

Il retourna rue Dupetit-Thouars...

Il espérait vaguement rencontrer le plumitif de ce côté... mais il n'y trouva personne.

Il s'adressa au concierge...

Le concierge avait vu sortir M. Durand, mais il ne l'avait pas vu revenir.

— Au moins, vous savez son adresse, demanda-t-il?

— Sans doute.

— Et voulez-vous me la donner?

— Rue Saint-Bernard, nº 2.

Typo prit la direction du faubourg Saint-Antoine.

Il était près de six heures du soir... la nuit venait peu à peu, les becs de gaz s'allumaient sur tout le parcours, Typo était triste et maussade, et il se reprochait intérieurement d'avoir fait peut-être le malheur d'un honnête homme auquel il se demandait quelle compensation il pourrait offrir?

Et puis, mille pensées lui traversaient l'esprit.

En renonçant, la veille, à rendre visite à Marguerite, il obéissait à je ne sais quelle terreur secrète que lui inspiraient, malgré lui, Burrhus et les hommes étranges avec lesquels il était associé.

C'était surtout pour Marguerite et pour son fils qu'il craignait leur colère. S'il ne s'était agi que de lui, il aurait fait bon marché de ses appréhensions, mais ces hommes étaient capables de tout, et il ne voulait pas exposer à leur vengeance des êtres qui lui étaient chers à plus d'un titre.

Comme il approchait de la rue Saint-Bernard, il remarqua dans le faubourg une certaine fermentation, il y avait çà et là des groupes animés qui stationnaient à l'entrée de la rue Saint-Bernard, et il fut tout surpris de voir de loin l'entrée de la rue, défendue par une foule immense que contenaient avec peine quelques soldats d'un poste voisin, et bon nombre de sergents de ville.

Typo frissonna.

Puis, mu par une ardente curiosité qu'il ne put maîtriser, il courut se mêler au groupe et écouta avidement ce qui s'y disait :

— Et l'on n'a vu sortir ni entrer personne? demandait une commère à une vieille femme qui paraissait fort au courant de l'événement.

— Personne... répondait la vieille femme.

— Et on l'a trouvé mort dans sa chambre?

— Mort et baigné dans son sang.

— En plein jour?

— Il y a une heure.

— Cela donne la chair de poule, rien que d'y penser.

— A qui le dites-vous, moi qui demeure à l'étage au-dessus.

— Et vous allez coucher là-dedans?

— Tous les locataires vont donner congé.

— Et ce sera pas mal fait pour le propriétaire... ça l'apprendra à augmenter si souvent ses loyers.

Typo laissa les deux commères continuer sur ce ton, et prêta l'oreille à un autre colloque.

— Il n'avait cependant pas l'air millionnaire, ce pauvre homme, disait un apprenti à un vieil ouvrier qui fumait, les bras croisés, sur le trottoir.

— Il avait quelques économies, répondit l'ouvrier, quelques centaines de francs que l'on a retrouvés dans le tiroir de sa commode

— Alors, ce ne sont pas des voleurs?

— On ne sait pas.

— C'est une vengeance.

— Bah! une vengeance... qui donc lui en aurait voulu à ce brave homme? Il n'avait pas de vices; il n'a jamais dit un mot plus haut qu'un autre. Tout le monde l'aimait...

— Cependant, ils l'ont tué.

— Deux coups de poignard dans la poitrine... il ne s'est même pas défendu. Ce sont ses gémissements qui ont attiré l'attention des voisins; on a enfoncé sa porte, et on l'a trouvé étendu sur le parquet.

— Il était mort!...

— Il n'a pas vécu un quart d'heure.

— Et l'on ne sait pas quels sont les assassins?

— On finira bien toujours par les attraper.

Typo passa.

Il était arrivé sans s'en apercevoir au nº 2 de la rue Saint Bernard, et c'est avec une stupéfaction profonde et un frisson glacé qu'il constata que le couloir de la maison était gardé par deux sergents de ville.

Typo fit quelques pas. Il n'écoutait plus; une sorte d'instinct terrible venait de l'éclairer, et il ne lui paraissait plus possible qu'un autre que le père Durand eût été assassiné dans cette maison qu'il habitait.

Bien qu'il n'espérât pas grand éclaircissement sur ce qu'il voulait connaître, cependant il allait s'adresser à l'un des sergents de ville, quand il sentit tout à coup une petite main se glisser dans la sienne, et qu'il entendit une voix de gamin prononcer son nom derrière lui.

Il se retourna vivement.

C'était le petit Albert qui l'avait reconnu, et accourait vers lui.

— Que fais-tu ici, méchant moucheron? fit Typo, en élevant l'enfant dans ses bras, et en le baisant au front.

— Tiens! je rentre à la maison donc, répondit Albert.

— Tu demeures au nº 2?

— Au quatrième, au-dessus de l'entresol.

— Dans la même maison que M. Durand?

— Le *père au bezigue!*

— Tu le connais?

— Pauvre bonhomme!

— Que lui est-il arrivé?

— Vous ne savez donc pas?

— Mais quoi! quoi!

— Eh bien... et tout ce monde-là, et les sergents de ville, et M. le commissaire... on ne vous a donc pas dit?...

— Parle.

— Ils l'ont assassiné...

— Lui!... c'est lui!...

Il y eut un silence.

Grâce à la *protection* du petit apprenti, que l'on connaissait pour être de la maison, Typo avait pu pénétrer dans l'entrée, et il suivit son guide à travers l'escalier qui menait aux étages supérieurs.

Une émotion extrême régnait à l'intérieur, — les agents subalternes de la police allaient et venaient; les locataires circulaient d'un étage à l'autre, avides de nouvelles et interrogeant chaque passant: — c'étaient mille conjectures, mille questions, mille suppositions à l'aide desquelles on cherchait à percer le voile qui couvrait ce sombre drame.

Au moment où Typo et l'enfant atteignaient le palier du troisième étage, un homme descendait du quatrième, et passa près d'eux.

Une faible lumière éclairait l'escalier étroit et sombre; Typo et l'enfant s'effacèrent un peu contre le mur, pour laisser passer l'homme qui descendait.

Ce dernier portait un habit noir; une cravate blanche était nouée autour de son col; il avait toute l'apparence d'un homme de l'art.

— C'est le médecin... dit tout bas Albert à l'oreille de son compagnon.

Typo regarda.

— Le médecin... répéta-t-il machinalement.

Et son œil ardent s'attacha à cet homme avec une singulière fixité, — une émotion indicible, quelque chose comme une épouvante superstitieuse, s'était emparée de lui à sa vue; la sueur perlait sur son front; la voix s'arrêtait étranglée dans son gosier.

Le médecin n'était autre que le valet de ce personnage que l'on appelait le comte!

— Burrhus! s'écria Typo, en lui saisissant le bras avec autorité...

L'homme à l'habit noir tressaillit, et lui jeta un regard où brilla un éclair de haine implacable et sauvage.

— Je ne m'appelle pas Burrhus, monsieur, répondit-il d'une voix ferme, et sans quitter son interlocuteur du regard; je suis médecin, et j'ai été appelé pour constater le décès d'un malheureux qui s'est donné la mort...

— Dites qu'il a été assassiné... interrompit Typo.

— Je dis ce qui est, monsieur; M. Durand a mis fin à l'existence misérable qu'il menait, en se frappant de deux coups de poignard, et si vous en doutez...

Un instant l'aplomb de Burrhus avait imposé à Typo, tant d'audace le confondait, et il hésitait à prendre un parti énergique...

Mais il reprit bientôt possession de lui-même, et entraînant le faux médecin dans un angle du palier:

— Burrhus, lui dit-il à voix basse, vous êtes un misérable.

— Allons donc!... fit Burrhus.

— Vous parlez de suicide, et vous espérez ainsi égarer les recherches de la justice... mais vous savez bien que le père Durand a été assassiné, et vous connaissez les coupables.

— Eh bien, quand cela serait!...

— Ah! vous l'avouez?

— Les vengeances de l'association sont terribles, mon jeune ami, et je désire que cet événement soit pour vous un avertissement salutaire.

— Pour moi?

— On a l'œil sur vos menées.

— Vous voulez peut-être m'assassiner aussi?

— Pourquoi pas?...

Typo fit entendre un ricanement.

— Eh bien!... essayez, maître Burrhus... dit-il d'un accent plus élevé, mais avant que vous ayez rien tenté, je vous préviens que j'aurai appelé sur vous l'attention des magistrats.

Burrhus haussa les épaules, et indiqua à Typo l'enfant qui était resté debout contre la rampe de l'escalier.

— Tenez... dit-il, d'une voix froide et sèche, voilà un bien bel enfant... n'est-ce pas? vous paraissez l'aimer, et il semble vous le rendre... eh bien, si vous voulez le conserver à sa mère, si sa mère elle-même vous est chère à quelque titre, défiez-vous de ces velléités de vengeance qui vous prennent trop souvent, et croyez-moi, laissez vivre tranquillement ceux qui veulent bien ignorer que vous existez.

En parlant ainsi, Burrhus salua Typo d'un geste d'adieu, et s'éloigna le laissant interdit, sans voix et sans pensée.

Le jeune apprenti, qui vint le tirer par les mains, le rappela au sentiment de la réalité.

— Vous connaissez donc le médecin? demanda Albert, en montant les marches qui conduisaient au quatrième étage?

— Un peu... répondit évasivement Typo, ou plutôt je croyais le reconnaître...

— C'est égal, il n'avait pas l'air aimable, pendant qu'il vous parlait.

— Tu trouves...

— Nous voici arrivés...

Deux portes ouvraient sur le palier où ils venaient de s'arrêter: — l'une était fermée et donnait accès dans le petit appartement occupé par Marguerite; l'autre était ouverte, et laissait voir une chambre remplie de monde.

Typo, poussé par une curiosité ardente, poussa le seuil de cette porte et entra dans la chambre.

Deux méchantes chandelles brûlaient sur la cheminée; à une table était assis un commissaire; deux agents écrivaient à ses côtés, et quelques témoins répondaient à ses questions; — en face, sur un lit défait, était étendu le cadavre de l'infortuné *père au bezigue*.

Le visage de la malheureuse victime, bien que pâle et livide, conservait encore à cette heure ce même air de placidité douce et résignée que Typo lui avait vu le matin.

Ses cheveux s'étaient collés sur ses tempes, à la sueur de l'agonie, ses yeux que l'on avait négligé de fermer, regardaient ouverts et béants, et sous sa chemise déchirée et rougie, on distinguait deux larges et profondes blessures, au-dessous du cœur.

Cependant la voix magistrale du commissaire venait de se faire entendre.

Typo, bien que saisi par l'affreux spectacle qu'il avait sous les yeux, prêta l'oreille, et écouta.

— Vous habitez la chambre située au-dessous de celle-ci?... demanda le magistrat à l'un des témoins.

— Oui, monsieur, répondit celui-ci.

— Vous étiez chez vous quand le crime a été commis.

— Je ne suis pas sorti de la journée.

— Et vous n'avez rien entendu?

— Rien.

— C'est étrange... connaissez-vous la victime?

— Le *père au bezigue!*... tout le monde le connaissait.

— Cet homme n'avait point d'ennemi?

— Oh... pour ça, non.

— Et ne me disiez-vous pas que vous l'aviez vu dans la journée?

— C'est vrai, monsieur; et cette circonstance même m'a particulièrement frappé; car le *père au bezigue* avait des habitudes si régulières; on le voyait partir le matin, pour ne revenir que le soir... et quand je l'ai aperçu vers une heure ou deux, j'en suis resté tout surpris...

— Avait-il l'air préoccupé?

— On peut même dire qu'il était triste... lui, qui était si poli d'ordinaire, c'est à peine s'il m'a vu et s'il a répondu à mon salut... Il est passé près de moi, sans me voir!...

— Tout cela est singulier en effet, conclut le magistrat; il y a dans tout ceci un mystère que les investigations ultérieures de la justice éclairciront; en attendant, nous avons un indice qui peut-être nous mettra sur la voie de renseignements plus précis.

Puis, se tournant vers un des scribes dont il était accompagné:

— Dès demain, monsieur, ajouta-t-il, vous vous rendrez au domicile de la personne désignée sur cette carte, — ce, c'est là un indice... très-vague, il est vrai... mais, qui sait; il n'en faut souvent pas davantage pour mettre la justice sur la trace de révélations de premier ordre: or, il est établi qu'au moment où le malheureux Durand a été trouvé frappé de deux coups de poignard, il tenait dans sa main une carte sur laquelle figure le nom d'un certain Albert, domicilié dans un hôtel du boulevard des Italiens... demain, nous ferons comparaître cet Albert...

A ce nom, Typo avait eu toutes les peines du monde à se contenir...

Cette carte à laquelle le magistrat faisait allusion, était bien celle qu'il avait remise au père Durand, au moment où il l'avait quitté. Mais comme il se souciait fort peu de se trouver mêlé, pour le moment du moins, à cette ténébreuse affaire, il prit le parti de se taire.

Seulement, il devenait urgent de prévenir Albert au plus tôt, et de se concerter avec lui sur les mesures à prendre pour en finir une bonne fois avec leurs ennemis, sans exposer des jours qui leur étaient chers.

Il entraîna donc vivement le jeune apprenti sur le palier, lui recommanda d'annoncer à sa mère sa visite pour le surlendemain, prétexta un motif impérieux qui l'obligeait à s'éloigner immédiatement, et l'ayant embrassé avec effusion, il descendit l'escalier et gagna la rue.

Il fallait voir Albert immédiatement; il n'y avait plus de temps à perdre.

Il arrêta la première voiture qui passa et se fit conduire à l'hôtel.

Huit heures sonnaient comme il y arrivait.

XII. — La soubrette de la *Cattina*.

Mais, par une sorte de fatalité, il ne trouva point Albert.

Où pouvait-il être à cette heure, et comment le découvrir?...

Un éclair d'inspiration traversa son esprit, et il donna aussitôt à son cocher l'adresse de la *Cattina*.

C'était là, sans aucun doute, qu'il devait trouver Albert.

Depuis qu'il avait renouvelé connaissance avec la célèbre cantatrice, Albert la voyait fréquemment; on peut dire même qu'il s'était un peu laissé détourner de sa vengeance, par les premières ivresses d'un amour qu'il avait tout lieu de croire partagé.

Typo, occupé lui-même ailleurs, n'y avait pas beaucoup pris garde, mais il était certain qu'Albert allait fort souvent chez la *Cattina*, et le sentiment qui l'y attirait n'a qu'un nom dans la langue humaine.

Il s'appelle l'amour!

Il était près de neuf heures quand Typo se présenta chez la cantatrice.

Elle ne jouait pas, — et n'était point sortie.

C'est Louise, la brune soubrette, au minois fripon, à l'allure décidée, qui vint lui ouvrir.

— Bonsoir, mon enfant, dit Typo, d'un air dégagé, en pénétrant dans l'antichambre, ta maîtresse est-elle visible?

— Je n'en sais rien, monsieur, répondit la jeune fille, mais je puis le lui demander.

— Au moins n'est-elle pas sortie?

— Non.

— Et elle est seule?

— Je l'ignore.

— Eh bien, va le lui demander, ajouta Typo.

La soubrette allait s'éloigner, mais elle parut se raviser tout à coup, et revint sur ses pas.

— Pardon, monsieur, dit-elle, mais j'oubliais une chose importante.

— Laquelle?

— Qui annoncerai-je à madame?

— C'est juste... annonce M. Typo.

Et comme la soubrette hésitait à ce nom qu'elle ne connaissait pas, et qui sonnait assez mal à son oreille habituée à des noms plus sonores:

— Allons, continua Typo, qui t'arrête?

— C'est que...

— Quoi donc?

— J'ai peur de déranger madame.

— Est-ce là le vrai motif de ton hésitation?

— Sans doute.

— Bien sûr?

— Qui vous fait douter...

— Eh, mon Dieu! tout et rien... toute soubrette est née curieuse, et tu ne serais pas fâchée de connaître les gens avant de les introduire chez ta maîtresse.

— Dame...

— Ai-je deviné?

— A peu près.

Typo haussa les épaules.

— Je comprends cela, poursuivit-il, et je puis, à ce sujet, te satisfaire au-delà même de tes désirs.

— Vraiment! fit la jeune fille avec un naïf étonnement.

— Je suis un ami de la maison.

— Vous!

— Je connais M. Albert d'abord

— Ah!

— M. Blumstein, ensuite.

— M. Blumstein? fit Louise.

— Certainement.

— Le banquier?

— Qu'y a-t-il d'étonnant à cela?...

La soubrette se tut et baissa les yeux.

Quant à Typo, il lui passa devant les yeux comme un éblouissement.

Une révélation!

Jusqu'alors il n'avait considéré Louise que comme une soubrette ordinaire, et l'idée ne lui était même pas venue qu'elle pût être autre chose.

Mais tant d'événements s'étaient succédé depuis le matin et il se sentait mêlé à des complications si étranges, que la méfiance s'emparait malgré lui de son esprit.

Il se prit donc à considérer la soubrette avec attention, et, à tort ou à raison, il crut remarquer que son visage avait pâli au nom de Blumstein.

— Au fait, dit-il alors en souriant avec intelligence, et comme éclairé tout à coup par une inspiration soudaine, je suis un niais, et j'aurais dû m'en douter tout de suite.

— Quoi donc? fit la jeune fille.

— Comment vous appelle-t-on?

— Louise.

— Et vous n'êtes que depuis peu de temps au service de la *Cattina*?

— C'est vrai.

— Vous connaissez beaucoup M. Blumstein?

— Sans doute.

— Depuis longtemps?

— Mais...

— Oh! ne craignez rien, ma chère enfant, Blumstein et moi, nous sommes de vieilles connaissances.

— Est-ce possible!

— Notre amitié date de quinze ans.

— Mais je ne vous ai jamais vu chez lui... dit Louise.

Et comme si ces paroles lui eussent échappé, elle hésita et rougit.

Un sourire imperceptible effleura les lèvres de Typo.

— D'ailleurs, ajouta-t-il, en poursuivant son idée, Blumstein n'est pas le seul que je connaisse, et quoique revenu depuis un mois à peine de longs voyages, j'ai pu voir chez lui quelques personnes que vous devez connaître également...

— Qui cela? fit Louise, en prêtant cette fois l'oreille avec une vive et profonde attention.

— M. Mayer.

— Vous le connaissez?

— C'est un de mes amis.

— M. Mayer!

— Un excellent homme, n'est-ce pas, et qui paraît porter à Blumstein un sincère dévoûment.

Louise ne répondit pas, — ses sourcils s'étaient froncés un nuage avait passé sur son front.

Typo tressaillit.

Tous ces indices le confirmaient dans ses soupçons. — Louise était bien certainement au service de ses ennemis, et ce sont eux sans doute qui l'avaient placée près de la *Cattina*.

Il reprit presque aussitôt :

— Eh bien, dit-il d'une voix enjouée, vous ne me répondez pas?

— Je réfléchis, répondit Louise.

— A quoi donc?

— Je me demande, moi aussi, monsieur, et qui vous êtes, et quelle est la nature de l'intérêt que vous portez à M. Blumstein et à M. Mayer.

— Pourquoi cette question?

— La réponse m'importe beaucoup.

— La réponse est facile... repartit Typo, et entre ces deux hommes, mon choix ne serait pas longtemps douteux.

— Vous êtes l'ami de M. Mayer.

— Certes; mais je suis surtout celui de Blumstein, et j'aurai aujourd'hui même l'occasion de le lui prouver.

Le visage de Louise s'éclaira à ces mots.

— Comment cela? demanda-t-elle avec vivacité.

Typo prit la main de la jeune fille.

— Voyons, dit-il, d'un ton plein de compassion touchante, on peut se fier à vous, n'est-ce pas?

— Parlez! parlez! fit Louise.

— Et rien de ce que je vais vous dire ne sera répété à d'autres?

— Oh! je vous le jure.

— Eh bien, mon enfant, je crois que Blumstein court en ce moment un grand danger.

— Dites-vous vrai?

— Ceci est difficile à expliquer, continua Typo, mais faites en sorte de me comprendre à demi-mots.

— Qu'y a-t-il donc?

— Il y a, mon enfant, qu'un crime a été commis aujourd'hui même.

— Un crime?

— Un commis de M. Mayer a été assassiné.

— Le père Durand! s'écria Louise.

— Vous le connaissez?

— Oh! continuez! continuez.

— Le père Durand demeurait rue Saint-Bernard.

— Je le sais.

— Il y a quelques heures à peine, on l'a trouvé étendu baigné dans son sang.

— Mais qui l'avait frappé?

— Je l'ignore.

— Enfin, quel rapport peut-il exister entre cet assassinat et le danger qui menace, dites-vous, M. Blumstein?

— Vous ne devinez pas?

— Expliquez-vous.

— M. Durand travaillait depuis longues années chez M. Mayer, rue Dupetit-Thouars.

— Après?

— Demain, il devait quitter son emploi pour se livrer à une autre industrie.

— Eh bien?

— Eh bien, j'ai supposé, peut-être à tort, que M. Mayer avait eu peur de M. Durand.

— Lui!

— Le vieil employé avait dû remarquer bien des choses dans la maison de M. Mayer.

— Que dites-vous?

— On a craint qu'il ne parlât, et l'on a voulu se débarrasser de cette crainte.

Louise se tut : — un frisson avait couru sur ses épaules, elle eta un regard oblique et rapide sur son interlocuteur.

— Ainsi, dit-elle en même temps, vous croyez que M. Mayer?...

— Je crois, répondit Typo, que M. Mayer, dans l'intérêt de ses associés, a jugé prudent de faire disparaître ce témoin incommode.

— Et la justice est saisie.

— Comme vous dites.

— Mais M. Blumstein n'est pour rien dans ce assassinat.

— Je le crois.

— Quelle crainte peut-il avoir?

— Une seule, celle de se voir arrêté, et jeté dans une prison, où il ne sortirait pas de si tôt.

— Mais il faudrait le prévenir alors.

— Sans doute.

— Mais comment?

— C'est ce que je me disais... jusqu'à ce jour je n'ai vu Blumstein que dans son appartement de la rue de la Chaussée-d'Antin.

— Il a un autre domicile.

— Je le sais... mais lequel?

— Iriez-vous, si je vous le faisais connaître?

— A l'instant même.

— Eh bien, allez donc, monsieur, voici son adresse, et Dieu veuille que vous arriviez à temps.

Louise remit en même temps une carte à Typo, qui s'en empara et se dirigea aussitôt vers la porte.

Mais au moment où il allait en franchir le seuil, la porte s'ouvrit d'elle-même avec fracas, et une jeune femme, les cheveux et les vêtements en désordre, se précipitait dans l'antichambre.

Louise avait couru à sa rencontre, mais la femme la repoussa énergiquement, et promena son regard effaré autour d'elle.

— Que voulez-vous? demanda Louise.

— M. Albert! répondit la femme.

A ce nom, Typo s'était approché vivement, et avait considéré la jeune femme avec attention.

Dans le premier moment, et sans doute à cause du désordre de sa toilette et de l'altération profonde de ses traits, Typo ne la reconnut pas.

Peu à peu cependant la mémoire lui revint, et quelques minutes s'étaient à peine écoulées, qu'il s'emparait avec autorité des mains de la jeune femme, et l'attirait à lui.

— Marguerite! s'écria-t-il, avec un éclair de joie dans les yeux.

La jeune femme se retourna vers lui, et à son tour elle se prit à le regarder avec une profonde émotion.

Mais ses yeux étaient voilés de larmes, et son esprit était ailleurs.

— Qui êtes-vous?... dit-elle d'une voix qui fit pénétrer le froid de l'épouvante dans le cœur de Typo.

— Vous ne me reconnaissez pas?

— Mais je suis l'ami d'Albert.

— Vous!

— C'est Albert que je viens chercher.

— Regardez-moi.

— Attendez...

Marguerite passa sa main rapide sur son front et dans ses cheveux... recula de deux pas, en comprimant sa poitrine de ses deux mains...

— Typo!... dit-elle enfin avec effort.

— Allons donc!

— Ah! c'est le ciel qui vous envoie... vous me conduirez vers lui.

— Mais Albert est à...

— Il faut que je le voie... il m'aime toujours, n'est-ce pas; et lui seul maintenant peut me rendre le trésor que l'on m'a volé!...

Un soupçon terrible traversa, à cette parole, le cerveau de Typo.

— Qu'y a-t-il donc? demanda-t-il vivement.

— Oh! vous ne savez pas...

— Parlez!

— Mon enfant...

— Eh bien!

— Mon pauvre petit Albert...

— Achevez...

— Ils me l'ont enlevé.

— Que dites-vous?

— Et je ne suis pas devenue folle!... mon Dieu!... c'était toute ma vie cependant!.. tout mon cœur!... je n'avais que lui au monde, lui seul m'aimait et me consolait... Oh! vous me le rendrez... n'est-ce pas... il mourrait loin de moi... et je ne veux pas qu'il meure... le pauvre ange bien-aimé.

Typo serra avec attendrissement les mains de Marguerite dans les siennes... Une sueur froide perlait sur son front; il se rappelait la menace que Burrhus lui avait faite quelques heures auparavant, et il comprenait tout!...

Malgré l'horrible épouvante dont il se sentait saisi, il eut cependant la force de se contenir, pour ne pas effrayer davantage la pauvre mère...

— Ce que vous m'apprenez est étrange, dit-il, il y a deux heures à peine que votre enfant était près de vous.

— C'est vrai!

— Je lui ai parlé.

— Il me l'a dit.

— Qui donc aurait osé...

— Eh! le sais-je, mon Dieu; je venais de le quitter... au milieu du désordre qui avait suivi l'assassinat... j'étais toute troublée encore, et je ne songeais pas qu'un malheur plus terrible me menaçait moi-même... les premiers soupçons m'atteignirent bientôt... je m'étonnai d'abord de l'absence d'Al bert... j'allai le chercher chez les Martin, puis au milieu de la foule... partout enfin, dans le faubourg !... oh ! si vous saviez, Typo, quelles affreuses tortures.. je supposais tous les malheurs.. et je m'attendais à chaque instant à me le voir rapporter mourant, les yeux clos, les membres déchirés... pauvre enfant! — Puis, comme il était si doux, si joli, si dévoué à sa mère, tout le faubourg l'aimait... chacun s'inquiéta presque autant que moi... Enfin, on vint me dire qu'on l'avait vu partir avec un homme qu'on avait aperçu une heure auparavant, rôdant autour de la maison.

— Et cet homme?

— Nul ne le connaît.

— Mais son signalement.

— Je l'ignore.

— N'a-t-on pas au moins quelques indices?

— Des indices vagues !... des suppositions impossibles.

— Dites toujours.

— Quelques-uns ont pensé que cet homme était un médecin.

— C'est cela!

— On croit l'avoir vu même près de notre malheureux voisin assassiné.

— Je m'en doutais.

— Vous le connaissez donc?

— Peut-être!

— Typo... vous le connaissez.

— Non, Marguerite, ne vous bercez pas d'une espérance qui peut être trompée.. mais enfin, l'indice que vous me donnez est bon à retenir, et il nous servira à retrouver les traces des misérables qui n'ont pas hésité à commettre un pareil crime. Mais vous avez raison, il n'y a pas de temps à perdre... et je vais de ce pas prévenir Albert.

— Albert !... répéta Marguerite d'une voix atterrée.

— Oh ! ne craignez rien, votre frère vous aime, et le malheur qui vous frappe vous rend sacrée...

— Et puis, ajouta Marguerite en pleurant, pour mon enfant je suis prête à supporter toutes les hontes... allez donc, Typo, qu'il vienne, je l'attends avec confiance.

Pendant qu'ils parlaient ainsi, Typo n'avait pas remarqué que la jeune soubrette, d'abord inquiète et indécise, avait fui pour les laisser seuls dans l'antichambre.

Typo ne s'aperçut de sa disparition que lorsqu'il voulut pénétrer dans l'appartement.

Cette particularité l'intrigua bien un peu, mais les événements se pressaient... Il n'avait pas le temps de réfléchir longuement, et ne trouvant personne pour l'introduire, il prit résolûment son parti, et entra sans se faire annoncer.

Dans le salon il trouva Albert et la cantatrice, que sa présence parut surprendre.

Typo s'excusa en peu de mots de se présenter de la sorte, expliqua succinctement le but de sa visite, et finit par annoncer à Albert que quelqu'un le demandait dans le salon contigu.

— Moi! fit Albert, en se levant avec surprise, et sans deviner ce dont il s'agissait.

— Toi...

— Et quelle est cette personne?

— Une femme !...

— Mais son nom?

La sœur d'Albert parut en ce moment à la porte... et bien qu'il y eût dix années que ce dernier ne l'eût vue, il lui suffit d'un regard pour la reconnaître.

— Albert ! Albert ! murmura la jeune femme, en se précipitant dans les bras de son frère.

Le moment d'effusion fut court et rapide, et Marguerite revint preque aussitôt à la réalité poignante de la situation.

— Marguerite a raison, insista Typo, hâtons-nous... un crime vient d'être commis; je crois connaître quelques-uns des coupables, ne leur laissons pas le temps de se soustraire à notre vengeance, partons.

— Mais qui soupçonnes-tu donc? demanda Albert.

— Blumstein.

— Lui!

— Blumstein ne se contente pas d'être banquier ; il exerce une autre industrie, qui peut le mener loin, si nous ne l'arrêtons pas en chemin.

— Mais où le trouverons-nous?

— Chez lui.

— Tu as donc découvert son adresse?

— Depuis quelques minutes.

— Et qui te l'a donnée?

— La femme de chambre de madame.

Et comme chacun se regardait avec étonnement à cette affirmation :

— Car il faut bien que vous le sachiez, madame, ajouta Typo, en s'adressant à la *Cattina*, nous sommes au pouvoir d'une bande de coquins qui nous en veulent, presque autant que nous leur en voulons nous-mêmes, et M. Blumstein ou ses associés avaient placé Louise près de vous, afin d'être constamment tenus au courant de ce qui se passait ici.

— L'audace de ces hommes m'épouvante... fit la Cattina, en se rapprochant d'Albert.

— Et vous avez raison, madame, reparti Typo, mais nous sommes là, nous autres, et Dieu merci, de pareils gredins n'ont rien qui nous effraie... partons donc.

Ils allaient s'éloigner, quand Marguerite les arrêta.

— Albert, dit-elle à son frère, j'ai une grâce à te demand

— Parle... répondit Albert.

— Je veux t'accompagner.

— Toi!

— Je t'en prie.

— Mais c'est au moins fort difficile.. objecta Typo, et si nous devons rencontrer le banquier Blumstein!...

— Oh ! ne me refusez pas... insista Marguerite, les mains jointes, songez-y donc, Albert, si vous devez retrouver mon pauvre petit ange, je veux être la première à l'embrasser.

Typo avait paru hésiter et réfléchir. — Tout à coup il releva le front avec résolution.

— Au fait! s'écria-t-il, c'est un moyen... et ma foi, je ne serai pas fâché de voir la figure que fera maître Blumstein en nous voyant tous les trois.

Et sans attendre davantage, ils gagnèrent le boulevard avec promptitude.

III. — Le n° 7 de la rue d'Astorg.

Le banquier Blumstein occupait, rue d'Astorg, n° 7, un petit hôtel, du meilleur goût, qu'il avait acheté depuis peu de temps, et dans lequel on ne le voyait guère que la nuit.

Sa maison de la rue de la Chaussée-d'Antin, la Bourse, les affaires le retenaient d'habitude toute la journée dehors, et ce n'est que le soir. à l'heure du dîner, qu'il rentrait à son hôtel, le plus souvent encore pour en sortir aussitôt.

Ces habitudes étaient connues, et dans ce quartier aristocratique nul ne s'en étonnait, ou n'y prenait garde.

Le personnel de l'hôtel se composait d'un valet de chambre, d'un cocher, d'un cuisinier et d'une espèce d'intendante, jeune encore, qui paraissait, en dehors de son service, porter une assez vive affection à son maître.

C'était elle qui avait succédé à Louise.

Sous le banquier Blumstein, on retrouvait beaucoup du Martin d'autrefois, et il n'avait pas les goûts très-relevés.

Martin était une de ces natures que l'on dirait faites d'avance pour le vol et le crime, si l'on ne craignait de blasphémer Dieu ! Le jour où il avait quitté la maison paternelle, il ne s'était livré en lui aucune lutte digne d'être signalée à l'attention des philanthropes, et il avait glissé tout naturellement sur la pente qui l'entraînait au crime ; cela s'était fait sans efforts, et il n'avait eu à se défendre contre aucun remords.

A cette heure encore, depuis dix années qu'il vivait au milieu d'un monde interlope, donnant une main au vol, et l'autre à l'assassinat, cet homme n'avait pas une seule fois jeté un regard en arrière, et les liens qui l'attachaient au monde d'autrefois s'étaient brisés, sans qu'il se fût fait en lui le moindre déchirement.

Mais si le remords n'avait aucune prise sur cette âme vulgaire, il n'en était pas de même de la peur.

Martin était né lâche!

Il n'avait pas même cette audace facile que le crime apporte dans chacune de ses actions, et, depuis un mois, son existence avait été, sous ce rapport, violemment tourmentée.

Il commençait à comprendre qu'il avait été trop loin dans cette route funeste, où il s'était engagé à la suite du comte, de Mayer et de Burrhus.

Mayer surtout l'effrayait!

Il se sentait dominé par l'énergie terrible que cet homme lui avait montrée, il regrettait amèrement les liens qui l'unissaient à cette redoutable association, et il craignait maintenant de ne pouvoir s'en séparer sans danger.

Toutefois, la peur semblait lui avoir communiqué une activité inattendue, et sans rompre ouvertement avec ses amis, il avait à la hâte pris des dispositions qui devaient, pensait-il du moins, le sauver de la catastrophe qu'il redoutait.

Depuis quelques jours, le banquier Blumstein préparait son départ, la précipitation qu'il déployait témoignait de ce qui se passait en lui, et le soir même où Typo se dirigeait vers son hôtel, maître Martin pensait le quitter pour prendre le chemin de fer du Nord.

Il serait difficile de dire quelles terreurs habitaient à cette heure le cœur du malheureux banquier.

Chaque minute qui rapprochait le moment du départ semblait lui apporter une anxiété nouvelle; le moindre bruit l'effrayait, et il craignait à chaque instant de voir surgir tout à coup, de l'un des angles de son salon, la figure de Burrhus, ou celle de Mayer lui-même!

L'hôtel avait deux sorties, l'une sur la rue d'Astorg, et l'autre sur la rue de la Ville l'Évêque... mais cette particularité qui l'avait naguère souvent rassuré au milieu de ses épouvantes, lui causait maintenant les plus mortelles angoisses.

Son esprit inquiet et troublé allait, alternativement, de la rue de la Ville-l'Évêque à la rue d'Astorg, et c'est avec une activité fébrile qu'il pressait ses domestiques, lorsque le silence absolu qui régnait dans le jardin de l'hôtel lui laissait quelques secondes de répit.

Une fois même, le timbre de la rue avait retenti, et Martin était resté pétrifié à sa place!

Qui pouvait venir à cette heure et dans un pareil moment?

Mayer peut-être!

Il frissonna.

Déjà même, songeait-il sans doute à fuir par la seconde issue, quand un domestique vint le prévenir que Louise demandait à lui parler.

Martin sourit de ses craintes.

Mais Louise ne pouvait être qu'un témoin indiscret, un embarras de plus. D'ailleurs, il lui restait peu de temps. Encore une heure, et il allait s'éloigner; il refusa de la recevoir.

Louise eut beau insister, Martin fut inflexible.

C'était le doigt de Dieu sans doute. Cet homme pouvait peut-être se sauver encore, s'il avait écouté cette femme, mais la peur l'aveuglait, et la pente l'entraînait.

Louise partit sans lui avoir parlé, et Martin continua ses préparatifs.

En quittant la demeure de la *Cattina*, Typo avait donné à son cocher le nom de la rue d'Astorg. C'était l'adresse qu'il avait lue sur la carte à lui remise par la jeune soubrette, et il ne doutait pas que cette dernière n'eût été sincère en la lui remettant.

Il y avait dans la voiture quatre personnes.

Typo, Albert, Marguerite qui n'avait pas voulu les quitter, et un quatrième personnage, que Typo s'était adjoint, et dont la physionomie accusait, en ce moment, une préoccupation sérieuse et grave.

La voiture brûla le pavé, et elle mit peu de temps pour atteindre la rue d'Astorg.

Un quart d'heure après avoir quitté le boulevard, elle s'arrêtait donc devant le no 7.

Une fois là, Typo se leva, ouvrit la portière, descendit sur le trottoir, et se tournant alors vers le quatrième personnage :

— Monsieur, lui dit-il, d'un ton qui empruntait une certaine solennité à la circonstance, je vous réitère encore une fois ma profonde gratitude pour ce que vous voulez bien faire pour mon ami et pour moi. La démarche que je vais faire ne donnera peut-être aucun résultat, mais je devais la tenter; d'ailleurs, il s'agit surtout de sauver un pauvre enfant que nous voulons rendre à sa mère, et, je le répète, il n'y avait que ce moyen.

— Au moins, vous agirez avec prudence, répondit le personnage inconnu.

— C'est l'intérêt de tous.

— Vous me le promettez?

— Je le jure.

— Allez donc, monsieur, et puissiez-vous réussir dans votre entreprise...

Typo allait s'éloigner, mais il revint précipitamment sur ses pas.

— Seulement, ajouta-t-il, avec un sourire singulier, il se peut que la chose tourne mal, et comme nous voulons surtout atteindre notre but, j'ai une dernière observation à vous adresser.

— Parlez.

Typo tira sa montre et la lui montra.

— Il est dix heures cinq minutes, dit-il d'un ton où perçait une certaine émotion, si dans trente minutes je ne suis point de retour, vous viendrez me chercher.

— Mais s'il y a un danger à courir, nous ferions mieux de vous accompagner, objecta le personnage mystérieux.

— Oh! quant à cela, je ne le crois pas, repartit Typo; et puis, je me fie à mon étoile; j'ai passé à travers bien d'autres dangers, et vous le voyez, monsieur, je ne m'en porte pas plus mal.

Et sur ces mots, il alla sonner à la porte du no 7.

Typo avait fait son plan avant de quitter ses amis, et pour rien au monde, il n'eût dévié de la ligne de conduite qu'il s'était tracée.

La porte de la rue une fois ouverte, il alla donc tout droit à la loge du concierge, jeta négligemment le nom du banquier Blumstein, et se dirigea vers le pavillon élégant qui faisait face sans attendre qu'on lui répondît.

Le timbre de la loge venait de prévenir les hôtes du pavillon, et Typo avait pu constater qu'à cet appel, un certain mouvement s'y était manifesté, presque instantanément.

Cette particularité le contraria un peu.

Il eût voulu arriver au pavillon sans y être ainsi annoncé, et il craignait d'y rencontrer ces petites difficultés de l'entrée, qui sont souvent si difficiles à surmonter.

Mais il n'avait pas le choix des moyens, et force lui était bien d'accepter la position telle qu'elle lui était faite.

Quand il atteignit la porte du pavillon, un domestique en livrée était sur le seuil, et l'attendait dans une attitude qui devait laisser à Typo peu d'espoir de pénétrer même dans l'antichambre.

— M. Blumstein? dit Typo, en approchant du domestique.

— Il est sorti, répondit brusquement ce dernier.

— Et rentrera-t-il bientôt?

— Je ne pense pas.

— Au moins, puis-je l'attendre ici, insista l'ancien apprenti, en essayant de franchir le seuil de la porte.

— Si vous voulez repasser demain de bonne heure, M. Blumstein sera chez lui, mais jusque-là il nous est impossible d'admettre ici aucun étranger.

Pendant que le domestique lui faisait cette réponse qui n'avait rien que de fort naturel, Typo avait eu le temps de jeter un coup d'œil dans l'antichambre, et au désordre qui y régnait, à certains bagages qui en obstruaient les coins, il devina aussitôt que Martin se préparait à partir, si même il ne l'était déjà!

Cette remarque l'eût déterminé à agir énergiquement, s'il ne l'avait été avant. — Aussi, franchissant résolûment la porte, et marchant droit à son but, il frappa l'épaule du valet, et le regardant bien en face :

— Ecoute, lui dit-il d'une voix ferme et pleine d'autorité, ton maître est ici, je le sais, j'en suis certain. — J'ignore pour quel motif il défend ainsi sa porte, mais je suis venu pour le voir et lui parler, et il faut que je le voie et que je lui parle.

— Mais c'est impossible! objecta le valet.

— Tout est possible... quand on veut y mettre de la bonne volonté.

— L'ordre de M. Blumstein est formel.

— Je lui dirai que j'ai forcé la consigne.

— Et puis, enfin, je ne vous connais pas...

Typo s'inclina avec une pointe de raillerie.

— A la bonne heure! dit-il, cette objection vaut mieux, quoiqu'il n'est pas nécessaire que j'y réponde, — je te dirais mon nom que tu ne me connaîtrais pas davantage... Ainsi, prends-en ton parti, marche devant moi, et conduis-moi vers ton maître...

Malgré cette injonction, le valet ne bougea non plus qu'un terme.

Seulement il se prit à sourire.

— Ah! ah! voilà que nous devenons gais, fit Typo, eh bien, tant mieux, j'aime mieux cela... toutefois comme je n'ai pas le temps de m'amuser aux bagatelles de la Porte, causons sérieusement, et tâche surtout de bien me comprendre.

Et comme le valet paraissait peu disposé à prendre son visiteur au sérieux :

— A cette porte, continua Typo d'un ton énergique, et en désignant celle de la rue il y a, dans une voiture, un de mes amis qui s'appelle M. Albert, et un autre aussi de mes amis qui s'appelle... le procureur du roi!... — Ah! ah! ceci te fait de l'effet... c'est bon signe, — eh bien, si tu ne fais pas à l'instant même ce que je t'ordonne, ce n'est pas ton maître seulement que nous allons conduire en prison, mais on pourra bien lui donner à la Conciergerie la compagnie de son *larbin* dévoué.. Comprends tu ?

Le valet ne riait plus... l'annonce du procureur du roi l'avait frappé !... il comprenait enfin qu'il n'y avait pas à lutter, et sans opposer plus de résistance, il s'empressa de monter l'escalier, et de conduire Typo vers la chambre de son maître.

Typo n'en demandait pas davantage.—Toutefois, avant que le valet lui ouvrît la chambre où se tenait Blumstein, il le retint du geste, et du même ton résolu et ferme :

— Maintenant, ajouta-t-il, oublie ce que j'ai dit; agis comme si tu ne te doutais de rien, et garde-toi surtout de faire à ton maître le moindre signe d'intelligence.

Pour toute réponse, le valet ouvrit la porte, s'inclina, et s'effaça pour laisser entrer Typo.

A ce moment Martin songeait sérieusement à partir.

Ses bagages étaient prêts, et bien qu'il ne crût pas prudent de se rendre au chemin de fer trop longtemps avant l'heure fixée pour le départ du train express, cependant le parquet de son hôtel lui brûlait sous les pieds, et il avait hâte de s'éloigner.

Le timbre du concierge l'avait bien un peu inquiété, en annonçant un visiteur; mais les ordres qu'il avait donnés étaient si précis, qu'il ne doutait pas qu'aucune difficulté ne lui viendrait de ce côté.

D'ailleurs, ceux qu'il redoutait le plus n'étaient pas venus, — ni Burrhus, ni Mayer, ni Beppo.— Il pouvait donc se croire à l'abri de tout danger de ce côté.

Et comme sa pendule marquait bien près de dix heures un quart, il avait ordonné d'atteler, et se disposait à descendre dans la cour.

C'est alors que la porte s'ouvrit.

Il était seul ; il avait pris son chapeau, dix minutes de plus, il était parti.

En voyant entrer un homme qu'il ne connaissait pas, il s'arrêta frappé de stupeur.

Cette apparition était tellement en dehors de toutes ses prévisions, il lui semblait si impossible qu'un homme eût pu s'introduire ainsi dans son hôtel, malgré ses ordres, que, dans le premier moment, il crut à une hallucination, et se demanda s'il était bien éveillé, ou s'il ne dormait pas !

Mais le doute n'était pas possible, — l'homme venait de faire quelques pas vers lui, et il le saluait en souriant d'un air ironique.

Martin se raidit avec toute l'énergie du désespoir... un secret instinct lui avait dit qu'il allait avoir affaire à un ennemi; il jouait là une partie suprême, — sa vie, sa fortune, tout était en jeu !... et il ne voulait pas perdre.

— Qui demandez-vous ? demanda-t-il d'une voix saccadée, que l'émotion étranglait.

— M. Blumstein !... répondit Typo.

— On a dû vous dire que M. Blumstein ne pouvait vous recevoir, et je m'étonne que vous ayez eu l'audace...

Typo fit un geste d'indifférence.

— Oh ! qu'à cela ne tienne, dit-il, avec une gaîté ironique, car ce n'est pas précisément à M. Blumstein que j'avais affaire.

— Que voulez-vous dire?

Le banquier ne me regarde pas, et si M. Blumstein ne peut me recevoir, j'espère être plus heureux auprès de M. Martin.

— Martin !...

— Ne le connaissez-vous pas ?

— Mais qui êtes-vous, vous-même... monsieur, et dans quel but vous introduisez-vous chez moi, la nuit, malgré mes domestiques... comme un chevalier d'industrie et un voleur !...

Typo haussa les épaules et sourit.

— Là ! là ! dit-il d'une voix mordante, si nous commençons par les gros mots, je ne sais pas comment nous allons finir... mais permettez-moi de m'expliquer : et d'abord, je viens chez vous, la nuit, parce qu'il m'a été impossible de vous trouver chez vous, le jour... ensuite, je n'ai pas tenu compte des observations de vos domestiques, parce qu'il était urgent que je vous visse à l'instant même; enfin, je ne suis ni un chevalier d'industrie ni un voleur, et si vous voulez bien me regarder en face, M. Martin, vous vous en convaincrez facilement vous-même.

Martin regarda l'audacieux importun avec une curiosité ardente ; mais soit que la lumière n'éclairât pas suffisamment le visage de Typo, soit que Martin lui-même fût aveuglé par sa propre colère, cet examen resta sans résultat.

— Qui donc êtes-vous ? insista-t-il avec une rage mal contenue, qui ne demandait qu'à éclater.

— Autrefois, tu me tutoyais... répondit Typo.

— Qu'est-ce à dire ?

— Rappelle-toi.

— Est-ce possible...

— Tout est possible, mon bonhomme... il n'y a que dix ans de cela cependant, et la maison est toujours sur le canal...

— Typo !... interrompit Martin, avec un cri effaré.

— Allons donc !

— Typo !...

— Ah ! tu n'as pas la mémoire du cœur ; et, sans reproche, j'avais cru que tu me reconnaîtrais plus vite...

Martin était atterré... il pressentait un danger terrible ; une sueur froide perlait sur son front, et une pâleur mortelle couvrait ses joues.

Il se mit à parcourir la chambre avec agitation, troublé, épouvanté même, et n'osant diriger son regard du côté de son ancien ami !

Quand à Typo, il s'était accoudé à la cheminée, et, sombre et taciturne, il observait avec un intérêt poignant les terreurs de ce misérable.

Enfin, Martin parut revenir à lui et prendre un parti... il cessa donc de parcourir la chambre, et se dirigea avec un semblant d'énergie vers Typo qui l'attendait.

— Voyons ! dit il alors à son ancien ami, le temps est précieux, pour moi surtout, et tu es venu ici avec un but... quel est-il ? est-ce de l'argent qu'il te faut... parle .. je t'en donnerai... mais, pour Dieu, parle vite, car les minutes s'écoulent, et dans une heure j'aurai quitté cette maison.

— A la bonne heure, repartit Typo, je ne m'étais pas trompé, et tu vois si j'ai bien fait de forcer la consigne, et de pénétrer ici malgré tes larbins galonnés...

— Parle ! parle ! insista Martin.

— Soit !... et d'abord je ne suis pas venu te demander de l'argent... j'ai des goûts modestes, et la petite fortune que j'ai gagnée à l'étranger suffit à mes goûts.

— Qu'est-ce donc ? fit Martin.

— C'est autre chose, mais c'est plus sérieux.

— Explique-toi.

— Tu connais M. Mayer ?

— Moi.

— Tu le connais... ne cherche pas à me tromper, je suis au courant de tes affaires, et tu prendrais une peine inutile... donc tu connais M. Mayer... tu es lié avec la bande qu'il dirige, et tu peux en ce moment me donner quelques renseignements dont j'ai besoin.

— Des renseignements ! dit Martin.

— De simples renseignements.

— Sur Mayer ?

— Et sur Burrhus, et sur le comte, et sur Beppa... je poursuis...

Il y a quelques heures, un enfant a disparu d'une maison de la rue Saint-Bernard, dans laquelle le commis de M. Mayer venait d'être assassiné... d'après les indices recueillis, cet enfant a dû être volé par Burrhus, et tout me porte à croire qu'il est entre les mains de Mayer...

— Mais je l'ignore.

— Peut-être... en tout cas, tu peux nous aider à rechercher le comte, et je n'en demande pas davantage.

— C'est impossible.

— Voilà un mauvais mot !

— Je ne sais où est le comte.

— Soit !

— Je n'ai pas vu Mayer depuis hier, et si ce que tu dis est vrai, il doit être bien loin à cette heure...

Typo réfléchit un moment. Ce que disait Martin paraissait sincère, seulement il fallait épuiser tous les moyens de l'amener à composer, et il n'était pas encore au bout...

Sa voix cessa donc tout à coup d'être railleuse; il quitta la cheminée, et se rapprocha de Martin.

— Ecoute, lui dit-il aussitôt à voix rapide et basse, dans le sentiment qui m'a poussé ici il y a autre chose encore peut-être que le désir ardent de retrouver l'enfant que je cherche et de le rendre à Marguerite.

— Marguerite ! interrompit Martin.

— Tais-toi ! il me répugnait de te voir traîner sur les bancs de la cour d'assises, et, pour l'honneur de ton père, je voulais t'offrir les moyens de te soustraire à cette honte : eh bien, retiens bien chacune de mes paroles... à deux pas d'ici, dans la rue d'Astorg, il y a un magistrat qui n'attend qu'un oui,

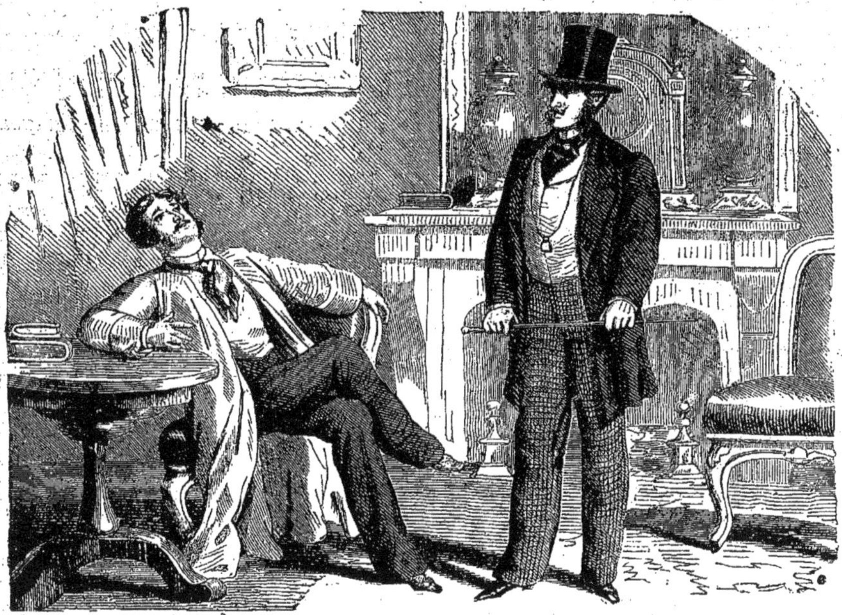

Cet autre homme était maître Burrhus. — Page 56.

qu'un signe, pour accourir... si je le veux... tu es perdu... mais dis un mot toi-même, aide-nous à rendre son enfant à Marguerite... et, je te le jure, je mettrai tout en œuvre pour te sauver.

Martin avait pâli. — Il se sentait glisser sur une pente fatale, et ne savait plus à quelle branche se retenir.

Il passa à plusieurs reprises sa main sur son front et dans ses cheveux, et promena autour de lui des regards terrifiés.

— Que faire! que faire!... balbutia-t-il.

— Essaie de redevenir honnête!

— Mais ils me tueront...

— Suis-moi... arrache-toi à toi-même, et brise les liens indignes qui t'attachent à ces misérables.

Martin hésitait... il avait la tête perdue... il allait céder peut-être... déjà même, il marchait vers Typo, les mains tendues et le cœur troublé... mais la nature reprit bientôt le dessus... l'idée du magistrat qui l'attendait, de la justice qui allait lui demander compte de son passé... mille terreurs diverses s'emparèrent de nouveau de son esprit, et, pour la première fois, il osa regarder Typo en face.

— Non! non! dit-il avec force... C'est impossible, c'est ma vie que l'on demande, et on ne l'aura pas... je lutterai, je me défendrai, mais jamais je ne me livrerai en livrant ceux auxquels je suis lié.

— Est-ce ton dernier mot?

— Je refuse.

— Cependant, tu es perdu!

— Peut-être.

— La justice t'attend.

— Rue d'Astorg, répondit Martin, eh bien, c'est rue de la Ville-l'Evêque que j'irai l'attendre!..

Et en disant ces mots, le malheureux se dirigea vers une porte opposée à celle par laquelle Typo était entré...

Mais Typo ne l'entendait pas ainsi. — Il n'avait pas songé à cette seconde issue... son homme allait lui échapper, et il ne voulait à aucun prix le laisser partir.

Aussi, n'écoutant que la colère qui battait sa poitrine, à l'idée de se voir ainsi joué, il tira de sa poche un pistolet qu'il arma à la hâte, et dont il dirigea le canon sur Martin.

Au même instant, un coup de feu se fit entendre.

Pendant quelques secondes, la chambre fut remplie d'un épais nuage de poudre, et il fut impossible à Typo de rien distinguer autour de lui...

Mais quand la fumée se fut dissipée, il s'aperçut avec stupéfaction que Martin avait disparu, et qu'un autre homme avait pris sa place.

Cet autre homme était maître Burrhus.

Maître Burrhus se mit à rire.

XIV. — La Rotonde du Temple.

— Diable! mon cher, dit-il d'un ton goguenard, vous traitez bien mal vos amis, à ce que je vois...

— Vous!... vous!.. ici... s'écria Typo... au comble de la surprise.

— Eh! qui donc! repartit Burrhus.

— Mais qu'y venez-vous faire?

— Je suis le chien de Terre-Neuve de l'entreprise, et vous le voyez, sans moi, cet imbécile de Blumstein se laissait prendre comme un débutant...

— Ah! nous le retrouverons! dit Typo avec un geste plein de colère.

— Je ne pense pas.

— Dussé-je l'aller chercher à l'étranger...

Burrhus haussa les épaules.

— A vrai dire, répondit-il, s'il ne s'était agi que de lui, je ne me serais pas donné la peine de le venir tirer de vos griffes; mais vous comprenez... un homme comme lui entre les mains de la justice, cela pouvait tout compromettre, et dans l'intérêt de l'association, j'ai dû agir.

— En vous exposant, c'est généreux.

— Moins que vous ne le croyez.

— Cependant, vous ne pouvez ignorer que la justice est saisie...

— Sans doute!

— Et que vous-même, vous courez ici des dangers réels, auxquels vous n'échapperez peut-être pas.

— Allons donc, vous nous prenez pour des enfants, monsieur Typo; à l'heure qu'il est, le comte et Beppa sont hors

L'auberge de la Croix-Rouge.

d'atteinte; dans une heure M. Blumstein sera sur le chemin de la Belgique, et moi-même, je le suivrai de près.

— Mais Mayer.

— M. Mayer ne quitte jamais Paris.

— On le traquera alors, on mettra toute la police sur pied...

— M. Mayer a ses habitudes à Paris, continua tranquillement Burrhus, sa petite famille qu'il élève avec toute la tendresse d'un honnête homme, et ses affaires qui sont nombreuses; il lui serait difficile de quitter tout cela.

— Et on ne l'a jamais inquiété?

— Jamais...

— Eh bien, maître Burrhus, c'est ce que nous verrons avant peu... Car je suis entêté, tel que vous me voyez, et je jure que j'aurai raison de ces hommes, ou que j'y perdrai mon nom...

Typo s'était dirigé vers la porte.

— Et pour commencer, poursuivit-il, je vais me donner la satisfaction de vous remettre en mains sûres.

— Moi!... fit Burrhus, avec un haut le corps.

— Vous voulez me braver.

— Je songe bien à cela!

Typo tourna vivement le bouton de la porte... mais, à sa grande surprise, la porte résista à cette pression.

Elle était fermée.

— A merveille, dit-il, en revenant sur ses pas... vous aviez pris vos précautions.

— Et je n'avais pas tort, n'est-ce pas?... Martin a pu s'évader pendant que nous causions, et moi-même je vais pouvoir en faire autant.

Et comme Typo allait s'élancer pour lui couper la retraite de ce côté, Burrhus sourit et haussa les épaules...

— Oh! je ne vous le conseille pas, ajouta-t-il en même temps; il y a là deux hommes qui m'attendent, armés comme vous ne l'êtes pas; si vous tentiez de me retenir, ils vous feraient un mauvais parti, et vraiment, je ne puis que vous engager à remettre la partie.

— Oh! nous nous reverrons, s'écria Typo avec un geste de colère.

— Dans cet espoir, je ne vous dis pas adieu, répondit Burrhus, en disparaissant.

Une fois seul, Typo courut de nouveau vers la porte, qu'un instant auparavant il avait vainement cherché d'ouvrir.

Elle était fermée encore; mais, d'un coup de pied énergique, il en fit voler en éclats un des panneaux, et se précipita vers l'antichambre.

Il n'y avait plus personne dans l'hôtel... tous les domestiques avaient disparu.

Typo courut à la porte de la rue.

La voiture y stationnait; Albert commençait à trouver que son ami tardait bien à revenir; il se disposait à aller le rejoindre.

Typo expliqua en peu de mots ce qui était arrivé; et la fuite du banquier Blumstein, et l'intervention de Burrhus.

— Ainsi, ils nous échappent!... fit le magistrat...

— Oh... pas encore... repartit Typo.

— Qu'espérez-vous donc?...

— Tout... rien n'est encore perdu... seulement, il faut agir.

— Expliquez-vous...

— Voici... Albert va reconduire Marguerite qui a besoin de repos, et qui, d'ailleurs, ne peut plus rien pour aider nos recherches... quant à vous, monsieur, j'ai un service d'une autre nature à obtenir de vous.

— Lequel? fit le magistrat.

— Vous devez avoir sous la main un homme déterminé... eh bien, il me faut cet homme, que pourraient seconder, au besoin, quelques agents subalternes de même trempe.

— C'est facile...

— Il s'agit d'une association terrible, insaisissable, sur laquelle j'ai, moi, des données certaines.

— Nous vous prêterons main forte.

— Et je jure, monsieur, que ce soit demain, ou que ce soit dans un mois, je jure que je découvrirai leur repaire, et que je mettrai leurs principaux agents entre vos mains.

Une demi-heure après, Typo se dirigeait vers le chemin de fer du Nord, en compagnie d'un homme d'une quarantaine d'années environ; grand, robuste, à la physionomie dure, et présentant ce caractère mixte du gendarme et du sergent de ville.

Typo l'avait pris à la Préfecture de police, et à part quelques mots échangés au sortir de la rue de Jérusalem, les deux hommes s'étaient tenus dans une réserve discrète.

— Nous allons au chemin de fer du Nord? avait demandé le compagnon de Typo en montant en voiture.

— Oui, monsieur.

— Et les agents qui nous suivent dans un second fiacre auront-ils quelques instructions à recevoir?

— Pas encore... plusieurs des individus que j'ai signalés à la police ont dû prendre le chemin de fer, il y a une demi-heure environ... nous allons faire jouer le télégraphe, afin qu'ils soient attendus et reçus comme il convient à l'une des principales stations

— Je comprends...

— En sortant du chemin de fer seulement, nous nous rendrons rue Dupetit-Thouars au Temple, et c'est là que vos hommes nous seront probablement utiles.

— Si on les y envoyait d'avance.

— Ce serait imprudent... repartit Typo... nous donnerions l'éveil à ceux que nous voulons surprendre, et d'ailleurs, je tiens à être là pour diriger les perquisitions...

— C'est fort bien... cela me paraît adroitement combiné... y a-t-il longtemps que vous êtes des nôtres?

Typo regarda son interlocuteur avec étonnement.

— Comment! dit-il, sans comprendre.

— Eh! sans doute... Est-ce que vous n'êtes pas de l'escouade à Chopart?

Typo comprit, et bien que le rouge de la pudeur lui montât au front, il eut la présence d'esprit de se contenir, et s'inclina avec politesse devant son compagnon.

— Pas encore, répondit-il en souriant.

La conversation en resta là... la voiture roulait... Typo avait mille préoccupations dans l'esprit... il oublia bien vite dans quelle singulière compagnie il se trouvait, pour ne songer qu'aux moyens de se venger et de rendre à la pauvre Marguerite l'enfant qu'elle avait perdu.

Marguerite!

Une sympathie des plus vives était née dans son cœur, depuis qu'il avait revu cette amie de son enfance... Marguerite était si jeune encore, sa beauté éclatait avec tant de grâce sous la pâleur de son visage, il y avait en elle tant de charme, tant de douceur, son cœur si bon et si aimant se devinait si bien dans son regard mélancolique... que Typo s'était senti profondément ému.

Tout son passé s'était dressé devant lui à cette touchante apparition, et c'est avec un attendrissement inouï qu'il avait revu cette maison du canal où il avait été si heureux entre Albert et Marguerite.

Mais ce n'était pas l'heure d'évoquer de pareils souvenirs... il avait à cette heure une mission terrible à remplir, il fallait venger le passé avant de songer à en reprendre possession, et plus il avançait maintenant, plus il comprenait avec quels redoutables adversaires il avait à lutter.

Toutefois Typo avait confiance en sa force, en son intelligence, en sa volonté surtout, et Dieu aidant, il espérait bien arriver au but qu'il s'était proposé.

Quand ils parvinrent au chemin de fer du Nord, le train express était parti depuis un quart d'heure.. Ils ne purent obtenir aucun renseignement sur les personnes qui étaient parties par ce train, mais Typo fit jouer immédiatement le télégraphe, donna le signalement de Martin, du comte, de Beppa et de Burrhus, et ce soin pris, il songea à diriger ses recherches du côté de la rue Dupetit-Thouars.

Il pensait que le comte devait avoir fui dans la compagnie de Beppa, et que Martin s'était joint à eux... Burrhus lui-même devait les avoir accompagnés; — mais les misérables étaient habiles, et il y avait lieu de croire aussi qu'ils s'étaient arrangés pour dépister les recherches dont ils s'attendaient bien à être l'objet.

Restait donc Mayer...

Cette capture était certainement importante à opérer. Burrhus avait prétendu que M. Mayer ne quitterait pas Paris, mais ce pouvait être une ruse... il n'était pas vraisemblable, en effet, que cet homme s'exposât à demeurer à Paris, quand il n'ignorait pas que toute la police allait être sur pied, et qu'il serait traqué dans tous les coins de la capitale.

Je sais bien que le crime a sa forfanterie, mais, dans le cas présent, elle présentait trop de danger pour que M. Mayer n'y réfléchît pas sérieusement.

Tout en supputant ainsi les diverses chances de succès qui lui restaient, Typo était remonté en voiture, et avait donné au cocher l'adresse de la rue Dupetit-Thouars.

Son compagnon s'était assis à ses côtés, et, pendant quelques secondes, aucune parole ne fut échangée.

Il était plus de onze heures, les boutiques se fermaient une à une sur le parcours suivi par la voiture; Typo était impatient et agité.

— Pensez-vous que nous soyons plus heureux cette fois? demanda tout à coup son compagnon en se tournant vers lui.

Typo remua la tête.

— Je ne l'espère pas beaucoup, répondit-il avec une préoccupation évidente, l'homme que nous cherchons est un des plus habiles coquins que renferme la capitale.

— Alors, je dois le connaître.

— Peut-être bien.

— Comment l'appelez-vous?

— Mayer.

Le compagnon de Typo fit un mouvement.

— Mayer! répéta-t-il avec un mouvement des lèvres, excusez... rien que ça de monnaie.

— Vous le connaissez donc?

— Parbleu... depuis plus d'un an, nous avons l'œil sur lui.

— Et vous ne l'avez pas pris.

— Oh! on ne prend pas Mayer comme ça... et je doute qu'il nous attende tranquillement rue Dupetit-Thouars.

— Moi aussi.

— Au moins, êtes-vous armé?

— J'ai mes pistolets.

— Voyez-vous, Mayer est le plus fin juif que j'aie jamais rencontré... il n'est pas douteux qu'il fasse partie d'une association de voleurs, qu'il la dirige même; on est certain que cette association ne recule pas au besoin devant l'assassinat, mais, jusqu'à présent, il a été insaisissable.

— Vous ne saviez donc pas qu'il habitait la rue Dupetit-Thouars?

— Nous savions tout cela... mais quoi! jusqu'à présent, Mayer est un agent d'affaires... et voilà tout.

— Eh bien, je vous prouverai, moi, qu'il est autre chose.

— Je ne demande pas mieux... car si nous pouvions le pincer une bonne fois, nous serions certain d'un bon avancement.

La voiture brûlait le pavé, au bout d'un quart d'heure, elle tournait le Temple, et s'arrêtait au coin de la rue Dupetit-Thouars.

Typo et son compagnon descendirent aussitôt, et après avoir donné aux hommes qui les accompagnaient quelques instructions succinctes, ils se dirigèrent vers la maison habitée par Mayer.

La porte était fermée, — ils sonnèrent.

Ce ne fut qu'au second appel que l'on se décida à ouvrir.

Ils entrèrent.

Arrivé à la loge, Typo s'arrêta.

— M. Mayer, demanda-t-il d'une voix ferme, et qui exigeait une réponse prompte.

Le concierge releva la tête, et le considéra avec attention.

Typo remarqua alors que ce n'était plus le même homme qu'il avait vu quelques jours auparavant. — Celui-ci était un vieillard, type israélite, qui ne paraissait guère se douter de l'importance du rôle qu'il jouait en ce moment.

— M. Mayer, répéta Typo impatient.

— Il n'est pas à Paris en ce moment, répondit le vieux juif.

— Mais n'y a-t-il personne chez lui?.. insista Typo.

— Personne, monsieur...

Typo hésitait, — son compagnon intervint.

— Voyons, dit ce dernier d'un ton brusque, nous sommes pressés, et l'action de la police ne peut être ainsi arrêtée; il importe d'ailleurs que nous visitions immédiatement l'appartement occupé par Mayer; prends donc cette lampe, marche devant nous et montre-nous le chemin.

— Mais!... balbutia le vieillard interdit.

— Aimes-tu mieux que nous allions chercher le commissaire?

— Le commissaire!

— Alors, fais ce que je te dis, et prends les devants.

Le concierge ne se fit pas répéter davantage cette injonction: il prit la lampe, ferma la loge derrière lui, et se mit à monter l'escalier.

Typo et son compagnon marchaient à quelque distance.

En montant les premières marches, ce dernier se pencha à l'oreille de Typo.

— C'est un homme de paille, dit-il en désignant le concierge, mais il ne faut pas s'y fier

— Pourquoi cela?

— Il a pâli quand je lui ai parlé de commissaire.

— Eh bien?

— Eh bien, il doit être de la bande.

— Du moins ce n'est pas certain.

— Bah! on s'y connaît... voyez-vous... et le concierge de Mayer doit être, pour le moins, un recéleur.

Ils arrivaient au second étage.

— Du reste... reprit l'homme de la police, Mayer doit avoir filé... et l'inspection d'un appartement ne nous apprendra pas grand'chose.

— Peut-être.

— Depuis l'assassinat de la rue St-Bernard, toute la bande doit avoir disparu.

— J'en ai vu encore un ce soir.

— Vous!

— Moi-même.

— Qui cela?

— Burrhus.

— Je ne le connais pas!

— Mais je le connais, moi, et si vous le voulez bien, demain, de bonne heure, nous irons faire une excursion dans un autre quartier.

— Lequel?

— Rue Marbeuf.

— Oh! oh! j'ai entendu parler de cela... Nous en reparlerons... Mais nous voici arrivés..... le vieux juif a ouvert la porte..... entrons.

L'appartement présentait toujours le même aspect. — Typo eut un frisson en passant près de ce bureau, où, la veille, il avait vu déjeuner le *Père au bezigue*.

Quand ils eurent traversé les trois ou quatre pièces qui composaient l'habitation de M. Mayer, le concierge s'arrêta, et leur montrant le salon, dans lequel ils venaient d'entrer:

— Ceci est la dernière pièce, dit-il, avec un accent de bonhomie douce et résignée; M. Mayer ne venait guère que le soir dans cette maison; ces quelques chambres lui suffisaient.

— Et il n'y en a point d'autres? objecta le compagnon de Typo, qui avait déjà sondé tous les coins.

— Il n'y en a point... répondit le concierge.

— Alors, nous pouvons nous retirer.

Le vieux juif se hâta de regagner la porte, mais avant qu'il en eût atteint le seuil, Typo l'arrêta.

Puis, lui ayant pris des mains la lampe qu'il portait, il s'approcha d'une draperie qu'il souleva avec vivacité, et pressa énergiquement un bouton de métal, caché sous un rebord de la boiserie.

Le ressort joua aussitôt, comme au signal d'une baguette magique, et la boiserie glissa sur ses rainures.

— Pas mal!... fit le compagnon de Typo en souriant. Puis, se tournant vers le concierge atterré:

— Il paraît, ajouta-t-il avec ironie, que M. Mayer se trouvait ici un peu à l'étroit... Cela ne m'étonne pas de sa part... et fait honneur à son goût... Voyons donc ce qu'il cachait derrière cette draperie...

Derrière cette draperie, s'ouvrait un corridor étroit et sombre qui aboutissait à une grande salle, dans laquelle brûlaient deux bougies.

Il est évident que cette salle était occupée quelques moments auparavant, et avec cette promptitude de coup d'œil qui est particulière à l'institution dont il faisait partie, le compagnon de Typo se précipita en avant, sans se préoccuper même de savoir s'il était suivi.

Le concierge marchait derrière. — Typo venait le dernier.

Le corridor était long, et il arriva un moment que Typo s'y trouva seul.

Déjà, il n'était plus qu'à quelques pas de la salle, quand il lui sembla tout à coup entendre un frôlement de robe à ses côtés, et qu'une main se posa sur son épaule.

Il s'arrêta, et chercha instinctivement ses pistolets.

— Silence! murmura alors une voix à son oreille.

Et en même temps il sentit qu'on lui glissait un papier dans la main.

Ce fut tout... une seconde avait suffi... L'ombre n'était déjà plus là...

Quand Typo atteignit la salle, il aperçut son compagnon occupé à fouiller de tous côtés. — La salle était encombrée d'objets de toute nature, des tableaux, des tapis, de l'argenterie, des bijoux, — un vrai bazar de receleur. — Tout avait été remué avec célérité, mais sans résultat...

L'agent de la police était furieux.

— Nous sommes refaits, dit-il à Typo, dès qu'il le vit.

— Comment cela!... fit ce dernier, encore tout troublé de ce qui venait de lui arriver, et serrant dans sa main le papier mystérieux qu'on venait de lui remettre.

— Eh! ne voyez-vous pas, continua son interlocuteur, en montrant les deux bougies à moitié consumées, il y avait quelqu'un ici; c'est évident... quelqu'un que notre arrivée a fait fuir...

— Eh bien, cherchons-le...

— Je ne fais que cela... mais ils sont plus rusés que nous... tenez, il n'y a ici aucune porte... aucun secret... cette salle n'a d'autre issue que le corridor par lequel nous avons passé.

— En êtes-vous sûr?

— Voyez vous-même... mais c'est égal... maintenant, l'amour-propre est en jeu, et je les trouverai ou j'y perdrai mon nom... Et d'abord, mes hommes ne quitteront pas la maison de l'œil, et pendant huit jours, s'il le faut, nous allons les mettre en surveillance.

— Une souricière?... fit Typo.

— Précisément... mais je ne veux pas abuser de vos instants, cette besogne nous appartient désormais, et il faut nous la laisser faire... Seulement, vous m'avez parlé de la rue Marbeuf, et demain matin, si vous le voulez bien, nous irons y faire un tour.

— Je ne demande pas mieux.

— Eh bien, à demain donc.

— A demain.

— Un dernier mot encore, envoyez-moi deux des hommes que j'ai laissés en bas, j'aurai besoin de leur aide pour les recherches que je veux tenter.

Typo laissa son compagnon, et descendit avec le concierge qui, lui-même, paraissait avoir grande hâte de retourner à sa loge.

Mais le papier de Typo lui brûlait la main; et arrivé au second étage, pendant que le concierge tournait le palier, et descendait l'escalier, il y jeta un coup d'œil rapide et prompt.

Il n'y avait que deux lignes sur le papier. — Mais ces deux lignes étaient terribles.

« *A quelques pas de cette maison, trois assassins vous attendent. — Je ne puis que vous prévenir, et prier pour vous.* »

Un moment, Typo se demanda s'il braverait cette menace, et s'il n'était pas plus prudent d'attendre le jour pour regagner son hôtel; — mais il réfléchit qu'il avait là une voiture qui l'attendait, et riant lui-même de ses propres terreurs, il gagna rapidement la porte extérieure.

Seulement, quand il se trouva sur la rue, il s'aperçut que les deux fiacres avaient disparu.

Cette particularité lui donna bien à penser, mais il lui semblait si ridicule à lui-même d'ajouter foi à ces menaces anonymes qui lui étaient adressées, qu'il secoua bien vite toute pusillanimité, et gagna le Temple après avoir allumé un cigare.

Après tout il était armé, et il se sentait disposé à tuer au moins deux des assassins qu'on lui annonçait avant de se laisser entamer.

La nuit était sombre, — de lourds nuages couraient dans le ciel; les rues étaient désertes... il ne rencontra pas un passant dans la rue Dupetit-Thouars.

Arrivé au Temple, il s'orienta: Typo connaissait son Paris comme un vieux cocher de fiacre, et malgré l'obscurité qui l'enveloppait, il n'hésita pas longtemps sur la direction à prendre.

Quelques instants après, il passait devant la Rotonde, et gagnait la rue.

Toutefois, la menace du billet qu'il portait encore dans la main n'avait pas été faite à plaisir, car, au moment où il allait tourner l'angle de la rue, et souriant à l'idée qu'il avait pu un moment se laisser intimider par un danger imaginaire, trois hommes se précipitèrent tout à coup sur lui, et avant qu'il ait eu le temps de se mettre en garde, ils le terrassèrent, et l'un d'eux, tirant un poignard de sa ceinture, s'apprêta à le lui plonger dans la poitrine.

Ce coup de main avait été accompli avec une telle célérité, que Typo n'avait pu ni se servir de son arme, ni proférer un cri.

Seulement, à travers la nuit, il s'aperçut qu'il avait affaire à trois hommes masqués, — et, à cet indice, il devina que les assassins appartenaient à la bande de Mayer.

Bien qu'il n'eût pas d'espoir de se soustraire à la mort dont il était menacé, bien qu'il vît même dans l'ombre briller la pointe de trois poignards, Typo était trop vaillant, trop jeune, trop fort, pour se laisser ainsi assassiner sans lutter.

Il chercha donc, à l'aide d'énergiques efforts, à briser l'étreinte de ses adversaires, et parvint un moment à dégager une de ses mains, et à saisir son pistolet.

C'était une chance suprême.

Un coup de feu, à cette heure, pouvait attirer des passants... il y avait un poste à quelques pas; les assassins pouvaient s'effrayer eux-mêmes et s'enfuir avant de frapper...

Typo arma son arme, tout en luttant, et fit feu, sans même viser ses adversaires.

Mais ce qui paraissait devoir le sauver, fut précisément ce qui le perdit.

Surpris et arrêtés par cette détonation inattendue, qui leur créait des dangers imminents, les trois assassins jetèrent à la fois un même cri de rage, et au même instant trois poignards pénétrent dans la poitrine de Typo, qui tomba lourdement sur le trottoir.

Or, à quelques pas de cet endroit, et pendant que ce drame s'accomplissait, une femme, également masquée de noir, s'était tenue adossée contre un des piliers de la Rotonde, et avait paru attendre avec anxiété l'issue de la lutte engagée.

Quand elle eut entendu le coup de feu, tiré par Typo, et qu'elle vit les trois assassins disparaître dans trois directions différentes, elle monta précipitamment dans un coupé qui l'attendait à l'angle de la rue, et disparut elle-même au galop de ses deux chevaux.

FIN DE LA PREMIÈRE PARTIE.

DEUXIÈME PARTIE.

I. — L'auberge de la Croix-Rouge.

A quelques lieues de Lagny, au point d'intersection de deux chemins vicinaux, s'élevait à cette époque une auberge d'apparence assez suspecte, dont l'enseigne, détrempée et fendillée par les intempéries de toutes les saisons, était encore ornée d'une croix qui avait dû être rouge.

Le lieu était assez mal famé, et l'auberge passait généralement dans le pays pour n'être hantée que par les plus mauvais gars des environs.

Je n'aurais pas conseillé à un capitaliste d'y oublier son portefeuille.

Il est vrai de dire que l'auberge avait récemment changé de propriétaire, mais la clientèle était, à peu de chose près, restée la même, et bien que les murs portassent en lettres apparentes l'annonce ordinaire : *loge à pied et à cheval*, on ne se souvenait pas, dans le pays, d'y avoir jamais vu un voyageur s'y arrêter et encore moins y passer la nuit.

C'était le soir...

Il pouvait être sept heures... la pluie tombait fine et serrée... il faisait un temps gris et sombre, et le vent sifflait aigrement, en secouant l'enseigne suspendue au-dessus de la porte.

L'aubergiste allait et venait dans la salle du rez-de-chaussée, pendant qu'un domestique mâle rangeait à droite et à gauche les meubles ou les ustensiles en désordre.

Tout à coup l'aubergiste s'arrêta... Il venait de fermer la porte qui donnait sur la route, et il fit quelques pas vers le garçon.

— Vincent! dit-il alors d'une voix brève et peut-être un peu émue, Marthe est-elle partie pour Lagny ?...

— Oui, patron... répondit le garçon.

— Et elle ne reviendra que demain.

— Demain matin.

— Bien... fit l'aubergiste... avec un pli soucieux sur le front.

Puis il ajouta, en fronçant le sourcil :

— Et tout est préparé en bas ?...

— Tout.

— Les fosses sont creusées ?

— Il y en a trois.

— C'est cela... ils peuvent venir maintenant... tout est prêt à les recevoir... et l'autre sera content...

Il reprit, en parlant ainsi, sa promenade à travers la salle...

La pluie chassée par la rafale continuait à battre les vitres de la fenêtre... la nuit s'annonçait sous les plus tristes auspices...

L'aubergiste se frotta les mains.

— Bon temps! dit-il en souriant, et comme s'il se fût parlé à lui-même... il faudrait ne pas avoir de chance pour rencontrer des gendarmes par un temps pareil...

Comme il achevait de parler, le bruit d'une voiture se fit entendre au loin, à ce bruit il prêta l'oreille.

— Ce sont eux, dit-il en se retournant vers Vincent.

— Probablement... répondit ce dernier.

— A l'ouvrage alors, et ne perdons pas de temps.

Et passant aussitôt dans une chambre contiguë, il poussa brusquement un grand bahut de chêne, et souleva une trappe que le bahut cachait...

La trappe donnait accès dans un escalier étroit et tortueux, lequel conduisait à la cave...

Une belle cave... large, spacieuse, voûtée comme une église pour nous servir de l'expression de Pierre Dupont, et qui avait certainement appartenu naguère à quelque propriété considérable.

Vincent accrocha la lampe à la muraille, et montra à son maître le sol fraîchement remué.

Ainsi qu'il l'avait dit, il y avait là trois fosses.

— Bon! dit le patron, hâte-toi de remonter, et va aider Michel.

La voiture dont ils avaient entendu l'approche un instant auparavant venait de s'arrêter devant la porte de l'auberge, et quand Vincent se présenta sur le seuil, il trouva Michel, qui avait sauté à terre et s'occupait d'attacher son cheval à un anneau scellé dans le mur.

Il y avait dans la voiture trois grandes caisses de six pieds de long, sur deux de large...

C'étaient trois *colis*, apportés par le chemin de fer de Strasbourg, et que Michel était allé prendre à la station de Lagny.

Les caisses étaient lourdes, mais les deux hommes étaient robustes, et en moins d'un quart d'heure ils les eurent descendues dans la cave...

Puis, on ferma la porte avec soin, et l'on se mit en devoir de les confier à la terre.

Cependant, au moment d'agir, un scrupule parut arrêter l'aubergiste.

— Eh bien, dit Michel... qu'est-ce qui te prend?

— Une idée.

— Laquelle?

— Il y a peut-être là dedans quelque chose de bon à garder.

— Bah! les autres l'auraient pris.

— On ne sait pas...

— Après tout, la vue n'en coûte rien.

— Comme tu dis, et c'est pour ça que je veux voir!

L'aubergiste s'était emparé d'un marteau et d'un ciseau à froid... en quelques minutes, les couvercles des trois *colis* furent soulevés!

Dans chacune des trois caisses, il y avait un cadavre!

Deux hommes et une femme!

Tous les trois portant sur le corps les signes évidents d'une mort violente.

Michel se prit à rire.

— Eh bien, dit-il d'un ton enjoué, en voilà trois qui n'auront pas coûté cher d'enterrement.

L'aubergiste ne releva pas le propos... son attention était tout entière absorbée par le spectacle qu'il avait sous les yeux, et son regard effaré et grand ouvert ne quittait plus les trois victimes...

La lampe accrochée à la muraille ne jetait sous les voûtes de la cave qu'une lumière douteuse... de grandes ombres s'allongeaient le long des sombres arceaux, et grâce au jeu des reflets vacillants, les cadavres eux-mêmes semblaient parfois remuer dans leur étroit cercueil.

C'était sinistre...

L'aubergiste eut un frisson.

— Allons, dit-il brusquement, et comme pour donner le change à ses propres préoccupations... hâtons-nous de les ensevelir.

— Est-ce que tu as peur des revenants?... dit Michel.

— Je n'ai peur de rien, repartit le patron, j'aime la besogne faite, et je préfère les savoir à six pieds sous terre.

Michel haussa les épaules, et branla la tête.

— Hum!... murmura-t-il entre les dents, encore une fameuse poule mouillée que nous avons là... et si celui de là-bas le savait, ça lui donnerait à réfléchir.

L'aubergiste ne répondit pas; il s'était hâté de recouvrir les caisses, et avec l'aide de Vincent les trois fosses furent bientôt remplies.

Cependant, au moment où il jetait la dernière pelletée de terre sur le troisième *colis*, il s'arrêta tout à coup, et parut prêter l'oreille.

On venait de frapper avec force à la porte extérieure.

Les trois hommes échangèrent un regard significatif.

— Qu'est-ce que cela?... dit l'aubergiste.

— Quelque client sans doute, répondit Michel.

— A cette heure?...

— Dame!

— Si c'était une descente...

— Il faut voir alors, et, dans tous les cas, avant que l'on n'entre ici, nous aurons le temps de nous donner de l'air.

En un clin d'œil, les trois hommes remontèrent au rez-de-chaussée, fermèrent la trappe, et remirent le bahut en place...

Puis, Vincent alla coller son œil à la porte...

— Eh bien?... fit l'aubergiste à voix rapide et basse.

— J'y suis... répondit Vincent.

— Qui est là?...

— Un homme seul.

— Le connais-tu?

— Non.

— Et tu ne vois rien alentour?

— Rien...

En ce moment les coups redoublèrent, accompagnés d'imprécations formulées dans une langue pittoresque, et sur un ton des plus irrités.

L'aubergiste échangea un regard avec Michel.

— Que faire! balbutia-t-il, embarrassé et interdit.

— Ouvrir parbleu, répondit Michel.

— Mais si c'est un mouchard?

— Ne sommes-nous pas trois?

— Tu le veux...

— Et sans doute... et puis, qui sait... peut-être est-ce un ami qui nous apporte des nouvelles de Mayer.

La porte fut aussitôt ouverte, et un jeune homme entra.

Vingt-quatre ou vingt-cinq ans environ.

Il portait une blouse trempée de pluie et de gros souliers ferrés couverts de boue; mais malgré la station qu'il venait de faire à la porte, livré à toutes les intempéries, son visage était resté ouvert et souriant, et c'est avec un geste de bonne humeur qu'il salua l'hôte qui venait enfin à lui.

— Parbleu, l'ami, dit-il avec enjoûment, j'ai cru un instant que vous me laisseriez passer la nuit à la belle étoile... il fait cependant un temps à ne pas mettre un huissier à la porte.

— Un huissier!... fit l'aubergiste.

— Oh! rassurez-vous, père Antoine, continua le nouveau venu, je n'ai rien de commun avec cette honorable institution, et tout ce que je vous demande à cette heure, c'est de m'offrir, moyennant finances, quelque chose que je puisse me mettre sous la dent, car je tombe littéralement de faim.

En parlant ainsi, notre voyageur fit quelques pas au milieu de la chambre, jeta sa casquette sur un meuble, son bâton dans un coin, et alla, sans plus de cérémonie, s'asseoir à une table voisine.

L'aubergiste le regardait faire...

Son nom qui venait d'être prononcé, le ton de belle humeur du nouveau venu, tout, jusqu'à sa figure joviale et son œil vivement allumé, l'avait disposé en sa faveur, et après avoir fait un signe à Vincent, il alla lui-même chercher dans le bahut un énorme pain à peu près bis, qu'il vint déposer sur la table, avec un couteau, un verre, et un respectable broc, plein jusqu'aux bords, d'un petit vin du pays...

Le voyageur salua avec un sourire de satisfaction non équivoque.

— A la bonne heure, dit-il, en montrant ses belles dents blanches, à la bonne heure, père Antoine, et voilà qui est vraiment hospitalier... Mais je ne vous dis que ça, et vous allez voir comment je vais répondre à des avances si engageantes...

Sur ces mots, le jeune homme approcha la chaise de la table, s'empara du couteau, et se mit en devoir de découper un morceau de bœuf froid qui venait de lui être servi.

Les trois hommes le regardaient curieusement.

— Voyez-vous, poursuivit le voyageur, en vidant son verre, c'est que je suis en route depuis ce matin; je voulais aller coucher chez Mabille, quand le mauvais temps m'a pris, et, ma foi, je me suis décidé à m'arrêter ici, malgré la mauvaise réputation que les mauvaises langues ont faite à votre maison.

Le père Antoine fit un mouvement.

— Ah! dame, continua le nouveau venu, toujours du même ton enjoué, il ne faut pas que ça vous étonne, père Antoine, et si vous vouliez concourir pour le prix de vertu, je vous préviens que vous n'auriez pas beaucoup de voix dans le pays... mais, moi, voyez-vous, ça m'est égal... je porte à peu près toute ma fortune sur mon dos, et je vous assure que ce n'est pas ce bagage qui me gêne pour marcher.

Le père Antoine se prit à rire.

— Vous faites votre tour de France, objecta-t-il, en s'asseyant à côté de son hôte.

— Comme vous dites, patron, répondit ce dernier.

— Et vous retournez à Paris?...

— Où j'arriverai demain.

— Eh bien, à votre santé, l'ami, car vous m'avez l'air d'un bon *zig*, et je désire que vous réussissiez.

Ils trinquèrent... et après avoir bu, l'aubergiste se mit à vaquer à ses affaires, pendant que le voyageur recommençait son souper à belles dents...

Nous n'aimons pas les mystères, et nous serions désolé que le lecteur pût nous accuser d'avoir rien de caché pour lui.

Or, cet hôte que le père Antoine hébergeait en ce moment, et avec lequel il ne dédaignait pas de trinquer, est un de nos meilleurs amis, et si on ne l'a pas reconnu tout de suite sous le costume d'emprunt qu'il porte, il nous appartient de le présenter au public sous son véritable nom.

C'est Typo!...

A vrai dire, il a un peu changé depuis que nous l'avons laissé sur le carreau du Temple, la poitrine ouverte par trois mortelles blessures, d'où son sang s'échappait avec abondance... ce n'est qu'après trois mois de souffrances inouïes qu'il a pu revenir à la vie; mais son visage a gardé de ces souffrances une pâleur maladive, ses joues se sont creusées, et aujourd'hui, c'est à peine s'il peut se croire sauvé...

Mais il est si jeune, si ardent, il y a tant de force et de vie sous cette pâle enveloppe...

Et puis, il a été soigné avec une si touchante sollicitude par ceux qui l'entouraient... Albert n'a pas quitté son chevet pendant ces trois mois... Marguerite est devenue sa sœur par le dévoûment, elle a oublié un moment ses propres douleurs pour ne songer qu'aux dangers dont il était menacé...

Pauvre Marguerite!...

Elle portait en elle une blessure bien autrement cruelle; son enfant lui avait été enlevé... il avait disparu... et toutes les recherches faites à ce sujet étaient restées infructueuses...

Qu'était-il devenu, le pauvre petit chérubin aux cheveux blonds... où l'avait-on caché... qu'en avait-on fait... vivait-il seulement encore!...

Pauvre Marguerite...

Elle ne pouvait que pleurer, et Typo l'avait surprise plus d'une fois cachant sa tête éperdue et folle, non loin du chevet de son lit...

Dans ces moments, Typo retrouvait tout à coup toute son énergie et toute sa vigueur.

Il voulait se lever... il voulait sortir... il voulait s'élancer à la poursuite des misérables ravisseurs.

Mais la guérison n'était pas complète encore... il fallait rester cloué sur ce lit fatal, il fallait attendre...

Attendre!!...

D'ailleurs, depuis le jour où Typo était tombé mourant sous le poignard des assassins, on n'avait plus entendu parler ni de Mayer, ni de Martin, ni même de la bande à laquelle ils appartenaient.

La police avait déployé pour découvrir leurs traces une activité incroyable... elle avait envoyé ses limiers dans toutes les directions, avait mis sur pied les agents les plus intelligents et les plus aventureux; mais Mayer avait, il faut le croire, plus d'habileté que ceux qui le traquaient, car, pendant six mois, aucun indice, aucun soupçon ne sortit de cette recherche obstinée, et à l'heure où Typo put mettre un pied sur l'asphalte, Marguerite et Albert n'étaient pas plus avancés qu'au moment du crime.

Toutefois, du jour où Typo revint à la vie, et reprit possession de lui-même, les choses prirent instantanément une tout autre allure, et Marguerite elle-même, qui était bien près du désespoir, sembla tout à coup renaître à la confiance.

Typo avait une foi robuste en lui, sa gaîté communicative, son entrain, son insouciance apparente, tout concourait à en faire un agent précieux, et dès qu'il put prendre en main la direction des recherches, on sentit que l'affaire allait marcher d'un autre pas.

Et d'abord, pour détourner toutes les attentions qui pouvaient être éveillées autour de lui, il changea résolûment de costume, et redevint ce qu'il était il y a quelques années, un simple ouvrier typographe.

Il reprit sa blouse, entra dans une imprimerie, et se mit à travailler avec une ardeur sans égale.

Mais en dépit de cette assiduité qui paraissait devoir absorber tout son temps, il ne perdait pas de vue le but qu'il s'était proposé...

Il fit faire des recherches partout, à la rue Marbeuf, à la rue Dupetit-Thouars, sur le quai d'Anjou... et quand l'impuissance des agents employés à ces recherches fut bien et dûment constatée, il attendit et continua son travail, comme si rien ne s'était passé...

— Faisons le mort... disait-il souvent à Albert et Marguerite qui se désolaient, attendons... je veille... et il n'est pas possible que le bon Dieu ne nous réserve tôt ou tard quelque bonne chance dont nous pourrons profiter.

Albert ne répondit rien, Marguerite ne savait que pleurer, et les jours s'écoulaient dans cette attente d'anxiété.

Un soir, Typo rentra de l'imprimerie un peu plus tôt que d'habitude... il tenait à la main un numéro de la *Presse*; un reflet de satisfaction éclairait sa physionomie.

— Qu'y a-t-il donc? demandèrent en même temps Albert et Marguerite.

Typo leur montra le journal.

— Il y a du nouveau... répondit-il vivement.

— Tu as appris quelque chose? insista Albert.

— Cependant.

— Cependant, je pars ce soir même pour Marseille.

Albert et Marguerite se regardèrent avec étonnement.

— Et que vas-tu faire à Marseille? demanda Albert.

— Écoute, et tu le sauras, répondit Typo.

Et dépliant le journal, il lut à peu près ce qui suit :

On écrit de Marseille :

« Un crime d'une audace incroyable, et qui rappelle ceux qui ont épouvanté la capitale, il y a quelques mois, vient d'ensanglanter notre ville.

« M. et madame Bertin, deux respectables vieillards, qui habitaient une maison de modeste apparence, à l'extrémité du port, ont été trouvés assassinés cette nuit dans leur lit... une domestique, qui couche d'habitude dans une chambre située à quelques pas de celle dans laquelle le crime a été commis, a été immédiatement arrêtée... cette femme prétend n'avoir rien entendu, mais l'embarras de la déclaration, l'hésitation qu'elle a manifestée quand on l'a conduite en prison, tout donne lieu de penser qu'elle connaît les assassins... Espérons que les coupables ne tarderont pas à être mis entre les mains de la justice. »

— Et tu crois que ces assassins appartiennent à la bande Mayer?... objecta Albert...

— Je n'en sais rien, mais je veux aller voir, répondit Typo, dans le premier moment, ils ont quitté la capitale parce que l'air y était malsain pour eux... ils ont passé à l'étranger, pour dépister la police... Mais l'inaction leur pèse à ces braves gens, et les voilà qui se remettent à l'œuvre...

— Alors, tu es décidé à partir.

— Ça sera un petit voyage d'agrément... le grand air me fera du bien, et je dirai que je fais mon tour de France.

— Mais nous te reverrons bientôt?..

— Je te tiendrai au courant de ce que je ferai... et à mon retour, il faudra que j'aie peu de chance si je ne rapporte de bonnes nouvelles.

Et Typo était parti.

Il avait successivement parcouru le midi et l'est de la France; et il était allé à Marseille, à Lyon, à Strasbourg...

Et c'est de cette dernière ville qu'il arrivait, quand il vint frapper à l'auberge de *la Croix-Rouge*...

Qu'avait-il appris pendant ces voyages... avait-il découvert quelques traces de ceux qu'il cherchait... était-il parvenu à percer le mystère dont ils s'entouraient...

C'est ce que nous ne tarderons pas à apprendre.

Plus d'une demi-heure s'était passée... Typo venait d'achever de souper, et il allait allumer sa pipe, quand de nouveaux coups furent frappés à la porte.

Le père Antoine lâcha un juron énergique, et jeta un regard soupçonneux à ses deux acolytes.

— Tout le monde s'est donc donné rendez-vous ici, cette nuit? grommela-t-il en s'adressant à Michel.

Ce dernier avait froncé le sourcil.

Typo s'était levé.

— Eh bien, vous êtes encore un drôle d'aubergiste, père Antoine, s'écria-t-il en lançant une bouffée de tabac, et ne dirait-on pas que la pratique vous fait peur?

— Mais je n'ai plus qu'une chambre.

— La mienne, n'est-ce pas?

— Sans doute!

— Qu'à cela ne tienne alors, et quoique je ne connaisse pas celui qui va entrer, je lui offre d'avance de partager... à la guerre comme à la guerre, que diable!.. et par le temps qu'il fait, il ne faut pas être si dur au pauvre monde.

Et sans attendre l'autorisation de l'aubergiste, il se dirigea vers la porte, qu'il ouvrit.

L'homme qui entra alors, n'était autre qu'Albert, mais les deux amis n'avaient garde de se reconnaître, et ils s'abordèrent comme s'ils se voyaient pour la première fois.

II. — Une chanson de Béranger.

— Ma foi, l'ami, dit Typo, en introduisant Albert dans la salle du rez-de-chaussée, et en lui offrant une chaise, comme s'il eût été le maître du logis, si vous êtes en voyage par un temps pareil, je ne vous en fais pas mon compliment.

— Je suis trempé... fit Albert.

— On le serait à moins.

— Et je ne suis pas fâché d'avoir trouvé cet abri...

— Allez-vous donc loin ainsi?

— A Paris...

— C'est comme moi.

— Vous êtes ouvrier?

— Compagnon...

— Eh bien, si vous voulez... nous ferons route ensemble.

— C'est à merveille, d'autant mieux que, cette nuit, c'est moi qui vous donne l'hospitalité.

— Comment cela?

— Le père Antoine n'avait plus qu'une chambre.

— Et vous la partagez avec moi!...

— Si vous n'y voyez pas d'inconvénient?...

Albert tendit la main à Typo, qui la serra avec énergie.

— Allons, c'est dit... poursuivit-il gaîment, et pour commencer, j'espère que vous voudrez bien accepter votre part d'une bonne bouteille de vieux vin.

Typo se retourna triomphant vers l'aubergiste.

— Vous entendez, père Antoine... s'écria-t-il, avec un redoublement de bonne humeur, une bouteille de vieux vin!... comme qui dirait quelque chose qui nous arriverait directement de derrière les fagots...

— C'est que... balbutia le père Antoine.

— Vous hésitez...

— Je ne sais.

— Cela vous ennuie de descendre à la cave... eh bien, laissez-moi faire, j'irai tout seul; et soyez tranquille, je saurai bien trouver les bons endroits.

Et comme Typo prenait déjà la lampe, et allait se diriger vers la cave, le père Antoine l'arrêta brusquement.

— Allons, restez là, dit-il d'un ton plein de dépit, je vais vous donner votre bouteille... mais, après cela, j'espère que vous me laisserez en repos.

— Après cela, nous irons nous coucher, père Antoine.

— Et je crois que vous en aurez besoin... repartit ce dernier.

Et il disparut, laissant Albert et Typo seuls.

Dès qu'il eut franchi le seuil de la porte, et que Typo se fut assuré qu'ils étaient bien seuls, et que nul ne les épiait, il courut vers Albert, dont il saisit la main avec vivacité.

— Eh bien?... demanda ce dernier.

— Ça marche... répondit Typo.

— As-tu appris quelque chose?

— Oui.

— Tu es sur les traces des misérables...

— C'est-à-dire que cette nuit, peut-être, ils seront entre nos mains.

— Mais l'enfant de Marguerite?...

— J'ignore où ils l'ont caché.

— Cependant ta lettre me faisait espérer...

— Je n'ai plus qu'un espoir.

— Lequel?

— Ici.

— Dans cette auberge?

— Oui, mon ami, chez le père Antoine. — Nous sommes ici dans un des nombreux établissements que leur terrible association a jetés un peu partout, pour servir de repaire aux affidés des quatre points de la France; le père Antoine n'est qu'un receleur, mais les deux hommes qui l'assistent en ce moment m'ont bien l'air de parfaits assassins!...

— Comment le sais-tu?

— Je te l'expliquerai plus tard... j'entends quelqu'un... allume ta pipe, et allons prendre possession de la chambre où nous devons passer la nuit.

L'aubergiste revenait en effet, apportant la bouteille demandée, et comme il trouva ses deux hôtes levés, il les conduisit sur-le-champ à la chambre qu'il leur destinait au premier étage.

Puis il se retira lui-même, en leur souhaitant une bonne nuit.

Typo n'attendait que ce moment... Il s'empressa

d'aller fermer la porte, sonda les murs avec soin, ouvrit les armoires, promena son regard sous le lit, et, satisfait de son examen, il revint vers Albert, qui le regardait faire avec étonnement.

— Quelle est cette comédie?.. dit ce dernier en souriant.

Typo mit un doigt sur ses lèvres.

— Silence! répondit-il à voix basse, si l'on nous soupçonnait, nous serions perdus

Albert tira deux pistolets de sa poche, et les posa sur la cheminée... Typo alla placer les siens sur la table de nuit.

— Nous courons donc de grands dangers, ici?.. dit encore Albert.

— Peut-être, mon ami.

— Quels sont donc ces hommes?

— Des affidés de Mayer.

— En es-tu sûr?

— Comme de ma propre identité.

— Explique-toi alors... parle...

— Ecoute...

Typo passa sa main rapide sur ses cheveux, et prêta un moment une oreille attentive aux bruits qui se faisaient au-dessous d'eux.

— Ecoute, reprit-il bientôt après, tu te rappelles dans quelles circonstances je te quittai, pour aller à Marseille... un article du journal m'avait donné l'éveil, et, l'instinct aidant, je m'étais persuadé que je trouverais là la trace des misérables que nous poursuivons.

— Eh bien?

— Malheureusement, je m'y étais pris trop tard; et quand j'arrivai à Marseille, les gredins avaient disparu.

— Que fis-tu alors?...

— J'attendis... je ne sais pourquoi, il me semblait que le ciel m'y réservait une surprise, et, en effet, huit jours ne s'étaient pas écoulés qu'un soir, je trouvai à mon hôtel un petit billet sur lequel il n'y avait que quelques mots, mais quelques mots qui m'apprirent tout ce que je voulais apprendre.

— Et ce billet... fit Albert.

— Regarde...

Typo tendit à son ami un petit chiffon de papier que ce dernier approcha vivement de la lampe.

Le billet était écrit au crayon... il n'y avait que ces mots:

« On vous a reconnu... Prenez garde... je vous aime toujours... »

— Bien que l'assurance que l'on m'envoyait là fût assurément très-flatteuse pour un pauvre typographe comme moi, poursuivit Typo, cependant elle me donna fort à réfléchir... j'avais été reconnu, on m'épiait... on pouvait, si je n'y prenais garde, me mettre dans l'impossibilité d'atteindre le but que je poursuivais... et puis, je craignais, pour le petit Albert, la vengeance de nos redoutables assassins; il fallait tout tenter sans rien compromettre.. Je me tus donc... je me renfermai dans mon hôtel, et quand je me crus suffisamment oublié, je songeai à mon départ... Toutefois, je ne savais réellement plus vers quelle partie de la France me diriger; je commençais à m'irriter de cette impuissance à laquelle je me trouvais réduit, je voulais sortir de cette position qui menaçait de devenir ridicule, et j'étais décidé cette fois à ne reculer devant aucune des menaces dont on tenterait de m'effrayer... c'est dans ces dispositions que je partis pour Lyon.

— Pour Lyon? répéta Albert.

— Un nouveau crime venait d'y être commis, repartit Typo, et les circonstances dans lesquelles il s'était accompli me disaient assez quels pouvaient en être les auteurs... — Je partis. — A Lyon, les indices devinrent plus graves... non-seulement j'appris que Beppa y était venue avec le comte, mais une nuit, à la Guillotière, je me trouvai face à face avec un homme que j'avais vu trop souvent pour oublier jamais son visage.

— Burrhus, sans doute.

— Burrhus, en effet... Il me reconnut aussi, lui, et il eut l'audace de s'arrêter... il me demanda si j'étais las de vivre, et je lui répondis que je ferais volontiers le sacrifice de ma vie, pourvu que je rendisse à Marguerite son enfant; Burrhus haussa les épaules; j'étais exaspéré... il s'éloigna et je le suivis... A partir de ce moment, je m'attachai à ses pas, comme son ombre; j'étais armé, prêt à tout, et c'est en le poursuivant ainsi que je me trouvai un jour à Strasbourg, sans trop savoir comment j'y étais venu.. mais les événements se pressaient, il fallait en finir... nous marchions à une solution terrible... Une nuit je revis Beppa; la pauvre femme m'aimait, ainsi qu'elle l'avait écrit; elle m'aimait plus que je ne pouvais le croire, plus qu'elle ne le croyait elle-même... Cet amour, qui n'était plus un mystère pour les misérables avec lesquels elle vivait, en vertu de je ne sais quel pacte odieux, cet amour, qui m'avait souvent sauvé, pouvait devenir un danger pour l'association... on le comprit et on le lui signifia en la menaçant... Ce fut le dénoûment; Beppa disparut un beau matin, en me disant adieu, et en me donnant les renseignements les plus précis sur l'auberge où nous sommes... C'est ici le lieu où Mayer se cache le plus souvent; la *Croix-Rouge* est un lieu de recel important, et l'on prétend même qu'ils cachent dans les caves de cette auberge la plupart des cadavres qu'ils ont intérêt à faire disparaître.

— Mais l'enfant! l'enfant.

— Il est ici.

— Qui te l'a dit?

— Beppa.

— Mais je ne l'ai pas vu.

Typo fronça le sourcil.

— Sans doute; ni moi... et c'est ce qui m'inquiète répondit il à voix basse; dès que je me suis trouvé muni des renseignements de Beppa, j'ai cru devoir immédiatement prendre mes précautions; la police a été prévenue par moi, hier même, et cette nuit, dans quelques heures, dans quelques instants peut-être, cette maison sera cernée, et les hommes qui s'y trouveront seront jetés en prison. . mais j'espérais y rencontrer le petit Albert, et le sauver ainsi... et voilà ce qui m'effraie... Mayer a-t-il été averti... leur a-t-on donné l'éveil... C'est ce qui est à craindre et dans ce cas...

Typo n'acheva pas.

En ce moment, en effet, un coup de sifflet retentit à peu de distance, et la porte qui donnait sur la route s'ouvrit avec précaution...

Presque au même instant, un homme qui se tenait debout au point où la route se bifurque se précipita vers l'auberge, et pénétra dans la salle du rez-de-chaussée.

— Qu'est-ce que cela? fit Albert.

— Observons... répondit Typo.

Le temps d'arrêt ne fut pas long, et presque immédiatement la porte extérieure se rouvrit; et l'on entendit la voix de Michel, qui rudoyait son cheval, et semblait tourner autour de la voiture.

— Ils vont partir... dit encore Albert.

— Je le crains... répondit Typo du même ton.

— Que faire?

— Attendons encore...

Michel venait de monter dans la voiture, Vincent l'y suivit presque aussitôt, et Typo ne tarda pas à apercevoir le père Antoine qui se disposait à les imiter.

A cet instant, une voix enfantine s'éleva au milieu de la nuit, et la chanson suivante monta de la voiture au premier étage:

D'un palais l'éclat vous frappe,
Mais l'ennui vient y gémir;
On peut bien manger sans nappe,
Sur la paille on peut dormir.
Les gueux, les gueux
Sont les gens heureux;
Ils s'aiment entre eux,
Vivent les gueux!

— Entends-tu? fit Typo.

— Oh! cette voix! cette voix!.. murmura Albert.

— C'est la sienne, n'est-ce pas?

— L'enfant de Marguerite!..

— Ecoute.

La voix venait de reprendre:

Oui, le bonheur est facile
Au sein de la pauvreté;
J'en atteste l'Evangile,
J'en atteste ma gaieté.
Les gueux, les gueux
Sont les gens heureux;
Ils s'aiment entre eux,
Vivent les gueux!

Cette fois, Michel fouetta le cheval, et la voiture s'ébranla:

— Ils partent! s'écria Albert.

— Oh! pas sans nous du moins... ajouta Typo en lâchant un juron et en se précipitant vers ses pistolets.

— Allons, dit-il à Albert, c'est l'enfant de Marguerite, et nous pouvons le sauver, il ne faut pas nous le laisser enlever ainsi; c'est peut-être la seule chance qui nous reste.... viens... arme-toi comme je suis armé, et ne perdons pas une seconde...

Déjà, la voix allait s'affaiblissant, la voiture avait gagné la route, sur laquelle elle n'avançait cependant qu'avec de grandes difficultés, et bientôt l'on n'entendit plus, que comme un bruit vague et confus, le joyeux refrain de la chanson populaire.

Les gueux, les gueux
Sont les gens heureux,
Ils s'aiment entre eux,
Vivent les gueux!

— Partons! suis-moi! s'écria Typo en s'élançant vers la porte.

Mais au moment où il allait l'atteindre, la porte s'ouvrit d'elle-même, et un homme parut sur le seuil.

Typo et Albert poussèrent, à cette vue, un cri d'étonnement et de stupéfaction.

Cet homme, c'était Mayer!..

Mayer...

Le chef de cette association terrible avec laquelle ils luttaient... Mayer que Typo avait cherché si longtemps... Mayer l'homme de la rue Dupetit-Thouars... l'assassin du pauvre plumitif, l'âme, le levier de cette bande mystérieuse qui, depuis quelques années, épouvantait la France de ses crimes audacieux.

Typo fit un geste énergique, et arma son pistolet :

— Enfin! dit-il d'une voix éclatante, où vibraient à un égal degré, la haine, la colère et l'ardeur de la vengeance, enfin, tu es en notre pouvoir!...

Mayer commença un sourire ironique.

— Est-ce que voulez m'assassiner? répondit-il, avec un mouvement dédaigneux sur les lèvres.

— Je n'en ai peut-être pas le droit... repartit Typo... mais c'est-à-dire que je te tuerais comme un chien.

— Cependant, j'ai une observation à vous faire.

— Toi!...

— Je ne suis pas un enfant, maître Typo, et encore moins un imbécile; je savais vous trouver ici, quand je suis venu, et je ne doutais pas que ma vue seule devait éveiller votre colère, et cependant, vous le voyez, me voilà sans armes, quand je vous savais armé, et votre pistolet ne m'a pas vu pâlir.

— Que veux-tu donc?.. fit Typo, dominé malgré lui par le ton dont parlait ce singulier homme.

— Je veux vous dire qu'en ce moment du moins, ma vie doit vous être sacrée, car si, dans deux heures, je ne me trouve pas au rendez-vous que j'ai fixé aux hommes qui viennent de s'éloigner, c'en est fait du fils de Marguerite!..

Typo laissa retomber sa main inerte le long de son corps...

— Ah! tu es un misérable... murmura-t-il, les dents et les poings serrés, et tu te joues des meilleurs sentiments du cœur humain... mais, je jure Dieu que tu n'y perdras rien... c'est entre nous deux maintenant une lutte acharnée, et je ne suis pas un enfant de Paris, ou j'aurai raison de toi!

Mayer haussa les épaules, ferma la porte derrière lui, et fit quelques pas dans la chambre.

Il était comme transfiguré, depuis que Typo ne l'avait vu, et quand l'irritation de ce dernier se fut un peu calmée, il constata avec une stupéfaction profonde, le changement inouï survenu chez cet homme, qu'il revoyait encore, rue Dupetit-Thouars, apparaissant tout à coup derrière le plumitif épouvanté.

Mayer possédait en effet cette faculté singulière de l'assimilation à un tel degré, qu'il pouvait changer impunément de nationalité, bien certain d'avance qu'aucune oreille humaine, si exercée qu'elle fût, ne soupçonnerait sa supercherie.

Il parlait presque purement toutes les langues vivantes de l'Europe... il avait beaucoup voyagé dans sa jeunesse, et quand il n'était encore qu'un simple chevalier d'industrie, il s'était fait souvent un jeu de s'imposer un rôle différent pour chaque pays qu'il traversait...

C'est ainsi, qu'en Allemagne, il se disait anglais; en Italie, il parlait espagnol; en Angleterre, il se faisait passer pour Français; en France enfin, il couvrait sa poitrine d'une brochette de décorations, et racontait les guerres auxquelles il avait assisté dans les montagnes du Caucase, à la poursuite de Schamyl.

Homme étrange, multiple, insaisissable, qui défiait de la sorte toutes les investigations, et, comme Protée, échappait successivement aux recherches les plus actives, grâce à ces transformations, que son langage aussi bien que son allure continuait à rendre complètes.

Mayer est une des individualités les plus curieuses que le dernier règne ait vues se produire, mais le premier exploit de ce misérable, celui par lequel il débuta dans la carrière du crime, est un de ces faits singuliers, que l'on croirait inventés à plaisir pour les besoins du roman, et qui cependant, portent l'empreinte d'une réalité saisissante.

C'était à Bade.

Mayer était jeune alors, il avait quitté Paris, moins peut-être encore pour échapper aux poursuites dont il était déjà l'objet, que pour tenter la fortune aventureuse.

Il allait jouer....

A Bade, il rencontra un certain vicomte de Kersaint, jeune comme lui, qui avait mené jusqu'alors une vie dissipée, et qui venait tenter également la chance du jeu.

Ces deux hommes se lièrent étroitement, et pendant près de trois mois, ils ne se quittèrent que rarement.

Mayer habitait un hôtel voisin de l'établissement des jeux, et le vicomte demeurait au contraire à l'extrémité de Bade, dans un charmant petit retrait où l'avait accompagné une jeune et jolie pécheresse de la capitale.

Les deux joueurs subirent pendant ces trois mois les chances diverses de la roulette. En réalité, au bout de ce temps, ils avaient perdu l'un et l'autre presque tout l'argent avec lequel ils étaient venus.

Une nuit, le vicomte s'assit à la table de jeu, ayant dans sa poche une trentaine de louis, c'est-à-dire à peu près ce qui lui restait.

Une ardeur singulière l'animait, son œil brillait, sa main avait des mouvements nerveux, son être tout entier semblait sous l'influence d'une ardeur inquiète, fébrile, inusitée.

Mauvais symptôme pour un joueur.

Mayer se tenait derrière lui.

Depuis la veille, ce dernier avait jeté au tapis son dernier écu, et ce dernier écu avait disparu sous le râteau du croupier indifférent.

Mayer était froid, un peu sombre peut-être... mais calme en apparence, et le regard le plus exercé n'eût rien pu deviner de ce qui se passait derrière le masque impassible de son visage.

Les premiers coups du vicomte furent malheureux. — Il perdit une vingtaine de louis; et en voyant ce qui lui restait, il eut comme un moment d'hésitation...

Mais le gentilhomme était beau joueur, et, commençant un sourire dont l'ironie s'adressait à lui-même, il jeta tout son or sur le tapis, avec un geste qui semblait presque un défi à la fortune.

Ah! il fait beau défier la fortune, quand on est jeune et que l'on sait oser.

Le vicomte gagna...

Il gagna des sommes folles, des trésors inouïs... devant lui, les florins ruisselaient, ses deux bras baignaient dans des flots d'or... tous les regards le dévoraient avec envie... des exclamations de convoitise et d'admiration s'échappaient de toutes les poitrines... c'était à donner le vertige!...

Le vicomte souriait. — Mayer conservait son impassibilité.

Singulier spectacle!...

Et comme pour ajouter à l'effet de cette scène, un orage avait depuis quelques instants éclaté sur Bade, et le tonnerre ébranlait les murs du salon, et l'éclair déchirait le ciel en traçant de rouges sillons dans la rue...

Cependant la fièvre du jeu commençait à gagner le vicomte... la veine ne se ralentissait pas... il gagnait, gagnait toujours... il allait devenir fou!...

A ce moment, il sentit une main s'appuyer ferme et impérieuse sur son épaule.

Il se retourna...

C'était Mayer!...

III. — Un coup de fortune.

— Qu'est-ce donc?... fit de Kersaint, du ton d'un homme que l'on réveille en sursaut.

— C'est assez... dit Mayer.

— Comment?

— Venez...

— Déjà?

— Venez, vous dis-je...

L'accent de Mayer était impérieux, son œil avait un reflet étrange... le vicomte en fut comme fasciné.

Il se leva...

Puis, à la hâte, sans prendre la peine de compter, il ramassa son or, ses billets de banque, tout ce qu'il venait de gner, c'est-à-dire une fortune d'environ cinq cent mille ancs, et suivit Mayer qui l'entraîna vivement hors du salon.

Comme il allait gagner la rue, il donna de la tête dans la poitrine d'un baron allemand, chargé de décorations, qui allait entrer, et qu'il n'avait pas aperçu, tant son succès l'enivrait.

Il salua le baron, et s'excusa...

Le baron rendit le salut et s'éloigna.

Mais ce dernier avait à peine fait quelques pas qu'un omme l'accosta vivement.

— As-tu vu... dit le baron à cet homme à voix rapide et asse.

— C'est celui que vous venez de heurter.

— Précisément...

— Je le sais...

— Ne le perds pas de vue.

— Vous pouvez dormir tranquille...

Et ils se séparèrent...

Cependant Mayer et le vicomte avaient gagné la rue... l'orage s'était un peu calmé, mais le ciel, toujours sombre, était de temps à autre sillonné par de rouges éclairs...

Le vicomte avait besoin de respirer... il remerciait maintenant avec effusion son ami de l'avoir arraché au tapis vert... il ne pouvait se décider à le quitter...

Il alluma un cigare et le suivit chez lui.

Il pouvait être une heure, les rues de Bade étaient désertes, tout était silencieux et morne... il n'y eut plus bientôt un seul joueur autour du casino même...

Le vicomte avait près d'une demi-lieue à faire pour rejoindre sa demeure.

Il se prit à réfléchir... Mayer le regardait sans comprendre... enfin, son ami releva la tête.

— Ma foi, dit-il tout à coup, il me vient une idée.

— Laquelle?

— Savez-vous qu'il n'est pas prudent, pour un homme qui porte un demi-million sur lui, de s'aventurer dans une solitude pareille à celle qui nous entoure.

— J'y pensais... répondit Mayer, qui, à son tour, se sentit saisi par une idée étrange.

— Eh bien, mon parti est pris.

— Vous restez?

— Non pas.. on pourrait s'inquiéter chez moi... je préfère rentrer.

— Cependant!

— Mais je vous laisse mon or, ma fortune... et je suis bien sûr au moins qu'on ne viendra pas le voler ici...

Mayer sourit... mais un frisson glacé lui courut sur tous les membres... un voile passa devant ses yeux, et il eut comme le vertige.

Cependant il se contint.

— A votre aise, répondit-il d'un ton en apparence indifférent, voici la clef de mon secrétaire... mettez-y votre or... et demain, en déjeunant avec moi, vous pourrez vous donner la satisfaction de compter votre fortune.

— C'est cela... fit le vicomte, qui vida aussitôt ses poches.

Puis il alluma un nouveau cigare, et s'éloigna...

Quand Mayer entendit ses pas s'éteindre dans la rue, il poussa un profond soupir, et essuya la sueur abondante qui trempait son front.

Il était affreusement pâle... et son cœur battait à se rompre...

C'est en vain qu'il voulut se jeter sur son lit... il ne put fermer l'œil de la nuit... le sommeil le fuyait... Il ouvrit vingt fois son secrétaire; vingt fois, il plongea son regard frémissant dans ces monceaux d'or dont les tiroirs regorgeaient: il ne pouvait se rassasier de cette vue...

Le matin, dès les premières heures du jour, il se leva et appela un des garçons de l'hôtel.

— Wilhelm... lui dit-il, tu feras préparer une voiture et deux chevaux pour ce matin...

— Monsieur part... dit le garçon.

— Non, répondit Mayer, je m'absente pour quelques jours seulement... mais je désire régler mes affaires avant de partir.

— Ce sera fait...

— Ne perds pas de temps...

— Pour quelle heure les chevaux et la voiture de monsieur?

— Pour sept heures... va...

Le garçon sortit en courant...

Mayer était inquiet, impatient, troublé... à chaque instant, il s'attendait à voir paraître le vicomte, il avait peur.. il eût voulu pouvoir partir seul, à pied, emportant cette fortune que le hasard lui offrait avec tant de séduction.

A sept heures sonnant, la voiture et les chevaux entraient dans la cour de l'hôtel...

Mayer se hâta de descendre. — C'était le moment terrible; le vicomte pouvait arriver... et tout était perdu.

Le vicomte ne vint pas...

Seulement, en pénétrant dans la cour, Mayer remarqua avec étonnement qu'il régnait de toutes parts un mouvement inusité; on allait et on venait avec précipitation... deux ou trois fois même, il crut entendre prononcer les mots de crime et de vol!...

Toutefois, comme Wilhelm l'attendait, il fit bonne contenance, et marcha d'un pas ferme vers la voiture.

En même temps, il glissa un louis dans la main du garçon, et donna l'ordre au cocher de partir.

Mais avant de s'éloigner, il crut utile d'adresser une dernière recommandation à Wilhelm.

— Mon ami, lui dit-il, je pars pour quelques jours seulement... avant peu, je serai de retour... si le vicomte de Kersaint venait me demander ce matin...

Mayer n'acheva pas.

— M. de Kersaint!... fit Wilhelm, sans dissimuler sa stupéfaction.

— Sans doute.

— Vous l'attendiez?

— Ce matin.

— Vous ne savez donc pas?

— Quoi donc?...

— C'est le bruit de toute la ville, ce matin.

— Mais quoi encore?...

— Ce pauvre vicomte...

— Achève.

— Eh bien, cette nuit... comme il allait rentrer chez lui, il a été assassiné...

— Que dis-tu?...

— Assassiné...

— Le vicomte?... est-ce possible... mais c'est à devenir fou.. tu mens...

— Malheureusement non, monsieur, pour lui et pour sa pauvre femme...

Mayer passa sa main crispée sur son front, et sauta vivement à bas de la voiture.

— Voyons, dit-il d'une voix étranglée et tremblante, voyons, Wilhelm, mon ami, tu me trompes, n'est-il pas vrai?

— Oh! non, monsieur, répondit le garçon ému de l'effet que produisait la nouvelle qu'il venait d'annoncer au jeune homme, je sais que monsieur était fort lié avec M. le vicomte de Kersaint, et je ne voudrais pas lui faire de la peine...

Mayer serra la main du garçon attendri.

— Bon... mon ami, bon, dit-il, tu me comprends, c'est cela même... Mais explique-toi... parle... raconte-moi... ou plutôt non... je vais aller moi-même aux informations... ce pauvre et cher vicomte... oh! quoi... mort... de la sorte... assassiné lâchement... les misérables! et c'est sans doute pour le dépouiller... il avait gagné hier une somme considérable.

— C'est ce que l'on dit...

— On l'aura su... on aura épié sa sortie... c'est infâme... Mais, au moins, a-t-on pris les assassins?

— Non... monsieur...

— Quoi, pas d'indices?...

— Aucun.

— Et on l'a volé, n'est-ce pas?

— Le vicomte n'avait plus un louis dans ses poches, quand on l'a trouvé ce matin...

Mayer renvoya aussitôt sa voiture et ses chevaux, et rentra à l'hôtel.

Il était bouleversé; ce qui se passait en lui serait impossible à exprimer... tous ceux qui le virent en cet état en eurent pitié, et bientôt, le bruit s'en répandit dans toute la ville, et fit le plus grand honneur à son amitié.

Rentré chez lui, Mayer put enfin rire à son aise...

Jamais encore le hasard n'avait si bien servi les projets d'un fripon... Mayer était riche désormais... riche sans que personne pût soupçonner la source de sa fortune... le tour était merveilleusement joué, et toutes les apparences étaient gardées...

Cependant, Mayer n'avait pas l'intention de rester désormais longtemps à Bade... il éprouvait le besoin de changer d'air... Mais, auparavant, il voulut faire tout ce que la situation commandait à son amitié bien connue pour le vicomte de Kersaint.

Comme il se disposait à sortir, on frappa à sa porte.

Il tressaillit.

Qui cela pouvait-il être... il ne connaissait personne à Bade; était-ce la justice, qui déjà venait lui demander des renseignements sur l'emploi du temps qui s'était écoulé depuis la veille?

Mayer ne craignait rien sans doute, et cependant un frisson lui glissa sur tous les membres.

On frappa de nouveau.

— Entrez!... dit-il d'une voix ferme.

Un homme entra.

Mayer l'examina des pieds à la tête, mais il ne se rappela pas l'avoir jamais vu.

L'inconnu s'inclina.

C'était un homme d'une quarantaine d'années environ: grand, robuste, d'encolure un peu grossière peut-être, mais portant sur le front et dans le regard un reflet d'audace et de cynisme qui imposait.

Mayer fronça les sourcils...

— M. Mayer?... demanda l'inconnu.

— C'est moi... répondit Mayer.

— Monsieur, poursuivit son interlocuteur, vous étiez, je crois, l'ami de M. le vicomte de Kersaint?

— Sans doute...

— Et vous alliez vous éloigner, m'a-t-on dit, quand vous avez appris qu'il avait été assassiné, cette nuit.

— Oui, monsieur.

— Cette nouvelle vous a décidé à ne pas vous éloigner.

— Le vicomte était mon ami, monsieur, et mon devoir...

L'inconnu commença un sourire ironique.

— Monsieur, dit-il d'un ton qui devenait de plus en plus sérieux et grave, on me prend ici pour un baron allemand, mais, en réalité, je ne suis qu'un industriel très-fameux par ses évasions du bagne... — C'est moi, et mon ami Burrhus, qui, cette nuit, avons fait assassiner M. le vicomte de Kersaint.

— Vous... s'écria Mayer en reculant instinctivement de deux pas.

— Moi-même... répondit le baron allemand en souriant; or, suivez bien mon raisonnement, monsieur; le vicomte est sorti hier soir, vers une heure, du casino; il portait à cette heure près de cinq cent mille francs sur lui, il ne s'est arrêté que chez vous pour y fumer un cigare, et quand on l'a assassiné, on n'a trouvé dans la poche de son habit qu'un méchant portefeuille, bourré de lettres d'amour... Il est évident, ou je ne m'y connais pas, que le vicomte, prudent, vous avait confié sa fortune, et certes, c'était là un dépôt bien placé, puisque ce matin vous alliez partir, quand la nouvelle de sa mort vous a arrêté...

Mayer écoutait avec une poignante anxiété.

L'aplomb du faux baron, son assurance, son cynisme, tout l'épouvantait. — Que faire... à quel parti s'arrêter... comment se soustraire à cet incident dans lequel il se sentait pris comme dans un filet aux mailles de fer.

Après tout, cet homme qui lui parlait était un forçat... il ne pouvait accuser qu'en s'accusant lui-même... la situation n'était donc pas désespérée encore, et Mayer fit bonne contenance.

— Eh bien, ai-je deviné?... reprit l'évadé du bagne, après quelques secondes de silence.

— Quand cela serait? répondit Mayer, en soutenant son regard avec assurance.

— Ah! ah!.. nous avouons.

— Je n'avoue rien.

— Du moins, vous ne niez pas...

Mayer haussa les épaules.

— Tenez, monsieur le forçat, poursuivit-il énergiquement, l'audace a pu vous réussir quelquefois auprès des niais et des imbéciles, mais avec des fripons tels que vous, j'estime qu'il n'y a qu'un moyen à employer.

— Lequel?.. fit l'inconnu.

— C'est de les remettre à la justice, qui, seule, a le pouvoir de les traiter comme il convient.

— Est-ce votre dernier mot?...

— Ne vous suffit-il pas?

— Je vous croyais plus fort.

— Qu'est-ce à dire?

— C'est-à-dire que j'espérais vous trouver plus traitable.

— Me prenez-vous donc pour un des vôtres?

— Pas encore..... mais cela ne tardera pas....

— Monsieur le forçat, je vous invite fort à sortir d'ici... sinon...

L'inconnu s'était assis.

— Supposez, cher monsieur Mayer, poursuivit-il sans s'émouvoir, que j'aille de ce pas chez le chef de la police de Bade, que je lui raconte que, cette nuit, en rentrant chez moi, j'ai trouvé le vicomte que des assassins venaient de frapper... le vicomte respirait encore... il n'a pu prononcer que quelques paroles, mais ces quelques paroles lui ont suffi pour me recommander son ami, M. Mayer, auquel il a confié sa fortune... Croyez-vous que cette révélation, rapprochée de vos préparatifs de départ, ne puisse donner l'éveil à la police... votre honorabilité n'est pas assez connue pour qu'on craigne de suspecter votre probité... vos antécédents d'ailleurs ne sont pas précisément de la plus grande pureté, et il faudrait vraiment jouer de malheur si je ne parvenais pas à vous faire passer pour un fripon...

Mayer frappa du pied avec impatience... il se débattait de son mieux contre la réalité terrible qui l'étreignait... Ce que disait l'inconnu était facile à exécuter, et il sentait qu'il ne dépendait que de lui de l'acculer dans une impasse, dont il ne pourrait plus sortir.

— Mais que voulez-vous donc? lui dit-il, les dents et les poings serrés.

— J'espérais, je vous le répète, vous trouver plus traitable... répondit l'inconnu.

— Enfin...

— Le vicomte avait cinq cent mille francs en sortant du casino...

— Après?

— Je ne vous les demande pas.

— Cela m'étonne.

— Mais j'avais compté sur une partie de cette somme.

— Achevez...

— Et si vous consentez à me donner, séance tenante, une centaine de mille francs, je vous laisse jouir en paix de ce qui vous restera.

Mayer le regarda comme s'il eût voulu lire jusqu'au fond de son âme.

— Et vous quitterez Bade à l'instant, dit-il vivement.

— Dans une heure, répondit le baron allemand.

— Et je ne vous reverrai plus?...

— Que lorsque vous aurez dissipé cette fortune que le hasard a jetée cette nuit entre vos mains...

Mayer ne répondit pas... il alla au secrétaire, prit un paquet de billets de banque, et le remit à l'audacieux brigand.

— Voici, dit-il, et adieu.

— Vous voulez dire au revoir, repartit le faux baron.

Mayer indiqua la porte d'un geste impérieux, et l'inconnu se retira.

Trois heures après, il s'éloignait lui-même de Bade, et deux ans plus tard, ainsi que le lui avait prédit son inconnu, il était ruiné, et recommençait une seconde fois la vie de chevalier d'industrie.

C'est alors qu'il se lia étroitement avec l'association dont le faux baron avait la direction, et dont il devint bientôt lui-même le chef le plus actif, le plus audacieux et le plus redouté.

Mais il est temps de reprendre notre récit, que nous avons interrompu au moment où Mayer venait de faire son apparition.

Typo était bien vite revenu de la stupéfaction que lui avait causée l'arrivée du redoutable *agent d'affaires*, mais il était resté interdit et sans volonté à la pensée que l'enfant de Marguerite courait des dangers sérieux, et il ne songeait pas sans frémir à la catastrophe qui pourrait résulter de l'arrestation de Mayer dans un pareil moment...

Un instant même, il fut tenté d'aller ouvrir la porte, et de le supplier de s'éloigner au plus tôt, mais un nouvel incident vint à propos détourner son attention, et nos trois personnages prêtèrent l'oreille et attendirent.

Un bruit venait de se faire entendre au rez-de-chaussée, et des pas précipités montaient l'escalier.

Mayer pâlit imperceptiblement, et ses sourcils se rapprochèrent.

A cette heure, tout était danger, et, malgré son audace et son expérience des situations extrêmes, il eut peur...

Sa main se porta instinctivement sur la poignée d'un pistolet qu'il cachait sous son paletot... et l'œil fixé sur la porte, le corps penché, l'oreille avide, il attendit...

Enfin la porte s'ouvrit.

IV. — Beppa.

C'était Beppa!

Beppa, pâle, effarée, les cheveux épars, les vêtements en désordre...

Dès qu'elle vit Mayer, elle courut à lui, et lui prit les mains.

— Mayer, lui dit-elle, ils viennent, ils sont prévenus, pars, sauve-toi, ou tu es perdu...

— Déjà! fit Mayer.

— Tu n'as plus que quelques minutes à toi, pars, te dis-je, je les précède à peine... Hâte-toi!...

Mayer courut à la fenêtre qu'il ouvrit...

A la lueur de la lune, on voyait au loin, mais bien loin encore, un groupe de gendarmes, enveloppés de leurs longs manteaux.

Mayer réprima un geste de colère.

— Mais qui donc les a prévenus?... s'écria-t-il, avec un regard plein de menaces.

— Typo...

— Lui!

— Je viens de l'apprendre.

— Ah!... c'est une dette de sang... et il faudra qu'il la paie.

Et comme en disant ces mots, Mayer se tournait vers Typo, debout, dans un coin de la chambre, Beppa suivit ce mouvement, et, pour la première fois, elle aperçut le jeune ouvrier.

Elle poussa un cri, et courut à lui.

— Vous! vous ici... dit-elle éperdue...

Mayer venait d'armer son pistolet.

— Oui... c'est lui!... qui nous poursuit et nous traque comme des bêtes fauves... continua-t-il comme enivré par sa propre fureur, à Marseille, à Lyon, à Strasbourg, nous l'avons trouvé partout... mais le moment est venu de régler nos comptes, et avant de m'éloigner je m'en serai débarrassé.

Et joignant le geste à la parole, il visa Typo, qui, de son côté, s'était emparé d'une arme, et s'apprêtait à défendre sa vie menacée.

Beppa bondit à cette vue, comme une lionne à laquelle on veut arracher ses petits.

— Arrêtez! s'écria-t-elle d'une voix ardente.

Et s'adressant plus particulièrement à Mayer:

— Écoute... poursuivit-elle, c'est pour te sauver que je suis venue, tu n'as plus que quelques minutes à toi... pars... ne perds pas une seconde... mais si tu oses attenter à ses jours, si tu cherches jamais à le frapper, je te le jure ici, tu n'auras pas de plus implacable ennemie que Beppa...

Mayer haussa les épaules, et il est vraisemblable qu'il allait passer outre, quand le pas des chevaux, arrivant plus distinct à son oreille, le rappela tout à coup à la réalité de la situation.

— Soit! dit-il, ce n'est pas ma vie seule qui est en jeu ici, c'est l'intérêt tout entier de notre association, et il faut user de prudence... mais il ne perdra rien pour attendre, et, avant peu, maître Typo aura de mes nouvelles.

Typo poussa à ces mots un éclat de rire railleur, et salua Mayer avec une politesse exagérée.

— C'est avec plaisir que j'en recevrai, répondit-il ironiquement, et j'espère bien avoir l'honneur de vous revoir; sans adieu donc, maître Mayer, et pardonnez-moi si je ne vous reconduis pas...

Mayer était parti...

A peine eut-il disparu, et dès que Beppa se fut assurée qu'il avait pu échapper à ceux qui venaient pour le prendre, elle se retourna vers Typo et Albert, et marchant vivement à ce dernier :

— Monsieur Albert, lui dit-elle d'un accent suppliant, j'ai à parler à votre ami, à lui seul... et je voudrais...

— Vous voulez que je me retire.

— Quelques instants, du moins...

Albert sembla consulter Typo du regard.

— Est-ce aussi ton désir?... lui demanda-t-il à voix rapide.

— Peut-être obtiendrai-je quelque chose d'elle...

— Alors, je vous laisse.

— A bientôt...

Typo et Beppa restèrent seuls...

Beppa était émue... sa poitrine se soulevait avec force.

Typo lui-même ne pouvait se défendre d'un certain trouble, et quand son regard rencontrait l'œil ardent et fixe de la belle fille, il se prenait à tressaillir jusqu'au plus profond de son cœur.

Typo n'aimait pas cette femme cependant... mais elle était jeune, belle, et il se sentait aimé d'une passion absolue.

Pendant quelques secondes, Beppa demeura debout, immobile, silencieuse, les bras croisés sur la poitrine, et cherchant à contenir les battements de son cœur.

Ce fut Typo qui rompit le premier le silence.

— Beppa, lui dit-il, d'un ton qu'il tentait de rendre calme, vous avez désiré me parler...

— C'est vrai, répondit Beppa.

— Eh bien, nous voici seuls... le temps est précieux... et je suis prêt à vous écouter.

Beppa pressa son front de ses deux mains convulsives.

— Oui, dit-elle alors d'une voix saccadée, oui, il faut que je vous parle... Typo, c'est peut-être la dernière fois que nous nous voyons.

— Que dites-vous?...

— Je vais partir!

— Vous...

— Ah! pensez-vous donc que je vive, depuis quelques mois, menacée par les uns, méprisée par vous... l'existence m'est devenue intolérable...

— Beppa!...

— Ah! ce n'est pas leurs menaces, ce n'est pas la mort, ce n'est pas cette incertitude de chaque jour qui nous oblige à changer incessamment de demeure... ce n'est ni le présent ni le passé que je redoute, ou qui m'épouvante... non, mais si je tremble, si j'ai peur, si l'on me voit pâlir vingt fois dans une minute, c'est que vous courez les plus grands dangers, c'est que votre vie est menacée, c'est qu'avant demain, peut-être, ils vous auront assassiné...

— Moi ?

— Rappelez-vous la Rotonde du Temple... et croyez-moi; si vous saviez quelles luttes inouïes j'ai soutenues depuis trois mois pour écarter de votre poitrine les poignards prêts à frapper... si vous saviez ce qu'il m'a fallu dépenser de ruse, d'adresse, d'énergie, pour protéger vos jours... je les ai tour à tour priés, implorés.... je les ai menacés même!... et si je vis encore aujourd'hui, c'est qu'on ne tue pas facilement une complice, et qu'ils savaient bien que je les tenais dans ma main, et que je pouvais les perdre.

— Cependant, objecta Typo, la démarche que vous faites en ce moment est une nouvelle preuve de votre complicité avec ces misérables; sans vous, Mayer était pris, et le meilleur moyen de me protéger eût été de le laisser arrêter...

Beppa eut un singulier sourire.

— Vous ne me croyez pas... dit-elle d'un accent amer.

— Je cherche à vous croire.

— Vous pensez que je veux vous tromper... et cependant si Mayer avait été arrêté tout à l'heure, c'en était fait de l'enfant de Marguerite.

— Et quoi... vous le saviez?

— Oui, Typo, et vous voyez que je n'avais pas de temps à perdre.

Typo tendit la main à la jeune femme.

— Merci, dit-il d'une voix émue, je vous comprends, Beppa, et je vous plains; un cœur comme le vôtre méritait mieux de la vie.

Beppa mordit ses lèvres avec un mouvement fébrile.

— Qui sait!... répondit-elle avec une singulière expression, quand on a manqué sa vie, il reste toujours la ressource de bien mourir.

— La résolution que vous prenez de partir, dit Typo, vous mettra du moins à l'abri de tout danger.

— J'en doute...

— Vous allez à l'étranger?...

— Je vais à Paris.

— Quelle imprudence!

— Il le faut...

— Mais vous n'y reverrez pas ces hommes...

— Ce sont eux que je vais trouver.

— Mayer!...

— Je l'ai juré...

Typo se sentit froid au cœur; il était tout disposé à pardonner à Beppa, en raison de son départ, qu'il regardait comme une rupture avec le passé; ce qu'elle venait de lui apprendre remettait tout en question; et, dans le premier moment, il ne trouva pas un seul mot à lui répondre.

Il se tut...

Mais Beppa ne le quittait pas des yeux, et elle s'aperçut

bien vite de l'impression défavorable que ses paroles venaient de produire.

A cette vue, son cœur se serra, et elle se hâta d'essuyer une larme qui coulait le long de sa joue...

— Typo, reprit-elle presque aussitôt, ne me fuyez pas encore, et songez que nous sommes l'un et l'autre dans une situation terrible, où les actions n'ont plus leur signification ordinaire... n'oubliez jamais que je vous aime, et quoi qu'il arrive, gardez-moi un bon souvenir au fond de votre cœur...

Typo remua la tête avec tristesse; malgré l'accent pénétré dont parlait la jeune femme, le doute qu'il avait conçu ne s'apaisait pas, et il allait répondre, quand Beppa poursuivit :

— Au surplus, dit-elle en fronçant le sourcil, j'ai encore bien des choses à vous dire.

— Parlez, Beppa...

— Vous avez fait, depuis quelques mois, une rude guerre à l'association dont Mayer est le chef, et aujourd'hui même un des membres les plus importants a été arrêté...

— Le comte ?...

— Ce n'est pas le comte.

— Burrhus peut-être ?

— Ce n'est pas Burrhus, non plus...

— Qui donc alors?

— Vous le connaissez...

— Son nom?

— Martin.

Typo poussa un cri.

— Martin ! répéta-t-il, comme étourdi à cette nouvelle, Martin, arrêté!...

— Cette nuit même.

— Vous ne vous trompez pas ?

— Il est en ce moment à Mazas.

Typo sentit une sueur froide perler à son front, et ce n'est qu'en frissonnant qu'il se prit à songer aux époux Martin et à la pauvre Marguerite.

Comment leur apprendre ce nouveau malheur ? Comment leur cacher cette nouvelle honte ?

— De toutes les complications que l'on pouvait craindre, poursuivit Beppa, celle-ci était peut-être la plus terrible; car Martin n'est rien moins que courageux, il aura peur de la mort, et pour adoucir le châtiment qui l'attend il est capable de tout.

— Comment ?

— Ah ! ses amis le connaissent bien, allez; aussi, sont-ils partis cette nuit même pour Paris, ils vont tenter de le délivrer... et s'ils n'y réussissent pas...

— Ils fuiront...

Beppa commença un sourire :

— Certes, ils fuiront, répondit-elle, si leur tentative échoue, mais avant de s'éloigner ils se seront vengés.

— A moins qu'on ne les prenne eux-mêmes...

— Ne l'espérez pas.

— Eh bien, c'est ce que nous verrons... mais croyez-moi à votre tour, Beppa, et au moment de nous séparer laissez-moi vous donner un conseil.

— Lequel ?

— Ces hommes vous haïssent... quittez-les.

— Je le ferai.

— Votre passé a été coupable, vous êtes liée encore au présent par des liens honteux et indignes... essayez de racheter vos fautes par un repentir sincère, et qui sait, peut-être, trouverez-vous enfin le repos et le pardon.

Beppa fit un signe de tête presque désespéré.

— Je n'ambitionne pas d'autre pardon que le vôtre, répondit-elle avec une profonde émotion, et, pour l'obtenir, il n'est rien que je ne tente.

— Il y aurait un moyen certain de l'obtenir... insinua Typo.

— Parlez...

— Une femme a été bien éprouvée dans tout ceci.

— Marguerite.

— Ne pouvez-vous lui rendre son enfant ?

— Ah ! vous l'aimez, cette femme.

— Moi...

— Répondez.

— Y songez-vous?... et quelle folie !

Beppa se tordit les bras avec violence.

— Mon Dieu... murmura-t-elle, mais je ne pense qu'à cela !... cette pensée ne me quitte plus, elle me suit partout... elle m'obsède, elle me tuera... Ah ! je sais bien que vous ne pouvez m'aimer, Typo; je suis une femme perdue, moi, un objet de mépris... mais je n'ai pu me faire encore à l'idée que vous pourriez aimer une autre femme.

— Beppa !...

— Ah ! elle est belle, — je l'ai vue... elle est pâle... elle a souffert... elle est honnête, aussi ! eh bien, sachez-le, Typo, je la hais cette femme, parce qu'elle vous intéresse; je la hais, parce qu'elle vous aime...

— Calmez-vous.

— Et pourquoi ne vous aimerait-elle pas... dites ? Ne lui êtes-vous pas bon et dévoué?... n'avez-vous pas fait pour elle tout ce qu'il est possible de faire pour une femme que l'on aime?... Eh bien, non... Typo... non... elle ne reverra plus son enfant... elle souffrira comme je souffre, et la douleur de la mère tuera peut-être l'amour de la femme.

— Votre esprit s'égare... Beppa, et ce n'est pas sur ces paroles pleines de haine, sur ces menaces de vengeance, que nous devons nous quitter... j'avais espéré mieux de votre cœur.

— Que dites-vous?...

— Je dis, Beppa, que vous avez un rôle à jouer, plus digne de vous... plus digne de l'amour que vous me portez; et si vous voulez qu'un jour je vous pardonne, que je vous estime, que je vous aime...

— Achevez.

— Eh bien, revenez à vous-même... oubliez ces mauvaises pensées, chassez l'image de la femme, et ne voyez que la mère qui pleure, qui prie, et qui vous bénira du fond du cœur, si vous lui rendez l'enfant qu'elle appelle de tous les cris de son âme.

Beppa ne répondit pas tout de suite; il était évident qu'un combat se livrait en elle; elle avait pâli ; tout son sang avait reflué vers son cœur; son regard n'osait s'arrêter sur celui de Typo.

Enfin, elle fit un effort sur elle-même, et tendit au jeune ouvrier une main que celui-ci n'eut garde de repousser.

— Typo, dit-elle, vous avez raison, vous devez avoir raison... il n'est pas bon de n'écouter que sa colère... je tâcherai d'être calme, et ce que vous me demandez, je tenterai de le faire.

— Ah ! je le savais bien.... s'écria Typo avec joie.

— Mais ne vous dissimulez aucun des dangers de la situation, poursuivit Beppa; à partir de cette heure, vous allez être traqué par les affidés du comte, par Burrhus, par Mayer, et je ne pourrai plus rien pour vous protéger.

— Nous nous protégerons nous-même !... repartit Typo.

— Adieu donc.

— Dites au revoir plutôt.

— Je ne l'espère plus.

— Je vous en prie.

La main de Beppa trembla dans celle de Typo.

— Eh bien, soit, dit-elle d'un ton résolu, je vous le promets.

— A la bonne heure.

— A bientôt donc, mon ami.

— A bientôt, Beppa, et comptez sur ma reconnaissance.

— Comme vous pouvez compter sur mon amour !...

Et, en disant ces mots, la jeune femme s'éloigna précipitamment.

Cependant, en quittant l'auberge de la *Croix-Rouge*, Mayer s'était élancé à travers champs, et avait gagné rapidement un petit bois de bouleaux, situé à peu de distance de Lagny, sur les bords de la Marne.

Une fois là, il s'engagea résolûment dans le bois, et malgré l'obscurité profonde qui l'enveloppait, il marcha d'un pas sûr jusqu'à une sorte de clairière au milieu de laquelle il s'arrêta.

Puis, ayant soulevé une énorme pierre qui semblait n'avoir d'autre destination que de marquer le milieu de la clairière, il tira de dessous une blouse, un bâton de coudrier, un pantalon de drap grossier, et de gros souliers ferrés et lourds.

Cela fait, il procéda à sa toilette... et une demi-heure après, il sortait du bois, vêtu comme un colporteur, portant sur le dos un petit ballot de marchandises et reprenait sa route, avec une allure solide et carrée, qui eût défié le regard de l'espion le plus exercé...

Il arriva ainsi à la station de Lagny.

Il était trois heures du matin.... le ciel était toujours aussi sombre, il n'y avait personne dans la salle d'attente...

Il y entra.

Seulement, en y pénétrant, il aperçut dans la pénombre de la salle un gendarme qui y attendait, assoupi...

Mayer frissonna.

Le moment était critique; la porte, en se fermant derrière lui, avait fait du bruit; le gendarme se réveilla.

Evidemment l'éveil avait été donné, et cet homme avait une mission de surveillance à remplir.

Mayer déchargea son petit ballot, alla prendre son billet au bureau, et comme il revenait à sa place, il se trouva face à face avec le gendarme.

Ce dernier se prit à l'examiner des pieds à la tête.

— Vous êtes colporteur? lui demanda-t-il presque aussitôt d'une voix brève.

— De père en fils, répondit Mayer.

— Et vous allez à Paris.

— A preuve, fit Mayer, en montrant le billet qu'il venait de recevoir au bureau.

Le gendarme réfléchit.

Mayer avait l'air sincère; il avait le regard franc, le visage ouvert, et il ne balbutiait pas dans son jargon un peu tudesque. — Rien ne donne l'air vertueux comme l'accent alsacien.

— Vos papiers?.. demanda encore le gendarme.

Mayer tira un portefeuille crasseux de dessous sa blouse, et du milieu de diverses factures qu'il laissa voir sans affectation, il finit par tirer un passeport en assez mauvais état...

Le gendarme s'en saisit, le lut et le relut avec attention, et, satisfait sans doute du résultat, il le rendit au colporteur.

Ce dernier n'avait pas sourcillé...

Son visage était resté calme, et avait paru complétement étranger à l'examen dont il était l'objet.

— Ma foi, dit-il presque aussitôt, j'ai peu de chances aujourd'hui...

— Pourquoi donc?... repartit le gendarme.

— Voilà au moins la troisième fois que l'on me demande mes papiers.

— Ah!...

— Et tout à l'heure encore, comme je passais près la *Croix-Rouge*...

— Eh bien?

— Eh bien, j'ai trouvé quatre de vos camarades qui m'auraient presque arrêté, si je n'avais été connu particulièrement du brigadier qui les commandait...

— Antonin.

— Le brigadier Antonin... précisément...

Tout cela était débité avec tant de calme, que le gendarme sentit s'évanouir ses derniers soupçons.

Du reste, le train arrivait, la locomotive approchait en soufflant bruyamment; Mayer reprit son ballot et sortit.

En montant en voiture, il salua le gendarme, puis le sifflet du conducteur se fit entendre, et le train se remit en marche...

Mayer venait de l'échapper.

Une heure après, il arrivait à Paris.

A peine eut-il mis le pied sur la place de Strasbourg, qu'il chargea son ballot sur ses épaules, se glissa dans un coupé qui stationnait sous la *marquise*, et mettant une pièce de cinq francs au cocher :

« Rue Dupetit-Thouars, 7, lui dit-il rapidement, et ventre à terre. »

Le cocher ne se fit pas répéter cet ordre, et il partit au galop de son cheval.

V. — Les souterrains de la rue Dupetit-Thouars.

Une fois arrivé au but de sa course, le coupé s'arrêta; mais avant de sauter à bas de la voiture, Mayer regarda soupçonneusement à droite et à gauche.

Il n'y avait personne dans la rue.

Mayer mit pied à terre.

Il était évident que la police ne veillait pas de ce côté, et que tous ses efforts étaient en ce moment tournés du côté de l'auberge de la *Croix-Rouge*.

Le coupé venait de repartir, Mayer marcha alors d'un pas résolu vers la porte du n° 7, à laquelle il frappa.

Quelques secondes s'écoulèrent sans que l'on répondît.

Il frappa de nouveau.

Cette fois son oreille fine et exercée crut entendre quelque chose remuer à l'intérieur. — Puis, le vasistas s'entrebâilla imperceptiblement.

— C'est moi!.. ouvre... dit Mayer.

Et la porte s'ouvrit, pour se refermer aussitôt.

Mayer entra, et se trouva en présence de Burrhus.

— Suis-moi! dit-il en prenant les devants, comme un homme qui a l'habitude des lieux. Il n'y a rien de nouveau ici?

— Rien répondit Burrhus.

— Et le comte?

— Il vous attend.

— L'enfant?

— Il vient d'arriver.

— Et Beppa?...

— Elle n'est point encore rentrée.

Mayer frappa du pied avec violence, et s'arrêta.

Il venait d'atteindre l'extrémité du corridor dans lequel il s'était engagé; il pressa alors dans la cloison un ressort imperceptible à tous les regards, et une trappe glissa presque instantanément sous ses yeux.

Là, s'ouvrait un escalier d'une vingtaine de marches environ, qu'il se mit aussitôt à descendre, et au bout duquel commençait un couloir étroit et sombre, qui traversait souterrainement la rue d'un côté à l'autre.

Mayer, toujours suivi de Burrhus, parcourut le corridor à pas rapides, et finit par arriver à une porte solidement bardée de fer, qu'il lui suffit de toucher pour qu'elle s'ouvrît immédiatement.

La maison dans laquelle il pénétrait ainsi avait autrefois servi de lieu de réunion à des *carbonari*; c'était une ancienne loge de francs-maçons, et elle se trouvait machinée absolument comme les châteaux que l'on nous montre dans les féeries du *Cirque* ou de la *Porte St-Martin*.

Tous les détours de ces souterrains factices étaient depuis longtemps familiers à Mayer, et quand la porte s'ouvrit devant lui, bien qu'une seule lampe vacillante éclairât la salle dans laquelle elle donnait accès, son regard y découvrit facilement un vieillard assis auprès d'une table, chargée de billets de banque et de monceaux d'or.

Le vieillard avait relevé la tête sans frayeur; il attendait Mayer, et ne manifesta aucun étonnement à sa vue.

Mayer cependant marcha vivement à lui, et se plaçant à quelques pas de la table :

— J'arrive, dit-il d'une voix saccadée, et en scandant chacune de ses paroles; j'ai quitté la *Croix-Rouge*, il y a quelques heures, et j'y ai laissé Beppa... Il faut en finir... il devient urgent de prendre une résolution définitive, et c'est pour nous concerter à ce sujet que je suis venu vous trouver... je vous parlerai de Beppa tout à l'heure; pour le moment... il s'agit d'autre chose... Martin est arrêté, n'est-ce pas?

— Depuis hier.

— Où l'a-t-on conduit?

— A Mazas!

— Et qu'avez-vous tenté pour le délivrer?

— Rien encore.

— Pourquoi cela?

— Nous t'attendions...

Mayer eut un sourire de mépris.

— Vous m'attendiez!... reprit-il d'un ton contenu, et, en m'attendant, vous comptiez votre or, et vous vous prépariez à fuir... eh bien, il faudra cependant remettre tout cela à d'autres temps.

— Comment... fit le vieillard, en relevant la tête.

— Nous restons.

— Mais...

— Nous restons, vous dis-je, il le faut... notre intérêt en dépend... Martin est un lâche... il nous vendra... il fera connaître tous les lieux qui nous servent de refuge, où nos richesses sont enfouies... à tout prix, il faut que nous le fassions évader.

— Mais quel moyen?...

— Je ne sais...

— Songe que les dangers qui nous menacent augmentent chaque jour.

— Qu'importe...

— D'un moment à l'autre, nous pouvons être pris...

Mayer releva le front :

— La peur vous aveugle... dit-il avec un mouvement dédaigneux des lèvres; soit... je veillerai et je penserai pour vous tous... Demain matin, Burrhus me procurera un habillement complet d'Anglais...

— Ce sera fait, dit Burrhus.

— Où comptes-tu donc aller? demanda le comte.

— A Mazas!

— Toi!...

— J'aurai des lettres de recommandation pour le directeur de la prison, je parle l'anglais mieux que l'allemand, et la journée ne se pas sera passans que j'aie vu Martin... Burrhus, tu m'accompagneras.

— Ton audace me fait frémir...

Mayer haussa les épaules.

— Une fois que je me serai rendu compte des difficultés qui s'opposent à l'évasion de Martin, poursuivit-il aussitôt, l'affaire sera en partie enlevée et je me charge du reste.

Mais en attendant, ajouta-t-il, en fronçant le sourcil, et d'un ton où vibrait une sourde irritation, et pour le cas où j'échouerais dans mon entreprise, je veux que la contre-partie en soit préparée d'avance.

— Qu'est-ce donc? dit le comte.

La vengeance, répondit Mayer, et ce soin, c'est à vous que je le confierai...

— Explique-toi..

Mayer le regarda en face.

— Nous avons de nombreux ennemis, dit-il, mais il y en a deux surtout qui seraient capables de nous perdre, si nous n'y prenions garde.

— Typo.. dit Burrhus.

— Et Beppa, ajouta Meyer.

Le comte fit un mouvement.

— Oui, Beppa!... insista Meyer d'un ton impérieux et ferme, Beppa qui l'aime d'un amour insensé, et qui, pour cet amour, n'hésiterait pas à nous livrer à la justice.

— C'est impossible.

— J'en suis sûr.

— Et que veux-tu faire?

— Vous allez le savoir...

Et se tournant vers Burrhus.

— Que l'on m'amène l'enfant de Marguerite, ajouta-t-il avec un regard plein de farouches éclairs.

Burrhus s'éloigna

Mayer resta alors un moment pensif et comme absorbé par ses propres pensées; puis, passant la main sur son front soucieux, il alla se jeter plutôt que s'asseoir dans un fauteuil de chêne, placé non loin de la table sur laquelle il s'accouda.

Un instant après, une porte s'ouvrait derrière lui, et Burrhus reparaissait, suivi de près par le petit Albert.

Le fils de Marguerite avait un peu changé depuis qu'il était au pouvoir de l'association : ses joues s'étaient creusées; il avait pâli; sa physionomie avait même perdu cette vive allure qui était un des côtés caractéristiques de sa nature d'enfant..

Toutefois, en dépit de ce changement, l'impression de son regard était restée la même, et on y lisait une fermeté précoce, une audace obstinée, qui semblait comme un défi à la mauvaise fortune.

— Approche, lui dit Mayer d'une voix rude et brève, et prends bien garde à ce que tu vas dire...

L'enfant regarda celui qui lui parlait avec curiosité, et fit un mouvement de tête.

— Oh! vous ne me faites pas peur, répondit-il en souriant.

— C'est bon!... repartit Mayer, assieds-toi là, et écoute.

En même temps il poussa à l'enfant une chaise qu'il venait de prendre près de la table, et l'invita à s'y placer.

L'enfant obéit machinalement.

— Tu sais écrire... reprit aussitôt Mayer.

Le petit Albert le considéra un moment avec attention.

— C'est selon!... répondit-il de sa petite voix claire, et dans laquelle perçait comme une pointe d'ironie.

Mayer fronça les sourcils.

— Qu'est-ce à dire?... fit-il avec une colère sourde.

L'enfant n'y prit pas garde.

— Dame!... répondit-il en jouant la naïveté, vous me demandez si je sais écrire, et je vous réponds : ça dépend.

— Explique-toi...

Eh bien... puisqu'il faut vous mettre les points sur les i, avant d'écrire quoi que ce soit, vous me direz ce que vous voulez.

— Mayer poussa un éclat de rire nerveux.

— Mais je puis te contraindre, si tu fais l'obstiné

— Je ne crois pas, dit l'enfant.

— Prends garde.

— Essayez?

— Est-ce ton dernier mot?

— C'est à prendre ou a laisser.

Les réponses du petit étaient faites avec tant de calme et d'aplomb, sa voix tremblait si peu, il y avait tant d'audace résolue dans son attitude et dans son regard dont il affrontait la colère de Mayer, que ce dernier se leva pour étouffer sa colère, et se mit à parcourir la salle à pas rapides.

Il avait compris bien vite l'inutilité de la violence qui n'effrayait pas l'enfant, et il cherchait de son mieux à contenir sa rage près d'éclater.

Il se rapprocha du petit Albert.

— Voyons!... lui dit-il d'un ton radouci, et puisqu'il le faut, je vais te donner quelques explications sur ce que je te demande.

— Vous y venez donc!... dit l'enfant.

— Ecoute... nous sommes poursuivis en ce moment. d'un instant à l'autre, nous pouvons être pris, et nous allons être obligés de quitter la capitale.

— Je suis donc à Paris?. . fit le petit Albert, dont la joie éclata à cette nouvelle.

— Dans cette situation, poursuivit Mayer, nous ne pouvons nous embarrasser d'un enfant qui nous gênerait, dont la présence parmi nous pourrait même nous trahir, et nous avons résolu de te rendre à ta mère.

— Est-ce possible?... s'écria l'enfant en joignant les mains.

— Comprends-tu?

— Vous feriez cela...

— Dès demain... mais comme l'éveil est donné, et que l'on nous épie, il faut que nous agissions avec prudence... demain donc, on te conduira dans une maison connue de nous et tu y resteras vingt-quatre heures, c'est-à-dire le temps nécessaire pour assurer notre départ... ce que je te demande en ce moment, c'est d'écrire une lettre que l'on fera remettre soit à ta mère, soit à Typo, et dans laquelle on leur indiquera le lieu où ils pourront te trouver... est-ce clair?

Le petit Albert fit un signe de tête affirmatif, mais il ne répondit pas tout de suite; il réfléchissait; enfin, il releva le front, et arrêta son regard persistant sur Mayer.

— Mon Dieu, répondit-il alors, il me semble, monsieur Mayer, que vous vous donnez beaucoup de peine pour une chose qui est pourtant bien simple.

— Comment cela? fit Mayer.

— Vous voulez me rendre à ma mère.. dites-vous?

— Sans doute.

— Et nous sommes à Paris, n'est-ce pas?

— Eh bien ?..

— Eh bien, mettez-moi sur la rue, à quelle heure de la nuit que nous nous trouvions, et ne vous occupez pas d'avantage de moi... Vous ne courrez, vous, aucun danger... et quant à moi, soyez tranquille, je n'aurai pas besoin de guide parisien pour reconnaître mon chemin.

Mayer dissimula un geste de dépit.

— Tu as trouvé cela tout seul?... dit-il d'un ton goguenard.

— Tiens!... ce n'était déjà pas si difficile... repartit l'enfant.

— Et si j'avais d'autres idées, cependant.

— Ça, ça vous regarde, patron.

— Tu es trop futé d'ailleurs pour que j'aie tant de confiance en toi.

— Vous vous défiez donc?

— Qui m'assure, au surplus, qu'une fois sorti d'ici, ta première pensée ne serait pas d'aller nous dénoncer.

— Vous me prenez donc pour un mouchard ?

— Qui sait!...

— Au fait, vous devez en rêver...

— Hein... tu t'obstines?...

— Ce sera comme vous voudrez.

— Veux-tu écrire?

— Décidément, je ne sais pas... *écrire.*

— Tu railles.

— J'aurais peur.

Mayer lui saisit le bras, et le serra à le briser; le courageux enfant pâlit, mais il tint bon.

— Oh! vous pouvez me faire mal, dit-il en cherchant à contenir les larmes que la souffrance lui arrachait, vous êtes grand et je suis petit, vous êtes fort et je suis faible. . mais. c'est égal, voyez-vous, on est né dans le faubourg Antoine, et un Parisien, si petit qu'il soit, ça ne s'effraie pas pour si peu!...

Mayer repoussa le bras de l'enfant, et fit quelques pas dans la salle.

— C'est donc toi qui l'auras voulu, dit-il avec fureur; j'avais formé le projet de te rendre à ta mère... mais, dès ce moment, je te le jure, tu ne la reverras plus... Burrhus... ajouta-t-il en se retournant vers ce dernier au moment de partir, il faut ne rien laisser derrière soi; cette nuit, cet enfant aura cessé de vivre.

— Vous voulez le tuer!... dit Burrhus, que la pitié atteignait presque contre son habitude.

— Cette nuit, te dis-je...

— Mais, n'est-ce pas là un meurtre inutile ?...
— Tais-toi!...
Et comme Mayer aperçut, en ce moment, deux grosses larmes qui coulaient le long des joues de l'enfant :
— Ah! ah!... dit-il d'une voix sarcastique, tu pleures maintenant.
Pour toute réponse, le petit Albert haussa les épaules, et jeta à son implacable ennemi un regard imprégné de mépris.
— Oui... je pleure, fit-il enfin, mais c'est parce que je pense à ma petite mère.
— Tu l'aimes donc bien?
— Comme elle a dû souffrir... mon Dieu... et comme elle doit pleurer aussi...
— Eh bien, si tu l'aimes tant que ça, pourquoi refuses-tu retourner près d'elle?
— Parce que je sais bien que vous me trompez.
— Qui te l'a dit ?
— Je l'ai deviné... allez... vous voulez me faire servir à quelque machination... est-ce que vous croyez que je suis aveugle ? est-ce que vous me prenez pour un imbécile? mais vous avez beau faire, vous ne me ferez jamais commettre une pareille lâcheté...
Mayer fit un signe à Burrhus qui s'empara aussitôt de l'enfant, et se mit en devoir de l'entraîner.
Mayer était devenu sombre; sa main crispée s'était posée sur la table, et ses dents mordaient ses lèvres.
Une partie de ses projets allait avorter, sa combinaison allait se briser contre la fermeté d'un enfant!...
En ce moment, un bruit se fit entendre dans le couloir qui aboutissait à la porte, et avant que Burrhus ait eu le temps d'aller chercher l'explication de ce bruit, la porte s'ouvrit, et une femme parut :
C'était Beppa.
Mayer ne put réprimer un cri de satisfaction.
— Enfin! murmura-t-il, en se redressant de toute sa hauteur.
— N'espérais-tu pas me revoir? dit Beppa, en avançant de quelques pas vers lui.
— Je le craignais du moins.... repartit Mayer.
— Je t'ai cependant sauvé tout à l'heure.
— Est-ce bien pour moi que tu allais à l'auberge de la *Croix-Rouge*?
— Qu'importe?
— Est-ce pour nous-mêmes que tu viens ici, en ce moment?
En parlant ainsi, Mayer enveloppa la jeune femme d'un regard dont celle-ci eut beaucoup de peine à soutenir l'éclat.
Mais elle portait dans son cœur une ferme et courageuse résolution, et elle ne voulut pas manquer à la mission qu'elle s'était donnée.
Elle paya d'audace.
— Au point où nous en sommes, répondit-elle avec assurance, il est inutile d'user de dissimulation, et ce n'est pas pour te sauver que j'ai quitté, il y a quelques heures, l'auberge de la *Croix-Rouge*.
— Tu l'avoues!
— Je l'avoue.
— Qu'es-tu donc venue faire ici ?
— Je connais tes projets..
— Et tu veux les déjouer
— Je viens les servir...
Mayer fit un mouvement. — Il ne s'attendait pas à cette réponse, il en cherchait malgré lui le sens secret.
Beppa eut un sourire de pitié.
— Tu voulais faire de cet enfant l'instrument docile de ta vengeance, poursuivit-elle d'une voix ardente, eh bien, ce qu'il a refusé de faire, c'est moi qui le ferai.
— Toi:..
— Ordonne et j'obéirai.
— Mais tu ignores de quoi il s'agit.
— Je le soupçonne.
— C'est la vie de Typo que je veux.
— La vie de Typo, soit, Mayer... mais à une condition cependant.
— Laquelle?
— C'est que cet enfant sera libre.
— L'enfant de Marguerite.
— Qu'il sera rendu à sa mère.
— Mais c'est un otage entre nos mains.
— Réfléchis alors... cette condition est absolue... si tu refuses, tu pourras me tuer, mais tu n'obtiendras rien de moi.

Mayer se tut, puis il prit un moment sa tête dans ses deux mains, et parut réfléchir profondément.
Enfin, il jeta un regard impérieux à Beppa, et lui indiqua la table.
— Ecris... dit-il d'un ton bref.
— Tu consens donc? fit Beppa.
— Je consens.
— Cet enfant sera rendu à sa mère?
— Burrhus se chargera de ce soin..
Beppa se tourna vers Burrhus.
— Tu m'en réponds, lui dit-elle, ferme et résolue.
— Sur ma tête... répondit Burrhus.
Et comme par un commencement d'exécution, il entraîna le gamin dont l'esprit ne comprenait qu'une chose dans tout ceci, c'est qu'il allait être libre, et qu'il allait pouvoir embrasser sa petite mère.
Beppa, Mayer et le comte restèrent seuls.
Beppa s'était assise à la table, elle avait pris une plume, elle était prête à écrire.
— J'attends... dit-elle alors.
Mayer se rapprocha d'elle.
— Écris, répondit-il.
Et il se mit à dicter, suivant du regard si la jeune femme ne cherchait pas à le tromper encore!...

« Mon ami,

« Je serai demain soir à dix heures à la maison de la rue Marbeuf. — J'y serai seule; j'ai à vous remettre l'enfant de Marguerite, et je ne veux pas confier à d'autres un dépôt aussi sacré : ces quelques lignes suffisent, et je vous attends... A demain donc, et comptez sur moi, comme je compte sur vous!

« BEPPA. »

— Est-ce tout? dit la jeune femme, quand elle eut signé la lettre.
— C'est tout... répondit Mayer, du moins pour cette nuit... demain, nous aurons à causer, et je te verrai rue Marbeuf...
— Tu y seras donc aussi?
— Nous y serons tous...
— Eh bien, à demain... fit Beppa, avec un geste de défi.
— A demain... dit Mayer, en souriant.
Et il disparut par une porte opposée à celle par laquelle il était entré.

VI. — L'honneur de l'ouvrier.

En quittant Beppa, Typo était allé retrouver Albert qui l'attendait, et commençait déjà à s'étonner de la durée de son absence.
En peu de mots, il l'avait mis au courant de la situation nouvelle qui leur était faite par l'arrestation de Martin, et tous deux avaient frémi en songeant aux obligations que cette arrestation leur imposait vis à vis des époux Martin et de Marguerite.
Ils avaient hâte de regagner la capitale, mais, malgré toutes les diligences qu'ils firent, ils n'arrivèrent à Paris que dans la matinée.
Ils avaient eu le temps de se concerter sur les mesures à prendre, et ils étaient tombés d'accord sur ce point, qu'il fallait tout avouer au père Martin, dont les conseils ne pouvaient leur être que fort utiles, dans une pareille occurrence.
Quand ils se présentèrent chez la mère Martin, ils trouvèrent Marguerite qui attendait leur retour avec une impatience extrême, et dont tout le cœur tressaillit à la vue des deux jeunes gens.
Elle courut se jeter dans les bras d'Albert, et tendit la main à Typo.
— Et mon enfant, s'écria-t-elle éperdue, la gorge serrée par une émotion indicible, où est-il? l'avez-vous vu?
Albert fit un signe négatif.
— Non, Marguerite, répondit-il, nous ne l'avons pas vu, mais Typo a cru entendre sa voix.
— Est-ce possible?
— Oh! j'en suis sûr, fit Typo.
— Et vous ne l'avez pas ramené, vous l'avez laissé s'éloigner.
Typo raconta ce qui s'était passé à l'auberge de la *Croix-*

Rouge, en ayant soin d'insister sur les promesses que lui avait faites Beppa.

Mais Marguerite était brisée; sa confiance était désormais ébranlée; elle n'osait se reprendre à l'espoir qu'on lui offrait.

— Pauvre enfant! dit-elle d'une voix pleine de larmes, mais quel est donc leur dessein? que veulent-ils faire de lui? — Avant que j'aie la joie de le revoir et de l'embrasser, ils me feront mourir d'épouvante et de douleur.

Typo ne répondit pas; il n'avait rien à dire à la pauvre femme qui fût de nature à calmer ses inquiétudes ou à alléger ses souffrances; d'ailleurs, un devoir impérieux l'appelait auprès du père Martin, et c'est lui surtout qu'il voulait voir, et à qui il voulait parler.

Il sortit avec Albert.

Le père Martin était absent.

Depuis l'arrivée d'Albert, sa position s'était sensiblement améliorée; l'aisance était revenue dans sa maison, il occupait quelques ouvriers, et s'était remis lui-même au travail, avec une ardeur qui témoignait bien évidemment d'un besoin d'oublier un chagrin, ou de distraire une douleur.

Il avait pris un logement plus convenable, il s'était monté un atelier, et il passait une partie de ses journées occupé aux divers travaux de son métier.

Typo et Albert le trouvèrent comme il rentrait à l'atelier, et dès qu'il les vit, il marcha vivement à eux, et alla leur serrer la main.

— Enfin! dit-il avec joie, vous voilà de retour; ah! nous avons bien souvent parlé de vous, et il nous tardait de vous revoir; au moins, apportez-vous de bonnes nouvelles?

Typo remua la tête avec tristesse.

— Qu'y a-t-il donc? demanda le père Martin dont le visage se rembrunit.

Typo lui serra la main, et le vieillard tressaillit.

— Il y a de mauvaises nouvelles, répondit-il, après un moment de silence, plein d'anxiété.

— Comment cela?

— Nous avons fait une triste découverte.

— L'enfant de Marguerite!...

— Il ne s'agit pas de lui.

— Et de quoi donc?

— Il s'agit d'un autre enfant, père Martin, d'un malheureux que nous avions presque oublié, et qui depuis sa disparition...

Le père Martin posa sa main sur son front chauve; une pâleur subite s'était répandue sur ses joues.

— Lui! s'écria-t-il avec une sorte d'effroi; il est revenu; tu l'as revu; ah! parle, ne me cache rien; tiens, je m'en doutais presque; c'est lui qui a enlevé l'enfant, n'est-ce pas?

Typo fit un signe négatif.

— Ce n'est pas cela, poursuivit le malheureux vieillard, mais qu'est-ce donc alors? Typo, je t'en supplie, parle.

— Oui, répondit Typo avec effort, je parlerai; car, aussi bien, il vaut mieux tout vous dire.

— Eh bien?

— Eh bien, Martin est à Paris.

— Depuis longtemps?

— Depuis cette nuit.

— Tu l'as revu?

— Non.

— Mais où est-il?... que fait-il?... pourquoi n'est-il pas venu vers moi, vers sa mère, qui l'attend depuis si longtemps?

Et comme Typo se taisait et baissait les yeux :

— Ah! tu n'as plus le droit de me rien cacher maintenant, poursuivit-il avec une ardeur inquiète et fiévreuse; parle, réponds-moi; où est-il? où est Martin?

— Vous le voulez? dit Typo.

— Tu me fais mourir.

— Eh bien, depuis la nuit dernière, Martin est arrêté.

— Arrêté!... lui!... mais c'est horrible, ce que tu dis là; et il faudrait être bien sûr.

Typo voulut prendre les mains du vieillard, mais ce dernier se dégagea froidement de cette étreinte sympathique, et recula de deux pas, avec un commencement de défiance.

— En prison!... continua-t-il, en attachant son regard ardent et fixe sur Typo et sur Albert; en prison! mais qu'a-t-il fait? qui vous l'a dit?

— Vous croyez donc que je veux vous tromper, père Martin? interrompit vivement Typo.

— Moi!... fit le vieillard; et pourquoi donc! non; je vous crois au contraire; Martin est un misérable, il nous a abandonnés comme un lâche; il ne s'est jamais inquiété de sa pauvre mère qui l'appelait toujours, et dont l'amour et la confiance ne se sont jamais démentis; mais, c'est affreux, savez-vous; et j'ai honte; voyons, qui vous a dit cela?

— Ceux-là mêmes qui vivaient avec Martin.

— Des vagabonds?...

— Mieux que cela.

— Mais où est-il donc?...

— A Mazas.

Le père Martin eut un frisson.

— Mazas!... répéta-t-il d'une voix sombre; mon fils, l'enfant de ma pauvre vieille à Mazas.

Il prit aussitôt sa tête dans ses deux mains, et resta quelques secondes absorbé dans ses cruelles pensées.

Quand il releva le front, deux larmes coulaient le long de ses joues creuses; sa poitrine respirait péniblement; il y avait dans son regard un reflet d'égarement qui faisait mal à voir.

— Typo!... Albert!... dit-il alors d'une voix étouffée par des sanglots qu'il avait mille peines à contenir; mes bons amis, je vous remercie; vous avez bien fait! il fallait ne me rien cacher; et j'aime mieux tout savoir; le misérable; mais, rien à la mère, n'est-ce pas? il faudra dissimuler devant elle; la vérité la tuerait. Oh! ce sera facile d'ailleurs, la pauvre femme, elle l'aimait tant, que nous n'aurons pas à faire de grands frais d'imagination pour la tromper.

Il y eut un silence, et un sourire d'une amertume étrange vint en ce moment plisser les lèvres du vieillard.

— Qui aurait dit cela cependant? reprit-il bientôt après; quand il vint au monde, ce fut une si douce joie dans la maison; nous l'attendions depuis longtemps, et nous désespérions de le voir venir; la femme fut si heureuse de l'endormir, de le bercer, de le baiser sur ses petits yeux fermés!... il était tout petit, et déjà on le voyait grandir; et quand il fut en âge d'aller à l'atelier, que de rêves l'accompagnaient le matin; quelle impatience l'attendait le soir, si vous saviez; il y a longtemps de cela, et je me le rappelle, comme si c'était hier; il promettait de devenir un bon ouvrier; il était actif, intelligent, plein d'ardeur; du moins, on le voyait comme cela chez nous; ah! Dieu vous préserve de pareilles douleurs, mes bons amis, et maintenant, voilà que tout est fini; n'est-ce pas, il est arrêté, il a volé? assassiné peut-être? il va traîner mon nom devant les tribunaux et dans les bagnes... Eh bien, non, mes amis, non; cela ne sera pas; et je saurai bien empêcher qu'une pareille honte déshonore ma vieillesse.

Et comme le vieux Martin prononçait ces mots avec une sombre énergie, Typo lui prit le bras.

— Que prétendez-vous faire? s'écria-t-il, profondément ému.

Martin le regarda en fronçant les sourcils.

— Typo, répondit-il avec force, nous sommes de pauvres ouvriers, nous autres, et notre honneur, c'est notre seule richesse, notre unique trésor. Vous le savez, vous qui êtes un honnête homme, et jamais, voyez vous, jamais, je le jure, je ne souffrirai qu'une tache soit faite à mon nom, ni qu'un soupçon ternisse soixante années de probité que j'ai derrière moi.

— Cependant!... balbutia Typo.

— J'ai mon idée.

— Quelle est-elle?

— Je vous le dirai.

— Mais encore?

Le vieux Martin réprima un mouvement plein de violence, et serra les poings avec énergie.

— Il est à Mazas, m'avez-vous dit, reprit-il presque aussitôt.

— Sans doute... répondit Typo.

— Eh bien, j'irai à Mazas, moi aussi...

— Vous...

— Cela est permis, n'est-ce pas? on peut entrer à Mazas, quoique l'on n'ait ni volé, ni assassiné; et d'ailleurs, ce qui pourrait être défendu à tout autre, ne saurait l'être à un père qui demande à voir son enfant.

Typo échangea un regard rapide avec Albert.

— Songez au moins, dit-il avec insistance, au spectacle qui vous y attend.

— J'y suis préparé.

— Je voudrais vous croire plus calme.

— Oh! je le serai.

— Est-ce donc votre volonté bien arrêtée?

— Oui, certes.

— Eh bien, soit, père Martin; Albert va demander l'autorisation nécessaire pour pénétrer auprès de votre fils; mais ce sera à une condition cependant.

— Une condition!...

— C'est que vous me permettrez de vous accompagner.

Le père Martin ne répondit pas tout de suite; son esprit tout entier était ailleurs, et sa pensée pleine d'amertume, de trouble et de mélancolie, allait alternativement de sa demeure où était sa pauvre *vieille* comme il appelait sa femme, à Mazas, où était son enfant.

— M'accompagner, dit-il enfin d'un ton vague, et pourquoi non, mon ami ? vous le connaissiez, vous aussi ; et vous m'aimez assez pour n'avoir pas d'autres idées que les miennes sur l'honneur de l'ouvrier ; et au surplus, ce que j'ai à dire ne sera pas long, et ne vous dérangera pas de vos autres affaires : ainsi, vous m'accompagnerez, puisque vous le désirez, et nous irons quand vous le voudrez.

Sans se rendre bien précisément compte de ce qu'il éprouvait, Typo se sentit froid au cœur, en écoutant parler le vieux Martin.

Ce n'était plus, ni sa voix, ni le ton dont il parlait habituellement; il y avait dans son attitude, dans son geste, dans toute sa personne enfin, une incohérence singulière; sa lèvre se contractait parfois d'un sourire contraint ; il semblait incertain, agité, plus encore qu'ému, et, un moment, Typo put croire qu'il allait devenir fou.

Mais son regard était resté calme et franc ; et bientôt, d'ailleurs, il secoua vivement la tête, comme pour chasser les pensées importunes qui l'absorbaient, et prenant la main de ses deux amis :

— Allons, dit-il sur un ton plus dégagé, sans cesser d'être sérieux, vous m'avez promis, et je compte sur votre parole. Albert ira demander l'autorisation d'entrer à Mazas; et dès qu'il l'aura obtenue, Typo voudra bien me venir prendre.

— Et où allez-vous donc en attendant ? demanda ce dernier.

Le vieux Martin passa sa main sur son front humide d'une sueur glacée.

— Je vais embrasser la vieille, répondit-il, en coupant brusquement court à la conversation, et en s'éloignant à pas rapides.

Typo branla la tête d'un air mécontent.

— Pauvre vieux tout de même, dit-il d'une voix étouffée et avec une véritable émotion, ça fend le cœur de le voir, et nous avons peut-être eu tort de lui dire la vérité...

— Il nous en aurait voulu de notre silence, repartit Albert.

— Que faire maintenant?

— Ce qu'il demande.

— Je frémis à l'idée de cette entrevue.

— Ne seras-tu pas là?

— Sans doute; mais le père Martin est de la vieille roche, vois-tu; il n'a qu'une manière de comprendre l'honneur, et je lui ai trouvé un drôle d'air, quand il s'est éloigné tout à l'heure.

Les deux amis s'étaient mis en marche; ils prirent, tout en devisant de la sorte, le chemin de Mazas, et un quart d'heure après ils atteignaient la porte de la célèbre prison.

Cependant le père Martin avait mis le temps à profit; en quittant Typo et Albert, il avait cru devoir faire quelques courses indispensables, et quand il rentra au logis, il ne conservait plus sur sa physionomie aucune trace des préoccupations terribles que la nouvelle de l'arrestation de son fils lui avait inspirées.

Quand il embrassa sa femme et Marguerite, son visage était souriant et presque gai.

Son cœur saignait sans doute sous sa blouse, mais ni le regard de la mère Martin, ni celui de Marguerite n'y découvrirent une arrière-pensée.

C'était l'heure du déjeuner, et quoiqu'il fît habituellement honneur au repas du matin, c'est à peine s'il toucha aux mets préparés par la mère Martin.

Celle-ci le regarda d'un air étonné.

— Tu n'as donc pas faim, ce matin? dit-elle avec intérêt.

Le père Martin secoua la tête.

— Non, je n'ai pas faim, répondit-il vaguement, j'ai quelques courses pressées à faire; Typo doit venir me prendre, et il est urgent que je songe à ma toilette.

— A ta toilette ? fit la mère en ouvrant de grands yeux.

— Eh! sans doute, repartit Martin, j'ai de bonnes pratiques à aller voir ce matin, et je veux être proprement mis pour me présenter devant elles.

La mère Martin sourit avec bonhomie.

— D'autant, continua-t-elle complaisamment, que maintenant, grâce à Albert et à Typo, nous voilà presque riches, pas vrai...et vois-tu, si le bon Dieu voulait que rien ne manquât à notre bonheur, il ferait encore une chose pour nous.

— Quoi donc ? dit vivement Martin.

— Eh bien, et notre fils... notre pauvre enfant.

Martin se leva, il avait pâli, deux larmes avaient monté à ses yeux, il fut obligé de se tenir à la table pour ne pas s'affaisser sur lui-même.

— Oui, notre enfant, balbutia-t-il, notre fils, ah !... tu as raison, s'il était là, mais quoi !... c'est fini maintenant, il n'y faut plus penser.

— Qui te l'a dit !...

— Personne.

— Pourquoi veux-tu que je cesse d'espérer ?

— Il ne reviendra plus.

— As-tu donc de ses nouvelles ?

— Moi !...

— On t'a parlé de lui.

— Qui cela ?....

— Est-ce que je sais ?

— Tu es folle.

— Folle!... non, mon pauvre homme, non, mon cœur ne me trompe pas... je le sens, j'en suis sûre; tiens, je gage que tu sais où il est ?

Un éclair traversa à ces paroles l'œil de Martin, il oublia un moment son regard dans le regard de sa femme, il lui prit les mains et l'attira doucement vers lui.

— On ne peut rien te cacher, lui dit-il alors à voix basse et rapide.

— Il vit !... s'écria la mère.

— Je n'en sais rien.

— Mais quoi !... qu'y a-t-il ?

— Il y a que je vais sortir tout à l'heure avec Typo, que l'on m'a promis des nouvelles de notre enfant, et que dans quelques heures je saurai ce qu'il est devenu.

— O mon Dieu !... murmura la pauvre mère, en joignant les mains et en sanglotant.

Martin secoua brusquement la tête.

— Mais, il ne faut pas se livrer à la joie, poursuivit-il d'un ton contenu, auquel tout autre qu'une mère aurait pris garde en ce moment; ceux qui m'ont parlé de l'enfant avaient l'air soucieux et grave, c'est peut-être une triste nouvelle que je vais apprendre, il faut s'attendre à tout ; et vois, je ne pleure pas, moi, je n'ai point pâli, et cependant, il me semble que l'on va m'annoncer qu'il est mort.

— Lui!...

— C'est un pressentiment.

— Oh!... si je pouvais le revoir.

— Ne l'espère plus.

— Eh bien, hâte-toi, mon ami, hâte-toi, Typo peut venir, ne perdez pas de temps, et songe que je ne vais plus vivre jusqu'à ton retour.

Le père Martin s'éloigna après avoir longuement embrassé sa femme, et il alla procéder à sa toilette.

Ce ne fut pas long.

Quand Typo arriva, peu de temps après, il lui fallut toute sa perspicacité et sa présence d'esprit pour ne pas se trahir devant la pauvre mère, qui le reçut quelques secondes en l'absence de Martin, et l'accabla de questions auxquelles, tout d'abord, il se trouva fort empêché de répondre.

Heureusement, le père vint mettre bientôt fin à son embarras, et ils purent enfin s'éloigner, ce qu'ils firent en toute hâte.

Le père Martin avait mis son meilleur costume ; un pantalon de drap noir, un gilet de même étoffe, et un paletot brun qui l'enveloppait chaudement.

Dès qu'ils se trouvèrent sur la rue, Typo voulut lui prendre le bras gauche, mais le père Martin le fit vivement passer à sa droite, et, pressant aussitôt le pas, il prit lui-même le bras de Typo, et l'entraîna, pour ainsi dire, dans la direction de Mazas.

Ce mouvement parut singulier au jeune typographe, et comme il était difficile de lui donner le change, il remarqua presque immédiatement que son compagnon portait dans le côté gauche de son paletot un objet qui faisait gonfler la poche.

Il garda son observation pour lui, mais il se promit bien d'en profiter, le moment venu.

Le trajet du faubourg Saint-Antoine à la prison Mazas n'est pas long; le père Martin et Typo marchaient bon pas, en moins d'une demi-heure, ils y arrivèrent.

Quand le père Martin aperçut de loin le lugubre monument, il éprouva, malgré lui, une sorte de frémissement nerveux.

— C'est là ? demanda-t-il d'une voix tremblante à son compagnon.

— Oui, père Martin, répondit Typo.

— Eh bien, asseyons-nous un instant ici, j'en ai besoin, nous avons marché bien vite, et, avant d'entrer, je veux me recueillir, et puis, j'ai à te parler.

— A moi ?

— A toi, le moment est grave, mon ami; j'ai pris tout à l'heure une résolution terrible, je ne veux pas l'accomplir sans avoir ton avis. Tout gamin que tu sois, Typo, tu as le cœur droit et l'esprit honnête, tu me diras ce que tu penses de ma résolution, et si ton opinion n'est pas conforme à la mienne, eh bien, nous verrons.

— Mais quelle est donc votre résolution ?

— Ecoute, et tu vas le savoir.

VII. — Le père et le fils.

Le père Martin s'était assis sur une large pierre de taille, apportée là pour la construction d'une maison voisine; Typo se tenait de bout devant lui, fortement ému et intrigué, et curieux d'apprendre le mot de cette énigme.

— Quand tu m'as annoncé tout à l'heure que le fils était à Mazas, reprit le père Martin, cette nouvelle m'a brisé le cœur, et m'a enlevé un moment le peu d'énergie que l'âge m'a laissée. — Je n'ai songé d'abord qu'à une seule chose, c'est au chagrin que j'allais causer à la pauvre vieille mère, en lui apportant cette nouvelle; cela pouvait la tuer, et je n'ai pensé qu'à éloigner d'elle cette horrible réalité... mais la réflexion m'est venue presque aussitôt; j'ai compris la honte d'une pareille situation, et tout mon sang s'est révolté, et j'ai résolu de ne pas laisser mon nom pénétrer dans les prisons et traîner dans les bagnes... n'aurais-tu pas fait comme moi, mon enfant ?...

— Sans doute... repartit Typo; mais le moyen...

— J'en ai un...

— Lequel?

— Je te le dirai.

— Espérez-vous qu'il puisse fuir de Mazas?

— Fuir!... non... cela ne sauverait personne, et ne remédierait à rien...

— Eh bien?

— Il y a mieux.

— Quoi donc?

— Ceci.

Le vieillard tira de la poche gauche de son paletot un objet qu'il portait enveloppé dans un mouchoir, et le présenta à Typo.

— Qu'est-ce que cela? dit ce dernier.

— Regarde...

Typo enleva vivement le mouchoir.

— Un pistolet!... s'écria-t-il, avec un premier mouvement d'effroi.

— Je l'ai chargé moi-même... répondit laconiquement le père Martin.

— Mais quelle est votre intention?

— C'est le seul moyen qui lui reste désormais pour se réhabiliter.

— Vous voulez qu'il se tue!...

— Je veux qu'il se sauve de la honte...

Typo baissa la tête, il était en proie à la plus vive agitation; il n'osait ni répondre, ni regarder l'infortuné vieillard.

Ce dernier ne l'avait pas quitté de l'œil, et il souriait d'un sourire amer.

— Tu te tais, dit-il enfin d'une voix saccadée, tu n'oses pas me répondre... et pourtant, j'en suis sûr, tu me comprends, et tu ferais ce que je fais...

— Votre résolution est fort grave, père Martin, répondit Typo, vous l'avez dit vous-même, et je ne sais...

— Tu hésites.

— Ce n'est pas cela...

— Parle alors.

— Non. — Vous avez votre manière de comprendre l'honneur, et moi, j'ai la mienne... et puis, qui vous dit que Martin veuille se tuer...

— Tu en doutes?

— Peut-être ai-je mes raisons...

— Tu ne l'aimais pas... tu le calomnies.

— Qui sait?

— Eh bien, viens, hâtons-nous... car je veux savoir aussi s'il est vraiment tombé à ce degré de lâcheté et d'infamie!...

Le vieillard s'était levé; il remit son pistolet dans sa poche, reprit le bras de Typo, et se dirigea d'un pas ferme vers la prison.

Typo se laissa faire, et obéit machinalement à cette nouvelle impulsion.

A vrai dire, son sentiment n'était pas douteux, et il pensait que, dans la situation présente, le père Martin avait trouvé la seule solution possible... Mais l'hésitation qu'il avait manifestée, le doute qu'il n'avait pu cacher à l'œil clairvoyant du vieillard, prenaient leur source unique dans la connaissance parfaite qu'il avait du courage de Martin. — Il savait d'avance que le fils apprécierait peu la ressource extrême proposée par le père, et qu'entre la vie honteuse du bagne, et le suicide qui pouvait jusqu'à un certain point le relever, son choix irait tout droit à la honte et à la dégradation.

Les portes de Mazas s'ouvrirent facilement devant l'autorisation obtenue par Albert, et les deux visiteurs furent aussitôt conduits, par un gardien, à la cellule occupée par Martin.

Une fois arrivé là, le gardien ouvrit la porte et laissa passer les visiteurs.

C'est Typo qui entra le premier, car, à ce moment suprême, le vieillard avait senti son courage mollir, et il avait trébuché contre la porte. Toutefois, ce mouvement de faiblesse dura peu, et il se redressa bientôt plus énergique et plus résolu.

Cependant au bruit de la porte qui s'ouvrait, Martin avait relevé tout à coup la tête, et en reconnaissant Typo, un cri de rage était sorti de sa poitrine, et il fit quelques pas vers son ancien ami.

Mais il s'arrêta presque aussitôt, et comme cloué à sa place. Il venait d'apercevoir dans le cadre de la porte la figure pâle et sombre du père Martin.

A cette vue, sa voix expira sur ses lèvres, et il laissa tomber sa tête dans ses mains.

— Mon père!... murmura-t-il, avec épouvante.

Le vieillard s'était approché à pas lents, pendant que Typo s'éloignait avec discrétion, et dès qu'il fut près de son fils, il se pencha vers lui, écarta vivement ses mains, et le considéra un moment avec une profonde attention.

— Il y a si longtemps que tu n'avais pensé à nous, dit-il alors d'une voix sévère, que cela t'étonne de me revoir... n'est-ce pas?...

— Mon père...

— Et dans quel lieu... misérable!

— Mais je ne suis pas coupable...

— Tais-toi...

— Je ne suis pas leur complice, je n'ai pas trempé dans leurs crimes, il est impossible que l'on me condamne sans preuves, et il n'y en a pas.

— Ainsi, c'est sur l'absence de preuves que tu comptes.

— Et sur quoi donc?..

— C'est là le repentir que ton passé t'inspire.

— Mon père!...

— Mais tu ignores donc que je sais tout.

— Vous!...

— Et si j'avais pu douter encore, tes réponses auraient suffi pour me donner la certitude de tes crimes...

— Que dites-vous?

— Ah! tu n'as pas seulement songé à me demander si ta mère n'était pas morte de douleur et de honte!.

— Ma mère!... balbutia Martin en retombant accablé sur son siége.

Il y eut un silence.

Le vieillard était plus ému qu'il n'eût voulu le paraître; l'attitude de son fils brisait ses dernières espérances. Jusque-là, le pauvre père avait essayé de croire, sinon à son innocence, au moins à son égarement, mais ses réponses venaient de jeter une lumière fatale dans son esprit, et maintenant il ne doutait plus.

Quant à Typo, la solennité de la scène à laquelle il assistait l'avait saisi dès les premiers mots, et debout dans un angle de la cellule, le regard fixe, l'oreille tendue, la poitrine haletante, il écoutait.

— Ainsi, poursuivit le vieillard, voilà où tu en es arrivé!... fils d'un ouvrier dont l'honneur était la seule fortune, tu t'es laissé entraîner par des misérables qui t'ont conduit au vol et au crime; on t'a jeté en prison comme le rebut de la société, tu iras t'asseoir sur les bancs de la cour d'assises, pour aller de là mourir honteusement dans les bagnes... et pendant que tu t'abandonnais à tes vices, pendant que tu t'égarais dans cette voie d'infamie, tu n'as pas songé une seule fois à ceux que tu laissais derrière toi... à ton père, que tu éclaboussais de ton déshonneur, à ta mère qui devait en mourir de désespoir... Mais j'ai juré que je ne laisserais pas accomplir cette dernière infamie, et, tu dois me connaître, je tiendrai mon serment!..

— Que voulez-vous donc faire? balbutia Martin en relevant le front.

Le vieil ouvrier fit un geste plein de noblesse.

— Écoute, dit-il avec force; Dieu seul est le juge du père quand il condamne son fils, et j'ai résolu que tu n'irais pas jusqu'à la cour d'assises.

— Mais il est impossible de s'évader d'ici, s'écria Martin avec une expression qui trahissait les pensées secrètes de son cœur.

— Qui parle de s'évader... repartit le père.

— Cependant?

— Tout à l'heure, en quittant ta mère, et comme elle insistait pour savoir ce que tu étais devenu, je lui ai dit que tu étais mort..

— Mort!..

— Comprends-tu?..

— Expliquez-vous!...

Le visage du père était pâle et calme, et c'est en vain que le regard haletant du fils cherchait à deviner ce que pouvait cacher cette impassibilité de marbre.

Le père Martin tira lentement son pistolet de sa poche :

— Il n'y a plus qu'un moyen pour toi de sortir d'ici en te relevant, poursuivit-il, et ce moyen...

— Quel est-il?

— Je te l'apporte...

Martin tendit les mains vers son père avec un geste plein de fièvre et d'oubli, mais quand il vit le vieillard lui présenter un pistolet, il recula brusquement de deux pas.

— La mort!... s'écria-t-il d'une voix étranglée.

— Il le faut.

— Vous voulez que je me tue...

— Je le veux.

— Là... à l'instant, devant vos yeux... Ah! mon père, vous n'y avez pas songé... mais c'est horrible! horrible!..

Le malheureux ouvrier ne répondit pas, son œil fixe et morne regardait le sol, ses bras pendaient inertes le long de son corps, un mouvement nerveux, presque imperceptible, contractait seul sa lèvre inférieure.

On sentait qu'un épouvantable combat se livrait en lui, et que le stoïque vieillard cherchait en ce moment à étouffer les derniers cris de la douleur du père.

Cependant Martin parcourait la cellule avec une agitation croissante et des mouvements de bête fauve; des mots sans suite, des cris inarticulés s'échappaient de temps à autre de sa poitrine, et son regard tantôt suppliant, tantôt imprégné de haine, allait alternativement de son père à Typo.

Enfin il s'arrêta :

— Eh bien... soit!.. dit-il, exalté jusqu'au paroxysme de la peur et de la fièvre, soit... je me tuerai, je vais me tuer... et c'est vous, mon père, qui l'aurez voulu, vous qui me l'aurez ordonné.. Aussi bien, tenez, la vie me pèse, le fardeau est trop lourd... j'en ai assez... soit!.. c'est ma vie qu'il vous faut... eh bien, vous allez l'avoir.

Un petit bruit sec annonça qu'il venait d'armer le pistolet; le père Martin porta ses deux mains à son front glacé, et Typo se détourna instinctivement pour ne pas voir.

Une seconde se passa de la sorte, une seconde, pendant laquelle chaque poitrine cessa de battre, et le souffle s'éteignit sur leurs lèvres.

Une seconde, un siècle!

Mais aucune détonation ne se fit entendre; au moment de tirer, Martin avait perdu courage, et il venait de rejeter l'arme sur son lit.

— Ah! c'est atroce... s'écria-t-il, en frissonnant, et je ne pourrai jamais.

Le vieillard eut un amer sourire :

— Tu as peur, dit-il d'un ton brusque.

— Je ne puis pas...

— Tu préfères la honte.

— Pardonnez-moi.

— Obéis alors.

— Mais c'est impossible... ou bien, tenez, tuez-moi, vous, mon père, tuez-moi, je vous le demande à genoux.

Martin était allé reprendre le pistolet, et l'avait offert au vieillard; ce dernier s'en saisit, pendant que son fils se laissait tomber à ses pieds.

Il est évident qu'à ce moment ni le père ni le fils n'avaient bien réellement la conscience de ce qu'ils faisaient, ils étaient emportés par un sentiment plus puissant que leur propre volonté; l'exaltation, la fièvre changeaient pour eux, à cette heure, la logique ordinaire de la vie.

— Ainsi, dit le père, tu ne veux pas te tuer, n'est-ce pas? tu préfères l'ignominie et le déshonneur pour ceux que tu laisses derrière toi, tu sais cependant qu'à aucun prix, je n'accepterai une pareille honte.

— Je le sais.

— Encore une fois veux-tu m'obéir?

— Tuez-moi!...

— Tu refuses?

— Mon père!

— Eh bien... que Dieu te pardonne et me juge, dès ce moment, je n'ai plus de fils.

Un coup de pistolet partit, et Typo courut en poussant un cri vers le vieillard, qui, enveloppé par la fumée de la poudre, venait de s'agenouiller près de son fils.

La balle avait frappé ce dernier en pleine poitrine, et il était tombé sans proférer une seule parole.

Cependant, au bruit de la détonation, les gardiens des corridors voisins étaient accourus effarés, et s'étaient précipités dans la cellule; en voyant le père agenouillé près du cadavre de son fils; une seule pensée leur vint à l'esprit, c'est que ce dernier s'était donné la mort pour échapper à la honte des débats judiciaires.

Restait à expliquer comment un prisonnier aussi étroitement gardé à vue avait pu se procurer une arme pour accomplir son projet.

Justement, un des administrateurs de la prison vint bientôt s'informer des circonstances dans lesquelles l'événement s'était produit.

Il était accompagné d'un Anglais de distinction, qui, muni des meilleures lettres de recommandation, avait, le matin même, demandé à visiter la prison.

L'administrateur avait l'air grave et préoccupé, comme la situation le comportait; quant à l'Anglais, il poussa des cris de paon, empruntés aux tonalités les plus fausses de la musique anglaise.

— Aoh! disait notre homme, voilà ce que j'appelé un événement vraiment surprenante, un prisonnier qui se brûle la cervelle dans son cellule. Aoh!... je prené note de cette excentricity.

L'administrateur venait d'entrer dans la cellule, l'Anglais l'y suivit, ainsi que son domestique, espèce de *John*, gras et replet, qui paraissait ne s'être nourri toute sa vie que de rotsbeaff et de beafteck.

La fumée ne s'était pas encore tout à fait dissipée, mais on pouvait distinguer déjà facilement le groupe formé par le père et le fils, l'un étendu, raide et sans vie, sur le parquet de la chambre, l'autre, agenouillé, les bras pendants, les mains croisées, et le visage baigné de larmes.

Son stoïcisme s'était brisé devant la réalité de la mort; et le père avait reparu dès que le fils avait été tué!

L'Anglais avait d'abord examiné le groupe avec un certain intérêt, puis, peu à peu, il s'approcha du cadavre, et quand il en fut assez près pour en distinguer les traits, il fit un mouvement, et échangea un regard rapide avec son domestique.

— John! dit-il aussitôt de sa voix fausse et irritante, regardez donc aussi vous-même, le malheureux, c'était un tout jeune homme, et il avait eu le courage de tuer lui, lui-même.

John s'approcha à son tour, et dès qu'il put apercevoir Martin, il fit le même mouvement que son maître, et se retira avec vivacité.

En passant près de l'Anglais, il se pencha à son oreille.

— Eh bien! dit-il à voix rapide et basse, voilà qui simplifie singulièrement notre affaire.

— C'est le seul service que cet imbécile nous ait jamais rendu, repartit sur le même ton le faux Anglais qui n'était autre que Mayer.

— Mais comment s'y est-il pris, ajouta Burrhus, Martin était lâche...

Mayer branla la tête :

— Il y a du père là-dessous, répondit-il; le père est un vieux romain du peuple, il y a du sang de Brutus dans ces veines-là; et c'est lui qui aura apporté le pistolet, si même ce n'est pas lui qui l'a tué!

John approuva du bonnet.

— Vous avez raison, dit-il, et si vous m'en croyez, nous ferons bien de prendre nos distances, j'aperçois là-bas, dans le coin, le petit Typo qui nous lorgne, celui-là a l'œil américain, et je crois qu'il n'est que temps de filer.

L'Anglais se releva sur ces mots.

— Oh! yes, dit-il alors à haute voix, yes, vous avez raison, maître John, et je ne voulé causer plus longtemps de l'importunité à M. le directeur... yes, nous allons partir.

Il s'approcha en même temps de l'administrateur, aux soins obligeants duquel il avait été confié, prit congé de lui dans les termes de la plus vive reconnaissance, pour toutes les bontés qu'il lui avait témoignées, et finit par s'éloigner, sous la conduite d'un gardien.

Une élégante voiture de maître les attendait à la porte. Avant d'y monter, Mayer glissa un louis dans la main du gardien.

Puis, s'étant assis commodément, il tira un cigare qu'il alluma, et se tournant vers le cocher :

— A l'hôtel, lui cria-t-il d'une voix forte et assurée.

La voiture partit aussitôt.

Le gardien la regarda s'éloigner un moment, puis, regardant complaisamment le louis qui brillait dans sa main :

— C'est égal!... dit-il, on aura beau faire, il n'y a encore rien de tel que les Anglais pour être généreux.

Une demi-heure plus tard, Typo reconduisait le père Martin à sa demeure, et nous renonçons à décrire la scène à laquelle son arrivée donna lieu.

La pauvre vieille femme l'attendait au logis, avec une impatience mêlée d'inquiétude et d'espoir, mais dès qu'elle vit l'air abattu, les traits décomposés, l'attitude sombre du père Martin, elle comprit que tout était fini, et elle alla se réfugier dans les bras de son mari.

Celui-ci eut encore la force de la consoler.

Quant à Typo, il avait senti que sa présence ne pouvait être qu'une gêne pour les deux vieillards, et il s'était retiré.

D'ailleurs, le concierge de la maison, en le voyant revenir, lui avait remis une lettre que l'on venait d'apporter à son adresse.

Il l'ouvrit précipitamment.

Elle était de Beppa.

Typo se rappela la dernière scène qu'il avait eue avec la jeune femme, et les promesses qu'elle lui avait faites. Bien qu'il n'eût jamais précisément eu d'amour pour Beppa, cependant, il n'avait cessé de lui porter un très-vif intérêt.

Il n'eut pas une seconde d'hésitation.

— Certes, j'irai, se dit-il à lui-même, et qui sait, peut-être, trouverai-je là ce cher petit Albert que nous cherchons, et que je serais si heureux de rendre à sa mère.

Il allait s'éloigner, le concierge le rappela.

— Pardon, dit ce dernier, vous êtes bien monsieur Typo, n'est-ce pas ?

— Sans doute, dit le jeune ouvrier.

— C'est qu'il y a une personne qui désire vous parler.

— A moi!

— A vous.

— Et quelle est cette personne ?

— Je ne la connais que sous le nom de la *veuve*.

— Marguerite!...

— Il est bien possible qu'elle s'appelle Marguerite.

— Mais où est-elle ?

— Dans la maison.

— A quel étage.

— Au troisième, la porte à droite.

Typo monta lestement les trois étages, et, quelques minutes après, il frappait à la porte de Marguerite.

VIII. — Deux amours.

— Entrez!... dit une voix de femme.

Typo entra.

C'était la première fois qu'il pénétrait chez Marguerite, dans de telles conditions, et sans qu'il pût bien s'expliquer quel sentiment s'emparait de lui à ce moment, il crut sentir son cœur battre plus fort que de coutume, et c'est avec une singulière émotion qu'il vit le triste et doux sourire dont la jeune femme l'accueillit.

Marguerite occupait deux petites chambres meublées avec une rare simplicité, mais dont l'aspect frappait le regard, comme un charmant retrait plein de calme et de paix.

La jeune femme avait à peu près l'âge de Typo, c'est-à-dire qu'elle était dans le complet développement de sa beauté, et, en dépit des souffrances qui avaient ébranlé sa vie, la nature avait énergiquement pris le dessus, et c'est à peine, en voyant ce visage si frais et si pur, si l'on aurait pu soupçonner les lamentables douleurs dont le cœur de cette pauvre mère avait été déchiré.

Typo marcha vivement vers Marguerite, et serra la main que celle-ci lui tendait.

— Vous avez désiré me parler, Marguerite, dit le jeune homme, et vous le voyez, je n'ai pas perdu de temps.

— Merci, répondit la jeune femme, en oubliant un moment son regard sur le front de Typo, j'avais besoin, en effet, de vous parler et de vous voir, car j'ai depuis quelques heures conçu de singulières inquiétudes à votre sujet.

— Des inquiétudes!... fit Typo.

— Oui...

— Et à quel propos?

— On vous a remis une lettre tout à l'heure.

— Sans doute!

— Une lettre de femme, n'est-ce pas?

— C'est vrai...

— Et l'on vous y donne un rendez-vous.

— En effet... mais qui vous l'a dit?

Marguerite remua tristement la tête.

— Rien, personne, répondit-elle lentement; quelques mots que vous avez prononcés en parlant de l'auberge de la *Croix-Rouge*, le nom de Beppa que vous avez jeté quelquefois dans nos conversations, le mystère dont s'est enveloppée la personne qui a apporté ce billet, mille choses enfin, qu'il me serait impossible de dire au juste, m'ont donné lieu de penser que je ne m'étais pas trompée.

— Et vous avez deviné juste, en effet, dit Typo étonné, car cette lettre est bien de Beppa, et elle me donne bien un rendez-vous pour ce soir.

Marguerite se prit à rougir, et sa lèvre se plissa d'un sourire qui n'avait peut-être d'autre but que de cacher son embarras.

— Je vous demande pardon de toutes ces questions, reprit-elle presque aussitôt, mais vous avez été si bon et si dévoué pour moi, Typo, vous avez si bravement affronté des dangers trop réels pour me rendre mon cher petit Albert, que j'ai souvent tremblé à l'idée qu'un malheur pourrait vous arriver, et que j'en serais la cause.

— Vous, Marguerite, dit Typo.

— Moi, ou les miens.

Typo fit un geste insouciant.

— Oh! qu'à cela ne tienne, ajouta-t-il aussitôt, avec une pointe de gaîté qui n'excluait pourtant pas l'émotion, qu'un malheur m'arrive, et il ne se fera pas beaucoup de bruit autour de moi; je n'ai ni père ni mère, ni femme ni enfants, donc, je ne ferai de chagrin à personne quand je partirai. Où suis-je né? je n'en sais rien; pourquoi suis-je venu au monde? je me le demande encore; eh bien, que je vive ou que je meure, que je sois gai ou triste, heureux ou malheureux, allez, ne vous en tourmentez pas, ma bonne Marguerite, et ne songez qu'à être heureuse, vous, qui deviez être venue au monde pour ça.

— Heureuse! fit la jeune femme avec un soupir.

— Et pourquoi donc pas?...

— Ah! je ne demande à Dieu que de revoir encore une fois mon pauvre cher enfant.

— Et vous le reverrez, Marguerite, vous le reverrez.

— Qui me le rendrait?

— Beppa l'a promis.

— Cette femme.

— Elle m'aime.

— Un étrange amour.

— Qu'importe, s'il nous sert à retrouver votre enfant.

Marguerite passa une main rapide sur son front.

— Vous avez raison, dit-elle vivement, c'est lui surtout qui doit nous préoccuper, je sais cela, je me le dis souvent, et, pourtant, je ne sais quel pressentiment m'assure que vous allez courir des dangers.

— Ne craignez rien.

— Ainsi vous irez à ce rendez-vous?

— J'irai!

— Seul?

— Beppa ne m'attend pas autrement.

— Au moins serait-il prudent de vous faire accompagner.

— A quoi bon?

— Il faut tout prévoir.

— Quelle idée est la vôtre?

— Enfin, si cette femme était d'accord avec vos ennemis.

— Elle?

— C'est possible cependant...

— Elle a pu me faire tuer vingt fois, et vingt fois elle m'a sauvé la vie...

Marguerite se tut... quelque chose d'extraordinaire se passait évidemment en elle ; mille aveux contenus étaient sur ses lèvres ; elle voulait parler... et elle retenait les paroles près de lui échapper.

— Alors, vous l'aimez ? dit-elle enfin, avec un effort.

— Moi ! fit Typo.

— Tant de dévouement et d'amour ont dû vous toucher.

— Le croyez-vous ?...

— N'est-ce pas naturel...

— Peut-être... Beppa est certainement une charmante femme, elle est jeune, belle, aimante ; elle a mille qualités qui peuvent charmer et séduire un homme... et pourtant...

— Pourtant...

— Eh bien, explique qui voudra ces contradictions du cœur humain, mais je crois pouvoir affirmer que Beppa ne sera jamais pour moi qu'une étrangère...

— Dites-vous vrai ?...

Il y eut encore un silence... La jeune femme avait baissé les yeux ; sa poitrine se soulevait avec précipitation ; elle paraissait en proie à une agitation très-vive... Typo la considéra un moment, avec un vague soupçon de la réalité, et un singulier trouble pénétra son cœur, jusque dans ses replis les plus profonds.

— Allez donc, dit tout à coup Marguerite, en relevant le front, comme si elle eût voulu s'arracher elle-même à ses propres pensées, mais n'oubliez pas, mon ami, que c'est de vous surtout que j'attends mon enfant, et que si vous veniez à nous manquer, vous emporteriez avec vous notre meilleur et plus cher espoir.

Typo baisa longuement la main que lui tendait Marguerite, et fit quelques pas vers la porte.

— Ne craignez rien, lui dit-il alors d'un ton ému, vous avez tant souffert que le bon Dieu vous doit bien un peu de bonheur, et il ne dépendra pas de moi que vous soyez heureuse.

Et il s'éloigna sur ces mots, laissant Marguerite moins inquiète peut-être, mais fort agitée encore, et incertaine sur ce qu'elle devait espérer ou craindre.

Typo n'était pas moins troublé que la jeune femme, et c'est avec un vif sentiment de satisfaction qu'il se retrouva, peu après, seul et sur la rue.

L'heure n'était pas venue encore de se rendre rue Marbeuf, il alla prendre à la hâte un assez mauvais repas, dans quelque restaurant du voisinage, et quand les premières ombres de la nuit commencèrent à tomber du faîte des maisons, il se jeta dans une voiture de place, et se fit conduire à son rendez-vous.

Il connaissait les fiacres de Paris pour les avoir fréquentés quelquefois, et il savait qu'en se confiant à l'un de ces véhicules, il ne courait aucun risque sérieux d'arriver trop tôt.

Il alluma donc un cigare, se rejeta au fond de la voiture, et se mit à songer, pendant que le fiacre parcourait, au pas tranquille de sa monture, toute la ligne des boulevards.

L'entretien qu'il venait d'avoir avec Marguerite avait ouvert à son esprit des échappées inattendues, et il s'était senti profondément touché de l'intérêt ému que lui avait témoigné la jeune femme ; tout en se rappelant les paroles qu'elle lui avait dites, et l'accent dont elle les avait prononcées, il cherchait à démêler à quel sentiment Marguerite obéissait en lui parlant de la sorte, et tout un monde de sensations nouvelles s'offrait alors à son cœur.

Marguerite ne lui avait jamais paru si belle ni si touchante qu'à ce moment, on eût dit qu'il la voyait pour la première fois ; il ne se rappelait pas l'avoir ainsi vue, et malgré lui, se laissant aller à la pente de sa rêverie, il venait à penser que Margnerite était jeune, aimante, et qu'il serait bien heureux, celui-là qui aurait les prémices de son cœur.

Elle lui avait aussi parlé de Beppa. — Mais Typo n'y avait jamais sérieusement songé.

A son âge, l'amour d'une femme, quelle qu'elle soit, flatte toujours l'amour-propre, et Typo avait pu un moment s'oublier jusqu'à désirer sa possession, il n'avait qu'à vouloir cependant, et Beppa eût été à lui ; mais ses sens seuls auraient pu l'entraîner, et, jusqu'alors, l'occasion lui avait manqué.

Typo ne le regrettait pas.

Cependant, la voiture commençait d'avancer au pas tranquille de son paisible cheval, elle venait de dépasser la place de la Concorde, et de prendre la grande avenue des Champs-Elysées ; encore un quart d'heure, et elle allait s'arrêter à la petite porte bâtarde de la rue Marbeuf.

La nuit était tout à fait venue, — une nuit sombre et sans étoiles, — les promeneurs étaient rares, parce que le ciel était menaçant, et quand Typo eut atteint le rond-point, il remarqua que l'avenue était déserte, et qu'à mesure qu'il avançait, ces lieux éloignés de toute circulation prenaient les proportions d'un véritable coupe-gorge.

Il se rappela alors qu'il avait négligé de prendre des armes, et tout ce que lui avait dit Marguerite lui revint à la mémoire.

Mais il était trop avancé pour reculer, et d'ailleurs, il ne croyait pas qu'il dût courir quelque danger sérieux.

La voiture venait de s'arrêter.

Il paya le cocher, sauta à bas du fiacre, et courut à la porte bâtarde, à laquelle il frappa.

La porte s'ouvrit presque aussitôt, et un homme vint immédiatement le recevoir.

Typo le reconnut tout de suite.

— Ah ! ah ! s'écria-t-il avec enjoûment, c'est donc toi, maître Burrhus ?

— Moi-même, répondit ce dernier en s'inclinant.

— Tu n'es pas encore pendu...

— Je ne crois pas...

— Dame ! avec des coquins comme toi, il faut s'attendre à tout...

Burrhus sourit avec bienveillance... et comme Typo allait s'éloigner, il le retint.

— Qu'y a-t-il ? fit le jeune homme, en fronçant le sourcil.

— Un mot... seulement...

— Parle...

— Vous êtes seul...

— Sans doute !

— Personne ne vous accompagne ?

Personne.

— Alors, vous pouvez passer...

Typo lui jeta un regard oblique.

— Tu es donc devenu défiant ? dit-il d'un ton léger.

— Le cœur s'endurcit à la longue, repartit Burrhus.

— Mais je suis un ami, moi, tu le sais bien...

— Un ami qui a manqué de nous faire pendre !...

Typo sourit.

— Voyons, dit-il, ce n'est pas de cela qu'il s'agit, tu sais ce qui m'amène.

— Oui, certes.

— J'ai reçu une lettre.

— C'est moi qui l'ai portée...

— Alors, Beppa est là ?...

— Elle vous attend.

Typo passa.

L'allée qui menait de la rue Marbeuf à l'habitation est longue ; mais il l'eut bientôt franchie.

En arrivant au seuil de la maison, il trouva la porte ouverte, il la poussa...

Il n'y avait personne dans l'antichambre du rez-de-chaussée... une lampe suspendue au plafond éclairait faiblement le vestibule... mais Typo se rappelait la distribution de l'habitation ; il alla droit à l'escalier, et monta rapidement au premier étage.

Là, personne encore...

Il pénétra dans le salon ; puis dans une chambre à coucher, puis, enfin, dans un boudoir...

Il y avait une femme dans le boudoir.

C'était Beppa.

Le bruit des pas était assourdi par un tapis épais et moelleux, Beppa n'entendit Typo que lorsqu'il ouvrit la porte du boudoir :

Elle se leva d'un bond à sa vue, et courut à lui, tout effarée...

— Vous !... s'écria-t-elle avec épouvante.

— Ne m'attendiez-vous pas ? fit Typo.

— J'espérais que vous ne seriez pas venu...

— Mais votre lettre ?

— On me l'a arrachée...

— Et Burrhus..

— Il s'est tourné contre moi.

— Ainsi, c'est un piége ?

— Et vous êtes perdu...

Typo fit un geste de dépit, et, par un mouvement instinctif, il porta la main à la poche de son paletot.

Pour la seconde fois, il se rappela qu'il n'avait pas d'armes...

Il fronça les sourcils.

La position était critique, désespérée peut-être... mais Typo n'était pas un garçon que l'on pût effrayer facilement, et il eut bientôt repris tout son empire sur lui-même.

Il passa sa main rapide sur son front... et son regard s'arrêta ferme et assuré vers Beppa.

Il lui tendit la main.

— Voyons, lui dit-il avec résolution et d'un ton grave, qui ne lui était pas habituel... je ne m'attendais pas à un pareil dénoûment, et il n'y a rien d'étonnant qu'il m'ait surpris... seulement, j'ai toujours eu pour habitude de faire contre mauvaise fortune bon cœur, et malgré le danger que vous m'annoncez, je veux conserver tout mon sang-froid... Répondez-moi donc avec franchise, Beppa, et dites-moi si dans la circonstance présente je puis compter sur vous.

— En doutez-vous? fit la jeune femme.

— Je vous le demande.

— Mais je suis à vous, corps et âme.

— A la bonne heure.

— Et votre sort, quel qu'il soit, je vous jure que je le partagerai.

Typo serra les mains de Beppa.

— Voilà qui est dit, reprit-il aussitôt; et pour que nous n'ayons plus à y revenir, vidons tout de suite quelques questions qui pourraient nous embarrasser, je voulez-vous?

— Je veux ce que vous voulez.

— A merveille... et d'abord, l'enfant de Marguerite?

— Il est sauvé!..

— Où est-il?

— Chez sa mère.

— En êtes vous sûre?

— C'est pour l'arracher des mains de Mayer que j'ai consenti à vous écrire la lettre qui vous a amené ici.

Un éclair de satisfaction traversa, à cet aveu, le regard de Typo.

— Au moins, ma mort aura servi à quelque chose, poursuivit-il d'une voix brève; toutefois, il y a encore dans tout ceci un détail qui me semble obscur.

— Lequel?

— C'est Burrhus qui m'a reçu tout à l'heure.

— Sans doute.

— Pourquoi ne m'a-t-il pas assassiné tout de suite?..

Beppa fit un sourire amer.

— Par une raison fort simple, répondit-elle.

— Voyons.

— Mayer est plus habile que vous ne le croyez.

Je commence à m'en apercevoir.

— Il a pensé que vous pouviez vous être fait accompagner, et, dans cette hypothèse, une lutte aux abords de la rue Marbœuf aurait donné l'éveil, attiré des curieux, vous aurait sauvé enfin, en les mettant eux-mêmes dans l'impossibilité de fuir.

Typo approuva du geste.

— Cela me semble bien raisonné, répondit-il, et maître Mayer est un gaillard de première force. Une dernière question cependant...

— Parlez!

— Y a-t-il, à cette habitation, une autre issue que la rue Marbœuf?

— Il y en a une autre...

— Quelque porte dérobée, n'est-ce pas?

— Mieux que cela...

— Quoi donc?..

— Un souterrain.

— Et où conduit-il?

— Sur le quai, et c'est par ce souterrain que l'enfant de Marguerite est parti il y a une heure...

Typo réfléchit un moment, en faisant quelques pas à travers la chambre.

— Allons, dit-il enfin, la partie est bien jouée, toutes les mesures sont prises, et je suis pincé au demi-cercle. J'espérais une meilleure fin, mais, bah!.. on ne meurt bien qu'une fois, le tout seulement est de mourir convenablement...

Typo marcha alors vers la jeune femme.

Il était comme transfiguré, il n'y avait plus dans sa physionomie la moindre hésitation, son œil s'était éclairé d'une audace inouïe, sa lèvre souriait d'un regard ironique, qui semblait défier la mort.

— Et d'abord, dit-il d'un accent plein d'abandon cordial, merci à vous, Beppa pour la bonne idée que vous avez eue de rendre un enfant à sa mère, voilà une action qui vous sera comptée là-haut, et qui ne peut que vous porter bonheur... qu'importe ma vie à moi!.. je ne tiens à rien, et personne ne tient à moi, ma mort ne fera pas grand bruit et ne produira pas grand trouble; seulement, comme j'ai affaire à des coquins émérites, il ne sera pas dit que je me laisserai égorger comme un agneau, sans leur donner un peu de fil à retordre; malheureusement, et c'est là mon seul regret, je suis venu sans armes...

Beppa courut à un meuble qu'elle ouvrit.

— Je le craignais, s'écria-t-elle avec énergie, et, dans cette prévision, j'avais mis là deux pistolets.

Typo saisit les armes qu'on lui présentait.

— Bravo!... répondit-il gaîment, voilà que les chances commencent à s'équilibrer; maintenant ne perdons pas de temps, ils peuvent venir d'un instant à l'autre, et il importe de prévenir toute surprise; voyons, combien y a-t-il d'issues à cette chambre?...

— Deux, répondit Beppa.

— Celle par laquelle je suis venu, d'abord...

— Et celle par laquelle viendra probablement Mayer.

En parlant ainsi, Beppa désigna une seconde porte, dissimulée par une draperie.

— Il n'y en a pas d'autres?... demanda encore Typo.

— J'en suis sûre.

— Eh bien, commençons toujours par leur opposer quelques obstacles; cela nous donnera le temps de les voir venir...

Et joignant le geste à la parole, Typo roula aussitôt quelques meubles contre l'une des deux portes.

Il était temps du reste qu'il en finit avec ces préparatifs, car, au même instant, un bruit se fit entendre dans la chambre contiguë, et on agita avec force la porte contre laquelle il venait d'élever une sorte de barricade.

— C'est le commencement de la fin, dit Typo gaîment.

Et il fit quelques pas en arrière prêt à tout événement.

IX. — Péripéties.

Toutefois, au moment où il allait saisir ses pistolets et les armer, Typo s'arrêta, comme frappé d'une idée subite, et il se tourna vers Beppa.

— Beppa! lui dit-il vivement, les dangers qui se préparent ne doivent menacer que moi seul. Vous avez fait tout ce que vous pouviez... plus que je ne devais espérer; mais ici finit votre rôle, et je ne veux pas que vous vous exposiez davantage. — Il y a encore une issue de libre à cette chambre. Vous pouvez facilement vous éloigner... partez, je vous en conjure, et croyez bien que je n'oublierai jamais ce que vous avez fait pour moi, aujourd'hui.

Beppa était restée immobile devant cette invitation, et son regard s'arrêta, plein d'un doux reproche, sur Typo.

— Vous me renvoyez? dit-elle avec tristesse.

— Je ne vous renvoie pas, Beppa, repartit Typo, mais je vous supplie de partir.

— Et si je pars, ils vous tueront.

— Croyez-vous que votre présence les arrête?

— Peut être.

— Détrompez-vous...

— Eh bien, si je ne puis faire mieux, Typo, Dieu m'est témoin que ma seule ambition est de mourir avec vous.

Typo fit un geste d'impatience.

— Mourir, répéta-t-il, mourir!... et vous croyez que j'accepterai un pareil sacrifice?

— Oh! le sacrifice n'est pas si grand que vous le pensez.

— Comment?

— Depuis hier, je suis condamnée.

— Vous...

— Par Mayer.

— Qui vous le fait supposer?

Beppa eut un sourire amer.

— En vous aimant, je les trahissais, répondit elle d'une voix pleine de sarcasmes.

— Mais quel pacte vous liait à ces hommes?

— Aucun.

— Pourquoi ne vous êtes-vous pas arrachée de leurs mains?

— Le sais-je?

— Qui vous a retenue enfin!

— Mille sentiments honteux... Typo... Mille hésitations lâches... La peur... la vanité... l'horreur du travail, tout ce qui perd la femme abandonnée à elle-même, et dont les commencements ont été mauvais... Ah! je suis entrée dans la vie par une porte fatale... et je n'ai pas eu le courage de chercher une autre voie... Ami, je vous le dis maintenant... tout est fini pour moi en ce monde, et je regarderai comme une faveur du ciel de pouvoir mourir là, près de vous qui m'avez relevée par votre sympathie, près de vous, dont la main loyale s'est oubliée quelquefois dans la mienne.

— Vous le voulez donc... dit Typo.

— Je vous le demande à genoux.

— Et vous ne m'en voudrez pas de vous avoir entraînée dans ma perte ?

— Je vous en bénirai du fond du cœur.

— Qu'il soit donc fait comme vous le désirez, Beppa, et maintenant Mayer n'a qu'à venir, me voici prêt à le recevoir.

En même temps, il arma ses pistolets, et se tourna vers la porte qu'il avait barricadée.

Depuis quelques secondes, un mouvement s'était fait de ce côté...

Il était évident qu'on avait tenté d'ouvrir la porte, et que l'on s'était douté de l'obstacle placé à l'intérieur...

On parut même se consulter un moment à ce sujet, puis enfin, deux grands coups retentirent, et la porte, cédant à une pression énergique, vola en éclats, entraînant dans sa chute le meuble qui lui servait de contre-fort.

Mayer parut.

Il était suivi de près par le comte et Burrhus, et derrière ces derniers, apparaissaient deux hommes à figure sinistre, que l'on pouvait prendre hardiment, sans craindre de leur faire tort, pour deux bandits de la pire espèce.

Mayer fit quelques pas vers Typo.

— Enfin, vous voilà en notre pouvoir, dit-il d'une voix mordante, et avec un sourire ironique. Ah! cette fois, aucune puissance humaine ne pourra plus vous arracher de nos mains.

Typo, le regardant d'une manière dédaigneuse :

— C'est possible, répondit-il avec calme, mais quoique ma vie ne vaille pas grand'chose, je tâcherai encore qu'elle te coûte assez cher.

Et en parlant ainsi, le jeune ouvrier montra à Mayer le pistolet qu'il tenait à la main.

— Vous êtes venu armé? dit Mayer, sans paraître éprouver le moindre étonnement à cette démonstration hostile.

— Ai-je eu tort?.. dit Typo.

— Qui sait!

— Moi, je n'en doute pas... et je vais te le prouver...

Et se rapprochant aussitôt de Mayer, la main toujours armée..

— Écoute, lui dit-il avec fermeté, je sais le sort qui m'attend, et tu peux voir que cette perspective ne m'effraie pas encore trop... Vos mesures sont prises, vous voulez me tuer, et si vous tenez à vous défaire d'un ennemi embarrassant, je déclare que vous faites bien... mais, je te le répète, si je suis décidé à mourir, je suis résolu à me défendre, et toi, Mayer, toi, le chef de ces bandits, toi, le plus redoutable d'eux tous, je te jure que je te tuerai comme un misérable que tu es, avant même que tu aies eu le temps de faire un geste.

Mayer sourit à cette menace.

— Diable!... dit-il avec ironie, je m'aperçois trop tard que j'ai eu tort de m'avancer ainsi.

— Tu railles.

— Croyez-vous?

— Tu espères peut-être que j'hésiterai à te loger une balle dans la tête...

— Allons donc!

— C'est la besogne du bourreau que je ferai là.

— Alors, pourquoi tardez-vous tant?

— Mayer!

— Je ne me défends pas...

— Eh bien! tes complices feront de moi ce qu'ils voudront, mais j'aurai du moins, avant de mourir, purgé la société d'un misérable.

Et allongeant vivement le bras, il porta le canon de son pistolet sur la poitrine de Mayer, et lâcha la détente.

Mayer avait reculé de deux pas. — Le coup partit... et en même temps un nuage de fumée enveloppa les deux adversaires.

Typo était violemment ému.

On ne tue pas froidement, même un assassin, — et dans ce moment, il croyait avoir tué Mayer...

Mais quand la fumée de la poudre se fut dissipée, et qu'il put distinguer les objets qui l'entouraient, il s'aperçut avec une profonde stupéfaction que Mayer était encore debout, calme et ironique comme avant.

Ce dernier se prit à rire, en voyant la déconvenue de son adversaire.

Quant à Beppa, qui avait suivi avec une poignante attention toutes les phases de cette scène, elle s'était prise à pâlir et à trembler.

Du premier coup d'œil, la pauvre femme avait tout compris...

Les pistolets qui lui avaient été remis par Burrhus, sur qui elle croyait pouvoir compter, — les pistolets n'étaient chargés qu'à poudre...

Une sueur glacée mouilla ses tempes... et l'œil fixe, la poitrine haletante, elle attendait, épouvantée, ce qui allait se passer.

Mayer se rapprocha de Typo interdit.

— Ah! j'en suis fâché pour vous, dit-il d'un ton goguenard, mais si votre second pistolet n'est pas mieux chargé que le premier, je ne vois pas trop à quoi il pourra vous servir.

Typo regarda Beppa d'un air indécis à travers lequel perçut un vague soupçon.

La jeune femme joignit les mains.

— Oh! elle n'est pas coupable, poursuivit Mayer en fronçant le sourcil, et si cela peut vous être agréable, je vous en donnerai la preuve dans quelques secondes. Beppa, dès ce moment, n'appartient plus à l'association, et ses jours sont condamnés; dans une heure, elle aura cessé de vivre.

— Vous savez bien que j'y suis résolue!... s'écria Beppa, avec un accent plein de fièvre.

— C'est ce que nous verrons... mais auparavant, nous allons régler notre compte avec maître Typo.

Et se tournant aussitôt vers la porte ouverte, il fit signe à Burrhus de s'approcher.

Burrhus accourut, suivi du comte.

— Voyons, Mayer, dit ce dernier, hâtons-nous... nous jouons ici un jeu dangereux... depuis quelques jours, nous devons être épiés; cette maison n'est plus sûre... je le répète.. hâtons-nous.

— Que voulez-vous donc... dit Mayer.

— Partons...

— Et cet homme?...

— Nous avons déjà trop tardé à nous en débarrasser.

Pendant ce rapide colloque, Mayer avait, à son tour, tiré un pistolet de la poche de son vêtement, et, tout en parlant, il jouait avec son arme.

Typo vit ce mouvement, et un frisson parcourut ses membres.

C'en était fait de lui! — Mayer devait être décidé... et comme venait de le lui dire le comte, il avait déjà tardé trop longtemps.

Typo était perdu...

Il le savait... il comprenait que rien ne pouvait plus désormais le sauver... et qu'il allait mourir...

Il eut comme un éblouissement. — A cet âge, on ne meurt pas volontiers, et tout son sang reflua vers son cœur.

Mais ce ne fut qu'un éclair, le sentiment de sa force lui revint presque aussitôt, et le rouge de la honte lui monta au visage, à la pensée que ses assassins avaient pu le voir pâlir...

Il releva le front, et son regard vif et prompt se tourna vers Mayer.

Puis il se prit à sourire.

— Allons, dit-il alors d'un ton dégagé, et comme s'il eût retrouvé tout son enjoûment, qui vous arrête?...

— Moi? fit Mayer.

— Est-ce que vous auriez peur?...

— Vous ne le pensez pas.

— Vos pistolets sont chargés, au moins?

— Je vais vous le prouver.

— Hâtez-vous donc alors, comme dit la vieille culotte de peau qui vous accompagne, et s'il vous reste un peu d'amitié pour Burrhus, ne le faites pas languir davantage...

Mayer salua avec complaisance.

— Ah! c'est dommage, dit-il à voix lente, et tout en regardant son arme..

— Quoi donc! interrompit Typo.

— Vous êtes si jeune!...

— Eh bien...

— Si gai aussi...

— Où voulez-vous en venir?

— Vous auriez fait un joyeux compagnon.

— N'allez-vous pas finir par me pleurer!...

— Pourquoi pas?...

— Ah!... je la trouverais bonne, celle-là... mais c'est-à-dire que ce sont des larmes de crocodile. Allons, maître Mayer, en voilà assez, n'est-ce pas, et je trouve que la plaisanterie a duré trop longtemps... vous avez devant vous un ennemi qui ne vous épargnerait pas, faites donc votre métier d'assassin, et tuez-moi comme je vous aurais tué moi-même tout à l'heure, si le hasard n'avait point trahi ma bonne volonté.

Mayer venait d'armer son pistolet. — Il ne raillait plus, — il était redevenu froid, impassible, résolu.

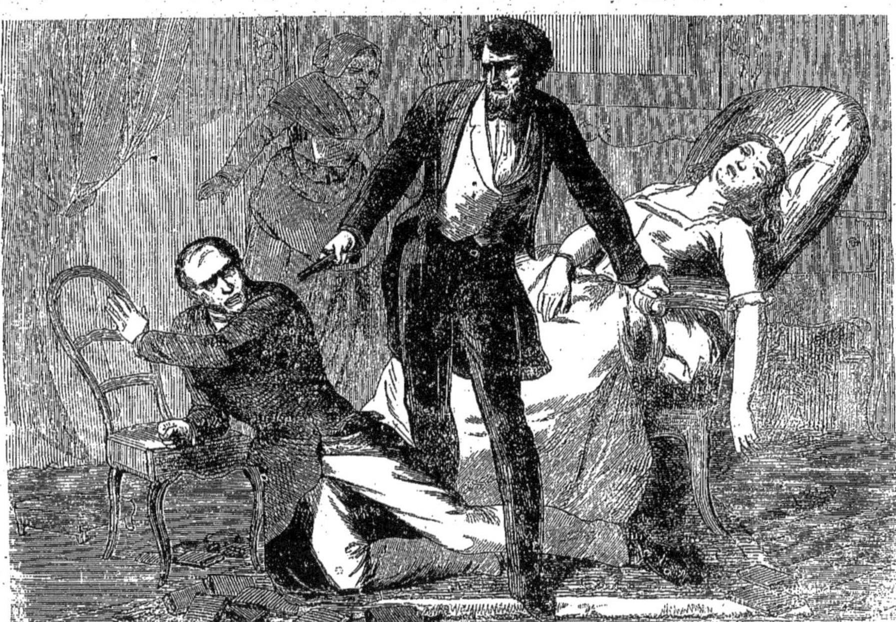

Mort de Beppa.

Il enveloppa Typo d'un regard cruel.

— Soit! dit-il aussitôt d'un ton bref, et trêve dès ce moment à toute plaisanterie... vous nous avez poursuivis sans relâche, vous avez été notre plus implacable ennemi, et vingt fois vous avez failli nous livrer à la justice.

— Je ne regrette qu'une chose, repartit Typo, c'est de ne pas avoir réussi.

— Je le sais, et pour cela vous allez mourir... vous êtes en notre pouvoir, nul ne peut venir vous arracher de nos mains; Typo, c'est la main du chef qui te frappe, et meurent comme toi tous ceux qui voudront résister aux *masques noirs*.

Et il abaissa son arme...

Mais au moment où il allait lâcher la détente, un cri retentit tout à coup, et Beppa alla se précipiter dans les bras de Typo.

— Ah! vous ne le tuerez pas avant de m'avoir frappée, s'écria-t-elle éperdue.

Mayer s'était arrêté, irrité et sombre.

— Beppa! dit-il avec colère, prends garde de hâter la vengeance qui t'attend...

— Je me ris de vos menaces.

— Ta vie aussi est entre nos mains.

— Vous ne le tuerez pas!

— Un meurtre de plus ne m'arrêtera pas. — Retire-toi.

— Jamais.

— Beppa!

— Je veux mourir avec lui!

Mayer frappa du pied avec violence; — mais au lieu de lâcher la détente de son arme, il se pencha tout à coup vers la fenêtre, et parut écouter avec une haletante attention.

Un bruit singulier venait de se faire entendre dans le jardin.

Burrhus et le comte avaient imité ce mouvement, et un éclair de joie avait traversé le regard de Beppa.

— Qu'est-ce que cela signifie? dit vivement Mayer.

— Un signal!... répondit Burrhus.

— La maison serait-elle cernée?.

— C'est probable...

— Il faut s'en assurer.

— J'y vais.

— Va, Burrhus, va, et que deux de nos hommes se laissent prendre en cas d'alerte, pour nous laisser le temps de gagner le souterrain.

Burrhus allait obéir, mais il n'eut pas même le temps de s'éloigner, car il avait à peine fait quelques pas, qu'un nouvel incident vint changer la face des choses...

Pour l'intelligence de ce qui va suivre, nous sommes obligé de revenir un moment sur nos pas.

Quand Typo était parti, Marguerite était restée fort émue et fort troublée de la conversation qu'elle avait eue avec lui: une suprême inquiétude s'était emparée d'elle, et elle ne pouvait penser sans frémir aux dangers qu'il allait courir, si la lettre écrite de Beppa cachait un piége.

Marguerite le croyait.

Sans bien s'expliquer encore à quel sentiment elle obéissait, elle éprouvait pour Beppa une sorte de haine instinctive, dont elle n'eût pu dire la cause réelle, mais qui suffisait à la tenir en éveil; on lui avait déjà pris son enfant; on menaçait maintenant les jours d'un homme qui l'avait protégée, et auquel elle se sentait attachée par plus d'un lien mystérieux; elle avait donc mille raisons de s'alarmer, et son cœur tout entier s'affaissait devant les terribles péripéties qu'elle redoutait.

Albert rentra sur ces entrefaites.

Bien que le jeune homme aimât sa sœur avec toute l'affection tendre et dévouée d'un frère, Marguerite n'avait jamais pu, depuis son retour, revenir entièrement aux doux épanchements des confidences mutuelles, et il régnait toujours entre eux comme un voile de tristesse qui les séparait presque à leur insu.

Ce jour-là cependant, Marguerite ne put lui cacher les douloureuses appréhensions dont elle était tourmentée.

Dès qu'elle vit Albert, elle courut à lui, et se jeta éperdue dans ses bras.

— Qu'y a-t-il? demanda Albert, étonné de ce mouvement.

— Ah! je ne sais, répondit Marguerite, mais je crains un malheur.

— Ton enfant.

— Non, Typo...

— Un malheur?

— Je le crois.

— Mais où donc est Typo?

Meurs donc, misérable !!! — Page 86.

Marguerite raconta en peu de mots ce qui était arrivé, et Albert écouta pensif et soucieux.

— En effet, répondit-il à voix lente, il a eu tort de ne point prendre les précautions que la plus simple prudence lui commandait... non que je craigne Beppa; cette femme l'aime, et je la crois incapable de le trahir, et de le livrer à ses assassins, mais cette lettre était peut-être un piége, et c'est là ce qu'il fallait craindre.

— Que faire maintenant ? fit Marguerite, nous ne pouvons rester indifférents quand un danger le menace.

— En effet.

— Toute minute de retard serait un remords de plus, quelque malheur arrivait.

— Tu as raison.

— Eh bien, n'attendons pas davantage, Albert, partons... partons, et Dieu veuille que nous arrivions encore à temps.

Albert regarda sa sœur avec un étonnement singulier.

— Tu veux donc venir aussi... lui dit-il, en la considérant avec attention.

— Sans doute, répondit Marguerite.

— Ton concours ne nous serait cependant pas d'une grande utilité.

— Qu'importe!...

— Et puis, ne crains-tu pas que Typo ne s'étonne d'un intérêt si vif?

— Lui!...

— Je te le demande.

— N'est-il pas notre ami?

— Et le meilleur, j'en réponds.

— Ne s'est-il pas exposé pour sauver les jours de mon pauvre cher enfant?

— C'est vrai.

— Qu'y a-t-il donc de surprenant à ce que je m'intéresse à lui, à ce que je m'épouvante des dangers qui peuvent le menacer ?

Albert remua la tête en signe d'assentiment, et un sourire d'une étrange expression vint en même temps plisser ses lèvres.

— Tu as raison, répondit-il... tu as raison, Typo est notre meilleur ami, et nous ne devons rien négliger pour le sauver, si sa vie est en danger; viens donc, Marguerite... viens, et ne perdons plus une seconde.

Et ils allaient partir, quand la porte s'ouvrit tout à coup, et Albert et Marguerite restèrent comme pétrifiés de surprise et d'émotion devant la personne qui entra.

X. — Les ressources de Mayer.

C'était le petit Albert...

Marguerite n'en pouvait croire ses yeux; elle était étourdie, incertaine, presque épouvantée de son bonheur.

Mais déjà l'enfant avait bondi du seuil de la porte, et il était venu se suspendre au col de sa mère.

Celle-ci le serra avec force contre son cœur, le baisa sur le front, sur les yeux, dans les cheveux, et retournant enfin vers son frère, le visage baigné de larmes, mais rayonnant d'une joie céleste :

— Ils ne me l'enlèveront plus, maintenant, dit-elle avec un accent plein d'une ivresse oublieuse.

— Oh! j'en réponds!... ajouta le petit Albert.

Et comme sa mère ne se lassait pas de l'accabler de caresses et de baisers :

— C'est qu'il est plus facile d'y entrer que d'en sortir, continua-t-il en souriant.

— Mais d'où viens-tu?

— De vingt pieds sous terre.

— Et qui t'a sauvé?

— Une femme.

— Son nom?

— Beppa.

Marguerite sentit son cœur se serrer. — Elle était heureuse, sans doute, et pourtant il lui semblait qu'elle eût préféré devoir le bonheur à une autre main que celle que lui désignait Albert.

— Beppa! répéta-t-elle machinalement.

— Une amie de Typo.

— Ah!...

— Si tu savais... petite mère... j'aurai tant de choses à te raconter...

— Parle!... parle.

— Non... pas maintenant.

— Pourquoi donc?

— Une idée.

— Mais encore?

L'enfant avait froncé son front si pur, et ses sourcils se rapprochèrent.

Il réfléchissait...

Sa mère et Albert le regardèrent avec étonnement...

— Qu'y a-t-il donc? demanda vivement Marguerite.

— Où est Typo?... dit tout à coup l'enfant.

— Tu veux le voir?

— Je veux lui parler...

— Plus tard.

— Non, tout de suite...

— Mais il est absent.

— Où est-il allé?...

— Qu'importe...

L'enfant avait détaché ses bras du col de sa mère; il sauta à terre, et prit la main de Marguerite qu'il serra avec force.

— Ah! c'est que tu ne sais pas, poursuivit-il alors, tu ne sais ni ce qui s'est passé... ni ce qui menace notre ami Typo.

— Un danger?

— Un danger épouvantable.

— Mais comment?

Albert passa ses deux petites mains sur son front, comme pour bien se rappeler, puis il releva presque aussitôt son regard vers sa mère.

— Beppa a écrit à Typo... reprit-il alors.

— C'est vrai... mais d'où le sais-tu? dit Marguerite, qui commençait à sentir mille terreurs pénétrer son esprit.

— J'étais là... et la lettre a été écrite sous la dictée de Mayer.

— Que dis-tu!..

— La vérité.

— Mais c'est un piége alors!

— Certainement.

— Et Typo est perdu.

— Où est-il donc?

— Typo est rue Marbeuf, Albert; il y a une heure qu'il est parti, et c'en est fait de lui maintenant... car ils l'auront assassiné sans pitié.

L'enfant frappa du pied avec impatience.

— Et c'est pour me sauver, vois-tu, tout cela, continua-t-il, c'est pour m'arracher des mains de Mayer que Beppa a écrit cette lettre.

— C'est impossible.

— Oh! j'en suis sûr.

— Cette femme est liée avec les assassins; elle nous hait, elle en veut à Typo... mon Dieu... et je n'ai pas insisté pour le retenir, et je n'ai pas osé.

Et en parlant ainsi, Marguerite s'était tourné vers son frère.

— Eh bien, dit ce dernier, avec vivacité, essayons au moins, autant que possible, de réparer le mal que nous avons fait... ne perdons pas une minute, une seconde, et rendons-nous rue Marbeuf...

— Tu as raison... c'est le moyen le plus sage... Partons, Albert, partons.

Et déjà Marguerite avait jeté son châle sur ses épaules, et elle se dirigeait vers la porte quand le petit Albert la retint.

— Où vas-tu donc ainsi... petite mère? dit-il tout à coup.

— Rue Marbeuf, répondit Marguerite, et pendant notre absence, tu attendras chez les Martin.

— Tu ne veux pas que je t'accompagne?

— T'exposer encore... y penses-tu?

— Cependant, dit l'enfant, je crois que moi seul en ce moment puis vous donner les moyens de sauver Typo.

— Que veux-tu dire?

L'enfant eut un sourire.

— Oh! je ne suis pas bien grand, dit-il, mais ça n'empêche que je réfléchis, et je crois que vous allez augmenter encore les dangers que court Typo.

— Explique-toi.

— Vous allez rue Marbeuf, n'est ce pas?

— Sans doute.

— Eh bien, la maison où se trouve Typo est certainement surveillée, car Mayer n'est pas un imbécile, et il a dû prendre ses précautions pour qu'on ne vienne pas le déranger.

— C'est vrai.

— Si votre arrivée est signalée, si Mayer peut craindre d'être surpris, il n'est pas commode, et Typo sera perdu.

— Mais que faire?

— J'ai mieux que cela.

— Toi!

— Oui, moi, m'man, moi. Albert... il n'y a pas si longtemps que j'étais à l'école, et je n'ai pas oublié encore le conte du Petit Poucet.

— Eh bien?

— Seulement, comme on est Parisien, on sait se retourner et quoique je n'aie pas semé de petits cailloux derrière moi, je suis bien sûr de retrouver mon chemin.

— Quel chemin?

— Tiens! celui par lequel je suis revenu.

Marguerite ne comprenait pas... elle était là, avide, empressée, écoutant chacune des paroles de son fils, et cherchant à s'expliquer ce qu'il voulait dire...

Elle n'y réussit pas.

Le petit Albert se prit à sourire.

— Ecoute-moi, dit-il alors, d'une voix plus lente et plus réfléchie, il y a à la maison de la rue Marbeuf deux issues: l'une qui s'ouvre sur la rue, et par laquelle tout le monde peut entrer et sortir; l'autre qui n'est connue que de Mayer et de ses amis, et qui est une espèce de souterrain creusé sous les Champs-Elysées, et débouchant sur le quai... il est certain que si on pouvait intercepter, en même temps, ces deux issues, Mayer et toute sa bande seraient pris, sans compter que l'on sauverait peut-être Typo du même coup.

— Mais ce souterrain?... fit Marguerite.

— Je sais où il est; ils ne se défiaient pas de moi, et j'en ai profité pour tout observer à mon aise.

— Cher enfant!

— J'ai bien fait, n'est-ce pas?

— Oui, mon petit Albert, oui, tu as bien fait, car si nous sauvons Typo, c'est à toi que nous le devrons maintenant.

Et elle embrassa l'enfant, qu'elle serrait sur sa poitrine.

Tout à coup cependant, elle tressaillit, une pâleur subite couvrit ses joues, et son regard s'attacha au parquet avec une étrange fixité.

L'enfant s'aperçut aussitôt de ce mouvement.

— Eh bien, qu'as-tu donc? demanda-t-il étonné et presque inquiet.

— Ce que j'ai, répondit Marguerite, en pressant ses tempes dans ses deux mains, ah! tu ne peux comprendre cela, mon enfant, mais il nous est impossible de sauver Typo.

— Pourquoi donc?

— Je ne songeais qu'à lui, tout à l'heure.

— Et maintenant?

— Et maintenant, je songe à toi que je ne veux pas exposer davantage dans la lutte que nous soutenons devant ces misérables; à toi, mon pauvre Albert, que je viens de retrouver, et que je pourrais perdre de nouveau, comprends-tu cela?

— Mais Typo? insista l'enfant.

— Sans doute...

— On ne peut pas le laisser assassiner comme cela...

— Que faire! mon Dieu .. que faire?...

Marguerite ne savait plus à quel espoir se retenir, des larmes abondantes coulaient le long de ses joues; ses dents mordaient ses lèvres avec énergie; elle n'osait vouloir; elle avait peur... elle se sentait sans force devant la lutte nouvelle qu'il fallait engager.

Albert se rapprocha d'elle.

— Marguerite, lui dit-il vivement, cet enfant a raison, et nous ne pouvons rester inactifs, quand Typo est menacé.

— Mais je ne veux pas l'exposer encore, dit Marguerite, en montrant son fils.

— Et je ne le veux pas plus que toi... mais tout peut s'arranger peut-être, sans qu'il coure de dangers.

— Comment?

— Laisse-moi faire.

— Mais explique-toi.

— Eh bien... voici quel est mon plan: nous ne pouvons essayer de lutter avec nos seules forces contre l'audace de Mayer et sa bande, nous nous exposerions sans chances de réussir, et ce qu'il faut tenter avant tout, c'est de sauver Typo; eh bien, il y a, à Paris, des hommes habiles, audacieux, et qui ont l'habitude de ces sortes d'affaires, c'est donc à eux que je m'adresserai.

— Quels hommes?

— Ils nous ont déjà aidés une fois... l'espoir de prendre Mayer sera un appât suffisant pour eux, et je suis certain d'avance qu'ils nous prêteront leur concours avec empressement... mais pour cela faire, Marguerite, il faut se hâter, et malheureusement, nous avons déjà perdu bien du temps.

— Partons alors... dit Marguerite.

— Partons... partons, répéta l'enfant.

Ils descendirent à la hâte.

Dans le faubourg, ils trouvèrent une voiture, et dès qu'ils y eurent pris place, Albert se fit conduire à la Préfecture de police, où, en peu de temps, il trouva facilement ce qu'il cherchait.

Il est inutile d'entrer ici dans le détail des précautions qui furent prises alors pour assurer le succès de l'entreprise qu'ils allaient tenter, — disons seulement qu'une heure plus tard environ, un certain nombre d'hommes entouraient la maison de la rue Marbeuf, tandis que d'autres, guidés par le petit Albert, s'étaient dirigés du côté du quai, et devaient résolûment s'engager dans le souterrain.

Nous ajouterons que, dès les premières investigations, on avait pu constater que Mayer était encore rue Marbeuf, et que, selon toute vraisemblance, on pouvait être certain, cette fois, de ne pas le manquer.

Le petit Albert ne se possédait pas de joie.

Le rôle qu'il jouait là était important au plus haut degré, et il le comprenait... les hommes qui le suivaient n'avançaient d'ailleurs que sur ses indications, et quand ils furent arrivés au terme de leurs recherches, et qu'il put leur montrer le commencement du souterrain par lequel il était sorti, c'est avec un regard de triomphe qu'il l'indiqua à ceux qui l'accompagnaient.

Mais il est temps de reprendre notre récit un instant interrompu.

Nous avons laissé Mayer au moment où l'on venait de lui signaler la présence d'agents de la police autour de l'habitation, et il avait pris aussitôt de promptes mesures pour assurer sa fuite.

Mais, avant de s'éloigner, il ne voulait pas laisser sa vengeance incomplète, et, irrité plutôt que troublé par cet incident, il s'était avancé vers Typo, avec un regard où la haine et la colère éclataient en reflets menaçants.

— Ah! ils croient nous surprendre, dit-il d'une voix énergique, ils espèrent que nous nous laisserons arrêter comme des enfants, les imbéciles!... Eh bien, c'est ce que nous allons voir, et rira bien qui rira le dernier.

Et dirigeant une seconde fois le canon de son pistolet sur Typo:

— Mais auparavant, ajouta-t-il, j'aurai vengé l'association en la délivrant de son plus ardent ennemi; et je ne laisserai derrière moi, que des hommes dont j'aurai facilement raison; Typo!... c'est aujourd'hui que nous réglons nos comptes...

En parlant ainsi, Mayer pressa la détente, et le coup partit...

Mais Beppa n'était pas restée muette spectatrice de cette scène, et dès qu'elle avait vu l'arme fatale menacer son amant, elle s'était précipitée éperdue vers Mayer, et lui avait vigoureusement saisi le bras...

Ce mouvement avait suffi.

L'arme, ainsi détournée, avait manqué le but, et la balle était allée se loger dans la cloison.

Mayer proféra un juron énergique.

— Ah! malheur sur toi!... s'écria-t-il avec fureur, je t'aurais peut-être épargnée... mais tu viens de rendre tout pardon impossible.

— Je ne crains rien, répondit Beppa, en s'attachant à lui.

— Eloigne-toi...

— Je ne veux pas que tu le tues ..

— Prends garde.

— Frappe-moi.

— Beppa...

Une lutte s'était engagée, lutte terrible, pleine de violence et de désordre, pendant laquelle la malheureuse femme, à chaque instant repoussée, cherchait vainement à saisir les mains de Mayer.

Typo, de son côté, n'était pas resté inactif, et profitant de ce moment de répit, il s'était précipité à son tour sur l'assassin, et le saisissant à la gorge, il l'avait acculé jusqu'à la porte, où il le secouait rudement...

Mais que faire contre des hommes déterminés, et habitués d'ailleurs à jouer avec le crime ?

En un instant, Mayer fut dégagé par ses acolytes, et, dès qu'il se vit libre, il se rua avec un sentiment de fureur indicible vers Beppa, qui, dans les efforts de la lutte, était tombée à genoux, non loin de lui!...

Mayer avait tiré un couteau de sa poche...

Un de ces énormes couteaux catalans, à la lame longue, effilée et forte.

Beppa cacha sa tête dans ses mains, et Typo fit un mouvement, aussitôt réprimé par quatre bras vigoureux.

— Beppa!... lui dit-il, d'une voix qui tremblait de colère aveugle, Beppa, tu vas mourir...

La jeune femme tourna un regard vers Typo.

— Tu as voulu le sauver, continua Mayer, et tu te perds avec lui.

— Mon Dieu ! mon Dieu!...

— Tu nous as trahis vingt fois, et à cette heure même encore, c'est toi sans doute qui as donné l'éveil à ceux qui nous entourent.

— Ah ! ils ne viendront donc pas.

— Non, ils ne viendront pas... ou quand ils pénétreront ici, ils n'y trouveront que le cadavre de Typo et le tien.

Beppa... c'est Mayer qui te frappe, et périront comme toi tous ceux qui seraient tentés de nous trahir...

Mayer s'était penché vers la jeune femme : — son œil s'était injecté de sang; ses dents mordaient ses lèvres avec fureur, sa main armée du terrible couteau s'abaissa sur la poitrine de sa victime.

Il frappa.

Un seul coup, suivi d'un cri de suprême défaillance.

L'arme avait pénétré de deux doigts au moins dans le sein de Beppa, un sang rose et vif avait coulé sur ses vêtements, et la malheureuse jeune femme s'était affaissée sur elle-même, pâle, les yeux clos, les bras pendants.

Elle n'était pas morte cependant, mais c'est à peine si elle avait encore une heure à vivre.

Mayer ne s'occupa même pas de savoir s'il l'avait frappée mortellement, — il commençait à comprendre que le temps pressait. Il était entouré, d'un moment à l'autre le cercle des agents de police devait se rapprocher, il importait de finir au plus tôt.

Il marcha vers Typo, et cette fois, sans prononcer une seule parole, le regard froid, le visage impassible, il abaissa son arme d'une main qui ne tremblait pas.

Mais il était écrit que Typo ne devait pas mourir encore, car, au moment où Mayer allait frapper, Burrhus se précipita effaré dans la chambre.

Mayer se retourna avec vivacité.

— Qu'y a-t-il ?... dit-il en fronçant le sourcil.

— Nous sommes perdus.... répondit Burrhus.

— Mais le souterrain?...

— Il est occupé.

— Combien sont-ils ?

— Dix !

— Mais qui donc leur a montré ce chemin...

— L'enfant que vous avez rendu à Marguerite.

— Lui!...

Mayer pâlit.

Quelques hommes, — les plus braves, s'étaient groupés autour de lui, et l'œil suspendu à ses lèvres, ils attendaient ses ordres.

Mayer réfléchissait.

Mais il est évident que, pour lui-même, la situation était des plus critiques, et qu'il se demandait avec une réelle inquiétude comment il pourrait en sortir.

Tout à coup, il releva la tête, et un sourire effleura ses lèvres.

— J'ai trouvé... s'écria-t-il, en se tournant vers Burrhus.

Mais toutes les issues sont gardées... objecta ce dernier.

— Et qu'importe!... c'est dans les moments critiques qu'il faut faire preuve de sang-froid, et je le jure, cette fois encore, je vous sauverai...

— Que faut-il donc faire?...

— Suivez-moi!...

— Où allons-nous?..

— Nous sommes armés.. nous ne nous rendrons pas sans combat... mais auparavant, mes amis, ou le diable s'en mêlera, ou je vous aurai rendu à la liberté.

Et sur ces mots, Mayer s'éloigna rapidement, et descendit l'escalier, suivi de ses hommes auxquels sa confiance avait rendu toute leur assurance et toute leur audace.

XI. — La mort de Beppa.

En les voyant s'éloigner, et sans se préoccuper davantage de ce qui allait se passer, ni de la facilité qui s'offrait à lui de fuir de cette dangereuse demeure, Typo marcha vivement vers Beppa, et la prenant doucement dans ses bras, il alla la déposer sur un divan, placé à quelques pas de là.

Beppa était toujours sans connaissance, le sang coulait en

abondance de sa blessure, ses bras inertes pendaient le long de son corps, elle était pâle et sans souffle.

On eût dit qu'elle avait cessé de vivre.

Cependant son cœur battait encore.

Typo déchira vivement le mouchoir de batiste de la jeune femme, et se mit à étancher le sang avec une sollicitude empressée et inquiète.

Il avait entr'ouvert sa robe, découvert ses épaules, et ce n'est pas sans un frémissement facile à comprendre qu'il lui prodigua ses soins.

Beppa était belle ainsi.

Ses cheveux dénoués dans la lutte tombaient à flots autour d'elle; ses belles épaules avaient la pâleur morte du marbre, et sa gorge émue, constellée de gouttes de sang, se soulevait faiblement sous un souffle pénible et inégal.

Typo respirait à peine.

Il avait oublié Mayer et Burrhus et le comte, il avait oublié les dangers qui le menaçaient lui-même, et il ne songeait qu'à une chose, et c'était à la terrible position dans laquelle se trouvait la jeune femme.

Beppa s'était sacrifiée; elle avait défié la mort, elle avait bravé les menaces de ses assassins, et c'est pour lui qu'elle avait reçu la mort.

C'est son amour qui l'avait perdue!

Pauvre Beppa.

Elle aimait avec tant d'abandon, tant de dévoûment; elle savait bien que Typo ne pouvait être à elle, elle avait bien souffert déjà pour cet amour, et elle n'ignorait pas que le regard de celui qu'elle aimait ne s'arrêterait jamais dans l'abîme où elle était tombée!

Une réhabilitation était impossible, elle le comprenait, et cette certitude lui avait enlevé son dernier espoir.

Alors elle avait voulut mourir.

La vie lui était désormais à charge, elle ne pouvait plus être heureuse; elle aimait mieux sortir d'un monde où le désespoir allait devenir son hôte inséparable.

Mais en partant, elle résolut de se relever au moins à ses propres yeux, et de laisser à celui qu'elle aimait une raison de la regretter, sinon de la pleurer.

Elle avait réussi en partie, et c'est à elle que Marguerite avait dû d'embrasser son enfant.

Malheureusement son sacrifice n'était qu'incomplet, puisqu'en sauvant le petit Albert, elle exposait les jours de Typo.

Mais Beppa espérait encore à ce moment, elle comptait sur Burrhus, elle comptait sur elle; elle l'avait sauvé plus d'une fois déjà, et dût-elle s'offrir elle-même en sacrifice, elle pensait bien parvenir à le sauver une fois encore.

Nous avons vu comment elle avait été trompée dans ses dernières espérances, Mayer devait être impitoyable, et si Typo n'avait pas été assassiné c'est au hasard seul qu'il le devait!

Quelques minutes se passèrent dans une contemplation silencieuse et inquiète de la part de Typo, dans un état d'immobilité complète de la part de Beppa.

Cependant la jeune femme n'était pas morte, et au contact de Typo, aux soins qu'il lui prodignait, elle reprit peu à peu ses sens, et finit par ouvrir ses yeux.

Mais elle n'avait plus connaissance de ce qui s'était passé, la perte de son sang l'avait affaiblie; elle promena un moment son regard autour d'elle sans se rendre compte de ce qu'elle voyait, et, à plusieurs reprises, elle passa sa main sur son front, et dans ses cheveux dénoués.

Typo suivait chacun de ses mouvements avec un intérêt avide, et il attendait, la poitrine émue, le souffle haletant, qu'elle revînt tout à fait à elle.

Enfin, le regard de Beppa rencontra celui du jeune homme, et tous ses membres tressaillirent à cette vue.

— Vivant!.. dit-elle d'une voix faible... est-ce donc possible, cela; il vous a épargné, lui... Mayer...

— Ne pensons plus à lui, fit Typo... mais pensons à vous plutôt, dont l'état est grave, et qui avez besoin de tous mes soins.

Beppa tendit sa main au jeune homme avec un triste sourire.

— Non... mon ami, répondit-elle, ne vous préoccupez pas de moi... mon état est très-grave, je le sais... je le sens... la blessure que Mayer m'a faite est mortelle, je n'ai plus que quelques instant à vivre, et sachez bien que je suis résignée d'avance à mon sort.

Typo voulut protester, il s'était agenouillé près du divan, il tenait les deux mains de la jeune femme dans les siennes, et l'on eût pu croire, à le voir ainsi abattu et désespéré, que la pâleur du visage de Beppa s'était reflétée sur le sien.

— La mort!.. dit Beppa, n'est-ce pas la seule issue possible à la position dans laquelle je me trouve... je l'appelais depuis longtemps déjà de tous mes veux... et le ciel m'a fait une grâce en m'accordant de mourir près de vous.

— Beppa... s'écria Typo, mais vous ne mourrez pas!...

Deux larmes coulaient en ce moment le long des joues de la jeune femme, elle remua doucement la tête, et serra longtemps les mains de Typo dans les siennes.

— Oh! vivre! vivre, murmura-t-elle en levant les yeux au ciel, si vous saviez, mon ami, combien de fois, depuis que je vous connais, j'ai fait le rêve de recommencer la vie, avec l'amour d'un homme comme vous, qui m'aurait prise au début, et eût fait de mon existence une longue fête enchantée... ah! tenez, vous ne savez pas, vous ne saurez jamais combien je vous aimais, et combien, dans ma cruelle position, j'ai souffert à l'idée que vous deviez me mépriser, moi qui vous aimais tant.

— Eh! vous ai-je jamais donné lieu de le croire?... dit vivement le jeune homme.

— Non... c'est vrai... vous êtes bon... à défaut d'amour, vous m'avez témoigné une franche et sincère sympathie... mais que voulez vous, mon ami, malgré l'indignité dans laquelle j'étais tombée, j'espérais toujours.. ma raison était impitoyable, mais rien ne pouvait ébranler la foi qui était dans mon cœur... enfin, le ciel a eu pitié de moi... dans quelques instants, j'aurai quitté cette vie, et j'emporterai du moins le souvenir de votre amitié.

Typo s'était levé, il abandonna un moment les mains de Beppa, et jetant un regard rapide autour de lui :

— Voyons, dit-il tout à coup à voix rapide, il est impossible que je vous laisse souffrir ainsi, sans chercher, sinon à vous sauver, au moins à adoucir vos souffrances... écoutez-moi .. Beppa... je vais vous quitter...

— Vous! s'écria Beppa avec épouvante.

— Oh! quelques instants seulement... il doit y avoir un médecin dans les environs, je le trouverai, il faut qu'il vienne... qui sait!... votre blessure n'est peut-être pas mortelle... on peut vous sauver encore, et je veux tout tenter, avant de renoncer à l'espoir de vous retenir dans la vie.

Beppa remua tristement la tête.

— C'est inutile... dit-elle d'une voix qui allait s'affaiblissant, ne cherchez pas, mon ami; d'ailleurs, il y aurait du danger à sortir d'ici. Mayer et ses hommes ne sont pas partis peut-être et je ne veux pas que vous vous exposiez davantage.

-- Qu'importe! dit Typo...

— Ne m'abandonnez pas... je vous en suplie maintenant; tenez, je n'ai plus la force de serrer votre main dans les miennes, je me sens plus faible... il me semble qu'un voile passe de temps à autre sur mes yeux... Typo, ne me quittez pas!

Typo se laissa tomber à genoux auprès de la jeune femme, et il considéra avec effroi les terribles symptômes qui se manifestaient sur son visage, à l'approche de la mort.

Ses joues étaient devenues plus pâles encore qu'elles ne l'étaient, sa poitrine se soulevait avec plus d'efforts, un certain égarement troublait maintenant ses regards, et quelques gouttes de sueur perlaient sur son front de marbre.

— Mon Dieu! mon Dieu! s'écria Typo, en baisant avec un transport effaré ses mains glacées.

Un céleste sourire effleura les lèvres de Beppa.

— Oh! si vous m'aviez aimée!... balbutia-t-elle, en fermant les yeux et comme sous l'empire d'une hallucination magnétique.

Mais cet état ne dura qu'une seconde à peine; elle dégagea presque aussitôt sa main de l'étreinte de Typo, et oubliant un moment son regard sur le front du jeune homme :

— Typo, dit-elle, d'une voix qui sembla reprendre un peu de force, Typo, écoutez-moi... je vais mourir.

— Mais c'est impossible! s'écria Typo.

— Je vais mourir, répéta Beppa, et, à cette heure suprême, je ne veux plus penser aux rêves insensés que j'avais faits, je veux dépouiller mon cœur de tous les mauvais sentiments humains qui y germaient, et vous parler comme on parle à un ami... écoutez-moi...

Typo était dominé par la solennité de la situation, Beppa avait un ton d'autorité qui lui imposait malgré lui... — Dans quelque classe de la société que l'on ait été élevé, quelque éducation que l'on ait reçue, en dépit de tous les sophismes, la mort a un accent que nul ne saurait écouter sans un religieux respect.

Beppa poursuivit...

— Il y a auprès de vous, dit-elle, une femme qui a été, elle aussi, bien cruellement éprouvée.

— Marguerite !...

— Marguerite...

— C'est une amie d'enfance.

— Elle a mené une existence misérable, livrée à tous les mauvais conseils du désespoir, et cependant, mon ami, elle est restée ce qu'elle devait être, honnête, digne, et elle a élevé son enfant avec toute la sollicitude, toute la tendresse d'une mère... Marguerite a mérité d'être enfin heureuse.

— Mais, grâce à vous, elle a retrouvé son enfant... dit Typo, grâce à son frère, elle est riche... qui donc pourrait empêcher désormais Marguerite d'être heureuse ?

— Son amour.

— Elle aime?

— Ne l'avez-vous pas deviné ?

— Mais, qui peut vous le faire supposer?

Beppa fit un geste plein d'amertume.

— La haine qu'elle m'a inspirée jusqu'à cette heure, répondit-elle avec un frisson!

Il y eut un silence... presque aussitôt interrompu par Beppa...

Elle reprit.

— Pauvre femme, dit-elle, je lui en ai voulu d'un sentiment auquel on ne commande pas ; elle vous aimait, et je ne sais à quoi il a tenu qu'elle ne portât la peine de cet amour !... Ah! j'ai été cruelle... vous le lui direz, Typo, et en lui parlant de ma haine, vous lui direz aussi comment je suis morte, et peut-être me pardonnera-t-elle à son tour...

— En doutez-vous ?

Beppa essuya la sueur qui perlait sur son front.

— Vous l'aimerez, Typo, continua-t-elle péniblement.

— Moi!

— Vous l'aimerez, comme elle mérite de l'être, mon ami; elle est jeune, elle est belle... vous serez assez généreux pour oublier un passé dont elle n'est pas coupable, et votre amour la rendra heureuse.

Et comme Typo allait faire une objection :

— C'est moi qui vous en prie, maintenant, ajouta Beppa, c'est une femme qui va mourir; c'est sur le bord de la tombe que je vous adresse cette prière, et je veux emporter cette consolation, d'avoir au moins préparé votre bonheur.

Typo ne répondit pas... pour la seconde fois, la voix de Beppa hésitait sur ses lèvres. — Ce n'était déjà plus qu'un souffle imperceptible; un tremblement convulsif agitait ses membres... elle tourna vers le jeune homme un regard où se peignirent tous les regrets de la vie qu'elle allait quitter, et lui fit un geste d'adieu...

— Et maintenant, murmura-t-elle, tout est fini... pensez quelquefois à moi, mon ami...

— Beppa! Beppa!

— Adieu.

— Mais il est impossible que vous me quittiez ainsi.

— La force m'abandonne... Typo, votre main... je vais mourir... Typo... vos lèvres...

Le jeune homme se pencha un moment sur le visage de la jeune femme, et comme il la vit si pâle et si abattue, il hésita.

— Oh! ne craignez rien, dit encore Beppa... ce baiser-là, c'est la mort qui le reçoit... et Marguerite n'en pourra pas être jalouse..... Typo!...

A ce suprême appel, Typo sentit tout son cœur se soulever, et poussé par un sentiment plus puissant que sa volonté, il pressa de ses lèvres les lèvres mourantes de la belle jeune femme.

— Je t'aime! je t'aime!... balbutia Beppa.

On eût dit qu'elle n'attendait que ce baiser, car à peine l'eut-elle reçu, que ses yeux se fermèrent doucement, sa main retomba inerte le long du divan, et le souffle s'arrêta sur ses lèvres...

Elle était morte!...

Typo poussa un cri, et se releva frappé de stupeur.

Puis, comme s'il n'eût pu croire à la réalité de ce dénoûment terrible, il se prit à examiner la jeune femme avec une attention fiévreuse, et chercha anxieusement dans son attitude quelque indice qui pût lui donner lieu d'espérer.

Mais tout était bien fini!

Ses mains étaient glacées et raides, sa poitrine ne respirait plus, le cœur avait cessé de battre.

Elle était morte!

Morte!...

Il passa sa main sur son front, frappa du pied avec violence, et courut à la porte qui communiquait à l'escalier...

Mais à ce moment, et malgré la gravité de la situation, qui semblait devoir l'absorber tout entier, il s'arrêta tout à coup, et prêta l'oreille...

Un nouvel incident venait de détourner son attention...

Un bruit singulier s'était fait entendre à quelques pas de lui; quelque chose d'extraordinaire se passait à l'étage inférieur; il entendait les cloisons craquer avec des tressaillements inouïs, et un murmure fait de plusieurs voix monta alors jusqu'à lui.

Il poussa vivement la porte, traversa l'antichambre et gagna ainsi le palier de l'escalier.

Là, il eut l'explication du mystère...

Une épaisse fumée, s'échappant du rez-de-chaussée, montait en colonnes opaques jusqu'au premier étage, et déjà des flammes actives serpentaient en langues rouges le long des murs dont elles dévoraient la tapisserie.

Le soupçon de la réalité frappa alors Typo.

Il comprit tout!

Mayer, poussé dans ses derniers retranchements, menacé de toutes parts, sur le point d'être surpris dans sa tanière, avait eu recours à un moyen extrême...

Il avait mis le feu à la maison

Il espérait, à la faveur du désordre qui devait en résulter, parvenir à échapper aux poursuites dont il était l'objet...

Le moyen était audacieux, et digne de celui qui l'avait imaginé...

Typo sentit une colère aveugle s'emparer de lui.

Mayer allait échapper!...

Maintenant qu'il avait vu mourir Beppa, Typo avait besoin de vengeance... les assassins avaient trop longtemps abusé de l'impunité; il lui semblait que Dieu ne pouvait tolérer davantage de pareils crimes.

Il fallait en finir.

Typo s'était trouvé souvent en présence de Mayer; c'était à lui qu'il convenait de frapper et de punir.

Mais que faire... comment s'y prendre?

Il descendit rapidement l'escalier, et trouva dans le vestibule quelques agents de police que la vue de l'incendie avait attirés là, et qui cherchaient les misérables associés du comte.

— Et Mayer!... Mayer!... demanda Typo...

— On n'a pu le trouver encore, répondit un agent.

— Mais il n'a pu fuir cependant.

— Toutes les issues du jardin sont gardées, et le souterrain est occupé...

— Le souterrain! fit Typo.

Il achevait à peine, quand la porte qui donnait sur le jardin s'ouvrit; Albert entra, suivi aussitôt de Marguerite et de son enfant.

Tous les bras s'ouvrirent et volèrent vers Typo.

Marguerite pleurait, l'enfant riait et sautait.

Albert serrait avec effusion son ami sur sa poitrine.

Quand les premiers épanchements d'une joie qui se comprend furent calmés, Typo, revenu à lui, s'empara vivement des mains de Marguerite, et l'attira un moment à l'écart.

— Marguerite, lui dit-il à voix rapide et basse, il y a là-haut, au premier étage, une femme qui vient de mourir dans mes bras.

— Beppa!... fit Marguerite.

— Elle-même.

— Elle est morte.

— Elle est morte pour nous avoir sauvés.

— La malheureuse!

— Marguerite, voulez-vous en ce moment faire une chose qui me soit bien agréable, et dont je vous serai reconnaissant?

— Parlez! parlez...

— Allez vers cette femme.

— Moi!

— Agenouillez-vous auprès d'elle, et priez Dieu de pardonner à cette infortunée le mal qu'elle a pu faire, en considération du dévoûment qu'elle nous a témoigné.

— Ah! elle vous aimait bien..

— Oui, Marguerite... oui, Beppa m'a aimé; mais ç'a été peut-être là un des tristes lots de sa vie.

— Que dites-vous?

— Je ne l'aimais pas.

— Pourquoi donc?...

Typo serra les mains de Marguerite.

— Parce que j'en aimais une autre... répondit-il d'un ton ému, et quand vous aurez prié pour Beppa, Marguerite, je vous dirai le nom de celle qui m'a empêché de l'aimer.

Marguerite se tut... elle était oppressée; elle n'osait regarder celui qui lui parlait en ce moment.

Elle prit la main du petit Albert, et monta lentement l'escalier...

Quant à Typo, dès qu'il l'eut vue disparaître, il marcha rapidement à Albert, et prenant un des pistolets dont il était armé, il l'entraîna dans le jardin.

— Mais où vas-tu donc? demanda Albert.

— Il faut que je le trouve, répondit Typo.

— Qui cela?

— Mayer.

— Où est-il?

— Je ne sais... mais toutes les issues sont gardées, il ne peut avoir fui!... et, je te le jure, Albert, cet homme ne peut mourir que de ma main.

— Tu le hais donc?

Typo fit un geste ardent.

— Ah!-tu ne sais pas ce qui s'est passé tout à l'heure.

— Quoi donc?

— Beppa est morte!

— Que dis-tu?

— Morte, assassinée par ce misérable... assassinée sous mes yeux.

— Ah! je la vengerai!

— Mais je croyais que tu ne l'aimais pas.

— Pauvre femme!

— Tu me l'avais dit

— C'est vrai

— Eh bien?

— Mais Beppa m'a rendu tout à l'heure un service.

— Lequel?

— Elle m'a appris que j'en aimais une autre.

Ils marchaient dans les allées, à travers les fourrés; la nuit était sombre; on n'entendait de toutes parts que le va-et vient des agents lancés à la poursuite de Mayer.

Mais aucune trace, aucun indice ne vinrent révéler la présence de ce dernier.

Tout à coup Typo s'arrêta, et ses doigts se crispèrent sur le bras d'Albert...

— Qu'y a-t-il? dit ce dernier.

— Regarde! répondit Typo.

XII. — Dénoûment.

A deux pas d'eux, au milieu de l'allée dans laquelle ils avançaient, un homme était debout les bras croisés sur la poitrine, et semblant les attendre.

C'était Mayer.

Son regard était farouche et sombre, son attitude irritée et provoquante...

Il avait vu venir les deux amis. — Il les attendait sans sourciller.

— C'est lui! fit Typo.

— Mayer, répondit Albert.

Mayer fit quelques pas à leur rencontre.

— Et vous voyez que je vous attends, dit-il, en s'adressant plus directement à Typo.

— On vous a donc coupé la retraite, fit ce dernier, et cette fois il n'y a plus aucun espoir de salut...

— Qui sait! répondit Mayer.

— Oh! c'est tout vu... repartit Typo, et dès ce moment puisque le hasard nous met en présence, le compte d'un misérable tel que toi ne sera pas long à régler...

Mayer eut un mouvement d'ironie.

— Bah! dit-il avec insouciance, on s'est tiré de positions plus difficiles, et je ne connais pas de prison dont on ne puisse s'échapper.

— De prison?... fit Typo.

— Sans doute...

Typo lui saisit le bras d'une main énergique.

— Et le sang de la mère d'Albert... s'écria-t-il avec force, et le sang de Beppa, crois-tu donc que tu n'aies pas à le payer... ah!... tu as cru que je renoncerais ainsi à ma vengeance, tu dois compte à la société de tes crimes, c'est vrai, et je suis désolé de lui faire tort de ton châtiment, mais tu as voulu m'assassiner tout à l'heure, et c'est entre nous maintenant une affaire personnelle... Mayer, je ne veux même pas que tu passes le seuil de ta prison.

— Comment?

— Tu pourrais t'en échapper.

— Eh bien!

— Eh bien, tu vas mourir.

— Vous voulez donc me tuer?...

— Sans le moindre remords.

— Mais c'est un assassinat!...

— Ah!... voilà un vilain mot.

— Je suis sans armes.

— Et moi, j'en ai de meilleures que tout à l'heure...

Typo arma, sur ces mots, le pistolet que lui avait remis Albert, et en dirigea le canon vers Mayer.

— Au surplus, dit-il, ce ne sera pas long... les agents qui rôdent autour de ce jardin pourraient nous entendre, et m'enlever ma vengeance... il faut en finir...

— Je vais les appeler...

— Ne t'en avise pas!

— Je ne me laisserai pas massacrer ainsi.

— Tais-toi, te dis-je...

Mayer recula de deux pas à la vue du pistolet que Typo braquait sur sa poitrine, et chercha un moment même à se soustraire aux deux amis.

Mais Typo devina son intention, et rapide comme la pensée, il lui saisit le bras, et lui appliqua le pistolet sur le front.

— Mayer!... s'écria-t-il d'une voix qui ne tremblait pas, ton heure est venue, je te le répète, et nulle puissance ne pourrait plus m'arrêter... meurs donc, misérable... meurs, et que Dieu ait pitié de toi, malgré tes crimes!...

Mayer avait encore tenté de s'effacer, mais Typo ne le quittait pas du regard; sa main était ferme, et presque aussitôt un coup de feu se fit entendre...

Un cri retentit... puis un silence profond lui succéda...

Mayer était tombé aux pieds de Typo, raide, immobile, sans avoir proféré une parole.

La balle avait fracassé le crâne; la mort avait été instantanée.

Cependant au bruit du coup de feu, une dizaine d'agents étaient accourus vers Typo, et c'est avec des cris de triomphe qu'ils avaient accueilli la nouvelle de la mort de Mayer.

La tentative avait dépassé toutes les espérances... Burrhus et le comte venaient d'être arrêtés, au moment où ils tentaient d'escalader le mur du jardin, et tous les chefs de la redoutable bande se trouvaient ainsi sous la main de la justice.

Sans doute, on déplora que Mayer eût été tué... on eût désiré faire du célèbre criminel un exemple fameux, mais, à tout prendre, c'était un hôte dangereux, même au sein des prisons les mieux gardées, et, en résumé, la société s'en trouvait débarrassée!...

Il ne fallait pas se montrer trop exigeant.

Le lendemain de cette expédition qui jeta une émotion indicible dans tout Paris, un modeste convoi s'acheminait tristement vers le cimetière du Père-Lachaise.

Il pouvait être dix heures; le temps était gris et sombre; le convoi s'avançait au pas tranquille de ses deux chevaux noirs.

Six personnes seulement marchaient derrière le funèbre cortége...

C'était d'abord Albert et Typo; puis venaient ensuite les vieux époux Martin; puis enfin, Marguerite tenant le petit Albert par la main.

Typo était préoccupé, et marchait la tête baissée.

Marguerite paraissait profondément émue, et à ses traits fatigués, à ses yeux rouges, on devinait aisément qu'elle avait passé une partie de la nuit à pleurer.

Une heure plus tard, le convoi s'arrêta au Père-Lachaise, devant une tombe fraîchement creusée...

Le fossoyeur se tenait à quelque distance, portant à la main une croix de chêne peinte en noir que l'on venait de lui remettre.

Sur la croix, un nom était écrit en lettres blanches...

Beppa...

C'était tout.

Quand le prêtre eut rempli son office, et bénit la terre où allait reposer la malheureuse jeune femme, les époux Martin s'éloignèrent à pas lents, Albert prit l'enfant de Marguerite par la main et se retira, et Typo et Marguerite restèrent quelques instants agenouillés sur le bord de la tombe béante.

Quand ils se relevèrent de là, ils paraissaient l'un et l'autre moins sombres et moins préoccupés...

Marguerite était néanmoins toujours fortement émue; elle prit le bras de Typo, et elle descendit ainsi vers la barrière.

Pendant quelques instants, aucune parole ne fut échangée

Typo rêvait à l'avenir.

Marguerite songeait au passé.

Enfin, Typo se pencha vers la jeune femme, et d'une voix dont il ne cherchait pas à dissimuler l'émotion :

— Marguerite, lui dit-il, vous voilà débarrassée de vos plus redoutables ennemis, une partie de ceux qui ont troublé votre existence sont morts... les autres sont désormais impuissants à vous nuire, maintenant au moins vous pourrez être heureuse.

— Heureuse! fit Marguerite.

— Qui s'opposerait donc à votre bonheur ?

— Le passé, mon ami.

— Comment !

— Oh! je ne me fais pas d'illusions, Typo, repartit Marguerite, avec un accent où perçait un peu d'amertume, ma vie a été brisée le jour où j'ai été victime d'une odieuse violence; ce souvenir pèse sur mon cœur, comme un remords...

— Mais ceux qui vous aiment n'ont jamais songé qu'à vous plaindre, interrompit vivement Typo.

— De la pitié, tout au plus.

— Y songez-vous...

— Tenez, Typo, j'ai bien souvent réfléchi à toutes ces choses; j'ai bien souvent pleuré sur ce passé qui n'est pas coupable, Dieu le sait!... et si le ciel me réserve un peu de bonheur dans cette vie, il me viendra tout entier de cet enfant qui, du moins, ne rougit pas de sa mère!...

Typo s'empara de la main de Marguerite et la serra dans les siennes.

— Ah! ne désespérez pas ainsi de la vie, s'écria-t-il, vous avez autour de vous des amitiés éprouvées, et qui sait peut-être, un jour viendra-t-il où vous sentirez vous-même que votre cœur n'est pas encore éteint, et que vous pouvez encore aimer!...

La main de Marguerite trembla dans celles de Typo.

— Et moi, qui donc pourrait m'aimer !... dit-elle avec effort, et sans oser lever son regard sur le jeune homme.

— Ceux qui vous connaissent, et ceux qui savent combien vous avez souffert.

— Il leur faudrait bien du courage.

— Ou beaucoup d'amour...

Un frémissement parcourut les membres de Marguerite à cette réponse...

Typo reprit, en se penchant davantage vers la jeune femme, et en baissant la voix :

— Et si je vous parle ainsi, Marguerite, dit-il, c'est que je connais un homme que votre amour ferait bien heureux, car il lui prouverait qu'il n'est pas tout à fait inutile dans ce monde; il a vécu donnant sa vie au hasard, jetant sa gaîté à tous les vents, mais gardant son cœur, jusqu'à ce qu'il en trouvât un bon et sûr placement... tenez, ne vous offensez pas, Marguerite, mais pendant longtemps, j'ai marché à vos côtés, sans comprendre ce qu'il y avait en vous de sainte tendresse et d'amour résigné!... je ne devrais peut-être pas vous dire tout cela... mais c'est depuis quelques jours seulement que ce soupçon m'est venu, et aujourd'hui l'idée de vous perdre, de ne plus vous voir, de ne plus respirer dans le même air, eh bien, cela m'étouffe, me rend malheureux, et il me semble que je mourrai, s'il faut renoncer à l'espoir qui m'a saisi...

Pendant que Typo parlait, Marguerite écoutait les yeux baissés, le sein ému, et une vive rougeur avait coloré ses joues d'ordinaire si pâles...

Enfin, elle leva sur Typo ses yeux où brillaient deux belles larmes éloquentes.

— Typo, balbutia-t-elle, vous êtes généreux.

— Je vous aime, repartit Typo !

— Et vous avez pensé que j'accepterais votre dévoûment?

— C'est mon bonheur que je vous demande!...

Marguerite ne répondit pas; ils étaient arrivés à la barrière, où leurs amis les attendaient, la conversation en resta là...

Mais Typo était tenace, et il revint à la charge, si bien, qu'il finit par triompher des résistances de Marguerite qui, au fond, était bien heureuse de se laisser convaincre.

A l'heure où nous écrivons ces lignes, Typo a reconnu le petit Albert pour son fils, il a épousé Marguerite, et ils vivent heureux, dans un coin de Paris...

Quant à la *Cattina*, que nous avons été contraint de négliger un peu, dans le cours de cette histoire, délivrée enfin des dangers que faisait planer sur elle la haine du comte, elle est devenue la femme d'Albert...

Le père Martin, entouré de soins et de tendresse filiale par Typo et Marguerite, commence à oublier le drame de Mazas. La mère Martin, elle, croit que son fils est mort à la suite d'une longue maladie, et elle se console en continuant le bonheur de son brave et digne mari. — Le ménage des vieux Martin est réuni à celui de Typo, où Albert et sa femme sont aussi souvent que chez eux, *et vice versa*.

Les personnages auxquels le lecteur a bien voulu s'intéresser sont donc aujourd'hui parfaitement heureux, et nous n'avons plus qu'à clore ce récit.

FIN DU GAMIN DE PARIS.

Paris. — Typ. Collombon et Brûlé, rue de l'Abbaye, 22.

Paris. — Typ. Collombon et Brûlé, rue de l'Abbaye, 22

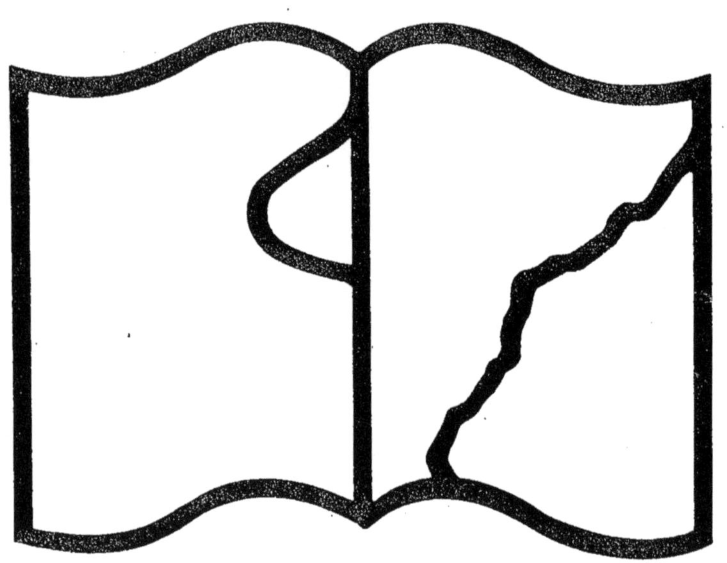

Texte détérioré — reliure défectueuse

NF Z 43-120-11

www.ingramcontent.com/pod-product-compliance
Ingram Content Group UK Ltd.
Pitfield, Milton Keynes, MK11 3LW, UK
UKHW020402230726
13925UKWH00003B/1220

9 782013 662888